十二國記

9
4

白銀の墟、玄の月

옮긴이 추지나

대학에서 일본지역학을 전공했다. 출판 편집자로 일하다 지금은 일본 문학 전문 번역가로 활동하고 있다. 옮긴 작품으로는 오노 후유미의 십이국기 시리즈를 비롯해, 『잔예』, 『귀담백경』, 『시귀』, 『흑사의 섬』, 미야베 미유키의 『지하도의 비』, 오카모토 기도의 『한시치 체포록』, 나쓰키 시즈코의 『W의 비극』 등이 있다.

옮긴이 이진

성신여자대학교에서 일어일문학을 전공하였다. 일본계 기업에서 십여 년간 근무하며 일본어 통역 및 번역 업무를 맡아왔으며, 공연 예술 쪽에서도 각본 번역 및 통역 활동을 해왔다. 평범한 일상 속에 숨겨져 있는 보석 같은 이야기를 찾는 것을 좋아한다.

십이국기 9/4

검은 달 백은의 언덕

小野不由美

오노 후유미 지음, 추지나 · 이진 옮김

엘릭시르

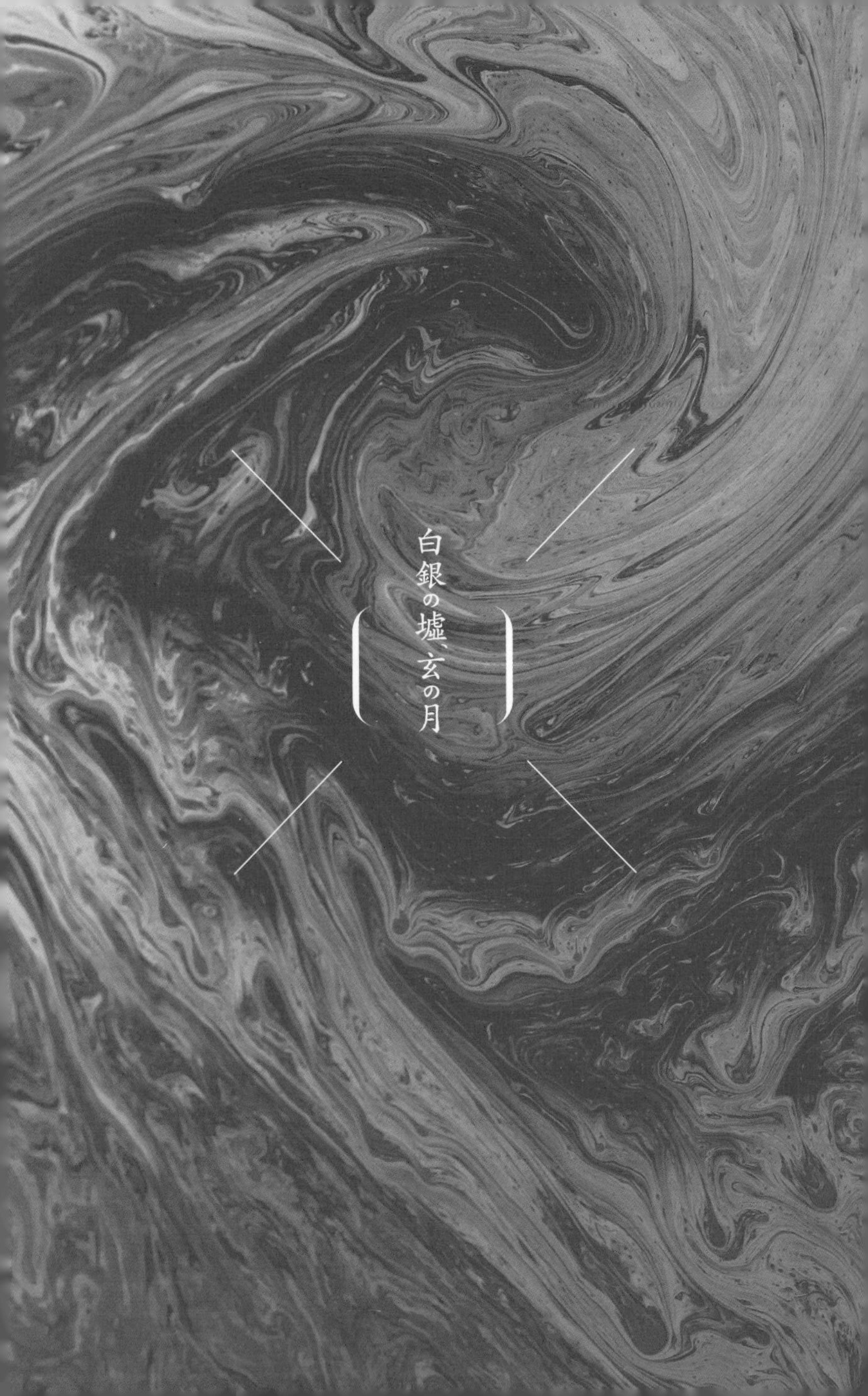

白銀の墟、玄の月

차례

十二國記 9

십이국 전도

十二國全圖

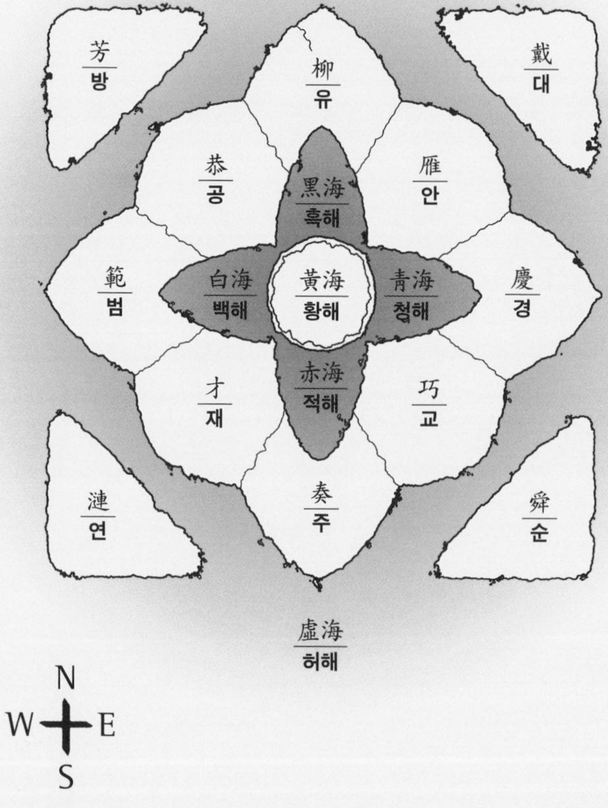

芳
방
柳
유
戴
대
恭
공
雁
안
黑海
흑해
範
범
白海
백해
黃海
황해
青海
청해
慶
경
才
재
赤海
적해
巧
교
漣
연
奏
주
舜
순
虛海
허해
N
W
E
S

대국 문주도

戴國文州圖

文州
문주
요산
백랑
함양산
承州
승주
노구
안복
저강
철위
서최
용계
풍택
가교
임우
馬州
마주
항급
江州
강주
瑞州
서주
N
W
E
S

문주 주변도

文州周辺圖

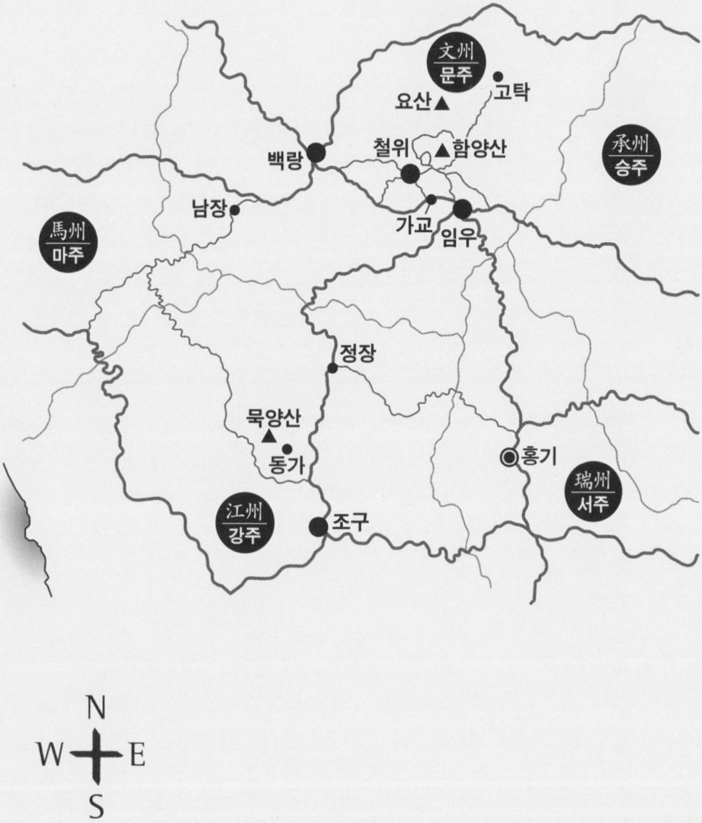
文州
문주
고탁
요산
백랑
철위
함양산
承州
승주
남장
가교
임우
馬州
마주
정장
묵양산
동가
홍기
瑞州
서주
江州
강주
조구
N
W
E
S

전성남

戰城南

성 남쪽에서 싸우고 성채 북쪽에서 죽었네
벌판에서 죽어 나뒹구니 이제 까마귀에게 먹히는 일만 남았네
나를 위해 까마귀에게 말해다오
파먹기 전에 한차례 예의를 갖추어 울어달라고
벌판에 널린 채 무덤조차 없지 않은가
썩은 고기가 어찌 네 입에서 도망칠 수 있으랴?
냇물 소리 세차고 물가의 풀숲은 캄캄한데
용맹한 기사님 싸우다 죽고
말만 남아 어디로 갈 줄 모르고 울기만 하네
재산을 모으는데 어이하여 남쪽으로 보내는가?
어이하여 북쪽으로 보내는가?
추수를 하지 않고
군주는 대체 무얼 드시는가
이래서야 충신이 되려면 어이하면 좋은가?
충분히 좋은 신하가 아닌가. 군주님 헤아려보시오
진정으로 신하를 생각해주면 어떻겠는가
아침에 정정하게 나가 싸우고
날 저물어 밤에는 돌아오지 않네

十二國記、白銀の墟 玄の月、小野不由美

19
장

001

추우를 잡을 때는 덫을 사용한다. 실제로 황해에서는 쇠사슬로 만든 덫을 쓰지만 함양산 심층부에서는 꿈도 꿀 수 없었다. 밧줄을 쓰는 것은 불안했지만 때로는 황주도 밧줄을 사용한다. 이때 황해에서 자라는 단단한 나무의 껍질을 엮은 흑승黑繩이라는 밧줄을 사용하지만 이 나무껍질 역시 구할 수 없다. 주변에 떨어져 있는 목재로 대신할 수밖에 없었다. 원목을 찾아내면 나무껍질을 벗기고 두드려 찢은 다음 밧줄을 엮는다. 미끼로는 옥을 사용하는데 다행히 이곳은 옥광이다. 옥석은 무수히 많았고, 이미 낙반으로 인해 생긴 토사를 파낼 때 교소는 커다란 낭간을 발견했다.

어두운 빛 속에서도 범상치 않은 물건이라는 것을 알 수 있었다. 완벽하게 투명한 비취색 낭간인데다가 크기도 독보적으로 컸다. 낭간은 다섯 조각으로 깨져 있었다. 보아하니 비슷한 돌이 하나 더 있는 듯했지만 바위 사이에 끼어 있어서 꺼낼 수 없었다. 하지만 하나도 부수면 꽤 양이 많다. 추우가 특히 좋아하는 것은 마노瑪瑙지만 이 정도로 질이 좋은 낭간이라면 추우도 불만은 없을 것이다.

나무껍질로 만든 밧줄, 버팀목 잔해에서 빼내어 모은 꺾쇠와 못들을 신중히 두들겨 갈고리를 만들었다. 버팀목을 태워 만든 숯은 썩 훌륭하진 않았지만 갈고리를 만들기에는 충분했다.

이 모든 것을 교소는 황해에 있는 주씨朱氏에게 배웠다.

과거, 교왕이 내린 뜻하지 않은 명령을 교소는 별수 없이 따르려다가 한 시선과 맞닿았다.

아센이 교소를 지켜보고 있었다.

아센을 앞에 두고 한심한 짓은 할 수 없었다. 교왕의 노여움을 사는 것보다도 아센에게 받는 모멸감이 몇 배나 견디기 힘들었다. 교소는 명령을 거부했고 책임을 지기 위해 사임했다. 선적을 반납하고 홍기를 떠났다.

딱히 다른 목표도 없었다. 대국에 머물기에는 자존심이 용서치 않았기 때문에 나라를 떠났다. 어이없게도 간초가 따라왔다. 간초 또한 사직하고 하계로 내려온 것이다. 혼자 보낼 수 없다며.

처음에는 이 기회에 여러 나라를 둘러보고자 했다. 특히 안국과 주국이 궁금했다. 그런데 안국으로 가는 도중 교소는 승산하는 한 무리를 만났다. 재국才國에서 승산하려는 자였으니 교소나 간초와는 아무런 상관도 없었다. 다만 황해가 어떤 곳인지 궁금했다. 승산자 중에는 검을 쓸 줄 몰라 본인의 몸을 지킬 수 없는 자도 있다. 승산자를 따라 한 번쯤 황해에 들어가보는 것도 나쁘지 않을 것 같았다. 호위 무사를 구하는 승산자를 찾는 동안에 이를 전업으로 삼고 있는 강씨剛氏를 만났고 이윽고 주씨와 만났다. 주씨는 황해에서 요수를 사냥한다. 황해에 기수를 잡으러 가는 것이 승산자를 따라가는 것보다 몇 배는 재미있어 보였다. 때마침 첫 번째 승산자 무리에서 왕이 나온 것 같다는 소문이 있었다. 그로 인해 승산자는 급속도로 줄어들기 시작했다. 이렇게 되니 승산자를 지키는 강씨보다도 요수를 사냥하는 주씨에 더 이끌렸다. 스스로 본인의 기수를 잡아 길들여보고 싶었다. 교소는 주씨에게 제자로 받아달라고 부탁했다.

물론 주씨는 바로 부탁을 들어주지는 않았다. 처음에는 강씨와 함께 황해로 들어가보라고 해서 승산자와 함께 가는 강씨가 아니라 그저 길을 개척하기 위해 황해로 들어가는 강씨를 따라갔다. 그때 강씨와 의기투합하여 활약한 덕에 실력을 인정받아

주씨의 제자로 들어갈 수 있었다. 처음으로 간초와 힘을 합쳐 잡은 것이 개를 닮은 하잘것없는 요수였던가. 교소와 간초는 이곳에서도 두각을 드러냈고 얼마 지나지 않아 주씨와 동등하게, 아니 그 이상으로 활약했다. 삼 년 후, 마지막으로 참가를 허락받고 사냥한 것이 추우였다.

조정으로 돌아가서도 자신만의 추우가 갖고 싶어 휴가가 날 때마다 황해에 드나들었다. 그렇게 겨우 잡은 것이 게이토였다.

하얀 추우. 추우에는 흑색과 백색 중 게이토처럼 백색이 더 많은 것과 흑색이 더 많은 것이 있는데 후자가 전자보다 압도적으로 적다. 함양산에서 발견한 추우는 흑색이 더 많은 추우였다.

털을 보니 다이키가 떠올랐다. 하산하려는 교소를 따라온 검은 기린.

이곳에서 검은 추우를 만난 것도 인연이겠지.

누군가가 포획하고 길들이라고 명령했다고밖에 생각할 수 없었다.

운이 좋게도 심연 속에서 만난 추우는 동면에 들어간 짐승처럼 어딘가 몽롱해 보였다. 온종일 잠들어 있었고 교소를 공격하려는 낌새를 보이지 않았다. 가까이 다가가면 눈을 뜨고 위협을 해왔지만 떨어져 있는 교소를 쫓아오려는 기색은 보이지 않았고 자리를 옮기려는 조짐도 없었다.

하지만 섣불리 손을 댔다가는 틀림없이 공격당할 것이다. 본격적으로 각성하기 전에 단 한 번의 기회로 확실하게 잡아야 한다.

흑승과 갈고리, 옥. 모든 것이 준비되었지만 방울이 필요했다. 밧줄 곳곳에 매달아 보이지 않는 장소에 있는 추우의 움직임을 소리로 관찰한다. 황해에서는 경석磬石•을 사용했다. 너무 시끄러우면 추우를 자극하고 조용하면 제 기능을 하지 못한다. 소리가 작아도 잘 울려 퍼지는 무언가가 필요했다. 처음에는 옥으로 만들어볼까 했지만 작은 돌은 가공하면 깨진다. 제대로 된 도구가 없으니 어쩔 수 없었다. 시간만 있다면 곧게 편 못과 주변에 있는 모래로도 구멍을 낼 수 있겠지만 그때까지 기다릴 순 없다. 그렇다고 커다란 돌을 쓰면 원하는 음색을 얻지 못하니 추우의 민감한 반응도 기대할 수 없다. 고민을 하다 문득 생각이 떠올랐다. 언젠가 여울에서 주웠던 소쿠리 속에 소녀가 가지고 놀던 모래주머니가 있었다. 손에 쥐었을 때 딸랑 소리가 났던 기억이 있다. 분명 방울이 매달려 있지 않았던가.

흘러 들어온 공물을 소중하게 보관해놓았던 곳에서 모래주머니를 찾았다. 처음 봤을 때는 방울이 한 개 달려 있던 것 같았지

• 때리면 맑은 소리가 나는 돌.

만 손때가 묻은 모래주머니를 다시금 살펴보니 나무 열매가 들어 간 천 주머니 양 끝에 방울이 한 개씩 달려 있었다.

"참으로 감사하군."

방울 한 개로는 소리가 심심했던 걸까. 이유가 있어서였을까 아니면 만든 이의 변덕이었을까. 어찌되었든 뜻밖의 행운이었다. 최소한 다섯 개가 필요했다.

—아직 하늘의 가호를 받고 있다.

누군가가 교소를 구하기 위해 불가사의한 손짓을 하고 있다고밖에 생각할 수 없었다.

추우를 잡을 때 중요한 것은 추우를 화나게 하면서도 결코 격분에 휩싸이지 않게 하는 것이었다. 추우를 자극해 자신을 쫓아오게 하고 덫으로 유인한다. 자신은 어둠에 숨는데, 추우의 화를 적당하게 돋우지 않으면 쫓아오지 않는다. 너무 자극했다가는 추우가 본격적으로 화를 낸다. 격분에 휩싸인 추우에게 덫 따위는 아무런 소용이 없다. 추우는 어둠에 숨은 인간이 어디 있는지쯤은 쉽게 알 수 있다. 화를 내고 위협을 할 때는 거리를 슬슬 좁혀 오지만 격분하면 위협이고 뭐고 바로 한달음에 뛰어와 공격한다. 그랬다간 덫을 작동할 틈도 없게 된다.

황해에서는 추우의 소굴 또는 추우가 지나다니는 길을 찾았다. 추우도 자신의 세력권에 예민하다. 세력권에 발을 들여놓으면 반드시 자극을 받는다. 세력권에 덫을 풀어놓는 행위는 곧 추우를 화나게 하는 행위이다. 자신의 세력권에서 타인의 냄새를 맡은 추우는 경계 태세를 취한다. 타인이 세력권에 계속 머물면 화를 낸다. 떠나지 않고 계속해서 머무르면 침입자를 없애려고 다가오는데 이때 덫이 완성되어 있어야 한다. 추우가 침입자가 있다는 걸 눈치채고 없애려고 움직이기 전까지 덫을 완성하지 않으면 안 된다. 실패와 지체는 용납되지 않는다. 기회는 오로지 단 한 번이다.

덫이 완성되어 있지 않으면 추우는 가차 없이 공격해 온다. 추우를 달래기 위해 옥을 준비해두지만 그걸로 추우를 달랠 수 있다고 보장하지는 못한다. 추우가 공격해 오면 싸워서 죽이거나 행동 불능 상태로 만든 뒤 도망칠 수밖에 없다. 하지만 극히 어려운 일이고 설령 겨우 도망쳤다 하더라도 일단 추우에게 상처를 입혔다면 더이상 그 추우의 세력권에는 다가갈 수 없다. 추우는 영리하다. 냄새 또는 기척으로 적을 기억하고 그것이 오감이 닿는 범위 내에 나타나면 곧바로 공격하러 달려든다.

소굴을 발견한다면 조금은 편하겠지만 흔치 않은 일이다. 그래서 대부분의 경우 추우가 지나다니는 길에 덫을 설치해놓는다. 어느 경우든 추우가 어디에 있는지 파악하고 난 뒤 덫을 친다. 잠복은 하지 않는다. 해봤자 별 의미가 없다.

추우의 존재를 확인했다면 어디에 있는지 위치를 찾아가며 덫을 놓는다. 추우가 멀리 떨어져 있으면 덫을 치는 시간을 벌 수 있지만 추우가 경계해 그 자리를 떠날 가능성이 있고, 확실하게 화가 날 정도로 다가갔다가는 덫을 다 치지 못할 가능성이 있다. 소굴을 찾았을 경우 입구 바깥에 덫을 설치해놓으면 반드시 추우를 덫이 있는 곳으로 유인할 수 있지만 지나다니는 길은 그렇게 뜻대로 되지 않는다. 추우가 어떠한 경로로 다가올지 모르고 움직임을 잘못 읽어냈다가는 비참한 결과로 이어질 것이다. 다행히 교소가 발견한 추우는 소굴 속에 있는 것과 마찬가지였다.

단 한 번의 기회로 재빨리, 실수 없이 덫을 설치해야 한다.

교소는 밧줄과 갈고리를 준비하면서 몇 번이고 순서를 확인했다. 동시에 마지막에 황해에서 덫을 쳤던 때를 떠올렸다. 다이키가 함께였다.

호기심으로 눈을 반짝이던 아이를 위해 덫을 풀어 보였는데 사실 교소는 추우가 지나다닌 흔적을 발견해서 덫을 놓은 게 아니었다. 하지만 과거 그 부근에서 게이토를 붙잡았던 것은 사실이었으니 그곳이 추우의 서식지임은 분명했다. 매복은 성과를 기대할 수 없지만 덫은 기대할 수도 있다. 실제로 드물게 걸리는 것 같았다. 그 드문 일이 일어나도 다이키를 도망치게 할 수 있도록 추우를 회유하기 위한 옥을 미리 뿌려두었다. 다이키는 이를 보고 추우를 옥으로 유인하는 것이라고 생각한 듯했지만 실제로는 아니었다. 덫으로부터 평소보다 몇 배나 떨어진 거리에서 매복했다.

가고 싶다고 말하는 다이키를 데리고 가주고 싶었다. 기수를 잡는다는 것이 어떠한 일인지 알려주고 싶었고 그것을 전업으로 삼고 있는 사람들이 있다는 것도 알기 바랐다. 주씨라고 하는 사람들의 존재를 알려주고, 그들은 애초에 부민이었고 나라의 황폐함이 그들을 부민으로 만들었다는 사실을 지식으로라도 좋으니 다이키가 이해해주길 바랐다.

기억을 떠올리며 교소는 가볍게 웃었다.

―그 결과 생각지도 못한 일이 펼쳐졌었지.

다이키는 지금쯤 어찌되었을까. 자신이 이렇게 살아 있는 이상 분명 죽지는 않았겠지만 구하러 오지 않는 걸 보니 붙잡혀 있는 것이 아닐까. 어떤 취급을 받고 있을까. 비참한 상태가 아니라면 좋을 텐데.

떠올릴 때마다 어린 모습이 뇌리를 스친다. 하지만 그후로 오랜 세월이 흘렀다. 다이키는 꽤나 성장했겠지. 이미 어른으로, 성수가 되어 있어도 이상하지 않다. 어떤 어른이 되어 있을까.

대국의 인간은 혈기가 왕성하다고 봉산의 여선들이 말했다.

그저 '혈기가 왕성하다'라고 하면 너무나 단순한 표현이 되겠지만 그렇다고 틀린 말은 아니라고 생각했다. 기나긴 겨울의 혹독한 추위를 참고 견디고 싫증내지 않고 포기하지 않고 넘길 만큼의 뚝심이 없다면 이 나라에서는 살아갈 수 없다. 출가한 자가 많은 것이나 화적과 협객이 많은 것도 이러한 기질과 아예 연관이 없지는 않을 것이다. 참고 견디며 굽히지 아니하고 과감하게 행동하는 것이 대국의 기질일 거라고 교소는 생각한다. 하지만 그 어린 기린은 그것과는 정반대라고들 했다. 교소는 달리 생각했지만 주변에서 '정반대'라고 생각하기 쉬운 것도 무리는 아니었다. 그런 아이가 어떤 어른이 되었을까, 상상해보아도 명확한 그림이 떠오르지 않는다.

—무사한 것과는 거리가 먼 상태겠지.

"구해주지 못해 미안하다……."

002

따스하던 해가 기운 저녁 무렵, 고게쓰가 보슈쿠를 작은 목소리로 불렀다. 아침저녁으로 기온차가 컸지만 햇살만 있다면 혹독한 추위도 누그러진다. 그렇다고 하더라도 불침번을 서는 동안에는 아직 발끝이 아릴 정도로 시린 추위였지만 이제는 석양이 선명하게 보일 정도로 구름이 엷게 드리워져 있다. 구름 사이로 하늘이 보였다.

"구름이 걷히면 안심이 됩니다."

보슈쿠가 하늘을 올려다보며 말하자 쉿, 하고 옆에서 긴장된 목소리가 들렸다. 보슈쿠가 쳐다보자 고게쓰는 위로 잡아 늘린 듯 뾰족하게 튀어나온 문관 건물의 용마루를 바라보고 있었다.

보슈쿠는 의아해하며 용마루를 쳐다봤지만 특별히 이상한 점은 없다. 평소 보슈쿠가 대기하는 건물이다. 지금은 안에 아무도 없을 것이라 생각한 고게쓰가 작은 소리로 보슈쿠를 불렀다. 일부러 목소리를 죽이고 있다는 것을 눈치챈 보슈쿠는 아무 말 없이 고게쓰를 쳐다봤다. 고게쓰는 다시 용마루를 턱짓으로 가리켰다. 눈에 띄지 않도록 손끝으로 살며시 용마루에 있는 누창을 가리켰다. 창문 너머에 뭐라도 있는지 보슈쿠는 눈을 가늘게 뜨고 쳐다봤다. 건물 안은 어두웠고 석양이 창문 유리에 반사되어 눈이 부셨다. 고개를 기울여 각도를 바꾸자 눈부심이 덜했지만 유리창에는 앞뜰만 비칠 뿐 역시나 용마루 안쪽은 보이지 않았다.

옆에 있는 고게쓰 위치에서는 내부가 보일까. 수상쩍게 여기고 있을 때 유리창 표면으로 그림자가 스쳐 지나갔다. 유리에 비친 앞뜰 안쪽에 있는 용마루의 처마 밑으로 스치듯 움직이는 그림자가 있다.

"후쿠쇼 님은 오늘도 고생하시나 보네."

고게쓰는 태평하게 말했지만 창문 안쪽이 보일 리 없었고 안에 후쿠쇼가 있을 리도 없었다. 서류 뭉치를 껴안고 터덜터덜 힘없는 걸음으로 전원으로 가는 후쿠쇼를 보슈쿠가 목격했다.

보슈쿠는 고게쓰를 쳐다봤다. 고게쓰가 고개를 살짝 끄덕였다. 창문에는 모습을 들키지 않으려 처마 끝으로 이동하는 관리 여러 명의 모습이 비치고 있다.

"슬쩍 도움을 드릴까."

고게쓰는 발길을 돌려 입구로 들어간다. "그게 좋겠죠" 하고 보슈쿠도 이에 응하며 따라 들어간다.

햇살에 익숙해진 눈으로 입구를 보려니 잘 보이지 않았다. 눈을 깜빡이며 어둠에 익숙해지자 긴장한 표정을 짓고 있는 고게쓰가 보였다. 보슈쿠의 팔을 붙잡아 기둥 그림자 속으로 끌어당겼다. 고게쓰의 의도를 파악한 보슈쿠는 제 발로 대기소로 사용하는 큰 방으로 뛰어 들어갔다. 고게쓰가 뒤를 쫓았다.

두 사람은 접문 틈 사이로 아무도 없는 입구를 들여다봤다. 잠시 후 입구 반대쪽, 평소에 문지기가 대기하고 있는 큰 방에서 얼굴이 불쑥 튀어나와 주위를 살폈다. 보슈쿠는 그 얼굴을 본 적이 있었다. 바로 얼마 전까지 일하던, 위에서 보낸 하관이다. 몰래 엿보면서 수를 세어보니 총 여섯 명. 이들은 입구에서 앞뜰의 상황을 엿보다 살며시 안쪽으로 사라졌다. 아마도 앞뜰에 있는 별채로 갔으리라.

고게쓰가 움직이기 시작했다. 보슈쿠가 뒤쫓았다. 입구를 가로질러 맞은편 큰 방으로 들어가자 누창 너머로 사람들이 별채에 있는 방으로 들어가는 게 보였다. 예전에 위에서 보낸 내재부의 관리가 사용했던 방이다. 주재가 국관을 내쫓아 지금은 아무도 쓰지 않는다. 방에 있던 것들도 국관이 물러갈 때 옮겼으니 무언가를 찾으러 온 것도 아닐 것이다.

보슈쿠와 고게쓰는 얼마간 별채를 지켜봤지만 들어갔던 자들이 나올 낌새는 없었다.

"움직이지 않네요."

"그렇군. 창문은 어떻게 되어 있었지?"

고게쓰가 말했다.

"채광창이 높게 나 있을 뿐입니다. 그리 큰 창문이 아니라서 사람은 통과할 수 없습니다."

"그렇다면 안에 숨어 있다는 거로군. 사람을 불러와라. 눈에 띄지 않게."

보슈쿠는 고개를 끄덕인 뒤 몰래 입구를 나와 동료들을 불러

왔다. 도중에 후쿠쇼를 발견하고 자초지종을 설명했다. 후쿠쇼는 굳은 표정으로 고개를 끄덕이고 짧은 지시를 했다. 뒷일을 맡기고 보슈쿠는 고게쓰의 곁으로 돌아갔다. 고게쓰는 흘끗 시선을 보냈다.

"아직 움직이지 않고 있네. 보아하니 밤이 되길 기다릴 모양이야."

큰 방 안에는 어스름한 어둠이 흐르기 시작했다. 그럼에도 수상한 자들이 들어간 방에는 불이 켜질 기미가 보이지 않았다.

"저들은 발각되지 않는 게 제일이겠지만 발각돼도 미처 하지 못한 일이 있었다고 둘러대면 그만이라는 속셈이겠지."

고게쓰가 작게 말했다. 적의 행동을 그렇게 읽어낸 듯하다.

"남모르게 행동하는 게 영 부자연스럽습니다."

보슈쿠가 나지막한 목소리로 말했다.

"국관은 황포관에서 떠나라는 명을 받았어. 그걸 이유로 대면 먹히겠지."

보슈쿠는 수긍하는 듯 끄덕였다.

"인원이 별로 없어. 원하는 게 뭐지?"

다이키라고 생각하는 게 순리에 맞겠지만 고작 저 인원으로 어떻게 해볼 수 있는 상대가 아니다. 다이키의 곁에는 간초와 야리가 있다. 두 사람에게 국관 따윈 상대도 되지 않는다. 아니면 문관을 가장한 무관일까.

"무관일 리 없네."

고게쓰는 보슈쿠의 생각을 읽었다는 듯 말했다.

"전에 본 적 있는 얼굴들이었어."

보슈쿠는 고개를 끄덕였다. 고게쓰는 그 이후로 더이상 말을 하지 않았고 기나긴 밤이 시작되었다. 보슈쿠는 열다섯 명의 인원으로 문제가 되는 방을 감시하며 일단은 계속 몸을 숨기고 있었다. 그저 고통스러울 정도로 추운 밤이 서서히 흘러갔고 동틀녘이 가까워졌다. 어제 비추던 햇살이 거짓말인 양 찬 기운이 뼛속으로 스며들 정도로 추웠다.

궁성의 하늘은 아직 어두웠지만 어디서부터라 할 것 없이 사람들이 일어났고 인기척이 나기 시작했다. 곧 동이 튼다.

"대복은 알고 있나요?"

보슈쿠가 잠긴 목소리로 묻자 고게쓰는 고개를 끄덕였다.

"후쿠쇼 님이 전달했을 거야."

그렇다면 걱정할 건 없다. 그러다 보슈쿠는 문득 이런 생각이 들었다.

"정자."

새벽녘. 어렴풋이 하얘진 하늘에 솟아 있는 황포관 몸채의 지붕. 그 지붕 너머로 보이는 정원에 있는 바위산. 바위산 위에는 정자가 있었는데 몸채 지붕 너머로 정자의 꼭대기가 간신히 보였다. 보슈쿠가 이곳에 배치된 이래 질릴 정도로 보아온 풍경이다.

매일 아침 다이키는 그 정자를 오른다고 들었다. 누군가와 같이 갈 때도 있고 혼자일 때도 있다. 몸채와 후원은 다이키의 영역이기 때문이다.

"뭐라고?"

고게쓰의 물음에 보슈쿠가 대답했다.

"태보는 매일 아침 정자로 가십니다. 경우에 따라서는 홀로요."

적의 존재가 전해졌다면 대복은 가게 두지 않을 것이다. 설령 가게 하더라도 혼자 보내지 않을 것이다.

바로 그때 움직임이 있었다. 멀리서 지켜보고 있던 별채의 문이 살짝 열렸다. 안에서 상황을 살펴보고 있는 것인지 얼마간 그 상태로 움직이지 않았다. 이윽고 문이 조금 더 열리고 사람이 밖으로 빠져나왔다. 한 명, 두 명…… 여섯 명이 다 나왔다. 마지막 한 사람이 얌전히 문을 닫았을 때에는 제일 처음 나왔던 사람이 발소리를 죽여가며 별채 안쪽으로 나아가 대청에 다다른 참이었다. 대청 오른편에는 하인들이 지나다니는 좁은 통로가 있다. 사람들이 그 통로 쪽으로 꺾어 들어갔다. 보슈쿠 일행은 그 모습을 확인하고 대청을 빠져나갔다. 대청에는 불빛은 없었지만 보슈쿠 일행이 발을 들여놓았을 때 인기척이 느껴졌다. 바깥 상황을 경계하고 깨어난 이가 있을 것이다. 아마도 상황을 엿보고 있으리라.

보슈쿠 일행은 더 안쪽으로 들어갔다. 몸채 왼쪽으로 돌아간 곳에 있는 하인들의 서쪽 통로를 지나 더 안쪽에 있는 정원으로 발걸음을 옮겼다. 역시나 이 통로에는 불침번이 있었다. 몸채 동쪽에 있는 통로도 마찬가지였다.

정원 수풀 속에 몸을 숨긴 뒤 보슈쿠는 숨을 작게 내쉬었다.

"동쪽 통로는 사용하지 못할 겁니다."

매우 작은 목소리로 속삭이자 고게쓰는 고개를 끄덕였다. 입가를 목도리로 감싸고 있었다. 그렇게 하지 않으면 하얀 숨이 밖으로 새어 나간다.

"……그럴 텐데 말이지."

고게쓰가 말했을 때 어딘가에서 희미하게 문이 열리는 소리가 들렸다. 불침번이 있으니 통용문은 아닐 것이다. 보슈쿠가 머리를 굴리고 있을 때 희미한 박명의 새벽빛이 흐르는 정원 안쪽, 바위산의 반대쪽 기암과 수풀이 우거진 곳에 불쑥 사람이 나타났다.

—옆인가.

그러고 보니 애초에 황포관은 옆에 있는 나무 정원에 딸려 있는 건물이었던가. 정원에 있는 시설은 통로로 이어져 있지만 보슈쿠 일행이 오기 전부터 벽을 쌓아 막아놨다. 하지만 하인들이 드나드는 뒷길까지 손을 썼을까. 그 길을 통해 정원 쪽으로 빠져 나가면 후원으로 나오는 방법이 있는 게 아닐까. 정원은 정원 나름대로 경비를 하고 있을 텐데 황포관과의 경계선에 인원이 배치되어 있다는 이야기는 들은 적이 없다.

"불침번을 세워두지 않았군."

고게쓰도 같은 사실이 떠올랐는지 작게 혀를 찼다. 황포관 경비는 국부가 지휘한다. 후에 서주부가 움직이기 시작한 뒤 황포관은 주천관, 하관의 관할이 되었지만 외부는 관할 밖이다. 아마도 당초에 국부가 깔아놨던 경비가 그대로 유지되고 있을 것이다. 추측건대 몇 군데 허점이 있는 채로. 분명 일전에 아센이 갑작스레 나타난 적이 있다. 아센이 본인의 권력을 사용해 경비를 빠져나갔을 거라 생각했지만 이 상황을 보아하니 그게 아니었을 수도 있겠다.

이리저리 생각하는 동안 사람들은 정원을 가로질러 연못 안쪽에 있는 바위산을 올라갔다. 박명의 빛을 받아 소지하고 있는 무기가 빛났다. 그들은 명백하게 주변의 시선을 경계하며 정자 주변에 있는 바위 그림자와 나무 그림자 속으로 사라져갔다.

"그렇군, 매복을 할 셈인가."

들어본 적 없는 작은 목소리가 들리는 바람에 보슈쿠는 자칫 큰 소리를 낼 뻔했다. 몸이 굳어 흠칫거리며 뒤를 돌아보자 어느새 무리 안에 소녀 한 명이 섞여 있었다.

"……야, 야리 님."

야리는 고개를 끄덕였다. 두건이 달린 외투를 머리에서부터 쓰고 있었는데 흔히 볼 수 없는 호화로운 의복이었다. 입고 있는 옷도 평소와는 다르다. 화려한 조포朝袍였다.

미심쩍어하며 지켜보는 보슈쿠의 시선을 느낀 야리가 입을 열었다.

"태보의 의복을 빌렸어. 내가 정자로 올라갈 테니 뒷일을 부탁해."

야리는 눈언저리까지 두건을 내려 쓰고 몸채 쪽으로 사라졌다. 바위산에서 움직임은 보이지 않았다. 황포관에서도 후원에서도. 동틀 녘의 희미한 빛이 주변에 흐르기 시작할 무렵 몸채의 문이 열리고 외투를 걸친 사람이 홀로 빠져나왔다. 야리는 다이키와 체격이 비슷했다. 나오는 사람이 있다는 것을 눈치챘는지 정자 주변으로 그림자가 슬며시 움직이는 것이 보였다.

—참으로 애쓰는군. 꽤나 추울 텐데.

지금쯤 추위 때문에 이가 덜덜 떨리지 않을까. 바위산 정상은 정면에서 바람이 들이친다.

생각에 잠긴 채 보슈쿠는 입가를 뒤덮은 목도리 밑으로 손을 넣어 시린 손을 숨으로 따뜻하게 덥혔다. 이제야 다이키를 위해 움직일 수 있다.

외투를 여미며 바위산을 올라가는 모습이 보였다. 몇 번이고 방향을 바꿔가며 돌계단을 오르고 정자가 얼마 남지 않았을 때 더이상 참을 수 없었는지 풀숲에서 사람이 뛰쳐나왔다. 동시에 고게쓰가 재빨리 일어섰다. 보슈쿠도 곧바로 뒤를 따랐다. 뛰쳐나온 사람이 급소를 맞고 맥없이 돌계단으로 굴러떨어지는 모습을 보며 바위산을 뛰어 올라갔다. 바위 사이에 끼어 끙끙대는 관리를 동료가 바로 제압했다. 정자에서 고함과 비명 소리가 들려왔다. 야리는 양손에 짧은 막대기를 쥐고 순식간에 폭한을 쓰러뜨리며 나아갔다.

보슈쿠 일행이 정자로 뛰어 올라갔을 때에는 폭한들 대부분이 이미 돌바닥 위에 널브러져 있었다. 물어야 할 것이 있으니 목숨은 빼앗지 않았다. 차마 단념하지 못했는지 끙끙거리며 일어서려는 관리들을 보슈쿠 일행이 뛰어들어 제압했다.

"야리 님이 상대하면 식은 죽 먹기네요."

보슈쿠가 제압한 관리의 팔을 비틀며 말하자 두건을 벗은 야리는 불쾌한 표정을 짓고 있었다.

"정녕 고작 이런 녀석들로 어떻게 해볼 수 있을 줄 알았던 건가?"

"배후가 있을까요?"

"있겠지. 시손."

보슈쿠가 깜짝 놀라 다시 쳐다보자 야리가 덧붙여 말했다.

"이렇게까지 멍청한 짓을 하는 걸 보니 너무나도 시손답군."

003

교소는 횃불과 덫을 들고 균열을 향해 발을 내디뎠다. 상대는 아직 몽롱한 상태였다. 덕분에 시간을 충분히 들여 덫을 칠 수가 있다. 불빛이 약해 발을 내딛는 데 어려움이 있었다. 시간을 끌 수 있어 감사했다. 하지만 그렇다고 상대가 언제까지 이대로 있어줄지는 알 수 없다.

추우의 기척을 살펴가며 눈에 띄지 않도록 말뚝을 박고 바위 사이를 기어가 밧줄을 묶었다. 매듭 부분에 다다르면 버팀줄을 다른 손에 바꿔 쥐고 추우가 움직였을 때 디딜 만한 곳에 놓았다. 첫 번째 방울에서 희미한 소리가 울렸다. 매듭지은 곳까지 돌아오면 또다시 말뚝을 박고 밧줄을 묶는 행동을 계속해서 반복했다.

가능한 한 조용히 기척을 죽이고 움직였다. 추우는 아직 깨어날 기색이 없었다. 거미줄 같은 덫을 다 치고 나서도 일어날 낌새가 보이지 않았다. 이제는 깨워야 한다.

끝부분을 살짝 뾰족하게 만든 막대기를 손에 쥐었다. 이것을 던지면 더이상 되돌릴 수 없다. 옥은 허리에 달고 있고 검도 차고 있었다. 하지만 이것들을 사용하는 건 교소가 도박에서 졌을 때다. 날개가 되어줄 요행이 죽을지 아니면 교소가 죽을지. 또는 심연 어디론가 뛰어들지.

숨을 한 번 들이쉬었다. 숨을 내뱉자마자 누워 있는 추우의 왼쪽을 노려 막대기를, 표창을 던졌다. 끝이 무딘 표창은 추우를 찌르지 못하고 바위에 맞아 튕겨 나갔다. 어둠 속에서 빛나는 두 개의 은구슬을 보고 상대가 눈을 떴다는 사실을 알았다. 이를 확인할 틈도 없이 두 번째 표창을 짐승의 바로 위쪽으로 던졌다. 이 표창도 바위에 부딪쳐 짐승 위로 떨어졌다가 튕겨 나갔다. 바닥을 구르는 표창을 돌아보지 않고 마지막 하나를 손에 쥐었다. 이번에는 앞쪽 가까운 곳으로.

세 번째는 짐승 앞에 사선으로 꽂혔다. 어둠이 느릿느릿하게 움직였고 굵은 앞다리가 표창을 밟아 뭉갰다. 낮게 으르렁거리는 소리가 들렸다. 지면에서부터 바위를 따라 전해지는 소리는 상대가 명백히 화가 났음을 알렸다. 매섭게 노려보는 시선을 피해 바위 그림자로 몸을 숨겼다. 밧줄을 손에 쥐고 숨을 죽인 후 귀를 기울였다.

분노를 감추지 않는 울음소리가 바위 너머에서 울려 퍼졌다. 방울 소리가 딸랑, 작게 울렸다. 짐승이 첫 번째 밧줄을 넘어왔다. 딸랑, 두 번째 방울 소리. 딸랑, 세 번째 소리. 계속해서 딸랑딸랑 소리가 두 번 동시에 울렸다. 틀림없이 덫 위를 지나갔다는 증거다. 남은 건 밧줄을 잡아당기는 것뿐이다. 그후의 일은 교소가 기백으로 짐승을 제어할 수 있는지 없는지에 달려 있다. 한순간이라도 망설이고 겁을 집어먹었다가는 짐승이 덫을 풀어낼 것이다. 어차피 이 덫은 사냥꾼이 사냥감의 몸에 손을 댈 때까지밖에 견디지 못한다. 황주가 사냥할 때에는 많은 사람이 동원된다. 올라탄 사람이 떨어져도 계속해서 대신 올라타 제압하려고 시도하며 쇠사슬도 보탠다. 하지만 지금 이곳에는 교소뿐이다.

으르렁거리는 소리가 가까이서 들렸다. 발소리는 들리지 않지만 커다란 짐승에게서 비어져 나오는 숨소리가 들린다. 문득 미적지근한 숨이 흘러 들어온 것 같았다. 그와 동시에 발치에 있는 바위를 걷어차며 밧줄을 잡아당긴다. 깜짝 놀란 듯 짐승이 울부짖었다.

곧바로 바위 뒤에서 뛰쳐나갔다. 교소의 등 뒤로 발톱의 예리한 일섬이 날아왔고 날쌔게 물러난 교소를 좇으려 몸을 돌린 반동으로 거대한 몸이 밧줄에 휘감겼다. 뒤돌아본 시선 끝으로 분노가 치밀어 올라 몸부림치는 추우가 보였다. 앞다리를 휘젓고

뒷다리를 차내며 교소를 쫓으려고 했다. 그 움직임 때문에 밧줄이 더욱 조였다. 초조한 듯 울부짖는 짐승에게 돌진해 자신에게 휘두르는 발톱을 재빨리 피하며 등에 달라붙었다. 묶은 밧줄을 고삐 삼아 등에 걸터앉은 뒤 목덜미를 붙잡았다. 짐승은 거대한 몸으로 몸부림을 쳤고 분노에 찬 포효를 굵게 내질렀다.

"자, 자, 진정해라."

교소는 발버둥 치는 짐승에게 걸터앉아 한 손으로는 목덜미를 잡고 다른 한 손으로는 털을 다독였다. 짐승은 울부짖으며 버둥거렸다. 자신을 얽매고 있는 결박을 잡아 뜯으며 등에 달라붙은 적을 떨어뜨리려고 사방으로 날뛰었다. 교소는 떨어지지 않도록 매달리며 계속해서 말을 걸었다. 목덜미를 붙잡은 손에서 한순간이라도 힘을 빼서는 안 된다. 이 손은 상대를 지배하겠다는 단호한 의지를 전하는 것이다. 다섯 손가락의 손톱으로 상대를 깨물듯 꽉 붙잡고 한 손으로는 허리춤에 있는 주머니의 입구를 살며시 열었다. 결박에서 벗어나려고 발버둥 치며 날뛰는 움직임으로 인해 옥이 흩뿌려졌다.

가장 위험한 순간이 찾아왔다. 등에 매달린 상대를 어떻게든 떼어내기 위해 짐승이 구르려고 했다. 짐승의 거대한 몸과 바위 틈에 끼어 짓눌린다면 가볍게 끝나지 않을 것이다. 추우의 움직임을 눈치챈 교소는 손에 힘을 줘 붙잡고 있던 목덜미를 반대 방향으로 잡아당겨 자세를 되돌렸다. 짐승에 올라탄 다리와 목덜미를 붙잡은 손으로 날뛰는 짐승의 움직임을 겨우겨우 억제하며 제압했다.

옥이 효과가 있었는지 짐승의 흥분이 조금씩 가라앉았다. 등에 올라타 있는 자를 떨어뜨리려는 짐승의 발버둥과 그 발버둥을 제압하려는 행동이 서로 맞물리기 시작했다.

"괜찮다, 진정해."

적이 아니다. 위해는 가하지 않는다. 안심하고 항복하면 된다.

뒷다리로 차려고 할 때는 고개를 들어 올렸고 오른쪽으로 가려고 하면 왼쪽으로 당겼다. 점차 짐승의 움직임이 진정됐다.

"적이 아니다. 나를 좀 도와주거라."

추우는 망설이는 듯 낮게 울었다. 숨을 거칠게 내쉬면서 무턱대고 움직였던 행동을 멈췄다. 어느 순간 타고 있는 사람을 떨어뜨리려고 하지 않았고 목덜미 주위로 곤두섰던 털도 가라앉기 시작했다.

"내가 위해를 가할 생각이 없다는 건 알겠느냐?"

목 깊숙한 곳에서 작게 그르렁대며 추우는 목소리를 가렸다. 앉아 있던 거구에서 순식간에 긴장감이 빠져나갔다. 착하다 하고 말을 걸며 목덜미를 쓰다듬자 커다란 머리를 부드럽게 손바닥에 비벼댔다. 교소를 받아들인 것이다.

"고맙다."

교소는 천천히 등에서 내려왔다. 아마 더이상 공격해 오지는 않을 것이다. 하지만 이대로 떠날지도 모른다.

손바닥을 등에 올려놓은 채 긴장하며 지켜보고 있자 짐승은 가볍게 몸을 흔들었다.

—역시 떠나려나.

안타까운 마음이 든 순간 추우는 그 자리에 누웠다. 편안한 모습으로 옆으로 길게 누워 머리만 들어 교소를 쳐다보았다. 다채로운 눈으로 자신에게 다가오라 재촉하는 것 같아 교소는 손을 뻗었다. 짐승은 교소가 뻗은 손바닥의 냄새를 가볍게 맡더니 목덜미를 바짝 댔다.

교소는 그 목을 쓰다듬고는 끌어안았다.

"힘을 빌려주겠느냐……."

얼마나 감사한 일인가.

"이름은 라고羅睺라 지어주마."

추우는 진정이 된 듯 그르렁거리기 시작했다. 교소는 한동안 그 소리에 귀를 기울이며 고개를 들어 머리 위를 올려다봤다.

지금 이 장소에서는 바위로 뒤덮인 천장밖에 보이지 않는다. 하지만 그 틈 사이로 머나먼 저편에 있을 하얀 빛의 점을 보고 있었다.

—드디어 날개를 손에 넣었다.

004

대국 북방에 겨울의 끝이 보이기 시작했다. 문주에도 옅은 햇살이 비치는 날이 늘고 눈이 내리는 날이 줄었다. 눈송이가 무겁고 빨리 녹았다. 얼음이 되었던 눈도 점차 부피가 줄어들었다. 햇빛이 잘 드는 평지에서는 까만 지면이 곳곳에 보이기 시작했다.

그런 나날이 이어지는 와중 문주 북동부는 남몰래 조용히 인파로 북적였다. 고탁 부근의 마을에서 사람들이 한두 명씩 가도를 향해 떠나기 시작했다. 어떤 사람은 여럿이서 함께 가도를 걸어갔고 어떤 사람은 그보다는 적은 인원으로 뒷길을 걸어갔다. 말에 탄 사람, 짐을 짊어지고 걸음을 재촉하는 사람, 대부분의 사람은 주변 사람들의 인상에 남지 않도록 삿갓을 눈언저리까지 내려오게 푹 눌러쓰고 얼굴을 목도리로 두른 뒤 고개를 숙이며 발을 옮기고 있었다. 눈길을 담담하게 걸어갔다. 요산 북쪽 가도에서 백랑을 향해 가다 백랑 바로 앞 강가에 있는 샛길로 빠져나가 과거 철위가 있었던 곳으로 꺾었다. 사람들 대열에 하얀 깃발을 내건 짐수레가 합류했다. 대량의 짐을 쌓은 수레의 주변으로 백의로 몸을 두른 도사가 동행했다. 용계에서 석림관 도관의 재건이 시작되었다. 주별 이후 몹시 황폐해지고 오랜 세월 방치되었지만 백랑에 있는 아문관의 지원을 받아 규모를 확장해 재건한다고 한다. 동시에 더 동쪽에 있는 마을의 도관도 재건한다고 한다. 직공으로 보이는 무리가 짐 주변으로 줄지어 있었다. 사람의 움직임에 예민한 부민이 합류한다. 유동 인구가 많은 장소에 부민이 몰려든다. 듣자하니 오랫동안 화적의 지배하에 있던 마을들이 예전만큼 외지인을 거부하지는 않는다고 한다. 곤궁에 처한 사람들 사이에서는 석림관의 도관 재건의 움직임에 발맞춰 외지인을 거부하는 분위기가 줄어들었다는 소문이 돌았다. 그곳에 가면 집이 있다. 사람들이 모이니 일자리도 구할 수 있을지 모른다. 이러한 분위기가 흐르는 것을 빠르게 눈치챈 상인이 조심스럽게 합류했다.

서최 중심에 있는 성은 육 년 전에 불에 타 무너졌다. 화적의 난으로 붕괴되었다. 불에 탄 곳과 가까운 여관에는 지금도 화적이 자리를 잡고 있었지만 예전처럼 마을에 다가오는 자를 다짜고짜 내쫓는 일은 없었다. 여전히 서최에 들어가기 위해서는 검문을 받아야 하지만 서최 주변에 있는 마을로 흩어지는 사람들을 훼방하는 자는 없었다. 대부분의 마을은 화적의 난과 그 후에 벌어진 주별로 인해 거의 폐허가 되었지만 겨우 형태를 유지하고 있는 건물에서 사람이 보이기 시작했다. 주변에 있는 경작지는 아직 눈에 묻혀 있었지만 경작지로 향하는 길을 정비하려는 움직임이 일었다.

문주성에서 이러한 낌새에 주목하는 자는 없었다. 아니, 있어도 어떤 행동으로 이어지는 일은 없었다. 서최는 존재하지 않는 마을이다. 이 결정은 변하지 않는다. 부민과 황민이 움직인다 한들 관청이 관여할 바가 아니다. 이들은 행정상으로 존재하지 않는 것과 마찬가지기 때문이다.

"무슨 일이 벌어지고 있는 걸까요."

의문을 품는 관리도 있긴 했다.

"화적이 힘을 좀 뺀 것 같습니다. 함양산에 자리를 잡고 있는 화적도 곤란하겠지요. 그만큼의 지역을 관리할 여력이 없는 걸지도 모릅니다."

돈코가 대답하자 잘 알겠다는 듯 고개를 끄덕인 뒤 침묵했다.

"그대로 둬도 괜찮을까요?"

주변의 안색을 살피는 자도 있었다.

"얽히지 말라는 주후의 지시가 있으니까요" 하는 의견에 역시 침묵을 지켰다.

"좀 있으면 화적이 함양산을 단념하고 자취를 감출지도 모릅니다. 그렇게 된다면 함양산 일대의 마을이 재건될지도 모르겠지만, 우리는 실제로 재건이 이루어진 뒤 이사를 재건해달라는 청원이 나오면 움직여도 괜찮지 않겠습니까."

돈코가 고관들에게 넌지시 흘린 견해가 주의 방침이 되었다.

—주후가 특별한 지시를 내리지 않았기 때문이다.

눈에 띄지 말아야 한다. 괜히 눈에 띄었다가 주목이라도 받게 된다면 병이 들거나 배척될 것이다.

"우선 봄까지 주부는 움직이지 않을 거라 생각해도 되겠지."

돈코가 리사이에게 말했다.

이날, 리사이는 짐을 받기 위해 호요가 있는 곳에 와 있었다.

"참으로 태평한 자들이로군."

쓴웃음 짓는 리사이에게 돈코가 말했다.

"허술하다고 해야겠지. 주는 행정부로서의 기능을 잃었네. 하기야 지금은 대국의 모든 곳이 그럴지도 모르지만."

리사이는 고개를 끄덕였다. 문주 이곳저곳의 노지에서 지내던 황민이 동사하고 있다. 황민 중 겨우 동사를 면했다 하더라도 노인과 아이 중에는 동상에 걸려 손발가락을 잃은 자가 많았다. 좀 더 따뜻한 장소로 이동할 여력이 있는 사람은 본격적인 겨울이 오기 전에 움직였다. 추위가 혹독한 문주에 남아 있는 사람들은 움직일 여유조차 없을 정도로 곤궁에 처한 사람들이 대부분이었다.

"그렇다고는 하지만" 하고 호요는 불쾌한 표정을 지었다.

"이렇게나 많은 사람이 움직이고 있다는 걸 알면서도 조정에서 정말로 눈치채지 못했을까? 자신의 부하인 주후가 거의 폐인 상태라지만 조정에도 눈과 귀는 있겠지."

"표면상으로는 용계와 서최의 석림관 가람 재건, 용계 계단의 창설이라는 명목이 마련되어 있으니까."

돈코는 대답했다. 애당초 문주에서는 겨울 동안 사람들이 많이 이동한다. 요산의 북녘, 문주 북부 연안부는 대국에서도 손에 꼽는 대설 지대이다. 마을 하나가 눈에 갇히는 사례도 빈번했지만 그런 일이 일어나기 전에 온 마을의 주민이 피난 가는 일도 있었다. 대설과 눈사태 같은 재해로부터 도망치는 피난민, 곤란에 빠져 어쩔 수 없이 이동해야만 하는 황민, 타지에서 돈을 벌기 위해 움직이는 노동자와 겨울을 지내기에는 가진 것이 없는 무리가 가도를 서성이고 있는 광경을 문주의 백성들은 지금까지 수없이 보아왔다.

"게다가 나라에도 사정이 있지. 위주가 또 날뛰는 바람에 이를 대처하기 급급하다더군."

"아직도 저항하는 녀석들이 있다니."

호요는 반은 감탄했고 반은 혀를 내둘렀다.

"위주의 반항 세력은 거의 근절된 줄 알았는데."

리사이의 말에 돈코가 대답했다.

"얼마간 숨죽이고 있는 동안 또 세력이 늘었다는 거겠지. 주벌이 심했던 만큼 위주는 아센에게 강한 분노를 숨기고 있어. 게다가……."

돈코가 뒤이어 말했다.

"보아하니 남쪽으로 가려는 자들이 많은 것 같더군."

"남쪽으로?"

"서주로 가면 살 수 있다는 소문이 돌고 있어. 서주는 의창에서 식량을 지급한다더군. 이가의 규모도 커져서 병자와 노인, 아이를 받아들이고 있지."

"그러한가……."

리사이는 중얼거렸다. 이 사실을 기뻐해야 할지 알 수 없었다. 백성이 구제를 받는 것은 좋은 일이지만 실제로 무슨 일이 일어나고 있는지 확인할 수 없었다. 아센 천조의 소문과 상관없는 일이 아니라는 것만큼은 알 수 있었다. 다만 문주 전체에서 사람들이 활발하게 움직이기 시작한 것은 감사한 일이다. 덕분에 소겐이 모은 세력이 눈에 띄지 않고 잘 이동할 수 있었다.

"하다못해 남쪽으로 가는 자들을 지원할 수 있으면 좋을 텐데."

리사이의 말에 돈코가 쓴웃음을 지었다.

"그럴 정도로 주에 행동력이 남아 있다면 우리도 무사하지 않겠지. 고민스러운 부분이야."

돈코는 주성 내부에서 병졸을 모으는 데 힘을 쏟아붓고 있었다. 장군부터 잘 구슬린다면 이야기가 빠르게 진전되겠지만 좋든 싫든 눈에 띈다. 오히려 밑에 있는 졸장, 여수부터 회유하려 하고 있다고 돈코는 말했다. 문주의 내실을 모르는 리사이가 뭐라 말할 여지는 없었지만 일단은 서서히 동료를 늘려가고 있는 듯했다. 곧 있으면 일군에 상당하는 인원이 모이지만 지위 계통을 제압한 게 아니니 세력으로 삼기에는 믿음직스럽지 못했다.

"계속 노력할 수밖에 없네. 함양산은 공략할 수 있을 것 같은가."

돈코의 질문에 리사이는 씁쓸한 미소를 지었다.

"이쪽도 어찌됐든 일단 시도할 수밖에 없지."

동료의 수는 늘었다. 규산도 힘을 보태줘 불가능하지 않을 정도의 인원에는 다다랐다. 문제의 낙반이 어디일지 후보를 추려내 해당 장소로 이어지는 갱도를 정비하는 것까지는 어찌어찌 진행되었다.

"하지만 정작 함양산의 전모를 짐작할 수가 없네."

"주 내부에서도 조심스럽게 찾아봤지만 함양산의 실태를 알고 있는 자는 관리 중에도 없는 것 같더군. 어찌됐든 오래되기도 했고 옥천이 대부분인데다가 갱씨가 좌지우지하고 있는 산이니 말이야."

갱씨는 자신들의 이권을 지키기 위해 옥천과 옥천으로 가는 갱도를 철저하게 비밀로 부친다. 이러한 사실이 함양산의 전모를 파악하기 어렵게 했다.

"좋은 소식 기대하지."

돈코의 말에 리사이는 고개를 끄덕였다.

"한동안은 광부 흉내를 내는 건가? 고생이 많겠어."

호요가 웃었다.

"목적이 있고 해야 할 일이 있는 한 이 정도는 고생 축에도 끼지 못하네. 호요의 조력은 참 고맙네."

"인부와 물자는 내가 어떻게든 해봄세. 리사이가 현장에서 굴을 파지 않고 끝낼 수 있게 말일세."

"부탁하네. 나는 굴을 파는 데 거의 도움이 되지 않으니까."

리사이는 웃으며 아문관을 떠났다. 리사이 혼자라면 히엔의 도움을 받아 날아서 움직일 수 있다. 본래 아문관과 서최는 히엔을 타면 반나절 만에 이동할 수 있었다. 하지만 지금은 아무래도 보는 눈이 있으니 백랑 주변에서는 히엔을 타고 자유롭게 이동할 수 없지만 조심하면서 길을 골라 이동하면 하루가 걸리지 않는다. 불빛이 들어오는 저녁 시간에 서최로 돌아오자 새로운 거처의 거실에 천 한 장이 내걸리던 참이었다.

"돌아왔는가."

소겐은 뒤돌아 리사이를 쳐다봤다.

"호요 님은 어땠는가."

"변함없네. 그런데 그게 뭔가?"

특별할 것 없는 하얀 천이었다. 아마도 때마침 그 자리에 있던 천일 것이다. 네모난 천 아래에는 옅은 쥐색 먹으로 선 하나가 그어져 있다. 묽은 묵을 붓에 묻혀 일자형을 그어냈다.

"오셨습니까."

세이시가 웃으며 인사했다.

"아문관에서 받은 짐에 백치의 깃발을 달아놓았는데, 백치를 사칭하는 듯해서 찝찝하다는 이야기를 하고 있었습니다."

"아아…… 그래, 듣고 보니 그렇군."

서최에는 많은 사람과 많은 짐이 들어온다. 석림관 도관을 재건한다는 명목으로 움직이고 있기에 백치를 내세우고 있었다. 애초에 하얀 깃발은 석림관 관계자라는 표시였다. 하지만 리사이 일행에게 백치는 다른 의미를 지닌다. 교소의 은덕에 감사하는 철위의 백성들의 뜻. 그런 깃발을 내세우려니 조금은 위축되는 기분이 들었다.

"하지만 우리들도 백치를 내려놓을 수는 없으니 말일세."

소겐이 말했다.

"그래서 식별할 수 있게 만들어봤지. 우리는 백치는 아니지만 바라는 바는 같아. 이거라면 백치도 허락해주지 않을까 해서."

허락하고 말 것도 없다고 겐추는 씁쓸한 미소를 지었다.

"그래. 괜찮지 않겠는가? 깔끔하기도 하고 무엇보다도 손쉽게 만들 수 있으니 좋군."

물자도 자금도 여유분 같은 건 없다. 이 정도라면 있는 것으로 충분히 만들 수 있다.

리사이의 감상에 교시가 기쁜 듯 호토의 등을 두드렸다.

"혹시 호토가 고안해낸 건가?"

"네. 너무 허술하지 않나 싶었지만 소겐 님께서 칭찬해주셔서요."

호토는 쑥스러워하며 대답했다. 리사이는 다시금 깃발을 보았다. 정장을 떠나고 난 후로 오랫동안 호토와 교시와 함께 세 명이었다. 거기에 기이쓰가 힘을 보태줬고 세이시가 요타쿠와 함께 동료로 들어왔지만 겨우 여섯 명이다. 화려하지 않은 깃발이 예전의 자신들을 보는 것 같아 어딘가 모르게 애잔했다.

"저는 이게 참 마음에 듭니다."

리사이 앞에 찻잔을 놓은 요타쿠가 말했다. 리사이는 요타쿠도 비슷한 감회를 품고 있다고 느꼈다.

"……고탁 부근으로 흘러왔을 때는 네 명이었지. 겨우 네 명에 말이 두 필."

소겐이 중얼거렸다.

"그랬던 것이 이제는 식별하기 위한 깃발이 필요할 정도로 규모가 커진 거야."

리사이는 고개를 끄덕였다. 똑같은 감상을 불러일으키는구나 싶었다. 사람도, 자금도, 인맥도 없었다. 백치처럼 의지만으로 모두 함께 고립된 여정을 계속하는 동안, 마주친 사람들의 후의가 얽히고설키어 지금에 이르렀다.

곰곰이 생각하고 있을 때 밖에서 함성 소리가 들렸다. 밖으로 나가보니 고탁에서 말을 타고 이동한 무리 중 몇 명이 먼저 도착했다.

"마을이 의외로 커서 이곳을 찾는 데 애먹었습니다."

의견을 들은 리사이 일행은 마을 곳곳에 먹을 칠한 하얀 깃발을 세웠다. 규산에게 빌린 거처는 벌써 사람이 가득 차고 넘치는 바람에 옆 뒤에 있던 건물 두 채를 새로이 손질하고 있었다.

005

국관이 무기를 가지고 다이키를 공격하려고 했다.

이 소식은 궁성을 뒤흔들었다. 폭한은 한 명도 빠짐없이 모두 붙잡혔고 주 추관부에 연행되었다. 황급히 국관이 달려와 혹독히 문초한 결과 그날 오후 시손이 구속되었다.

"이렇게 어리석은 놈을 보았는가."

추관장 대사구 교쇼가 말을 퍼부었다. 조만간 아센이 등극한다. 이런 시기에 재보를 암살하려는 것은 아센을 시해하려는 것과 마찬가지다.

"대역죄다. 극형에 처한다."

구속된 시손은 아니라고 울부짖었다.

"어째서 여러분께서는 모르십니까. 그자는 태보가 아닙니다."

태보를 사칭하는 가짜라고 큰 목소리로 호소했다.

"어찌 태보가 저처럼 무정하고 냉혹할 수 있겠습니까. 총재도 줄곧 말씀하셨습니다. 저것은 태보가 아니라고요."

태보를 닮은 자를 찾아 궁성으로 보냈다. '신왕 아센'은 가짜 태보의 기만이고 배후에 아센을 밟아 뭉개려는 세력이 있다는 것이다.

시손이 둘러대는 핑계가 조운이 했던 주장과 몹시 비슷했기에 여러 관리들은 의심의 시선으로 조운을 바라보았다.

"바보 같은 소리에도 정도가 있지."

조운은 얼굴을 붉히며 화를 냈다.

"내가 조금이라도 태보를 의심했다니, 있을 수 없는 일이다. 나는 처음 딱 뵈었을 때 태보라는 걸 알았다. 태보가 진짜인지 가짜인지 의심할 리가 없어!"

"평소에 태보의 기만이라고 말하지 않았던가."

가샤쿠가 지적하자 조운은 발로 바닥을 쾅쾅 울렸다.

"가능성이 있다고 지적했을 뿐이네. 주상 옥체의 안전을 위해서, 나라의 안전을 위해서는 신중을 기해야 하네. 그래서 만에 하나 있을지도 모를 가능성을 생각했을 뿐이야."

"그러셨는가?"

가샤쿠는 누가 봐도 야유하는 말투로 말했다.

"제 기억과는 다소 차이가 있는 듯합니다만."

가샤쿠는 동의를 구하는 듯 육관을 쳐다본다. 육관도 그러하다는 듯 고개를 끄덕였다.

안사쿠는 어리석다고 생각했다.

조운이 자신의 주관으로 사실을 왜곡했다 해도 다른 사람의 기억까지 조작할 수 없다. 당시 상황을 아는 자와 마주해 기억을 비교해가다 보면 조운의 자기기만이라는 사실은 쉽게 들통난다.

거짓말을 하고 있다는 자각이 없으니 거짓말 자체가 조잡하다. 그저 큰 소리로 부르짖을 수밖에 없다. 상대가 무너질 때까지 계속 부르짖다 보면 거짓말도 사실이 될 것이라 굳게 믿을 뿐이다.

“지적만 했을 뿐이라고 말하고 있지 않은가! 왜 애초에 나를 규탄하는 건가. 죄인은 시손이 아니던가. 시손이 제멋대로 내 말을 오해하고 폭동을 일으켰다 해도 내가 관여할 바가 아니네.”

조운은 말을 쏟아냈다.

“오히려 시손의 인품에 문제가 있는 게 아닌가. 잠시나마 주재로 있을 때 태보의 기분을 상하게 해서 경질된 적이 있지 않았는가. 그러고 나서 간청해 내재가 되었지만 이번에도 태보의 기분을 상하게 해 태보가 내쳤지. 그 처우를 못마땅하게 여겨 폭동을 일으킨 게 틀림없어.”

호오, 가샤쿠는 빈정거리는 웃음을 지었다.

“그렇게 인품에 문제가 있는 자를 주재의 자리에 앉히고 내재의 자리에 앉힌 일에는 잘못이 없다는 겐가?”

“문제가 있다는 걸 알았다면 그 자리를 주지 않았겠지!”

조운이 거칠게 소리쳤다.

“시손에게 내가 속았다는 건 인정하지. 하지만 자네들도 특별히 반대 의견을 내놓진 않았잖나. 속은 건 자네들도 마찬가지지 않은가 말이다.”

조운은 하늘을 올려다봤다.

“속은 거라고, 우리는. 그렇게까지 비열하고 비겁하고 몽매한 자일 줄은 몰랐네. 게다가 책임이 막중한 지위에 있으면서도 실패를 일삼고 결국에는 원한을 품고 태보를, 이 나라의 기린을 공격하다니!"

조운은 온갖 말을 다 해가며 시손을 힐난했고 속아 넘어간 자신을 한탄하며 똑같이 속아 넘어간 육관도 죄가 같다고 점점 흥분했지만 육관의 시선은 차가웠다.

"총재는 매우 노하셨네."

취조하는 추관이 시손에게 말했다.

"발칙하고 괘씸한 자네 같은 자에게 권력을 쥐여주고 말았다고."

"아니, 그런……."

시손은 눈물을 줄줄 흘렸다.

"너무하십니다. 저는 그저…… 총재께서……."

시손 입장에서 보자면 비위를 맞추고자 했을 뿐일 것이다. 불만은 있었다. 자신의 앞을 가로막고 궁지에 몰아넣은 다이키를 원망하기는 했다. 이대로는 자신이 설 곳을 잃어버릴 것 같아 초조했다. 조운의 신임을 잃을까 초조했다. 그래서 비위를 맞추기 위해 조운이 바라는 바처럼 다이키를 없애려고 했다. 다이키가 대들고 무안을 준 것은 시손뿐만이 아니다. 마찬가지로 조운도 궁지에 몰려 있었다. 조운에게 다이키는 원수와도 같으니 그를 제거한다면 조운은 겉으로는 말하지는 않더라도 분명 기뻐할 것이다.

"총재는 극형을 내리라고 하더군."

시손은 입이 크게 벌어졌다.

"아니, 그런 말도 안 되는……."

그럴 리가 없다. 겉으로는 그렇게 보일지라도 분명 뒤로 손을 써서 시손을 구해줄 것이다.

시손은 몇 번이고 형리에게 면회하러 온 자가 없느냐고 물었다. 틀림없이 조운이 사신을 보낼 것이라 생각했다. 면회하러 온 자는 없다는 쌀쌀맞은 대답이 이어졌고 마침내 시손은 조운이 자신을 구할 마음이 없다는 것을 받아들였다.

신문을 받으러 끌려 나온 시손이 기력을 잃고 말했다.

"……저의 어리석음을 뼈저리게 느끼고 있습니다. 이렇게 된 이상 전부 솔직히 말씀드리겠습니다."

맥없이 말하고는 고개를 들었다. 눈에는 어딘가 이상한 빛이 감돌고 있었다.

"모든 것은 총재가 시켜서 한 짓입니다."

조운은 늦은 밤 뛰어 들어온 사형司刑에게 붙잡혀 망연자실했다. 무슨 일이 일어난 건지 이해가 되지 않았다.

"총재가 태보를?"

마찬가지로 신문을 받기 위해 구속된 안사쿠는 기가 막혔다.

―그럴 리 없다. 제아무리 조운이라 하더라도 그렇게까지 어리석지는 않다.

하지만 시손은 그렇게 주장하고 있다고 한다. 조운에게 지시받았다고. 계획하고 실행한 것은 자신이지만 모든 것은 조운의 명령이라고.

조운은 있을 수 없는 일이라고 주장했지만 모든 관리가 시손이 조운의 오래된 부하라는 것을 알고 있다. 눈치껏 움직여주는 시손을 편리하게 부린 것은 사실이지만 결코 자신의 신하가 아니라고 조운은 큰 소리로 외쳤다.

"말도 안 되는군요" 하고 웃은 것은 조운에게 어이없이 경질된 내재였다.

"시손은 조운의 지시로 움직였습니다. 태보를 계략에 빠뜨리기 위해 시손을 내재 자리에 앉힌 것도 사실인데다가 시손은 여러 번 조운의 지시를 받들었습니다. 금전도 주었고요. 이 사실은 내재부에 있는 하관이 얼마든지 증언해줄 것입니다."

조운은 이를 듣고 비명을 질렀다. 자신이 터무니없는 덫에 걸렸다고밖에 생각할 수 없었다.

이렇게 된 이상 매달릴 사람은 한 명뿐이다.

조운은 긴 서신을 썼다. 아센에게.

회신이 온 것은 다음 날이었다. "들었노라"라는 짧은 회신이.

006

달이 바뀌고 얼마 지나지 않아 아문관이 서최로 소식을 보내왔다. 세키레이가 기수를 타고 밤중에 서최에 도착했다.

"무슨 일인가."

"돈코 님께서 급히 연락을 해오셨습니다. 문주 성내에 수상한 움직임이 있다고."

"움직임?"

"병참을 개방하라는 지시가 있었다고 합니다. 아무래도 홍기에서 군이 오는 것 같다고요."

홍기에서 오는 군을 위해 주사가 보급을 할 준비를 하고 있다고 한다.

리사이는 등골이 오싹해졌다.

"규모는?"

"움직이고 있는 보급의 규모로 추측건대 일사 정도 아닐까 합니다. 대군은 아니지만 장기간 체류를 예정하고 있는 듯한 모습입니다."

"군의 규모로 보면 주벌은 아니군……."

리사이가 중얼거리자 세이시가 동의했다.

"가능성을 따지자면 척후일지도요. 저희들의 존재가 중앙의 귀에 들어간 걸지도 모릅니다."

"그럴지도 모르겠군. 그렇다면 분하지만 한동안은 몸을 숨기는 게 좋겠어."

모처럼 교소가 어디에 있는지 알아냈는데.

하지만 서두르다 모든 것이 탄로 나서는 아무 소용이 없다.

"몇 명 정도 모였지?"

"오천 명 넘었습니다."

사람들은 서최는 물론 주변에 텅 비어 있던 마을에까지 퍼져 있었다. 동료들이 자리를 잡은 건물에는 깃발이 조용하게 걸렸다. 그뿐만이 아니었다. 최근에는 백치도 그들의 깃발에 묵선을 그었다. 리사이 일행과 뜻을 같이하겠다는 선언과도 같았다. 어느새 리사이 일행은 백치를 포함해 '묵치墨幟'라 불렸다.

한편, 서최 서쪽에 있는 용계에서는 석림관 도관 재건을 위한 대규모 공사가 시작되었다. 그와 함께 용계에 고탁 계단이 설립되는 것이 확실해짐에 따라 주지가 없는 사원을 수선하여 이를 대신했다. 공사를 위한 인부, 고탁 계단으로 가려는 법술사들, 일자리를 찾는 황민과 사람을 기대하고 온 상인들로 거대해진 인파는 이동하는 동료들의 좋은 방패가 되었다. 거기에 도관사원과 관련된 사람들은 서최에 단법사의 별원이 세워진다는 사실을 알고 경악했다. 폐허가 된 사원 한 곳을 단법사가 재건하여 '호법원護法院'이라는 편액을 걸었다. 건물을 수리하기 위한 인부들이 모여 있는 현장을 어리둥절한 얼굴로 쳐다보는 사람들을 보고 리사이는 깜짝 놀랐다.

"그렇게 놀랄 일인가? 영상에도 단법사는 여러 군데 있지 않은가."

리사이가 구쇼에게 물었다.

"절에 이름까지 있진 않았지."

아아, 하고 리사이는 소리를 높였다. 그러고 보니 모든 절에 "단법사"라고 적힌 편액이 걸려 있었다.

"단법사는 절을 소유하지 않는 절이라고 불리고 있으니 말이야."

세이겐이 말했다. 구쇼와 세이겐은 고탁 계단에서 함께 파견되어 용계에서 계단 설립을 위한 지휘를 하는 동시에 묵치를 지원하는 자들도 통솔하고 있다.

"절을 소유하지 않는다고?"

리사이의 질문에 구쇼는 고개를 끄덕였다.

"우리는 의발衣鉢을 제외하고는 소유를 인정하지 않네."

의발은 옷과 식기를 의미한다. 겨울에는 특별히 추위를 막기 위한 멍석 한 장이 더 허용된다. 승려에게 허락된 소유물은 그것뿐이었다.

그러니 절조차 소유하지 않았다고 한다. 극단적인 행태에 이단이라 불렸지만 오랜 세월이 지나 이러한 모습도 바뀌었다.

"본디 절을 소유하지 않는다는 가르침은 지금도 근본적으로 바뀌지 않았네. 리사이가 본 단법사는 사원처럼 보이지 않았겠지."

"그러고 보니 평범한 저택이나 민가처럼 생긴 것도 있었네."

단법사 본산 이외에는 흔히 말하는 사원을 소유하지 않는다고 한다. 단법사가 관리하는 절은 있지만 매우 평범한 건물이었다. 절마다 이름은 없었고 모든 곳이 '단법사'였다.

"단법사에서는 보시를 중요하게 여긴다네."

보시는 베푸는 것을 의미한다. 보시에는 재시財施, 법시法施, 무외시無畏施 세 종류가 있는데, 재시는 말 그대로 금전을 베푸는 것을 의미한다. 법시는 법을, 즉 불교의 가르침을 설파하며 베푸는 것을, 무외시는 재해와 수난으로 상처 입은 사람들을 위로하고 도움을 베푸는 것을 의미한다.

"재시가 기본이니 축재蓄財는 용납되지 않네."

기부를 받아도 남는 것은 모두 보시하도록 되어 있다. 옷은 한 벌만 허용되니 그보다 더 기부를 받으면 다른 이에게 넘긴다.

"그래도."

구쇼는 웃으며 말했다.

"새 옷을 입고 낡은 옷을 보내는 거긴 하지만."

"그렇군" 하고 리사이도 웃었다.

"돈이 없으니 절을 지을 여유는 없네. 여기저기 있는 단법사는 우리가 세운 게 아닐세. 건물을 기부받은 거지. 스스로의 뜻으로 건물을 세우거나 뻔뻔스럽게 금품을 요구하지는 않아."

"아아, 그래서 그런 평범한 민가가 절이 된 건가."

"그런 거지."

그런 단법사가 별원을 세운다. 이것은 일대 사건이었다.

"하지만 축재가 허용되지 않으면 별원을 세우는 자금은 어디서 오는 건가?"

"관리하고 있던 절들을 정리한 듯해. 교왕 치세 말기부터 나라가 황폐해지고 출가하는 사람이 늘었네. 그 사람들이 각각 절을 가지고 있어서 절이 너무 많다는 의견이 이전부터 있었어. 그래서 마을에 지을 수 있는 절의 개수를 정해서 통합하고 남은 건물은 팔았네. 남은 승려 중 나라를 위해 헌신하려는 자는 서최로 오고 있지."

"든든하긴 하지만 괜찮은 건가, 그렇게 해도."

"몸을 담을 그릇은 필요 없네. 예전에는 길 위가 도장이었어. 법시를 위해 마을에 자리 잡고 길 위에서 숙식을 해결하며 설법을 펼쳤지."

"참으로 민폐가 아닐 수 없지."

세이겐이 웃음을 섞어가며 말했다.

"구걸하듯 노상에 자리를 잡고 멍석 한 장으로 잠을 해결하며 거리에서 설법을 펼치는 거니 말이야. 단법사가 별난 녀석들의 모임이라고 일컬어지는 연유지."

구쇼는 당연한 결과라는 듯 고개를 끄덕였다.

"덕분에 필연적으로 분쟁이 일어나지. 백성들과도 관청과도."

"그건…… 그럴 법도 하군. 그래서 무기를?"

단법사의 승려는 반드시 무기를 지니고 있다. 무술을 수행의 일환으로 삼는 것도 별나다고 일컬어지는 연유였다.

"보시 중에 무외시가 있네. 우리는 재해와 재난이 있던 곳으로 달려가지. 요마가 나타났다는 소식을 들으면 달려가 백성을 구하는 거야. 진심으로 구하고자 한다면 요마를 잡아야만 해. 요마의 습격, 무법자들의 유린, 전란. 무외시를 베풀려면 힘이 필요했네. 분쟁이 일어났을 때 몸을 지키기 위해서도 말이지. 그래서 단법사가 무술을 수행의 일환으로 넣은 거야."

과거에는 의발과 명석 한 장. 지금은 의발과 무기 하나. 구쇼는 끝에 추가 달린 무기 한 자루를 가지고 있다. 신자에게서 기부받은 동기다. 무예를 사용하면 당연히 다치는 일이 늘어난다. 상처를 치료하는 기술이 시술원으로서의 단법사를 세웠다.

"나도 꽤 신세를 졌지."

리사이가 미소를 지었다.

"군에서는 의원보다 단법사가 더 믿음직스럽다고들 했어."

상처도 빨리 낫고 예후도 좋다는 이야기가 병졸들 사이에서는 중론이었다. 이미 서최의 호법원에도 시술원이 열렸고 묵치뿐만이 아니라 다친 인부들의 발걸음이 끊이지 않았다.

리사이는 빠르게 기틀이 쌓여가는 것이 듬직하게 느껴졌다. 사람이 많아졌을 뿐만 아니라 이곳에 모인 사람을 지탱하는 기반이 정돈되고 있다. 그럼에도 이런 분위기 속에 불안한 소식이 도착했다. 왕사가 움직이고 주사가 왕사를 지원하기 위해 움직이고 있다는 소식이었다.

"주사의 분위기는 어떠한가."

리사이는 세키레이에게 물었다. 세키레이는 진지한 표정으로 생각을 하다 대답했다.

"전쟁을 앞둔 분위기는 아닙니다. 추측하건대 주사는 실로 병참을 제공하기 위해 움직이는 것 같습니다. 적어도 주사는 그럴 셈인 것 같습니다."

"그렇다면 문제는 홍기에서 오는 무리인가."

무엇이 목적인가. 묵치의 존재가 발각되어 반민으로 여기고 있는 것 같진 않지만.

"……어찌하겠는가?"

리사이가 묻자 소겐은 궁리하는 듯 입을 다물었다. 얼마쯤 있다가 입을 열었다.

"만에 하나의 경우도 있지. 우리도 규모가 작지 않아. 왕사가 오면 어떤 게 눈에 띌지 몰라. 눈에 띄지 않을 정도로만 남기고 다른 이들은 노구로 후퇴시키는 게 좋겠지. 산에는 아직 눈이 남아 있네. 서둘러 움직여 새로 쌓이는 눈으로 발자국을 지우지 않는다면 산에도 거점이 있다는 걸 알리는 꼴이 될 거야."

네, 하고 소겐의 휘하가 고개를 끄덕인 뒤 지시를 내리기 위해 뛰쳐나갔다.

007

산골짜기 마을에 때늦은 눈이 휘날리고 있었다.

겨울에 찾아온 나그네는 마을 여인의 시신을 운반해주고는 한

동안 마을에서 지냈다.

속세를 등지고 백랑에 기거하는 사람이라고 자신을 소개했지만 데이세쓰도 나그네가 협객이라는 것쯤은 한눈에 알 수 있었다. 자신을 하쿠규라고 소개한 그 사내는 일손이 줄어들어 수리할 엄두도 내지 못했던 집을 고치는 데 힘을 빌려줬다. 솔직히 고마웠다. 때마침 초겨울이라 곧 다가올 혹한기를 지내기 위해 상한 건물들을 수리해야 했다. 하쿠규는 장대한 체구에 걸맞은 체력으로 마을 사람을 도와주었다. 본격적으로 추위가 혹독해지기 전에 벽과 지붕을 수리할 수 있었기에 안심한 마을 사람도 많을 것이다.

보름 정도를 마을에서 지내며 겨울을 날 준비를 도운 뒤 하쿠규는 떠났다. 사람을 찾는 여정을 계속하려는 것이겠지. 데이세쓰는 하쿠규에게 보답하고자 주변에 있는 마을에 그가 찾고 있는 사람을 본 적 없느냐고 물어봤지만 봤다는 증언을 어디에서도 들을 수 없었다.

"주상께서는 이미 돌아가셨다고들 하니까요……."

위로의 말을 건네는 데이세쓰에게 하쿠규가 말했다.

"붕어하셨다는 확증도 없지. 그렇다면 계속 찾을 수밖에."

"하지만 주상께서 돌아가셨다는 소문이 돈 지 벌써 육칠 년입니다. 진정 살아 계신다면 어째서 계속 침묵하고 계시는 걸까요."

홍기에 눌러앉아 있는 위왕이 두려워 숨어 있는 것일까. 겁을 먹고 떨고 있는 동안 대국은 더이상 구제할 방도도 없을 정도로 황폐해져간다. 하쿠규는 불만을 내비친 데이세쓰를 달랬다.

"사정이 있으시겠지."

"하지만……."

"의심하지 않을 것. 목숨이 아까워 꽁무니를 뺐다고 원망했던 상대에게 은혜를 구할 수 있겠는가? 옥좌로 돌아가신 뒤 악을 바로잡고 어진 정치를 베푸시길 바란다면 주상께서도 백성을 구하고 싶다 생각하고 계실 거라 믿어야 해."

하쿠규가 완곡하게 말하자 데이세쓰는 고개를 끄덕였다.

"맞는 말씀입니다."

기특하다는 듯 데이세쓰의 어깨를 툭툭 다독이고 나그네는 마을을 떠났다.

왕은 살아 있고 백성을 구하기 위해 돌아올 것이다. 그렇게 믿고 있는 하쿠규의 태도는 마을 사람들에게도 적잖은 영향을 끼쳤다. 어쩔 수 없다고 포기하고 구원받을 수 없으리라 절망하는 마음이 조금은 옅어진 듯하다. 마을 사람들은 힘을 합쳐 어떻게든 겨울을 나기 위해 노력했다. 그와 함께 그들은 마을 입구의 방어를 견고히 했다.

—원래 멀리서 공격해 오는 쪽이 불리하다.

하쿠규가 가르쳐줬다. 농성을 하면 된다. 마을 입구는 보수를 단단히 하고 무력으로 돌파하려는 공격에 대비해 담벼락과 망루를 지었다. 대나무를 잘라 죽창을 만들고 농기구에 날붙이를 달아 유사시에는 무기로 사용할 수 있게 손질했다. 혹독한 날씨가 찾아와 마을에 갇히기 전에 물자를 모을 수 있는 만큼 모았고 겨울을 지내는 동안 가능한 한 물자가 줄어들지 않도록 노력했다.

"호락호락 유린당하진 않겠어."

하쿠규가 남기고 간 무언가가 데이세쓰뿐만 아니라 절망에 시든 마을 사람들의 심지를 조금이나마 움직였다. 교섭을 하다 물자를 넘기는 일이 생기는 건 어쩔 수 없다. 하지만 사람은 앞으로 단 한 명도 넘겨주지 않을 것이다. 이것이 데이세쓰와 마을 사람들의 결의였다.

결의를 시험할 날이 예고 없이 찾아왔다.

가도에 쌓인 눈이 녹기 시작한 무렵, 눈에 갇혀 있던 화적 여러 명이 몰려왔다. 겨울 동안 소비한 것을 보충하기 위해 식량을 넘겨라, 숯을 넘겨라, 노인을 넘겨라 협박했다. 데이세쓰는 숨을 크게 들이쉬고 마을 입구에 만든 감시구 너머로 화적과 대치했다.

"이제 막 겨울을 난 터라 여분이 없습니다. 미안하지만 줄 수 없습니다."

화적이 위협했지만 데이세쓰는 거절했다. 직접 대치하지 않아도 된다. 그것만으로도 거절하기가 훨씬 쉬웠다. 입씨름 끝에 숯과 식량만큼은 다소 넘기는 것에 동의했지만 사람을 내어주는 것은 거절했다.

“마을 사람은 건네지 않습니다. 앞으로도 그럴 일은 없다고 생각해주셨으면 합니다.”

화적은 까불지 말라고 외쳤지만 마을에 들어오지 못하는 이상 어떻게 할 수 있을 리 없었다. 얼마간은 문 앞에서 욕을 퍼부었지만 이윽고 분하다는 듯 짐만 짊어지고 떠났다.

“해냈어, 데이세쓰.”

마을 사방에 만든 망루에서 내려온 겐에이가 기뻐하며 말했다.

“녀석들이 짖어대는 꼴을 보여주고 싶었다니까.”

데이세쓰는 고개를 끄덕였다. 저항하고자 하면 할 수 있다고 확인한 것이 기뻤다. 물자를 빼앗긴 것은 아쉬웠지만 이런 일도 있을 거라 생각하고 따로 빼놓은 것의 일부였다. 혹한기는 지나갔고 마을 사람들의 생활에는 지장이 없다. 마을 사람들의 얼굴에도 미소가 돌아왔다. 그리고 닷새 뒤 습격을 받았다.

화적 수십 명이 문 앞으로 밀어닥쳤다. 제각각 손에는 무기를 쥐고 있었고 곽벽을 넘기 위한 사다리와 문을 부수기 위한 망치도 가지고 있었다.

망루의 보초가 화적이 접근해 온 것을 발견하고는 바로 알렸다. 여자들과 아이들은 튼튼하게 보수한 이가 한편에 피신시키고 남자들은 무기를 들고 흩어졌다. 죽창과 농기구를 개조한 것에 지나지 않지만 맨손보다는 든든했다.

화적들은 마을 입구를 망치로 부수기 시작했다. 그와 동시에 곽벽에 사다리를 설치했다. 하지만 안쪽에서는 이동식 망루가 준비되고 있었다. 곽벽 모서리에 있는 망루의 지시를 받아 곽벽에 설치된 사다리에 사람이 올라온 것을 보자마자 돌을 던져 떨어뜨리고 사다리를 도끼로 부수었다. 쪽문은 망치에 부서졌지만 문 안쪽에는 담벼락이 쌓여 있었다. 높지는 않지만 성인 키 정도면 넘을 수 있다. 화적은 동료를 발판 삼아 넘어가려고 했지만 담벼락 위로 올라와 있는 마을 사람들이 때려 떨어뜨렸다.

마을 안으로 불화살이 날아왔지만 마을 곳곳에는 비축해놓은 물이 있었다. 공방은 반나절 동안 이어졌고 화적은 일단 후퇴했다. 그날 늦은 밤 두 번째 공격이 있었지만 격퇴할 수 있었다. 화적 대부분은 곳곳에 부상을 입었고 그중에는 중상을 입은 자도 있는 듯했지만 마을 사람들은 거의 부상을 입지 않았다.

다음 날, 형식뿐인 공격만 하던 화적은 부상자가 늘어나자 도망쳤다.

오랜 시간 줄곧 굴복해온 데이세쓰와 마을 사람들이 처음으로 손에 쥔 승리였다.

20장

001

오랜만에 찾아온 추위에 눈이 휘날리는 오후, 유쇼는 임우에 도착했다. 작은 눈송이가 병졸과 기마병에게도 엉겨 붙어 옷을 하얗게 뒤덮었다.

임우에서 주사와 합류했는데 파견되어 있던 문주사 중군 사수의 말로는 함양산은 화적이 점령했다고 한다.

"화적?"

"네. 규산이라고 하는 화적 일당이 몇 년 전부터 함양산을 점령하고 그 부근 일대를 봉쇄했다고 합니다."

유쇼는 눈살을 찌푸렸다.

"인원은 많은가."

"실제로 몇 명인지는 알려져 있지 않습니다. 하오나 일사에 상당하는 인원이 아닐까 합니다."

"그 정도밖에 안 되는 화적을 어째서 주사는 방치하고 있지?"

유쇼는 질색했다. 국토는 국가의 것이고 백성의 것이다. 몇몇 사람이 제멋대로 점유해도 좋을 만한 것이 아니다. 더군다나 화적이라면 완전히 불법행위가 아닌가. 어째서 그와 같은 일이 묵인되고 있는 것인가.

"토벌하라는 지시를 받지 못하여……."

사수는 당혹스러운 듯 말끝을 흐렸다.

"다행인지 불행인지 이 일대는 주벌로 인해 사람이 거의 사라졌던 지역인지라 백성이 화적에게 쫓겼다면 주사도 그들을 구하려고 했겠사옵니다만 그런 것도 아니었던 터라……."

유쇼는 작게 한숨을 내쉬었다. 문주후는 병들었다고 했던가. 즉 아무것도 할 마음이 없다는 뜻이겠지. 방임은 대국에 만연하기로 둘째가는 병이다. 실패를 두려워하는 부하들이 병들어 권력을 방치한 고관들을 쫓는다.

"우선 임우에 일여一旅를 남기겠다."

유쇼는 명령을 내렸다.

본래라면 주사에게 맡기고 싶은 심정이었지만 문주후는 정체를 알 수 없었고 그의 지휘 아래에 있는 주사들도 신뢰할 수 없었다. 임우의 병사는 병참과의 결절점이다. 병참과의 연결점이 끊기면 최악의 경우 병사가 길거리에 나앉게 된다.

"일사 미만의 화적이라면 적의 축에도 못 들지. 이대로 북상한다."

어떤 일이 있어도 유쇼 일행은 함양산에 가야만 한다. 유쇼군을 보고 화적 쪽에서 도망쳐준다면 좋겠지만 그렇지 않을 경우 전투로 이어진다. 휘하들에게 이러한 사실을 알려 준비를 시키고 다음 날, 날이 밝자 가도를 따라 북상을 개시했다.

규산은 왕사가 한지에 진을 치기 전 임우에 수상한 낌새가 보인다는 보고를 받았다. 임우의 시정에 잠복시킨 부하가 임우로 주사가 모이는 것을 목격했다. 주의하며 정보를 모으도록 지시하고 서주 방면에서 임우로 향하는 가도를 감시하게 했다. 이날 서둘러 돌아온 전령은 왕사가 임우에 도착했다는 사실을 전했다. 금군 일사라고 한다. 금군을 지원하기 위해서인지 임우에는 그보다 먼저 문주사 중군이 도착해 있었다.

—하지만 목적을 알 수 없다.

겨우 일사 이천오백 명인 것으로 보아하니 화적을 토벌하려는 것도, 주특기인 주벌을 내리려는 것도 아니다. 척후인가 하고 생각해봄 직했지만 설사 그러하더라도 목적을 알 수 없었다. 임우에 자리를 잡은 군이 북쪽으로 향하려는 것 같다고 감시를 보낸 부하가 전했지만 단순히 임우에서 북으로 가고 싶은 것인지, 북쪽에 있는 무언가를 목표로 삼고 있는 것인지, 아니면 북쪽에 둥지를 튼 화적이 목적인지 분명하지 않았다.

"주벌은 아닌 것 같은데."

규산은 의아했다. 이 규모로 그럴 리가 없다. 아니면 그 정도의 규모로 충분히 제압할 수 있는 적이라고 얕잡아 보이고 있는 걸까.

"어떻게 하시겠습니까."

측근인 세키히가 물었다.

"주벌이 아니길 바라야겠지. 주벌이라면 승산은 없어."

왕사를 상대로 승부를 겨룰 수 있을 리가 없다. 패하지 않을 수는 있지만 승리는 있을 수 없다. 패하지 않는 대책이라고 하더라도 큰 타격을 입을 것이 뻔했다. 전투를 벌인 이후 일반 백성으로 가장해 시정과 산야로 숨어 들어갔다가 왕사를 습격하고, 미미한 타격을 가한 뒤 도망치기를 반복하다 결국 상대가 여기까지만 하자고 단념하길 기다릴 수밖에 없다. 규산의 측근들은 와해될 것이다. 그럼에도 규산과 주변 인물들이 살아남는다면 패한 것은 아니지만 왕사가 섬멸을 꾀하지 않으리란 보장이 없다. 그 위험성을 생각한다면 공격 따위 안 하고 도망쳐버리면 된다. 아니, 처음부터 싸우지 않고 도망치면 되지만 그랬다가는 체면이 서질 않는다. 다른 화적들이 업신여길 것이고 광부와 백성에게 위엄이 서지 않는다. 화적 구실을 못 하게 된다.

"단순히 지나가고자 하는 것이라면요?"

"못 지나가게 할 거다. 누구도 못 지나가게 했기에 우리가 함양산을 점령하고 있을 수 있는 거야. 힘으로 위협하면 통행할 수 있을 거라 여겨진다면 함양산마저도 빼앗겨."

서쪽에 있는 서쵠에는 근래에 외지인이 들어왔지만 이는 석림관 도관을 재건하기 위해서였고 규산은 지금까지도 백치가 통행하는 것을 묵인해왔다. 석림관과는 적대시하지 않는 것이 두루 알려져 있으니 사정이 다르다.

이럴 때 규산은 화적으로 지내는 것이 힘들다는 생각이 들었다. 항상 힘으로 밀어붙이지 않으면 존속이 불가능하다.

"뭐, 일단 리사이에게는 연락해두는 게 좋겠지."

"도와줄까요."

"바보 같기는." 규산은 세키히를 비웃었다.

"장군이었던 자가 참도 화적에게 힘을 빌려주겠다. 애초에 녀석들은 아센에게 존재를 들켰다가는 끝이야. 우리랑 녀석들은 동료도 뭣도 아니야. 단순히 조건이 맞아서 협력하고 있는 것뿐이야."

"부탁하면 도와주지 않겠습니까."

쇼큐가 마음 약한 소리를 하며 끼어들자 규산이 꾸짖었다.

"한심한 소리 하지 마. 함양산의 화적들이 원수에게 머리를 숙이고 목숨을 구걸했다고 비웃음이라도 사고 싶냐?"

"하지만……."

"난 괴짜니 리사이를 도와주었지만 그렇다고 해서 그들이 은혜를 입었다는 생각 따윈 하지 않아. 무엇보다도 괴짜인 범위 내에서만 협력을 하고 있을 뿐이야. 뭐, 서최에 자리를 잡게 해줬을 때 유사시에 여자와 아이가 도망칠 수 있게 돕겠다고 했으니 그 정도는 도움을 받아도 되겠지."

세키히가 고개를 끄덕였다.

"리사이라면 그렇게 해줄 텐데요……."

"그 이상은 바랄 수 없고 바랄 마음도 없어. 좋은 일인지 나쁜 일인지는 모르겠지만 녀석들은 대국을 아센에게서 되찾을 작정이야. 그게 성공한다면 우리는 적이야."

"적인가요."

"당연하지."

규산은 웃었다. 화적은 범죄자다. 법을 어긴 존재에 지나지 않는다. 나라를 되찾는다면 리사이 일행은 화적을 단속하지 않을 수 없다. 규산 일행은 화적인 이상 이에 저항할 수밖에 없다. 양립할 수 없는 적이다.

"나라를 되찾을 작정인 이상 미래에 적이 될 것이 확실한 상대와 친하게 지낼 수는 없겠지. 우리도 친하게 대할 수 없어."

"그렇습니까."

세키히와 쇼큐는 비참하다는 듯 서로를 쳐다봤다.

"꿀꿀한 표정 짓지 마. 왕사의 목적이 리사이일 수도 있어. 병사가 임우에 왔다는 사실은 전해주는 게 좋겠지."

"은혜를 베푸시는 거네요."

기세등등하게 말하는 쇼큐에게 규산이 말했다.

"넌 멍청이냐. 왕사의 목적이 리사이라면 우리도 주벌을 받을 수 있어. 그쪽이 화적과는 아무 상관도 없다는 얼굴로 도망치지 않으면 우리가 곤란하다고."

"그 점은 이해하고 있겠죠."

세키히가 말했다.

"그렇겠지. 우선 무슨 일이 일어나도 괜찮도록 여자와 아이는 저강에서 내보내. 만에 하나 공격을 받아도 시간을 벌 수 있도록 사람을 모아 곽벽을 지키게 하고."

"성으로 들어갈까요?"

"저강은 괜찮아. 곽벽을 지키고 시간을 벌면 그걸로 충분해. 왕사가 마을로 밀려온다면 안복으로 도망친다. 안복에 성을 준비해둬. 여기는 도망친 여자들과 아이들이 안전권에 진입할 때까지 버텨야 해."

유쇼는 사흘 만에 화적의 세력권이라 일컬어지는 저강 근처에 도착했다. 멀리서도 문이 닫힌 저강과 곽벽 위 성가퀴에 사람이 여럿 보였다. 죽 늘어서 있는 것은 투석기이리라. 무능한 오합지졸은 아닌 듯하다.

"어떻게 하시겠습니까."

휘하의 질문에 유쇼는 대답했다.

"우선 통행을 방해하지 말라고 해볼까. 뭐, 얌전히 물러나지는 않겠지만."

"그 경우에는 어떻게 할까요."

"어차피 함양산 주변에 있는 화적은 제거해야 해."

유쇼의 대답에 우코가 끼어들었다.

"방해가 되면 죽이면 그만이야. 목숨을 구걸하면 포획해. 나중에 갱도에 묻어버리게."

—볼일을 다 보고 나면 죽이겠다는 것인가.

우코의 얼굴에는 차가운 미소가 서려 있었다. 유쇼가 힐끗 보고는 말했다.

"도망치면 그대로 둬라. 태세를 정비하고 돌아올 정도의 세력은 아닐 거다. 어찌되었든 임우에서 함양산까지 자유롭게 움직일 수 있고 방해를 받지 않게 되면 그걸로 충분하다."

발언을 무시당한 우코는 누가 봐도 머쓱해했다.

"무르군."

"주벌을 내리라 명령받지 않았네. 함양산 정찰이 목적이야."

"명령받은 일을 수행한 걸로 충분하다고 하는 건 겁쟁이나 하는 짓이야. 병사의 우열은 쌓아 올린 시체의 수로 결정되지."

유쇼는 우코를 정면에서 쳐다봤다.

"네놈이 언제부터 내 지휘관이 되었지?"

유쇼의 말에 우코는 노골적으로 혀를 찼다.

"지령 위반은 엄벌에 처한다. 잊지 말게."

흥, 코웃음을 친 우코는 자리를 떠났다. 휘하인 조텐長天이 말했다.

"어째서 아센 님은 저런 놈을 중용하시는 걸까요."

"글쎄."

유쇼는 짧게 대답했다.

"우선 사자를 보내라. 문을 열어주면 다행이고, 그러지 않으면 공행사로 곽벽을 공격하고 투석기를 무력화한 다음 보병을 한꺼번에 문까지 진입시켜. 문을 돌파하면 보병은 그 자리에서 후방을 수비하고 기병으로 한 번에 밀어붙인다. 공행사는 그걸 지원하라."

"왕사가 사자를 보내왔습니다. 문을 개방하라고 합니다."

뛰어온 수하의 말을 규산은 일축했다.

"거절한다. 여기는 내 앞마당이다."

"문 개방하죠."

쇼큐가 옆에서 한심한 의견을 냈다.

"이봐."

"열지 않으면 공격당해요. 상대는 왕사라고요. 분명 많은 동료가 죽을 겁니다. 그렇게까지 함양산을 고집할 필요가 있습니까. 더이상 제대로 된 돈벌이는 할 수 없습니다. 수령도 말했잖아요, 시간문제라고."

"맞는 말이야."

규산은 웃었다.

"그러니 시간을 벌겠다는 거야."

규산은 주변을 바라봤다.

"잘 들어. 왕사를 상대로 이길 수 있을 리가 없다. 녀석들이 온 이상 우린 이미 끝난 거야. 여기서 진을 쳐도 목숨만 버릴 뿐이야. 그렇다고 도망쳤다가는 더이상 화적질은 할 수 없지. 부민으로 각자 살아갈 대책을 찾을 수밖에 없어. 하지만……."

규산은 말을 이어나갔다.

"왕사를 지나가게 해서 지금처럼 지낼 수 있다면 나는 기꺼이 그렇게 할 거야. 그렇지만 왕사를 앞에 두고 겁먹고 도망친 패배자들이라고 하겠지. 패배자의 구역을 조심스러워할 녀석 따윈 없어. 분명 산을 훔치러 오는 녀석이 나올 거야."

"도둑놈들 따위 때려 부수면 그만이야."

위세 좋은 목소리가 주변에서 들려왔다.

"물론 그렇게 할 거야. 우리라면 때려 부술 수 있겠지. 하지만 계속 옥신각신하는 데 힘을 쓰게 될 거야. 그런 귀찮은 일이 벌어지는 게 싫다면 최소한 한 방은 먹이고 도망칠 필요가 있어. 그렇다면 노인에 부상자, 여자와 아이는 먼저 도망치게 해야 해."

"한 방이라도 녀석들에게 상처를 입혔다가는 보복을 당할 거야."

규산은 그렇게 말한 남자를 후려갈겼다.

"때린 놈에게 처맞기 싫으면 왜 화적이 됐지? 얌전하게 부민으로 지내면 맞을 일도 없어. 하긴 죽을 때까지 계속 처맞게 되겠지만."

규산은 쓰러진 남자를 노려봤다.

"옥좌에 그 악인이 있는 한 처맞는 삶에 끝은 없어."

규산에게는 국가 따위 상관없다. 왕에게 무슨 의미가 있는지도 모르겠다. 지금도 그 사실은 변하지 않는다. 하지만…….

"아센은 불필요해."

규산은 주변을 쳐다봤다.

"함양산은 아센에게 찍혔어. 여자와 아이는 물론이고 리사이 일행도 도망치게 하지 않으면 안 돼. 녀석들이 모시는 왕에는 흥미 없지만 그 녀석들은 아센을 쓰러뜨려야 해."

사자가 유쇼에게 돌아왔다. 화적은 단호하게 통행을 허락하지 않겠다고 한다.

"어리석은 놈들이군."

코웃음 치는 우코를 무시하고 유쇼는 네 명의 여수를 모았다.

"어쩔 수 없군. 무찔러라."

제일 먼저 공행사 무리가 진영에서 뛰어나왔다. 하지만 뜻밖에도 곽벽을 제압하는 데 시간이 걸렸다. 그럼에도 대치 끝에 오문을 여는 데 성공했고 기병이 안으로 우르르 몰려 들어갔다. 화적은 한동안 저항했지만 저녁 무렵에는 어둠에 숨어 퇴각했다. 마을에서 도망쳐 산으로 흩어진 걸까, 아니면…….

"여기는 어떻게 할까요."

"돌아오면 귀찮아질 거야. 혹시 모르니 일여를 남기겠다. 임우에 연락해서 지원을 요청하라. 녀석들이 도착하면 뒤따라오도록."

002

우박이 내리는 날, 푸른 날개가 홍기에 있는 백규궁에 다다랐다. 지난달 말, 홍기를 떠난 유쇼군이 임우에 도착하여 함양산으로 향했다는 보고가 푸른 새를 통해 전달됐다.

교소를 함양산에서 꺼내기 위해서는 무너진 갱도를 파내야 했다. 낙반이 어느 정도의 규모인지는 유쇼의 보고를 기다릴 수밖에 없다. 하지만 제아무리 생각해봐도 국부에서 왕사를 파견한 걸로 될 일이 아니었다. 수많은 인원이 필요하지만 군에서 배분할 수 있는 인원은 한정되어 있다. 현지의 일손이 필요했고 그를 위해서는 문주의 협력이 반드시 필요했지만 병이 든 문주후가 기민하게 행동해주리라고 기대할 수 없었다.

실제로 아센이 옥좌에 돌아와 다른 주들의 황민도 구제하라는 명령을 내렸지만 병든 주후는 행동이 굼떴다. 아니, 하나하나 지시하지 않으면 움직이지 않으려고 했다. 다른 주보다도 대응이 현저하게 느릴 뿐만 아니라 명령이 거의 이루어지지 않을 때조차 있었다. 문주를 움직이려면 다시 휘어잡을 필요가 있다. 상황이 그러한데도 시손이 반역을 저지른 탓에 대응이 늦어졌다.

"꼭두각시는 인형 같은 거지만." 로산이 말했다.

"육 년, 아니, 벌써 칠 년인가. 그 기간 동안 병든 채로 방치하면 거의 폐인이나 마찬가지지. 함양산을 복구하라고 명령해도 제 머리로 대책을 궁리할 능력 같은 건 남아 있지 않을 거야. 문주를 써먹고 싶으면 하나부터 열까지 지시를 하든지 문주후를 바꿀 수밖에 없겠네."

아센은 로산의 말에 동의할 수밖에 없었다. 하지만 인선을 어떻게 할지 고민이었다.

"조운이 일궈놓은 조정에 주후로 삼을 만큼 괜찮은 인물은 없어. 그 조정에서 제일 쓸 만한 녀석이 조운이니까. 조운은 자기보다 뛰어난 사람은 내쳤으니, 뭐 당연한 일이지."

그때 슈쿠요가 소리를 높였다.

"게이토우는 어떠하신지요."

아센은 눈살을 찌푸렸다. 게이토우는 서주 주재 자리에 있다. 그 자리에 앉힌 것은 다이키다. 다이키가 찬성하지 않을 것이다.

"……조정이 태보 쪽으로 다소 기울어져 있지 않은가 싶습니다."

안사쿠가 슬며시 귀띔을 했다. 아센이 옥좌에 돌아오고 나서도 육관은 다이키를 바라보고 있다. 아센의 행동이나 등극에 이른 경위에 불분명한 점이 많아 두 손 들고 환영하기 어려운 분위기였다. 하지만 다이키는 걱정할 부분이 없다. 기린이 절대적으로 옳다는 것은 하늘이 보증한다. 다이키를 믿는 것은 간단명료하다. 복잡하게 생각하고 싶지 않은 관리들은 다이키 쪽으로 크게 기울었다. 그 움직임을 보좌하고 있는 것이 게이토우다.

게이토우는 확실히 유능한 관리다. 차기 군사로도 촉망받을 정도였다. 그런 게이토우가 아센의 휘하임에도 불구하고 다이키의 편이다. 그렇다기보다 이제는 다이키와 일심동체라고 해도 좋았다. 아센이 옥좌에 돌아와 즉위를 하더라도 게이토우에 대한 다이키의 신임은 흔들리지 않을 것이다. 안사쿠에게는 여러모로 거슬리는 존재다.

"그렇군."

아센은 안사쿠의 속을 꿰뚫어 보는 듯한 미소를 지으며 그를 쳐다보았다.

"다이키의 힘을 약화시키려면 게이토우를 떼어놓아야 한다는 건가."

"약화시키다니요, 당치도 않습니다. 하오나 적정한 균형이 필요하지 않나 사려되옵니다."

슈쿠요는 게이토우를 강력하게 추천했다. 슈쿠요에게 게이토우는 소사마 또는 사마보가 되길 바랐던 인재였다. 하지만 어떤 연유였는지 임명이 내려오지 않아 그를 무위 무관인 채로 허송세월하게 했다는 후회가 슈쿠요에게 남아 있었다. 육관장을 설득하기 위해 이제껏 어느 때보다도 강하게 힘을 쏟아붓고 있었다.

"의견을 따르시는 것도 좋은 대책입니다."

안사쿠는 아센에게 속삭였다.

"확실히 게이토우라면 부족함이 없지."

아센은 끄덕였다.

게이토우는 갑자기 문주후로서 문주에 부임하라는 명령을 듣고는 곤혹스러워했다.

게이토우는 지금 서주 주재다. 그것도 다이키가 직접 임명한 자리다. 통상적으로는 재보의 방침이 곧 국가의 방침이지만 지금 대국은 그러한 상태를 벗어나 있었다. 원칙대로라면 국부에서 다스려야 할 서주가 다른 주들처럼 독립이라도 한 것처럼 움직이고 있다.

"황송한 말씀이옵니다만 저에게는 주재로서의 소임이 있습니다."

게이토우가 자신을 찾아온 사자에게 답변하자 "이는 명령이다" 하는 고압적인 대답이 돌아왔다. 난감해진 게이토우는 다이키와 의논했다.

"알고 있습니다. 명을 받아들이세요."

다이키의 말에 게이토우는 깜짝 놀랐다.

"저에게 문주후가 되라는 말씀이십니까?"

"되어주셨으면 합니다. 슈쿠요에게 강하게 추천해달라고 부탁한 게 저입니다."

"어찌하여……."

게이토우는 할 말을 잃었다. 실망감이 컸다.

"태보께서는 제 힘이 필요하다 하셨습니다. 더이상 필요치 않다는 말씀이십니까."

"아닙니다."

다이키는 게이토우를 똑바로 쳐다봤다.

"필요합니다. 저에게 게이토우만큼 의지가 되는 사람은 없어요. 그래서 일부러 슈쿠요에게 부탁했습니다. 문주로 보내고 싶어서요."

"하오나."

"문주에 주상이 계십니다."

게이토우는 말문이 막혔다. 교소를 끌고 와 양위를 받으려고, 그를 홍기로 데려오기 위해 군이 움직이기 시작했다. 교소는 지금도 함양산에 있는 것이다.

"교소 님을 구하기 위해 리사이도 문주에 있습니다."

"리사이, 서주사의 류 장군 말씀이십니까?"

다이키는 끄덕였다.

"리사이가 교소 님의 종적을 어디까지 쫓았는지는 모릅니다. 하지만 군이 움직이고 함양산에서 무슨 일이 일어난다면 당연히 함양산에 교소 님이 계신다는 걸 알게 되겠지요. 교소 님을 탈환하기 위해 움직이기 시작할 거고 그렇게 되면 움직임이 들통나 문주에 교소 님 휘하 잔당이 있다는 사실이 발각됩니다."

탄로 났다가는 반민으로 몰릴 것이다.

"그래서 그 사태가 벌어졌을 때 게이토우가 문주에 있어줬으면 합니다."

게이토우는 납득했다. 자신이 문주에 있다면 나라에서 토벌하라는 명령이 내려와도 무시할 수 있다. 그뿐만이 아니라 리사이를 지원하는 데 주사를 부릴 수 있다. 운 나쁘게 교소의 신변이 왕사의 손에 넘어갈지라도 문주에서 떠나기 전에 기회를 봐 평화롭게 잡아둘 수 있을 것이다. 그것뿐인가.

게이토우는 몸서리를 쳤다. 가슴 깊은 곳에서부터 차츰차츰 뜨겁게 고양되었다.

—문주성을 열어 교소와 반민을 받아들일 수도 있다.

기나긴 시간 아센의 압정 속에서 가장 큰 희생을 치른 곳이 문주였다. 그저 춥기만 하고 윤택함과는 거리가 먼 토지, 주벌을 받아 황폐해지고 꼭두각시가 된 문주후가 방치한 나머지 불우한 상황에 내버려진 사람들.

게이토우가 문주로 간다면 그 사람들을 구할 수 있을 뿐만 아니라 교소를 탈환하여 아센에게 반기를 휘날릴 수도 있다.

"가주세요, 게이토우."

"기꺼이 가겠습니다."

다이키는 게이토우의 손을 잡고 고맙다고 말했다.

"여태까지 도움을 많이 받았어요. 솔직히 게이토우가 곁에서 떠나는 건 괴롭습니다."

"저도 마찬가지입니다. 태보를 도울 수 없게……."

"저는 걱정 안 하셔도 됩니다. 문주와 교소 님, 리사이를 잘 부탁드려요."

"네."

정식으로 지령이 내려와 게이토우가 문주로 출발한 것은 추위가 누그러진 청명한 날이었다. 새롭게 임명된 목백牧伯(주후의 감독관)과 시종들을 데리고 일부 신료군의 호위를 받으며 게이토우는 홍기를 떠났다. 다이키는 게이토우의 신변에 신뢰할 수 있는 인물을 배치하는 동시에 당사자와도 직접 연락을 할 수 있도록 청조를 함께 보냈다. 게이토우가 떠날 때 야리는 모쪼록 목패를 몸에서 떨어뜨리지 말라고 덧붙여 말했다.

"문주에 도착하면 제일 먼저 차섬을 잡아. 안전하다는 걸 확인했더라도 목패만큼은 절대 몸에서 떼어놓으면 안 돼."

게이토우는 고개를 끄덕이고는 정중히 다이키의 손을 잡고 깊은 인사를 올린 뒤 눈이 잔뜩 쌓인 가도로 멀리 사라졌다.

게이토우의 후임으로 가케이가 취임했다. 가이하쿠의 오른팔이었던 이 초로의 인물은 가이하쿠와 함께 유능한 관리라고 명성이 자자했다. 게이토우가 깔아놓은 길을 가케이라는 수레가 소리를 내며 달린다.

추위가 누그러지고 홍기에 희망찬 분위기가 흐르기 시작했다. 수많은 황민이 밀려왔지만 바로 관청의 보호를 받았고 홍기 근교에 있는 여유 있는 마을로, 일손이 부족한 마을로 나뉘어졌다. 오랫동안 굳게 쌓여 있던 눈은 이미 녹았고 곧 땅을 경작하기 시작할 것이다. 어느 마을이든 일손은 아무리 많아도 부족하다. 그들을 먹이기 위한 물자는 서주에서 융통해준다. 사람들은 안심하고 농기구를 손질하기 시작했다.

하지만 대국 북부에는 아직 눈이 수북이 쌓여 있다.

그리고 문주는 커다란 전환점을 맞이하려 하고 있었다.

003

무겁게 드리워진 흐린 날씨 속 밤하늘의 구름 틈새로 보름달이 채 되지 못한 달이 보였다. 서최에 있던 리사이 일행은 이날 밤, 아센군과 화적이 전투를 시작했다는 급보를 전해 들었다.

"화적은 어떻게 대응하고 있나."

리사이에 물음에 사자가 대답했다.

"저강에 있는 여자와 아이, 그리고 노인은 동쪽으로 피신시킨 듯합니다만 그 외의 사람들은 안복으로 도망친 것 같습니다. 안복에 있던 여자와 아이는 아마도 이곳으로 향하고 있겠지요."

"그렇군" 하고 중얼거린 뒤 생각에 잠긴 리사이에게 기이쓰가 말했다.

"농성을 벌일 생각일까요. 그렇게 해도 승산은 없을 텐데요."

리사이는 동의했다.

"여자와 아이가 안전한 곳으로 도망칠 때까지 시간을 벌려는 거겠지. 하지만 농성을 하기 시작하면 도망칠 수 없어."

함양산 서쪽에 있는 서최에서 철위 방면으로 도망치려는 생각일지도 모르지만 철위 방면에서도 적이 오면 어디로도 갈 수 없다.

"주사가 원군으로 움직이는 듯합니다. 여설에서 북방대도를 빠져나와 동쪽으로 향한다고 합니다."

"철위, 용계를 거쳐 서최로 가는 길입니다. 주사가 용계를 넘어가면 규산은 더이상 방도가 없습니다."

호토가 설명을 한 뒤 리사이를 쳐다봤다.

"어떻게 할까요."

호토의 질문에 소겐은 깜짝 놀란 표정을 지었다.

"어떻고 자시고, 화적이 적의 시선을 끌고 있으면 우리 존재가 발각될 가능성이 줄어드는 거다."

세이시가 동의했다.

"소탕전이 벌어지면 산으로도 수색하는 자들이 들어올 수 있습니다."

"도망칠 수밖에 없겠지. 아직 발각되어서는 안 돼. 숨겨둔 물자가 발각되는 게 골치 아프긴 하지만 화적이 모아둔 거라고 생각하겠지."

"기다려보게."

리사이가 끼어들었다.

"그냥 내버려둘 수는 없네. 규산에게는 신세를 졌어."

"화적에게?"

리사이는 끄덕였다. 호토도 동의했다.

"분명 규산은 화적일세. 화적의 난이 일어났을 때에는 공교롭게도 아센에게 가담한 꼴이 되었지. 게다가 지금도 아센에게 저항하려고 하는 반민은 아니야. 하지만 우리가 교소 님을 찾고 있을 때 힘을 빌려줬어. 앞으로도 함양산을 수색할 때 도와주겠다고 했다. 그런 규산을 두 손 놓고 죽게 할 수는 없네."

"하지만……."

"규산은 아센이 백성을 방치하는 바람에 괴로운 상황에 처한 수많은 약자를 끌어안고 있네. 자신들이 농성하고 있는 동안 도망치게 하는 게 바로 그 사람들이야. 대부분 화적들의 식솔이지만 그 외에도 이미 목숨을 잃은 화적들의 식솔도 있어. 대부분 의지할 곳 없는 사람들이지. 원래라면 이가에 있어야 할 사람들이야. 규산이 죽으면 규산을 의지하며 살아온 자들 역시 살아갈 방도를 잃네."

"하지만 화적은 원수다."

누군가가 주장했다.

"분명 원수이긴 하지만 화적 또한 아센에게 이용당했다고 할 수 있어. 아센이 그들을 쓰고 버렸지."

"자업자득이야."

"물론 그렇네."

리사이는 강하게 말했다.

"즉, 화적은 자신들의 행동에 따른 대가를 이미 지불했어. 그런 규산에게 우리는 은혜를 입었지. 이대로 못 본 체할 수 없네.”

“지불했다고 할 수 없어.”

“외람되지만.”

세이시가 끼어들었다.

“그렇다면 주상께서 입궁하시고 나서 정식으로 죄를 묻고 판가름하면 되지 않을까요. 규산이 저희들을 도와준 것은 사실입니다. 그 의리에 보답할 필요가 있습니다.”

“자칫 손을 댔다가는 우리의 존재가 아센에게 알려지게 되네. 그러면 아센은 지금까지처럼 근처에 있는 마을과 함께 통째로 우리들을 치려고 하겠지.”

이 말에 세이시는 입을 다물 수밖에 없었다.

“그래도 지나칠 수 없어.”

리사이가 작은 목소리로 말했다.

“규산에게는 갚아야 할 은혜가 있네. 교소 님이라면 못 본 체하시지 않을 거야.”

소겐은 리사이를 보고 잠시 동안 생각에 잠겼다. 리사이는 거듭 말했다.

“대의를 저버리는 일은 교소 님의 이름을 더럽히는 일이 아니겠는가. 우리는 교소 님의 이름을 짊어지고 있네. 근처에 있는 백성과 화적이 우리의 행동을 지켜보고 있다고.”

"……분명 그렇지."

소겐이 작게 중얼거렸고 누군가는 주장했다.

"아센에게 우리의 존재를 보고할 수 없도록 철저하게 적을 섬멸한 뒤 남은 놈들은 포로로 잡으면 어떻겠는가?"

"하지만 한 명도 돌아가지 않으면 아센은 문주에 이변이 일어났다는 것을 눈치챌 거야. 그거야말로 발각되는 것과 마찬가지 아닌가."

"그 말이 맞네. 하지만 은혜를 입은 상대를 지나치면 주상의 이름을 더럽히는 꼴이 돼. 설령 발각되는 일이 있더라도 화적은 구해야 하네."

"발각되기엔 너무 일러. 우리는 아직 아센과 대항할 수 있을 정도로 준비가 되지 않았어."

"그럼 언제쯤 대항할 수 있겠는가. 문주성을 함락시키고 나서가 이상적이겠지만 일이 그리 쉽게 이상적으로 굴러가지는 않겠지. 언젠가 뜻하지 않게 발각될 거라면 대의를 따르는 상황이 더 낫네."

겐추는 제각각 의견을 내세우느라 떠들썩한 자리를 둘러보고는 살며시 틈에서 빠져나왔다. 몸채를 나와 안뜰에 있는 별채로 갔다. 그곳에 머무르고 있던 동료 중 두 사람을 눈에 띄지 않는 곳에서 불러내 말했다.

"사람을 좀 모아줘. 위험하지만 같이 가주었으면 해."

겐추의 말을 들은 두 사람이 고개를 끄덕였다. 순서를 정해 제각각 그 자리를 떠났다. 겐추도 무기를 준비해 마구간으로 향했다. 기수를 꺼낼 때 어딘가에서 돌연 목소리가 들렸다.

"역시 가시는 겐가."

갑작스레 목소리가 들려왔다. 뒤를 돌아보니 한 축사에서 승려로 보이는 사내가 나타났다. 구쇼라고 했던가. 고탁 계단에서 온 단법사의 승려다. 옆에는 갑옷을 입은 사내가 한 명 더 있었다. 마찬가지로 고탁 계단에서 온 세이겐이었다. 도사라고 했다.

구쇼와 세이겐은 기수에 안장을 올려놓고 있었다.

"그대들도?"

겐추의 물음에 계단에서 온 두 사람은 고개를 끄덕였다.

"리사이 님은 소겐 님을 설득하지 못하는 한 움직일 수 없을 거야."

"그렇겠지." 겐추는 동의했다. 인원이 이렇게까지 늘어나면 반드시 통솔이 필요하다. 다 같이 함께 뜻을 정하고 행동할 필요가 있다. 하지만 리사이가 소겐과 고탁에 있던 사람들을 설득하는 것은 어려울 것이다. 고탁에 있던 사람들은 대부분 규산을 본 적이 없다. 지금까지의 경위도 이야기로만 들어서 알 것이다. 화적인 이상 교소의 적이라는 인식에서 벗어날 수 없을 것이다. 그렇다면 리사이가 설득할 수 있다고 해도 시간이 걸린다. 하지만 겐추는 규산을 내버려둘 수 없다.

"리사이라면 소겐 님과 헤어지더라도 도와주러 가려고 하겠지만."

"모처럼 다시 만난 동료인데도 말인가."

겐추는 고개를 끄덕였다. 이제껏 함께해온 리사이는 그런 인물이었다.

"그전에 가능한 한 설득을 하려고 하겠지. 하지만 움직이게 될 때까지의 시간이 아깝네. 규산의 측근에는 노인이나 여자와 아이가 많아."

저강을 몇 번이고 빠져나가는 동안 지인이 된, 신세를 진 여자와 아이, 노인 등 겐추에게는 떠오르는 얼굴이 여럿 있었다. 규산과 가까운 그들은 안복으로 도망쳤을 것이다. 분명 그중에는 저강에 있던 광부도 섞여 있을 것이다. 광부들은 흔히들 성질이 사납다고 하지만 불량배와는 다르다. 쉽게 싸움을 걸지만 전투와는 거리가 멀다. 그들 또한 죽게 하면 안 된다.

안뜰로 나가자 부하 두 명이 열 명 정도 되는 인원을 모아 기다리고 있었다. 그들을 데리고 저택을 나오니 대문 앞에 스무 명 정도가 더 있었다. 그 중심에 승려로 보이는 여섯 명 정도의 무리가 있었다. 구쇼가 고탁에서 데리고 온 단법사 승려들일 것이다. 그 외에도 협객처럼 보이는 남녀와 도사처럼 보이는 남자가 몇몇 섞여 있다. 겐추는 그 자리에 모인 인원을 세어봤다.

"나를 포함해 서른일곱 명인가. 나쁘지 않군."

병졸은 보이지 않는다. 굳이 병졸 출신자에게는 말을 걸지 않았다. 군인은 통솔의 중요성을 알고 있다. 몸에 배어 있다고 해도 좋다. 리사이나 소겐이 움직이지 않으면 움직이지 않을 것이다. "가자" 하는 목소리와 함께 무너진 곽벽을 지나 밖으로 나갔다.

"오오, 꽤 많이 모였군."

돌연 어둠 속에서 목소리가 들렸다. 기골이 장대한 대장부가 등 뒤로 무리를 거느리고 서 있었다.

"당신은……."

"하쿠규라고 하네. 아문관에서 합류했지."

아아, 하고 겐추는 고개를 끄덕였다. 어둠 속이라 잘 보이지는 않았지만 얼굴에 상처가 있는 그 사내인가. 원래 백랑의 협객이라 들었다. 아문관이 보호하고 있는 협객을 지휘하는 사내였다. 일반인은 들고 걷기도 어려워 보이는 큰 도끼를 지니고 있었다. 슬슬 노인으로 접어드는 나이로 보였지만 그럼에도 몸을 충분히 단련했는지 체격이 바위 같았다.

"화적을 도우러 가는 거겠지?"

겐추가 말없이 끄덕이자 하쿠규도 엄숙하게 고개를 끄덕였다.

등 뒤에 모여 있는 자들은 아문관의 협객일까. 어림잡아도 스무 명 정도 있는 듯하다. 딱 봐도 싸움에 유능한 자들뿐이었지만 쇼시쓰처럼 병졸 출신으로 보이는 자는 없었다.

"다 합쳐서 이양二兩 정도 모인 것 같군."

구쇼의 말에 겐추는 이번에도 말없이 끄덕였다. 구쇼 또한 하쿠규와 마찬가지로 그 기운이 범상치 않았다. 기다란 자루 끝에 추가 매달려 있는 철추鉄錘를 가지고 있었는데 추의 크기가 남달랐다.

"규율보다 의협심을 중요히 여기는 자들이 이 정도뿐이라는 거겠지요."

세이겐이 어렴풋이 야유를 담아 말했다.

"그런 게 아닐 걸세."

하쿠규가 나무랐다.

"리사이 일행이 의협심이 없는 게 아니야. 녀석들은 군인이야. 군이 굶주린 이리로 전락하지 않으려면 규율이 필요하네. 병졸은 그 자체가 무기와도 같지. 무기가 제멋대로 의지를 가져서는 안 되네."

"그런 겁니까……."

결코 납득했다고 볼 수 없는 세이겐의 대답을 듣고 겐추는 불어난 무리를 이끄는 리사이의 고생을 떠올렸다. 아센을 물리치기 위해서는 이렇게 제각각 다양하고 얼굴도 잘 모르는 수많은 자를 하나의 전투 집단으로 만들어야만 한다. 뜻을 같이하는 것만으로는 부족하다. 앞으로의 가시밭길이 상상이 갔다.

"우리만으로 싸울 수 있을까요?"

세이겐의 걱정스러운 말에 하쿠규가 대답했다.

"실력은 병졸들만 못하겠지만 배짱만큼은 뒤지지 않겠지."

하쿠규의 대답을 듣고 겐추가 말했다.

"대항하기에는 부족하네. 도망친 여자와 아이를 구하는 것만으로도 벅차겠지."

구쇼가 겐추의 의견에 동의했다.

"그래도 팔짱 끼고 있는 것보다는 낫네. 가지."

아무리 해도 의견이 모아지지 않는 상황을 교시는 초조한 마음으로 지켜보고 있었다. 마음 같아서는 두말없이 규산을 돕고 싶었다. 그래도 될 만한 도움을 받았다. 예전에 임우에 있던 리사이 일행도 같은 마음이었다. 도저히 모른 척할 수 없다. 하지만 그 마음을 고탁에 있던 자들이 이해하기는 어렵다.

"맞받아칠 준비를 다 하고 나서 아센군과 대치하는 게 이상적이라는 건 이해하네. 하지만 그날이 언제 온단 말인가."

리사이는 일동을 바라보며 호소했다.

“그때까지의 시간을 상상해보게. 이러는 동안에도 멀리서 동료들이 집결하고 있어. 전원이 모일 때까지 우리의 존재가 발각되지 않을 거라는 보장도 없고 오히려 발각될 가능성이 더 높지 않은가? 준비가 다 될 때까지 발각되지 않고 있는 게 오히려 희한한 일이네.”

소겐은 냉정하게 리사이가 하는 말에 귀를 기울이고 있었지만 소겐의 휘하들은 거부하는 분위기였다. 화적과 싸우다 많은 동료를 잃었고 결국에는 쫓기다 도망칠 수밖에 없었던 그들이기에 ‘화적’ 자체에 혐오감을 품는 마음을 교시는 이해했다. 화적을 적으로밖에 생각할 수 없을 것이다. 교시 또한 처음에는 그랬다.

“준비가 다 될 때까지 발각되지 않을 거라는 안일한 생각은 하고 있지 않습니다. 물론 준비가 끝나기 전 어느 단계에서 분명 우리들의 존재가 홍기의 이목을 끌게 되겠지요. 하지만 지금은 아닙니다. 너무 이릅니다.”

맞는 말이라고 언성을 높이는 자가 있다.

“화적 때문에 일부러 시기를 앞당겨 불리해질 수는 없네.”

“고탁에서부터 걸어서 가도를 온 자들이 도착한 지 채 며칠이 되지 않았네. 도저히 전투에 나가게 할 수 있는 상태가 아니야.”

“백성들도 배려해야 하지 않겠는가.”

또 다른 누군가가 주장했다.

"발각되면 백성들이 휘말릴 수도 있네."

리사이는 답변하기 곤란한 듯 기이쓰 쪽을 쳐다봤다. 기이쓰와 임우에서 같이 온 아문관 사람들. 쇼시쓰와 단초쿠. 그들이 선택을 잘못했다가는 백성에게까지 화가 미친다.

"저는……."

기이쓰가 입을 열었다.

"저는 화적을 돕고 싶습니다. 물론 저는 백성의 대표가 아닐뿐더러 백성의 마음을 대변할 수 없습니다. 하지만 화적을 모른 척한다면 백성도 모른 척하는 일이 생기지 않을까요. 화적을 저버리지 않는다면 백성을 저버리는 일도 없습니다……."

"여러분의 선택에 의해 백성에게까지 화가 미친다면 당연히 백성은 여러분을 원망할 겁니다."

쇼시쓰가 말했다.

"하지만 여러분이 화적을 모른 척한다면 백성은 여러분을 믿지 않을 겁니다."

기이쓰는 고개를 끄덕였다.

"불만을 제기하는 자는 반드시 나올 겁니다. 하지만 이다음에 자신에게 무슨 일이 생겼을 때 여러분이 구해주지 않을까 하는 희망으로 이어질 수 있습니다. 그때가 찾아오면 여러분이 하신 행동이 어떤 값어치를 지니는지 이해하게 되리라 생각합니다."

리사이가 고개를 끄덕였다.

"백성들에게 누를 끼친다면 백성이 우리를 원망하는 건 당연하네. 하지만 불의를 저지른 건 아센이지 우리가 아닐세."

리사이는 일동을 바라보며 주장했다.

"여기서 화적을 모른 척한다면 그건 우리의 불의야."

이윽고 묵고하고 있던 소겐이 입을 열었다.

"누구 하나 돌아가지 않으면 아센은 의심스러워하겠지만 일단은 무슨 일이 벌어졌는지 알아내고자 할 거야. 그동안 시간을 벌 수는 있네. 그렇게 되면 우리는 다소간 진용을 정비할 수도 있고 근처에 있는 백성들에게도 도망칠 준비를 하라고 미리 얘기할 수 있지."

"소겐."

리사이는 기쁘다는 듯 소리를 높였다.

소겐은 고개를 끄덕이며 말했다.

"다행히 곧 있으면 곡우穀雨야. 대군을 움직이기 위해 쌓였던 눈이 녹길 기다릴 가능성도 높지. 리사이의 체면을 봐서라도 화적을 지원하겠네."

리사이는 자리에서 벌떡 일어났다.

"내가 안복으로 가겠네. 소겐, 뒤를 부탁하네."

004

화적들이 안복에서 농성을 시작하고 유쇼의 공격을 참고 버틴 지 이틀이 지났다.

"화적치고는 잘 버틴다고 칭찬이라도 하고 싶군."

유쇼는 멀리 보이는 안복을 바라봤다. 안복은 작은 마을이지만 공격하기 어렵다. 다른 마을에 비해 규모가 크지 않은 이 마을을 일부러 거점으로 삼은 것이라면 규산이라는 화적은 결코 얕잡아 볼 수 없는 상대였다. 마을의 격벽은 그다지 높지도 견고하지도 않았지만 마을 뒤에 인접해 있는 산이 난제였다. 잘라낸 듯 날카롭게 솟아 있는 절벽이 마을 북쪽 가까이에 있었다. 절벽 곳곳에 성루가 있고 투석기가 자리 잡고 있었다. 크지는 않아도 한 아름 정도 되는 크기의 돌을 한 번에 십여 개씩 던져댔다. 공행사들도 이 공격에는 애를 먹었다. 성루가 높은 곳에 있어 돌이 꽤 먼 곳까지 날아왔다. 마을 상공으로는 접근할 수 없었다.

"안복에 있는 화적의 수는?"

"아직 확실치 않지만 이곳에 있는 화적이 다는 아닐 겁니다. 듣자하니 함양산과 서최도 화적이 점령했다고 하고 최근 서최의 규모는 저강을 뛰어넘는 것 같습니다. 그렇다면 화적의 절반 정도가 함양산과 서최에 남아 있지 않겠습니까. 그렇게 어림잡으면 천 명 미만, 팔백 명 정도 되지 않을까 싶습니다."

유쇼는 고개를 끄덕였다. 싸워온 감각으로 미루어보아도 팔백 명이라는 숫자와 일치하는 것 같았다. 유쇼는 화적과 대치하고 있는 일사 이천오백 명 중 이려인 천 명을 임우와 저강에 남겨두고 왔다. 천오백 명의 병력으로 안복을 함락시키려니 어딘가 미덥지 않았다. 안복을 무시하고 지나갈 수도 있지만 그랬다가는 앞뒤로 조이며 추격해 올 게 불 보듯 뻔했다.

"불을 지르면 될 텐데."

우코가 웃으며 하는 말을 유쇼는 일축했다.

"화적을 토벌하라는 명령은 받지 않았다."

화적이 함양산을 점령하고 있다는 소식을 홍기에 전했지만 소탕하라는 지령을 포함한 어떠한 명령도 받지 못했다.

"이곳은 전장이 아니던가? 임기응변으로 대처하는 건 당연한 일이야."

유쇼는 뒤돌아 우코를 쳐다보며 한 걸음 다가갔다.

"설령 그렇다 하더라도 판단하는 건 나지 자네가 아니야."

우코는 압도된 듯 한 걸음 물러나 아무 말 없이 고개를 돌려 침을 뱉었다.

—참으로 어리석다.

우코는 진영에서 나와 물자를 저장해놓은 수레 근처로 다가갔다. 그곳에는 전원 검붉은 갑옷을 입은 무리가 있었다. 제각각 다른 농담의 갑옷이었지만 붉은색으로 통일되어 있었다. 이들이 우코가 지배하는 일양 이십오 명이었다. 우코는 졸장이지만 자신이 지휘하는 사양 중 일양에 자신과 똑같은 붉은 갑옷을 입히고 자신의 휘하라고 칭했다. 자갑이라 불리는 이 무리는 과거 교소가 문주로 원정을 갔을 때 교소의 신변 경호를 맡았고 아센의 내명을 받아 교소를 함양산으로 끌어냈다. 그때 병졸의 반 이상을 잃었지만 우코 자신이 눈여겨본 병졸들로 보충했다.

"장군은 화적과 노실 생각인가 보다. 우리는 따로 움직인다."

우코의 말에 일당은 일제히 불온한 웃음을 지으며 일어섰다.

"녀석들이 여자와 아이를 안복에서 빼내고 있다. 잡아라. 금군의 무서움을 가르쳐줘야지."

자갑은 전원 기수를 가지고 있다. 우코가 데리고 있는 기수를 제외하면 대단한 기수는 아니었지만 말보다 조용하고 압도적인 속도를 자랑했다. 기수와 붉은 갑옷과 무기만으로도 자갑이 되고 싶은 병졸은 차고 넘쳤다.

우코는 부하를 거느리고 조용히 진영에서 빠져나왔다. 일단 안복과 반대쪽인 가도의 남쪽으로 충분히 내려간 뒤 서쪽으로 빠져나갔다. 폐허와 다름없는 마을 몇 곳을 지나치고 차근차근

북으로 향하다 보니 이윽고 강이 나왔다. 서쪽에서부터 안복 남쪽으로 흘러 들어오는 이 강은 돌이 많은 계류였는데 수심도 꽤 깊었다. 폭은 그다지 넓지 않지만 건너기 위해서는 기수가 필요했다. 한편, 건너편 강가에서는 우코 쪽이 매우 잘 보였다. 우코가 있는 남쪽에만 관목들이 깨끗하게 잘려 있었다. 키가 큰 나무들이 있었지만 몸을 숨길 곳이 없었다. 하지만 강 건너편에는 관목이 무성하게 자라 있어 화적이 어디에 숨어 있는지 알 수 없었다. 비교적 잘 보이는 장소를 찾아 계속해서 서쪽으로 이동했고 적어도 안복에 있는 성루의 시야에서 벗어났으리라고 추정되는 장소에 다다르자 단숨에 강을 건넜다.

강을 건너자마자 화적이 부는 듯한 피리 소리가 들렸다. 어디에 숨어 있는지 모습은 보이지 않았지만 우코 일행의 모습을 목격한 듯했다. 우코는 혀를 차고 대도를 뽑아 들었다. 곧 화적이 달려들겠지만 닥치는 대로 베어버리면 그만이다.

"사냥감은 가도 서쪽으로 도망쳤다. 가라."

부하 절반에게 지시를 내리고 자신은 그 자리에 머물렀다. 곧바로 멀리 보이는 마을에서 여러 명이 뛰쳐나오는 모습이 보였다.

우코는 화적을 기다리지 않았다. 자신이 먼저 기수를 몰아 마을을 향해 돌격했다. 달려온 화적은 손도끼와 낫, 막대기 등 가지고 있던 물건을 무기로 쥐고 있었다. 주로 도끼나 곡괭이처럼 농기구와 공구로 무장한 화적들은 창이나 도검을 들지 않은 터라 우코 무리에게는 그다지 위협적이지 않았다.

"어차피 한낱 건달패들, 광부들로 이루어진 오합지졸이지."

우코는 비웃으며 부하와 함께 달려오는 일당 속으로 무기를 빼내 달려들었다. 기수에 탄 채로 스쳐 지나가듯 세 명을 베었다. 아센이 준 칼은 얇고 가벼울 뿐만 아니라 날이 매우 잘 들었다. 우코의 기세에 주춤하고 발걸음을 돌려 도망치기 시작한 화적의 몸통을 베어내자 깔끔하게 두 동강이 났다. 비명을 지를 틈도 없이 상반신이 나동그라졌고 하반신은 풀썩 쓰러졌다. 주변에 선명한 피가 흩뿌려졌고 진한 피 냄새가 진동했다.

"식은 죽 먹기!"

소리를 드높이며 우코는 기수를 더 빨리 달리게 했다. 마을로 달려 들어가자 도망치려고 우왕좌왕하는 화적이 있었다. 좇아온 부하들도 닥치는 대로 베었다. 마을 안에 있는 집들을 수색할 때에는 부하가 가지고 있는 거대한 도끼와 추를 내질렀다. 문이고 창문이고 할 것 없이 닥치는 대로 부수었고 집 안에 숨어 있는 사람을 발견하면 바로 달려들어 베었다. 어두운 곳에 숨어 있던 화적이 달려들었지만 자갑은 소리를 들은 순간 몸을 돌려 피했고 허공을 가른 손도끼는 양팔과 함께 잘려나가 떨어졌다. 멍하니 팔꿈치 아래로 사라진 팔을 보는 화적의 목을 단칼에 쳐냈다.

마을을 제압하는 데에는 시간도 힘도 그리 들지 않았다.

"화적들은 마을에 숨어 있다!"

강을 내다볼 수 있는 마을을 거점으로 삼고 있을 것이다. 그렇다면 눈에 띄는 마을을 공격하면 그만이다. 우코는 반으로 나눈 휘하들을 또다시 반으로 나눠 한 무리는 가도 북쪽으로 보내고 남은 무리는 마을을 탐색하는 데 보낸 뒤 자신은 남은 휘하 몇몇과 함께 강을 따라 서쪽으로 향했다. 다음 마을은 건물 대부분이 무너져 있었다. 나라가 황폐해져서 그렇다기보다 본래 겨울에 무너질 정도의 판잣집이었을 것이다. 그런 집들이 언젠가의 겨울에 내린 눈의 무게에 짓눌려 그대로 방치된 것 같았다. 그다음 마을에는 지친 다리를 쉬게 하려고 들른 듯한 노파와 여인, 아이 두 명이 있었다. 여인과 아이는 원하는 부하에게 넘기고 우코는 노파에게 다가갔다. 울부짖으며 엎드려 목숨을 애걸하는 노파의 손과 발을 하나씩 베고 남은 팔다리로 기어 도망치는 몸을 두 동강 낸 다음 목을 쳤다. 차가운 땅 위에 끈적한 피와 창자가 흘러나와 김이 피어올랐다. 사냥감을 가지고 노는 부하를 힐끔 쳐다보고는 우코는 마을에서 나왔다. 서쪽에 작은 마을이 보였다.

겐추는 바람에 실려 온 희미한 비명 소리를 들었다. 기수가 움찔거리며 고개를 들고 귀를 앞으로 쫑긋 세웠다. 흘러오는 냄새를 맡는 듯 코를 킁킁거렸다.

"비명 소리다. 여자 같은데."

겐추 옆으로 기수를 몰고 온 구쇼가 작게 말했다. 기수를 타고 그들을 따라잡은 세이겐도 말했다.

"우는 목소리도 들리네. 아이인가."

말을 닮은 겐추의 기수는 가도 남쪽으로 흐르는 강을 바라보고 있다. 강에서 차가운 바람이 불어왔다.

"바람이 불어오는 쪽이군."

겐추는 뒤를 흘끗 쳐다봤다. 지금 막 도망쳐 온 몇몇 노인이 부하의 도움을 받아 언덕으로 가고 있었다. 부하 한 명에게 그 자리를 부탁했다. 나머지 사람들에게 따라오라 하고 겐추는 바람이 부는 곳을 향해 기수를 몰았다.

바로 마을이 보였다. 건물은 반쯤 무너져 있었지만 반은 남아 있다. 굴뚝 주변 지붕의 눈이 녹아 있는 것으로 보아 사람이 사용하고 있다는 것을 알 수 있었다. 이를 확인하자마자 마을 쪽에서 화난 목소리와 비명이 울려 퍼졌다. 서두르자고 말한 겐추는 전속력으로 기수를 몰았다. 집들 사이에 있는 공터에 이르자 갑옷을 입고 있는 사나운 기수가 보였다. 기수의 발치에는 건장한 남성의 시체 두 구가 굴러다녔다. 기수를 몰던 자는 다른 곳에 있는 듯 기수가 시체를 탐내고 있었다. 겐추 주변으로 기겁하는 소리와 분노하는 목소리가 들렸다.

겐추는 지체하지 않고 창을 휘두르며 기수에게 덤벼들었다. 겐추의 창을 피한 기수를 세이겐이 곤봉으로 가격했다. 기수는 앞발을 향한 공격은 겨우 피했지만 세이겐의 곤봉은 편곤이라는 무기였다. 곤봉과 곤봉이 쇠사슬로 이어져 있다. 요수는 긴 곤봉의 첫 타격보다 한발 늦게 날아온 짧은 곤봉을 피하지 못했다. 앞발을 강하게 맞아 공중에서 한 바퀴 구르더니 그 자리에 넘어졌다. 등으로 구쇼의 추가 내리꽂혔다. 사람 머리 크기 정도의 철로 된 구슬이 기수의 갑옷과 함께 척추를 으스러뜨렸다.

피거품과 함께 단말마의 짧은 비명을 내지르며 기수가 쓰러지는 순간 가까이 있는 건물에서 사람이 자빠지듯 나왔다. 갑옷도 입지 않은 남자는 다리 한쪽이 없었다. 앞으로 고꾸라지듯 땅에 엎드린 남자를 쫓아 검붉은 갑옷을 입은 병사가 튀어나왔다. 그 상황을 보자마자 화가 치밀어 올라 소리를 지르며 바로 발을 돌렸다. 하쿠규의 거대한 도끼와 겐추의 창이 연달아 공격했지만 병사는 마치 등에 눈이라도 달려 있는 듯 공격을 깔끔하게 피했다. 무너지려는 집으로 뛰어 들어가 가구를 방패 삼아 빠져나갔다.

검붉은 갑옷. 저것이 악명 높은 자갑인가.

하쿠규 일행이 자갑을 쫓아 집으로 우르르 몰려 들어갔다. 겐추는 기수를 몰아 건물을 우회해 뒤편으로 빠르게 움직였다. 겐추가 건물 뒤로 갔을 때 자갑이 그곳에 묶여 있던 말 한 필에 뛰어올랐다. 겐추의 기수가 말보다 날랬다. 기수를 몰아 간격을 좁혔다 싶었을 때 자갑이 말을 달리게 하며 한 손을 들어 올렸다.

반짝하고 무언가가 빛난 것 같았다. 의문을 품을 틈도 없이 오른쪽 어깨에 충격을 받았다. 비명도 지르지 못한 채 기수에서 떨어졌다. 바로 몸을 말아 땅에서 구른 뒤 고개를 들자 두 번째 공격이 들어왔다. 이번에는 보였다. 유성추流星錘였다.

줄 끝에 달려 있는 주먹만 한 크기의 추가 겐추의 머리 옆으로 떨어져 땅을 도려냈다. 자갑이 손을 휘두르자 줄의 힘을 받아 추가 돌아갔다. 곧바로 날아온 세 번째 공격은 겐추의 팔을 스쳐 지나갔다. 계속해서 도망치는 상대와 기수에서 떨어진 겐추는 줄이 닿을 정도로 아슬아슬한 거리에 있었다. 자신을 맞힌 것에도 놀랐지만 팔을 스쳐 지나간 추가 둥글게 호를 그리며 주인을 잃은 기수의 후두부를 직격으로 맞힌 것도 놀라웠다. 아연실색한 겐추를 제쳐두고 자갑은 멀어져 갔다. 겐추는 추격을 포기하고 기수에게 달려갔다. 추가 크지 않아서 부상은 심각하지 않은 듯했다. 하지만 상당히 충격을 받은 듯 기수의 다리가 이리저리 꼬였다.

"괜찮은가."

목소리가 들렸다. 뒤를 돌아보자 구쇼가 있었다. 고개를 끄덕이고 기수의 고삐를 당기려고 했지만 오른손에 힘이 들어가지 않았다. 달려온 구쇼가 겐추의 어깨를 살폈다.

"돌인가."

"유성추야. 그 거리에서 맞혔어. 한 발의 공격에 기수도 당했지. 믿기지 않아."

처음 공격은 완벽하게 겐추의 등을 향했다. 겐추는 추가 날아오는 것을 보지 못했다. 무서우리만큼 빠르다. 추를 회전시키고 거리도 재지 않은 채 주저 없이 추를 던져 맞힌 실력은 경탄할 정도였다.

"움직이지 말게. 물러나 있어. 이건 처치가 필요하네."

단법사의 승려가 말하는 거니 납득하지 않을 수 없었지만 지금은 물러날 수 없다.

"어찌됐든 쫓아가주게. 다친 사람은 어떻게 됐나."

"하쿠규가 처치를 하고 있지만 출혈이 너무 심하네. 아마 어려울 거야."

제길, 겐추는 중얼거렸다. 대화를 나누는 동안에도 부하들이 자갑을 쫓고 있었다. 추를 조심하라고 겐추는 소리 높여 외쳤고 구쇼에게도 얼른 가보라고 재촉했다.

"좀 전에 들린 비명 소리가 마음에 걸리네. 가주게."

구쇼는 고개를 끄덕인 뒤 떠났다. 달려온 부하가 겐추를 기수에 올려 태웠다.

우코는 말을 달렸다. 부하가 있는 마을로 돌아왔다. 가슴이 타오르며 창자가 부글부글 끓어오르는 기분이 든다. 돈을 들여 갑옷을 맞춘 기수를 죽게 한 게 무엇보다도 화가 났다. 기수는 그나마 괜찮다. 아센에게 조르면 그만이다. 갑옷을 살 돈도 아센에게 요구하면 된다. 이번에는 좀더 좋은 기수를 달라고 해야겠다고 생각하면서도 지금 이렇게 말을 타고 도망쳐야 한다는 사실에 화가 치밀었다.

바로 전 마을로 돌아가자 한 집에서 사람이 굴러 나왔다. 검붉은 갑옷을 입은 두 사람. 부하였다. 그 뒤로 그림자가 나타났다. 두 사람을 쫓아 집에서 나온 사람은 넝마를 뒤집어쓰고 있었다. 부하 한 명이 우코를 발견했다. 도움을 요청하듯 손을 뻗어 입을 열려고 했지만 등 뒤로 날아온 일격에 땅으로 푹 내려앉았다. 천을 뒤집어쓴 사람은 한 손에 어린아이를 안고 있었다. 그런데도 움직임이 민첩했고 칼 솜씨는 눈이 보이지 않을 정도로 날카로웠다. "웬 놈이냐" 하고 우코는 말의 속도를 줄였다.

부하 한 명이 그림자와 대치하고 있었다. 우코가 '힘'을 내린 휘하였다. 화적과 협객은 물론 어지간한 병사와 대적해도 뒤떨어질 리 없다. 그런데도 그자는 달려든 검을 깔끔하게 차올리고는 자세가 무너진 틈을 노려 가로로 베어냈다. 간신히 피했지만 자세를 바로잡기 전에 정면에서 칼이 훅 들어왔다. 부하를 구하려고 우코가 달려가기도 전에 승패는 나 있었다. 배를 찔려 웅크리고 앉은 부하는 앞으로 고꾸라질 듯 무릎을 꿇고 있었다. 그 어깨 위로 맹렬한 참격이 내리꽂혔다.

원래 양날의 검은 찌르기 위한 무기지 베어내기 위한 무기가 아니다. 베어내는 검은 도신이 길고 양손으로 잡는 법인데, 지금 이 괴인은 한 손으로 어린아이를 안고 있다. 크기로 봐도 명백히 한 손으로 잡는 검인데 괴인의 검은 부하를 비스듬하게 둘로 조각냈다. 실력도 보통이 아니지만 검 자체도 범상치 않다.

우코는 등줄기가 오싹해지며 소름이 돋았다. 찌르기와 베어내기를 교묘하게 섞은 검술이 낯익었다.

—설마.

뒤에서 다가오는 추격자들의 발소리가 가까워졌다. 괴인은 대수롭지 않게 시체를 뛰어넘어 우코에게 다가왔다. 깊게 눌러쓴 천 때문에 얼굴이 거의 보이지 않았지만 슬며시 보이는 턱선이 기억을 뒤흔들었다.

우코는 곧바로 말의 방향을 바꿨다. 전속력으로 말을 몰아 버려진 부하의 기수로 다가간 뒤 갈아탔다. 그리고 곧장 등자를 차서 날아오르게 했지만 간발의 차이로 발밑에 검은 요수가 뛰어

들었다. 안장도 고삐도 없었지만 괴인이 손으로 짧게 휘파람을 불자 발길을 돌려 괴인에게 돌아갔다. 누가 보아도 길들여졌다. 기수다.

부하의 기수는 말을 잘 듣지 않았다. 혀를 차고 열심히 부추기며 속도를 내게 했다. 슬쩍 뒤를 쳐다보니 추격자와 괴인이 합류한 것 같았다. 일단 거리는 벌렸다. 안도의 한숨을 쉬고는 다시 뒤돌아 괴인을 쳐다봤다. 자신을 올려다보는 입가와 턱선.

—살아 돌아왔다.

틀림없다. 가까이서 시중도 들었고 뒤에서 습격도 했다. 하마터면 도리어 당할 뻔했다. 과거 함양산에서. 겨우 베고 수갱에 빠뜨려 낙반으로 묻었다. 그런데도 심연에서 기어 올라왔다.

우코는 몸서리를 쳤다.

—교소다.

세이겐이 누군가와 대치하고 있을 때 겐추가 달려왔다. 그 인물은 눈 깊숙이 넝마를 뒤집어쓰고 한 손에는 어린아이를 안고 있었다. 세이겐이 무슨 일인지 묻자 아무 말 없이 등 뒤에 있는 집을 가리켰다. 부하 몇 명이 집으로 달려 들어갔다.

"아이를 넘기게."

세이겐이 곤봉을 들이댔다. 남자는 아무 말 없이 어린아이를 땅에 내려놓았다. 왜소한 여자아이였다. 겁에 질린 듯 남자를 무서워하며 흐느껴 울고 있었다. 양손은 힘없이 축 늘어져 있었는데 가만히 보니 양 손바닥이 무참히 갈라져 있었다. 아마도 날붙이로 손을 관통시킨 뒤 억지로 잡아 찢은 흔적인 듯했다. 구역질처럼 분노가 치밀어 올랐다.

세이겐이 여자아이를 끌어안으려고 했지만 아이는 겁을 먹고 거부하며 울부짖었다. 부하 한 명이 도망치려는 아이를 겨우 붙잡은 뒤 깊은 상처를 보고는 당황한 표정을 지었다.

“아파하겠지만 천으로 눌러 피를 막는 게 좋아.”

세이겐은 말하며 남자를 쳐다봤다.

“네놈은 웬 놈이냐? 자갑과 한패로는 보이지 않는다만.”

남자는 무슨 말을 하려고 했지만 결국 하지 않고 입을 다물었다.

“화적도 아닌 것 같은데.”

세이겐의 물음에 남자는 말없이 고개를 끄덕였다. 겐추는 기수에서 내려 가까이 다가가 다시 남자를 쳐다봤다. 어딘가 기이한 분위기를 풍기는 남자였다. 옷은 거의 넝마였고 머리부터 상반신을 덮고 있는 천 또한 마찬가지였다. 슬쩍 보이는 입가의 피부는 이상하리만치 창백했다. 천 아래로 얼굴을 엿봤지만 거친 데다가 더럽고 얇은 천으로 눈가를 뒤덮고 있었다. 눈이 보이지 않는 것인지 아니면 천 너머로 보고 있는 것인지. 보인다면 기묘한 복장을 할 이유는 무엇인가.

"싸울 뜻이 없다면 무기를 건네게."

세이겐이 말하자 아무 말 없이 저항도 하지 않고 허리띠에 차고 있던 검을 검집과 함께 뽑아 내밀었다. 검집은 상처투성이였다. 칼을 내민 손도 어딘가 일그러진 듯했다.

"……적인가?"

겐추는 세이겐과 남자를 번갈아 쳐다봤다. "글쎄" 하고 세이겐이 대답하자 집으로 들어갔던 자들이 뛰쳐나왔다. 한 명은 그 자리에서 하늘을 올려다보며 절규를 하고 한 명은 그 자리에 주저앉아 토했다. 무슨 일인가 하고 줄줄이 집 안으로 뛰어 들어간 사람들은 하나같이 창백한 얼굴로 뛰쳐나왔다.

"무슨 일인가?"

"여자 한 명과 노파 한 명. 아이가 한 명. 고문받다 죽었어. ……지독하군."

겐추는 남자를 쳐다봤다.

"네놈인가?"

"아니."

남자는 힘없고 갈라진 목소리로 작게 대답했다. 겁을 먹고 위축된 듯했지만 태도는 주눅 든 것 같지 않았다. 가만히 멈춰 서 있는 남자의 곁으로 검은 요수가 내려왔다. 겐추와 일행은 흠칫 놀랐지만 요수는 남자의 옆구리에 머리를 비벼댔고 그 상태로 겐추 일행을 살펴보며 달라붙었다.

"자네 기수인가?"

겐추가 묻자 남자는 그저 고개를 끄덕이기만 했다. 아무런 해명도, 저항도 하지 않고 그렇다고 해서 우호적인 자세를 취하는 것도 아니다.

"다시 한번 묻지. 네놈의 정체는 뭐지?"

남자는 대답하지 않았다.

"정체를 알지 못하면 그대로 내버려둘 수 없네. 구속당할 텐데 상관없는가."

남자는 이 질문에도 아무 말 없이 그저 고개를 끄덕일 뿐이었다. 밧줄을 손에 쥔 동료가 기수에게 다가가자 거대한 요수가 으르렁거렸지만 남자가 목덜미에 손을 가져다 대자 얌전하게 밧줄을 받아들였다. 마찬가지로 남자도 저항하지 않고 밧줄을 받아들였다.

005

거슬리는 투석기는 공행사가 한 대씩 부술 수밖에 없다.

유쇼가 전투 성과를 살펴보고 있을 때 진영에서 떠들썩거리는 소리가 들렸다. 의아해하며 둘러싸고 있는 사람들을 뚫고 나온 것은 우코였다. 유쇼는 우코의 흐트러진 모습을 힐끔 쳐다보고는 다시 안복으로 시선을 돌렸지만 가까이 다가온 우코의 목소리에 얼어붙고 말았다.

"교소가 있었어."

유쇼는 우코를 돌아보았다.

"뭐라고?"

"틀림없이 교소였다. 녀석은 구출된 거야."

"만났는가?"

유쇼가 단단히 벼르며 묻자 고개를 끄덕였다.

"안복 서쪽이야. 측면에서 공격하려고 우회했다 마주쳤지."

"측면에서?"

유쇼는 그런 지시를 내린 적이 없다. 굳이 지금 측면에서 공격해봤자 의미가 없었다. 유쇼는 우코의 말을 그대로 받아들일 수 없었다.

"자네 혼자였나?"

“자갑을 끌고 갔지만 다른 놈들은 어떻게 됐는지 몰라. 그보다 괜찮겠나? 쫓지 않으면 도망친다고.”

“상대는 혼자였나?”

“한패가 있었네. 스무 명 정도. 병졸은 아니었어. 거의 다 화적과 한통속이겠지.”

유쇼는 우코의 얼굴을 쳐다봤다.

“화적은 교소의 적이다. 같이 움직일 거라 생각하는가?”

“하지만 있었다고!”

“이름을 말했는가?”

“말하지 않았지만 보면 알 수 있어. 틀림없어.”

우코는 드물게도 당황한 듯 보였고 겁을 먹은 것 같기도 했다. 이상한 일을 맞닥뜨린 것은 틀림없는 듯했다. 유쇼는 뒤돌아 부하를 쳐다봤다.

“일양을 편성해서 우코에게 안내하게 하라.”

“일양으론 안 돼. 적어도 삼양은 있어야 해.”

“이양으로 하지. 서둘러.”

유쇼는 말을 덧붙였다. 만약 우코의 말이 사실이라면.

“그 누구도 죽이지 말라. 중상을 입혀서도 안 된다. 전원 생포하라.”

떠나보냈던 이양이 돌아오기까지는 그리 오래 걸리지 않았다. 여수인 시신士眞은 분노로 얼굴을 일그러뜨린 채 유쇼 앞에 나타났다.

"도망쳤는가?"

"서쪽으로 가고 있는 듯하여 쫓으라고 했습니다. 부상자를 데리고 있으니 빠르지 않습니다. 퇴각하면서 인원이 늘어난 게 성가시긴 합니다만 그보다도 문제는 사기입니다."

"사기……."

사기가 떨어졌다. 몸 옆으로 꽉 쥔 두 주먹이 떨리고 있었다.

"병졸들이 움직이길 꺼려합니다. 자갑은 제멋대로 안복 서측으로 돌아 들어가 화적과 도망치는 여자와 아이를 살해했습니다."

그러고는 더이상 참을 수 없다는 듯 작게 욕을 내뱉었다.

"송구합니다. 화적은 강을 넘어오는 병졸을 경계해 강가에 있는 마을에 사람을 잠복시켜놨던 것 같습니다. 우코는 제멋대로 강을 건너 마을을 습격했습니다. 마을 두 곳이 습격당했고 그곳에 잠복해 있던 화적이 살해당했습니다. 제일 처음 나온 마을에 시체가 일곱 구 있었는데 그게 전부겠지요. 다음 마을에는 시체가 세 구, 같은 인원이 있었다고 추측해본다면 남은 인원은 서쪽으로 피신했을 거라 보입니다. 다만……."

시신은 말끝을 흐렸다. 얼굴은 분노로 붉게 달아올라 있다.

"다만?"

"두 마을 사이에 거의 무너진 마을이 있었습니다. 그곳에 안복에서 도망친 여자들과 아이들이 쉬고 있었던 것 같습니다. 노파와 여자, 어린아이의 시신이 남겨져 있었습니다."

"우코 일행이 죽인 건가."

"죽였다는 말로 간단히 표현할 수 있는 상태가 아니었습니다. 말 그대로 갖은 괴롭힘을 당하다 죽었습니다. 남아 있던 건 시신이라기보다는 잔해라 표현하는 게 맞습니다."

어미가 자식을 껴안은 채 숨졌는데 아이는 몸이 세로로 두 동강 나 있었다고 한다.

"발견한 병졸이 소란을 피우는 바람에 사기가 한 번에 떨어졌습니다. 쫓아가는 것보다도 유해를 매장하는 게 먼저라고 말을 꺼낸 자가 있어 병졸들이 자리를 떠나려고 하지 않습니다. 무리도 아닙니다. 어미의 다리는 세 조각으로 잘려 나갔고 목에는 아이의 창자가 휘감겨 있었습니다."

시신은 목소리를 떨며 말했다.

"우코에게 처벌을 내려주십시오. 그건 사람이 할 짓이 못 됩니다."

유쇼는 어떻게 대답해야 할지 몰랐다. 아무 말 없는 유쇼에게 시신이 말했다.

"어째서 아센 님은 그런 짐승 같은 놈을 중용하시는 겁니까."

"그러게나 말이다."

유쇼는 그렇게 대답할 수밖에 없었다. 과거의 주인이라면 우코 같은 병졸에게 제일 먼저 처벌을 내렸을 것이고 혐오하며 푸대접할지언정 중용할 리 없었다. 하지만 현실은 반대였다. 반대인 이상 우코가 그런 짐승이기 때문에 중용되었다고 생각할 수밖에 없었다.

—실력 하나는 괜찮다.

이번 출정에서 여러 번 목격한 우코와 그의 휘하인 자갑 일양의 기량은 상식을 뛰어넘었다. 그 정도로 실력이 뛰어나다는 소문은 듣지 못했지만 아무래도 간과한 듯했다. 무시당하고 있었기에 우코도 기량을 숨긴 것이 정답인 듯했다.

"모자 주변에는 자갑의 시신도 있었습니다. 여섯 구였습니다. 이들은 거의 한 방, 혹은 두 방에 승패가 정해졌습니다. 자갑을 상대했으니 범상치 않은 자일 겁니다."

유쇼는 몸을 살짝 앞으로 내밀었다.

"무기는."

"검인 것 같습니다. 무서우리만큼 잘 드는."

틀림없다고 유쇼는 주먹을 꽉 쥐었다. 인정하고 싶지 않지만 우코 일행의 기량은 유쇼의 휘하보다 훨씬 뛰어났다. 여섯을 상대로 한두 번 휘둘러서 숨통을 끊을 수 있는 사람은 그리 많지 않을 것이다. 사냥감을 가지고 노는 일에 푹 빠졌다가 불의에 공격당했다 하더라도 여섯 명 전원이 당하는 것은 있을 수 없는 일이다. 유감스럽지만 유쇼는 물론이고 아센에게도 무리였다.

유쇼는 적어도 한 명, 가능할 수도 있는 인물을 알고 있었다.

"저강에서 출발하도록 전령을 보내라. 우리도 전군 출발한다."

"그 말씀은."

"우코가 한 말이 헛소리는 아닌 것 같다. 틀림없이 교소다."

유쇼 자신도 채비를 하며 휘하를 불렀다.

"우코의 일은 나중에 반드시 결말을 짓지. 어쨌든 지금은 교소를 쫓는다."

"하오나 해가 저물었습니다."

"알고 있다. 후미는 겐유弦雄에게 맡기겠다."

규산은 적이 움직이기 시작했다는 것을 알아챘다. 다리 건너편에 진영을 친 녀석들의 진형이 흐트러지고 물웅덩이가 흘러넘치듯 서쪽으로 움직이기 시작하는 게 보였다.

"지금부터 서쪽으로?"

규산은 성루에서 몸을 살짝 내밀었다. 상대의 진형을 확인했지만 틀림없이 일부가 서쪽으로 움직였다. 게다가 저 멀리 전군이 일렁이기 시작하는 게 보였다. 일부가 아니라 다리 건너편에서 대기하고 있던 왕사가 일제히 움직이려고 하고 있다.

"어이 어이, 우리를 무시할 작정인가?"

안복을 함락시키는 데 시간이 걸릴 것이라 판단한 것일까. 반대편 강가에서 서쪽으로 향해 가다 투석기의 사정거리에서 벗어나면 한 번에 강을 건너려는 속셈이리라.

"해도 졌는데 꽤나 얕잡아 보는군."

"규산, 가야 하지 않겠나. 여인들이 도망치고 있어. 붙잡힐 거야."

쇼큐가 당황하며 말하자 규산이 고개를 끄덕였다.

"해가 저물면 우리가 유리해. 마지막 남은 녀석들이 움직이면 뒤를 쫓는다."

규산의 부하들은 서둘러 추격할 준비를 했다. 절벽에서 투석기를 다루고 있던 인원만은 유사시를 대비해 남겨놓자는 의견도 있었지만 해가 거의 다 질 무렵 진영에 남아 있던 마지막 무리가 움직이기 시작하는 것을 보고 물러나게 했다. 적이 없는데 인원을 남겨둬봤자 소용이 없다. 그렇지 않더라도 규산은 부하가 부족하다. 왕사와 대적하는데 수가 절대적으로 부족하니 한 명이라도 헛되이 할 수 없었다.

"어차피 안복은 여자들과 아이들을 피신시킬 때까지만 쓰고 버리는 말이야. 내버려둬도 문제없어."

규산은 부하들을 스무 명씩 나눈 뒤 왕사가 안복에서 충분히 멀어진 것을 확인하고는 일제히 추격을 보냈다.

"피리 소리가 들리지 않아. 녀석들은 강 건너편에서 갈 수 있는 데까지 서쪽으로 이동할 셈인가."

강 북쪽에 동료들을 잠복시켜놓았다. 왕사가 강을 건너면 피리를 불 텐데, 들리지 않았다. 하지만 어슴푸레 깔리기 시작한 어둠 속을 달려가보니 강 북쪽에 횃불이 보였다. 적은 이미 강을 건넜다. 마을에 숨어 있던 동료들을 부르러 갔던 부하는 곧바로 안색이 바뀌어 돌아왔다. 마을은 적에게 괴멸당했다.

"빌어먹을, 어느 틈에."

동료를 잠복시킨 마을이 괴멸당해 십여 명 되는 동료 모두가 살해되었다고 한다.

"하나같이 갈기갈기 베여 있었네. 지독한 짓을 해대는군."

희생자들에게 쓸데없는 고통을 주며 같잖은 힘을 쏟아붓는 것이 악명 높은 자갑 일당이라는 것을 규산은 지난 경험을 통해 알고 있었다. 화적의 난과 그에 이은 주벌, 자갑은 늘 그래왔다. 지독히도 고약한 취미를 가진 검붉은 갑옷을 입은 무리. 피에 굶주린 이리 같은 놈들이지만 분하게도 실력은 뛰어났다. 화적은 상대도 되지 않을 것이다.

"선발대로 자갑을 보낸 건가. 버러지 같은 놈들."

싸움에서 이기기 위해서는 수단을 고르지 않는다. 그것이 군이다. 냉철하고 잔혹한 방식에 문주는 이제까지 아무렇게나 짓밟혀왔다.

"가자! 복수다."

규산 일행은 이곳의 지형에 밝았다. 해는 저물었지만 어둠 속에서도 방향을 잃지 않을 수 있다. 적의 위치는 횃불이 알려준다. 규산에게도 조금은 승산이 있다.

규산은 부하를 북돋아 서쪽으로 가는 대열의 뒤를 쫓았다. 횃불을 노려 불빛을 하나둘 없앴다. 어둠에 당황한 병졸들의 움직임이 흐트러졌다. 규산 일행은 무기에 미곡으로 표시를 해두어 같은 편을 공격할 걱정은 하지 않아도 된다. 미곡은 황해에서 자라는 나무로 꽃은 빛나는 성질을 가지고 있다. 미곡의 꽃에서 채취한 염료는 엄청나게 비쌌지만 어둠 속에서 빛을 발한다. 무기의 손잡이 부근에 미곡으로 표식을 하고, 보이고 싶지 않을 때는 손으로 잡아 가린다. 일부분을 드러내어 신호로도 사용한다. 어두운 갱도 속을 살아온 자들의 지혜였다.

불의의 습격을 받아 왕사의 후미가 흐트러졌다. 겁먹을 정도는 아니라고 안도한 순간 형세가 바뀌기 시작했다. 녀석들이 불빛을 모아 진형을 가다듬은 뒤 추격해 오는 화적과 대치하기 시작했다. 적의 태세가 정돈되자 화적은 왕사의 적이 될 수 없었다.

규산은 병졸 무리로 돌격했지만 쌍도끼 한쪽을 잃어버리고는 퇴각했다. 도망치던 도중 동료를 짊어지고 비틀거리며 달리는 부하를 만났다.

"괜찮은가."

가까이 다가가봤지만 등에 매달린 남자는 이미 숨이 끊어져 있었다. 피로 얼룩진 옷이 낯익었다.

"쇼큐인가."

"그런 것 같네……."

부하는 그렇게 대답할 수밖에 없었다. 당연할 것이다. 무게가 나가는 무기로 구타당해 시신의 머리는 원래의 모양을 알아볼 수 없을 정도로 깨져 있었다.

"죽었어. 내버려두고 도망쳐."

규산이 말하자 부하는 힘이 부친 듯 시신을 내려놓고는 원통하다는 몸짓으로 쓰다듬었다. 규산도 그 몸을 가볍게 툭툭 쳤다. 오랜 시간 동안 규산의 한쪽 팔로 함께해온 사내였다. 소심했지만 가족을 아끼고 정이 많으며 어떠한 일도 마다하지 않았다. 좀 전까지 같이 이야기를 나눴는데 이렇게 헤어지는구나 싶었다.

"가자."

규산은 부하를 재촉하며 퇴각했다. 도망쳐 온 동료와 함께 몸을 숨겼다. 규산 일행의 피해는 몹시 컸다. 지형적으로는 유리했다고 하더라도 야전에서는 화적이 압도적으로 불리했다. 그나마 다행인 것은 규산 일행이 추격하는 바람에 군이 발을 멈춘 것이다. 서쪽으로 향하고 있던 군사는 움직임을 멈추고 바싹 뒤쫓아오는 규산 일행을 향해 포진하고 있었다.

"어떻게 하시겠습니까. 돌아갈까요."

세키히가 물었지만 규산은 고개를 가로로 내저었다.

"왕사를 이곳에 붙잡아두면 도망치는 녀석들과의 거리를 벌릴 수 있어. 될 수 있는 한 버틴다."

"공격해 오면 성가시겠네요."

"상대가 우리 쪽으로 공격해 오지 않을 정도로 진격하면 되겠지. 파상 공세로 간다. 이기지 않아도 되니까. 조금이라도 밀어붙였으면 바로 내빼. 상대가 저렇게 태세를 갖추고 있는 한 도망치는 녀석들은 안전해."

알겠다고 끄덕인 세키히는 퇴각한 동료들을 세어본 뒤 새롭게 편성했다. 머릿수가 모이면 앞으로 내보내 왕사를 습격한다. 습격한 녀석들이 빠져나오자마자 다음 무리를 내보낸다. 내보낼 때마다 되돌아오는 인원은 줄었다. 하지만 그저 소모전일 뿐이라는 사실을 알고 있어도 계속할 수밖에 없다. 자신들의 공격이 끊기면 녀석들은 공격 태세로 전환해 규산 일행을 향해 진군하기 시작할 것이다. 본격적으로 공격해 온다면 승산은 없다.

인원이 적더라도 공격이 계속되는 한 적은 그 자리에 멈춰 있다.

"기분 나쁠 정도로 우리 예측대로 흘러가는데."

"우리 계략이 들어맞은 게 아닐까."

"맞았다 한들 왕사와 대적할 수 있는 놈들이었나, 우리가?"

놈들이 멈춘 것은 규산 일행의 공격 이외에도 이유가 있을 것이다. 밤중에 활을 쏠 수 없는 것도 큰 이유겠지만 그걸 뛰어넘는 무슨 문제가 생겨 규산 일행을 공격하는 것도 서쪽으로 더 나아가는 것도 어려운 게 아닐까.

규산은 그렇게 생각했고, 사실이었다.

유쇼는 진군하고 싶었다. 교소가 있다면 쫓아가야 한다. 유쇼는 함양산을 정찰하라는 명령을 받았지만 이는 함양산을 개방하고 교소를 포획하기 위해서였다. 그런 교소가 코앞에 있을 가능성이 높다. 그렇다면 지금은 무엇보다도 교소를 쫓아가는 것이 최우선이다.

그럼에도 움직일 수 없었다. 자갑에 대한 병졸들의 불만이 폭발했다. 아센의 휘하로 왜 우코가 중용되었나에 대해 강한 분노를 표출했다. 우코가 이끄는 자갑의 행동은 유쇼도 유쇼의 휘하도 견디기 힘들었다. 서열을 개의치 않는 난폭한 행동과 명령을 무시하며 제멋대로 구는 행동, 그리고 행동 자체가 군인으로서의 규율을 크게 위반했다. 부득이하게 백성에게 칼을 들이대는 일은 있을 수 있어도 군에는 마땅히 지켜야 할 도의와 품격이 있다. 그들은 이를 굳게 지켜왔다는 긍지를 지니고 있었다. 긍지를 짓밟힌 병졸들이 화를 내는 것도 당연했다. 우코와 자갑을 용서하지 마라, 구속하고 엄벌을 내리라는 의견을 무시할 수 없었다.

분명 우코를 처벌하겠다고 약속했지만 정작 우코와 자갑이 이를 무시하며 비웃었다. 아센을 거론하며 유야무야 덮으려는 태도가 더욱 병졸들의 노여움을 샀다. 결국 형세가 불리하다고 내다봤는지 모습을 감췄고 일부 병졸들이 수색에 나섰다. 어느 졸장이 찾아서 붙잡으라는 명령을 내린 듯하다. 독단으로 내린 명령이었지만 이를 타박하면 군은 무너진다.

어떻게 해서든 병사를 잘 타이르고 지휘 계통을 정상으로 돌려놔야 한다. 그러는 동안에도 화적들이 후미를 공격해 왔다. 병력 자체는 대단치 않아 별 위력은 없었지만 파상 공세로 끊임없이 밀려 들어오는 탓에 곤란했다.

이윽고 병졸들이 진정되고 우코를 쫓아갔던 무리들도 설득당해 돌아왔을 때는 동틀 녘에 가까워져 있었다. 추운 바람 속에 멈춰 있던 탓에 병졸들의 체력 소모도 컸다. 사기도 눈에 띄게 줄었다.

"일단 안복까지 퇴각하지."

유쇼는 한숨을 쉬었다.

"교소는……."

"이제 와 쫓아간들 붙잡을 수 있을 리가 없어."

"그렇군요."

휘하 또한 한숨을 쉬었다.

"겐유를 지원해라. 화적을 섬멸하고 안복으로 돌아간다. 일졸은 우코 수색에 보내라."

왕사의 움직임이 다시 한 군데로 모아졌고 안복으로, 후미 쪽으로 진형을 바꾸기 시작했다. 규산은 이 모습을 보고는 형세가 바뀌었다는 것을 알았다.

"저 자식들 이쪽으로 올 작정인가."

별 효과가 없다는 줄 알면서도 공격을 반복하는 사이에 규산 일행의 인원도 줄어들었고 하늘이 밝아지기 시작했다. 아직 사람을 분간할 수 있을 정도의 빛은 아니었지만 새벽빛이 비춘다면 궁사들이 움직이기 시작할 것이다. 그렇게 되면 규산이 불리하다.

"안복으로 돌아간다."

주변에 있던 자들에게 말하고 슬슬 도망쳤지만 돌아가려고 했던 안복의 상공에 공행사들이 있었다.

"병사를 남겨놨다니."

규산이 혀를 찼다. 철석같이 전군이 움직였다고 생각했다. 안복을 비워둔 자신의 실수였다. 마을로 도망치지 못하면 벌판에서 궁사들의 표적이 될 뿐이다.

아마도 적은 시기를 살펴보고 있을 것이다. 지금은 벽처럼 가만히 서 있지만 언젠가는 규산 쪽으로 밀려 들어올 것이다.

"빌어먹을. 풋내기로군, 우리들은."

"새삼스러운 말을 하는군요."

세키히의 신랄한 말에 쓴웃음만 나왔다.

"여기까지인가……."

주먹만을 믿고 살아왔다. 그 주먹이 언젠가는 부서질 거라는 것쯤은 알고 있었다. 나이와 부상, 부서질 요인은 수두룩하다. 주먹에 기대어온 삶에 한계가 있다는 것은 알고 있었지만 규산에게는 다른 선택지가 없었다. 아니, 있었을지도 모르지만 항상 하루하루를 살아내는 데 급급했고 갈림길은 눈에 들어오지 않았다. 애초에 갈림길이 있었는지도 알 수 없다.

"거지 같은 시대에 태어나버렸군."

이것이 규산의 술회였다. 자신의 인생을 돌아보면 생각나는 게 따로 없었다.

"규산……."

비참한 표정을 짓고 있는 세키히를 비웃었다.

"너나 나나, 이놈이고 저놈이고 운이 지지리도 없군."

세키히가 메마른 웃음소리를 내며 고개를 내저을 때였다. 검은빛이 감도는 땅에 그림자처럼 스며들어 있던 왕사가 움직이기 시작했다. 커다란 그림자가 몸을 떠는 듯 흔들리며 단숨에 규산을 향해 다가오고 있었다.

"왔다. 도망쳐!"

도망쳐 살아남아라. 규산의 명령은 그뿐이었다. 목숨을 걸고 달려라. 거리를 벌리고 산으로 도망쳐라. 안복으로는 돌아갈 수 없다.

동료들이 도망치자 무리 가장자리에서부터 흐트러지기 시작했다. 왕사는 거대한 파도처럼 밀려온다. 규산 일행도 뛰기 시작했고 밀려오는 왕사를 피해 둘로 나뉘었다. 도망치라고 목청 터져라 외치며 규산도 달렸다. 무리 중앙이 뚫린다면 남북으로 찢어져 도망칠 수밖에 없다. 하지만 남쪽에는 강이, 북쪽에는 산이 있다. 도망칠 여지는 얼마 없었고 공격당할 걸 알면서도 적의 측면으로 우회할 수밖에 없었다. 가능한 한 거리를 벌려가며 서쪽으로 가 북쪽을 향했다. 동서로 늘어진 왕사는 그대로 파도가 되어 남북으로 치고 들어왔다. 뛰어 도망칠 수밖에 없는 규산 일행 쪽으로 기마 부대 한 무리가 향하고 있다. 아직 그림자처럼 어둡

게 보였지만 화살로 충분히 노릴 수 있었다. 사정거리에 들어갔다가는 끝이다.

규산은 각오하고 멈춘 뒤 기마 쪽으로 돌아섰다. 손에 도끼를 쥐고 자세를 잡았다. 규산의 무기는 손도끼라 기병을 상대로는 싸울 수 없다. 모 아니면 도, 돌진해 오는 기마의 다리를 노릴 수밖에 없다.

궁리를 하고 있을 때 땅이 울렸다. 땅울림처럼 느껴졌지만 수많은 사람이 내는 함성 소리였다. 깜짝 놀라 당황하며 내뱉은 목소리는 수백 명이나 되는 규모에 묻혔고 해가 뜨기 전 공기를 진동시키고 있었다.

무슨 일이지 하고 저도 모르게 목소리가 들리는 쪽을 쳐다봤다. 왕사의 대열이 서쪽에서부터 무너지고 있었다. 규산을 향해 달려오던 기병도 방향을 틀었다. 다급히 서쪽으로 진로를 바꿨다. 서쪽으로 향하는 병사와 여전히 동쪽에서 화적을 쫓는 병사. 규산의 눈앞에서 왕사의 대열이 좌우로 나뉘기 시작했다.

"무슨 일이지?"

영문을 알지 못한 채 다리를 움직여 세키히가 보이는 서쪽으로 갔다. 세키히는 멍하게 우두커니 서서 서쪽을 바라보고 있었다.

"무슨 일이야?"

"모르겠어. 아니, 추가 병력인가?"

보아하니 왕사가 공격을 받고 있는 듯했다.

"우리에게 추가 병력이 어딨어."

"그렇다면…… 구원군? ……우리한테?"

왜 구원군이 오겠는가. 화적을 도울 세력이 있을 리가 없다.

멍하니 있자 앞에 있던 동료가 손을 흔들었다. 춤을 추듯 손을 흔들며 외쳤다.

"리사이가 와줬어!"

멀뚱멀뚱하게 서 있던 규산이 소리쳤다.

"멍청이인가, 그 여자는!"

화적과 리사이는 동료가 아니다. 오히려 적이다. 일시적으로 협력하고 있지만 결코 그 이상이 아니다. 눈에 띄는 행동을 했다가는 그만큼 발각될 가능성도 높아진다.

올 리가 없다. 그럼에도 꽤 많은 수의 무리가 왕사를 공격하고 있었다. 화적처럼 풋내기가 아니다. 그 증거로 왕사의 진형이 크게 무너지며 병졸들이 확연하게 도망치려 하고 있었다.

"본인이 지명수배자라는 걸 잊고 있는 거 아냐? 바보 멍청이도 아니고."

입으로는 그렇게 내뱉었지만 콧속이 뜨거웠다.

병졸 한 무리가 눈앞으로 우르르 밀려왔다. 규산을 노리고 있는 게 아니다. 무언가로부터 도망치며 달려오고 있다. 전방을 가로막고 있는 규산 일행을 보고 난처한 나머지 공격을 해왔지만 어찌저찌 규산 일행이 맞받아칠 수 있었다. 규산은 창으로 찌르는 병사의 창끝을 부러뜨렸다. 남은 막대기를 쳐올려서 날렸다. 병졸은 무기를 잃고 당황해 도망쳤다. 우왕좌왕하는 병졸 사이를 뚫고 검은 날개를 펼친 기수가 내려왔다.

"규산!"

기수는 민첩했고 강했다. 등에 타고 있는 것은 틀림없이 리사이였다. 갑옷을 입고 손에는 검을 쥐고 있다. 주저하지 않고 규산 앞에 있는 병졸을 차례대로 베어 쓰러뜨리며 질풍처럼 달려왔다.

"규산, 무사한가."

규산은 우뚝 서서 고개를 끄덕일 수밖에 없었다.

"너도 참 못 말리는 놈이로군."

"피차 마찬가지지."

리사이는 웃었다.

"모두를 서쪽 함양산까지 퇴각시키게."

"하지만……."

괜찮다는 듯 리사이는 고개를 끄덕였다.

"선두로 가게. 자네 가족들이 앞에서 기다리고 있어."

리사이의 말을 듣고 숨을 돌린 듯 화적들의 얼굴에 생기가 돌아왔다. 제각각 무기를 휘두르며 진로를 막는 병졸과 싸우며 서쪽으로 도망쳤다.

006

화적을 먼저 보낸 리사이 일행은 천천히 퇴각하기 시작했다. 이기는 게 목적이 아니다. 화적을 구하고 안전한 곳까지 퇴각시키면 된다. 일단 적의 발목을 붙잡은 뒤 퇴각하는 게 제일이다. 그후 태세를 정비하고 소탕하려 들겠지만 그때까지 노구로 도망을 치든, 함양산 일대를 포기하고 도망치면 그만이다.

"미안하네. 내가 안복에서 쉽게 나와버리는 바람에."

후미에 남아 있던 규산이 사과했지만 리사이는 고개를 가로저었다.

"오히려 다 같이 안복에서 나와 있어서 다행이었네. 안복에 사람이 남아 있었다면 구하러 가야 했을 테니."

안복에는 투석기가 있다. 섣불리 다가갈 수 없다. 왕사가 안복에 있는 시설을 무력화하고 마을에 남아 있던 화적들을 소탕하고 있었다면 구하러 가기가 매우 어려웠을 것이다. 이는 화적이 안복을 제압을 하고 있었더라도 마찬가지이다. 안복을 포기하고 도망쳐 나와야만 구할 수 있는데 규산을 설득하지 못한다면 마을에서 합류할 수밖에 없다. 그렇게 된다면 수렁에 빠질 가능성이 높았다.

왕사는 강하다. 리사이 일행과 맞닥뜨렸을 때는 의외의 복병에 깜짝 놀라 혼란스러워했지만 서서히 전열을 가다듬었다. 애초에 숫자로 보나 장비로 보나 리사이 일행이 이길 수 있는 상대가 아니다. 화적을 쫓고 있던 후미와 리사이 일행과 대치했던 선두, 두 무리로 갈라진 병력은 그럭저럭 뿔뿔이 흩어지게 할 수 있었다. 하지만 그들을 뒤쫓아 소탕하고 포획할 수 있을 정도의 병력이 리사이에게는 없었다. 동쪽에 남아 있던 왕사는 진형을 견고히 정비한 뒤 밀고 오기 시작했다. 그들이 진군하는 대로 퇴각하고 있지만 미처 소탕하지 못했던 병사들이 각개 퇴각로에 잠복해 있어 골머리를 앓았다. 후미에 있는 진영과 합류했다가는 성가시게 된다. 합류하기 전에 서쪽으로 완전히 퇴각하거나 반대로 안복으로 다시 몰려 들어갈 수밖에 없다.

—병사가 부족하다.

리사이에게 맡겨진 아문관 병력이 이천, 여기에 백치와 석림관 사람들을 약간 더해도 일사를 채우기에는 턱없이 부족하다. 왕사는 일사에서 이려 정도 빠진 듯했는데 그럼에도 천오백. 장비로 보나 숙련도로 보나 동일한 수로는 덤비기 어렵다.

리사이 일행과 직접 대치한 병졸은 자신이 상대하는 적이 교소의 휘하라는 사실을 눈치챘을 것이다. 이대로 돌려보내고 싶지 않다. 가능하다면 포획하고 싶었지만 도저히 역부족이었다. 수치스러운 마음으로 퇴각하고 있을 때 서쪽에서 함성 소리가 들렸다. 리사이가 의아해하며 고개를 들어 산골짜기 쪽을 바라보자 리사이 쪽으로 달려오는 처음 보는 무리가 눈에 들어왔다.

저것은 무엇인가 하고 속으로 궁금해하고 있을 때였다.

"기로입니다!"

세이시가 들뜬 목소리로 외쳤다. 소겐의 휘하, 고탁에서 리사이를 발견하고 말을 걸어줬던 인물.

"리사이 님, 무사하십니까."

얼마 지나지 않아 기로가 리사이 쪽으로 달려왔다.

"주사는 움직일 기미가 보이지 않습니다. 덕분에 소겐 님의 허가를 받을 수 있었지요."

기로뿐만이 아니다. 기로의 뒤에는 도시彤矢도 있었다. 두 사람은 합쳐서 삼천 명의 부하를 지휘하고 있다.

"고맙군."

기로는 고개를 끄덕였다.

"화적에게는 원한이 있지만 모든 화적이 잘못을 한 건 아니겠지요. 그들을 어떻게 할지는 홍기를 탈환하고 나서 생각해도 됩니다. 지금은 무엇보다도 발각되는 걸 최대한 늦추는 데 힘써야 합니다."

말을 마친 기로는 도시를 채근한 뒤 리사이를 돌아봤다.

"저희가 본진으로 돌격하겠습니다. 리사이 님은 흩어진 병사들을 포획하십시오."

리사이는 동의하고 기로 일행을 앞으로 보냈다. 자신은 그 자리에 남아 부상자를 구조하고 흩어진 왕사를 사로잡으라고 지시를 내렸다. 이로써 밤새도록 달려온 병사들이 한숨 돌릴 수 있었다. 리사이는 진심으로 고마웠다.

유쇼는 저 멀리 산골짜기에서 방대한 인원이 쏟아져 내려오는 것을 보고는 경탄을 금치 못했다.

—이 정도의 세력이었단 말인가.

화적의 총 인원은 천에 미치지 못한다고 들었다. 그럼에도 산골짜기에서 쏟아져 내려오는 인파는 분명 일사를 뛰어넘은 인원이다. 피로가 쌓인 부대를 퇴각시키고 대신 혈기 왕성한 원군을 앞으로 내보냈다. 상대와 대치하고 있는 유쇼군은 피로가 짙게 쌓여 있었다. 기개는 높아질 기미가 보이지 않았고 누가 봐도 기동력이 떨어져 있었다.

이렇게 된 이상 안복으로 퇴각할 수밖에 없다. 다시 지시를 내려 퇴각을 하려고 했지만 안복에서 공행사 한 무리가 몰려왔다. 안복 상공에 있던 공행사였다. 저강에서 대기하고 있던 부하들이 기지를 발휘해서 공행사만 먼저 보내 텅 빈 안복을 점령한 듯했다.

그렇게 생각했지만 거리가 가까워질수록 유쇼는 핏기가 가시는 게 느껴졌다.

—왕사가 아니다.

기수를 타고 있는 이양 정도의 인원. 하지만 아무리 보아도 유쇼의 부하가 아니었다. 갑옷도 제각각이었고 무기도 제각각인 걸 보아하니 명백히 기수를 지닌 자들의 무리였다. 하지만 어설픈 기수도 아니었고 손에 쥔 무기도 명백히 동기인데다가 화적이나 협객으로 보이지 않았다. 화적에 가담한 몹쓸 병졸들도 상당수 있었는데 이 무리도 그 패거리였다. 그들의 동작은 결단코 전쟁 풋내기가 아니었다.

—좀더 빨리 공격해 올 수 있었을 텐데.

유쇼의 뒤를 칠 수 있었을 것이다. 그럼에도 안복 상공에서 기다리며 공격할 낌새를 보이지 않았다. 휘하가 달려왔다고 오인한 것은 유쇼의 실수였지만 녀석들은 섣불리 움직이지 않았고 유쇼 일행의 태세가 무너지고 도망쳐 돌아오기를 기다리고 있었다.

"제길!"

유쇼는 거칠게 내뱉었다. 아센이 불러내 함양산으로 가라는 명령을 받은 뒤 벌어졌던 일들이 뇌리를 스쳐 지나갔다. 점령하고 있던 화적, 그 화적의 세력을 잘못 어림잡았다. 아센에게 명을 받고 데리고 온 우코. 우코를 비롯한 자갑의 방자함과 놈들의 제멋대로 구는 행동에 불만을 품은 병졸들. 생각지도 못하게 화적이 만만치 않았던 것과 세력이 컸던 것, 병졸 출신의 패거리가 상당수 섞여 있었던 것.

모든 것이 마음에 들지 않는다. 명백히 패전 국면으로 진입했고, 이럴 리 없다는 생각밖에 들지 않았다. 유쇼는 아센의 휘하였다. 선왕에게 중용받았고 신왕이 된 교소에게도 중용받았다. 주인과 본인의 부하에게 자부심과 자신감을 가지고 있었다. 하지만 이 모든 것은 이미 사라졌다.

앞뒤로 적에게 포위된 유쇼군은 흩어져 달아나기 시작했다.

"저들은 적이 아니었나?"

깜짝 놀란 규산이 리사이의 옆에서 소리를 높였다. 왕사의 후방을 공행사가 공격하고 있었다.

"공행사?"

"안복의 상공에 있었어. 철석같이 왕사가 안복에 남아 있는 거라고 생각했는데."

조금 이상하다는 생각이 들었다고 규산이 말했다.

"공행사는 거의 투석기로 무찔렀거든. 역시 왕사는 숨겨둔 공행사가 아직 있었군 하고 생각했는데."

"그런가" 하고 말했지만 리사이는 저 공행사가 어디서 왔는지 알 수 없었다. 세이시에게 물어봐도 모른다고 한다. 애당초 무리를 이룰 만큼의 기수가 리사이 일행의 진영에는 없다. 저렇게까지 잘 움직이는 기수를 가진 동료는 별로 없었고, 그들이 안복에 있을 리도 없었다.

"누구죠, 저자들은."

달려온 교시가 물었다. 모르겠다고 리사이가 대답했다. 눈앞에서 왕사가 무너지기 시작했다. 기로와 도시가 온 시점에 이미 왕사는 압도적으로 불리해졌다. 거기에 공행사 무리가 뒤를 습격하는 바람에 전황은 두말할 것 없이 정해졌다. 왕사는 순식간에 와해되기 시작했다. 흩어져 달아난 병졸들을 동료들이 습격해 베어 바닥으로 쓰러뜨리고 밀어 넘어뜨려 붙잡았다. 해가 크게 저물 즈음에는 모든 게 마무리되어 있었다.

—믿을 수 없게도 리사이 일행이 이긴 것이다.

이 기적과도 같은 일을 가져다준 공행사 무리가 리사이 곁으로 날아 내려왔다. 그중에 낯익은 모습을 발견하고 리사이는 저도 모르게 소리를 질렀다.

"저것은 기순翬駿 아닌가……!"

그렇다면 저 기수의 주인은.

"오코!"

리사이는 소리쳤다. 리사이의 휘하, 승주에서 헤어진 사수였다.

"리사이 님, 드디어 만나 뵙습니다."

공중에서 내려온 기수에서 뛰어내린 오코가 달려왔다. 리사이도 히엔에서 뛰어내렸다.

"자네, 지금까지……."

"단법사 덕분에 살아남을 수 있었습니다."

오코가 웃으며 말했다.

"리사이 님이야말로 무사하셔서 다행입니다."

"다른 이들은?"

리사이가 묻자 오코는 다섯 명 있던 사수 중 두 명을 말했다. 오코를 포함한 세 명의 사수가 살아남았다.

"사병을 많이 잃긴 했지만 그래도 반 정도 살아남았습니다. 모두 승주에서 위주 일대에 걸쳐 잠복하고 있습니다. 리사이 님이 돌아오셨다는 소식을 듣고 고유光祐의 지휘로 눈에 띄지 않게 문주로 이동하고 있는 참입니다."

오코는 하나 남은 리사이의 손을 붙잡았다.

"그 사실만이라도 전하고자 최소한의 부하를 데리고 한발 먼저 왔습니다."

리사이는 오코의 손을 다시 잡았다.

"든든하네."

사실 포기했었다. 리사이의 휘하는 승주에서 재판도 받지 못하고 처형되었다. 오코도 다른 사수들도 살아남지 못했으리라고 생각했다. 자신은 모두 잃었다고 오늘날까지 스스로에게 되뇌어 왔다. 하지만 휘하 중 세 명이 살아남았다. 반기를 휘날린 승주사와 연대하고 있다고 한다. 다행히 요 몇 년 사이 아센이 지방 단속에 소홀해졌다. 과거에는 삼엄했던 승주에 대한 경계도 곤궁에 처했는지 지금은 허술해진 기분이 들었다. 요즘은 더더욱 분명하게 느껴지고 있으니 문주로 오는 자들도 그렇게 힘들지 않을 것이다. 실제로 본인들도 충분히 주의하며 오긴 했지만 이렇게 별 탈 없이 달려올 수 있었다고 했다.

고유가 도착한다면 이대로 돈코와 협력해 문주성 안쪽에서부터 공략할 수 있다. 수성전으로 끌고 갈 수 있다면 당당하게 깃발을 내걸고 아센과 대치할 수 있다.

007

리사이 일행은 일단 숫자로 밀어붙일 수 있었다. 다음 날 하루에 걸쳐 아센군을 소탕하고 남아 있는 병졸들을 포로로 붙잡았다. 왕사의 수는 생각했던 것보다 많지 않았다. 화적을 토벌하는 것이 목적이었는지 적어도 리사이 일행의 존재는 드러난 것 같지 않았다.

온갖 수단을 써가며 소탕을 했지만 어딘가 빠진 부분은 당연히 있을 것이다. 이로써 문주에 대적해야 할 세력이 있다는 사실이 아센에게 전달되겠지만 적의 병력이 갖춰졌을 때에는 묵치 진영도 인원이 늘어나 있을 것이다. 점점 승산이 보이기 시작했다.

리사이 일행은 그날 늦은 밤, 포로를 데리고 함양산 바로 앞에 있는 폐허가 된 마을에 도착했다. 오랜 시간 사는 사람 없이 방치되어 있던 이 마을은 최봉崔峰이라는 곳으로, 과거에는 현성이었지만 주벌로 인해 파괴되어 곽벽과 성벽은 물론 건물조차 대부분 남아 있지 않았다. 묵치가 화적을 지원할 때 진영을 친 장소였다. 왕사를 여기까지 막을 수 있다면 화적은 서최로, 함양산과 주변 폐광으로 도망칠 수 있다. 설령 왕사를 막지 못하더라도 본래 사람이 없던 폐허니 백성이 휘말릴 일이 없다.

간신히 남아 있는 곽벽 잔해와 민가 벽을 사용해 천막을 치고 사용할 수 있을 정도로는 마련했다. 그래도 건물들 중 마을 북동쪽 구석에 겨우 비바람은 견딜 수 있는 정도의 건물이 남아 있었다. 과거 이곳에 있던 이부里府의 일부인 것 같았는데 그곳을 지휘소로 삼았다.

"이긴 것 같군."

서쵀에서 이곳까지 마중 나와준 소겐이 폐가나 다름없는 건물에서 리사이를 맞이했다.

"그럭저럭."

서로 어깨를 토닥이며 기뻐하고 있을 때였다. 없어진 문 대신 걸어두었던 천이 걷히면서 병졸이 한 명 들어왔다. 손에는 검을 한 자루 쥐고 있었다.

"실은 기묘한 남자가 한 명 있습니다. 어느 세력 사람인지 알 수 없어 우선 밖에 붙잡아두었습니다만."

"……이건?"

"포로가 가지고 있던 것이라고 합니다."

왕사의 병졸을 상대하고 도망치는 화적의 가족을 구하려고 했다고 하니 적인 것 같지는 않았다. 하지만 화적도 아니고, 리사이 일행의 세력 중에서도 본 적 없는 사람이다. 본인도 아무 말도 하지 않는다. 붙잡겠다 하니 쉬이 포로가 되었다. 검도 달라고 하니 쉽게 건네주었다.

“아센의 적이라고 해서 우리 편이라고 할 수는 없어서 말입니다.”

다만 검이 어설픈 물건이 아니어서 보고를 하러 왔다고 한다.

리사이는 의아해하면서 검을 쥐어 들었다. 칼자루와 검집 모두 원래 모양을 상상할 수 없을 정도로 흠집이 심각했다. 그럼에도 과거에는 나름대로 괜찮은 물건이었으리라는 것은 짐작할 수 있었다. 사치스러운 물건은 아니지만 만듦새가 묵직했다. 색이 바랬고 흠집투성이가 된 검집에는 무슨 부적이라도 되는지 작은 방울이 달려 있었다. 안에 뭐가 들어가 막혔는지 소리는 나지 않았다.

검과 어울리지 않는 장신구에 갸우뚱하며 리사이는 검집을 겨드랑이에 끼고 칼자루를 쥐어 검을 뽑았다. 검집이 흠집투성이인 것치고는 깜짝 놀랄 정도로 훌륭한 도신이 드러났다. 칼날은 이가 하나도 빠지지 않았고 낡지도 않았으며 푸른빛을 띠고 있었다.

“이것은!” 리사이는 소리쳤다. 기겁하는 바람에 힘이 빠져 검집을 그 자리에 떨어뜨렸다. 소겐도 이에 소리치며 벌떡 일어났다.

“한옥이다……!”

의아해하는 일동에게 설명하려고 했지만 리사이는 말이 나오지 않았다. 전신에 발작이라도 일어난 듯 몸이 부들부들 떨렸고 목소리 또한 뜻대로 나오지 않았다.

한옥. 교왕이 교소에게 하사한 검.

"포로는 어디에 있는가……!"

포로는 어둑어둑한 천막 속, 불에 그을린 돌벽에 등을 기대고 앉아 있었다. 여기저기 찢어진 천을 눈이 가릴 정도로 머리에 깊이 뒤집어쓴데다가 거칠고 더러운 천으로 눈을 가리고 있었다. 그로 인해 얼굴을 알아볼 수 없었다. 다만 홀쭉하게 팬 볼은 양초처럼 새하얬다.

리사이는 천막 틈 사이로 살피며 숨을 고른 뒤 등불을 손에 들고 걸어 들어갔다. 움직이는 소리를 들었는지 포로가 방어하는 기색도 없이 리사이를 향해 그저 뒤돌아봤다. 리사이는 그 얼굴을 기억 속 얼굴과 필사적으로 비교했다. 콧날, 턱선, 입가.

아직 판단이 서지 않았을 때 포로의 입이 살짝 움직였다.

"이거 놀랍군. ……리사이인가."

리사이는 그저 숨을 가쁘게 쉴 수밖에 없었다. 목소리는 갈라졌고 생기가 없었다. 하지만 틀림없다.

목소리도 내지 못하고 서 있자 포로는 살짝 얼굴을 움직이며 말했다.

"게다가 소겐까지."

리사이의 뒤에서 울부짖는 소리가 들렸다. 목소리의 주인이 소겐이라는 것을 깨달을 때까지는 시간이 얼마 걸리지 않았다.

"교소 님! 주상!"

소겐은 달려와 쓰러지듯 무릎을 꿇었다. 그 모습을 보며 포로는 얼굴을 감싸고 있던 천을 풀었다. 잊으려야 잊을 수 없는 심홍색 눈이 드러났다. 찢어진 천을 걷어 올리니 새하얀 머리가 흘러내렸다.

리사이는 구름 위를 걷는 듯한 기분으로 앞으로 걸어가다 다리에 힘이 풀려 그 자리에 주저앉았다. 견디지 못하고 엎드렸다. 목소리가 나오지 않는다. 숨조차 쉬기 어렵다.

찾고 있었습니다. 살아 계신다 믿고 있었습니다. 반드시 돌아오실 거라 믿고 있었습니다. 제아무리 시간이 걸리더라도 아무리 힘들더라도 찾으려고 했습니다. 이렇게 말하고 싶었다.

"눈은 어찌되신 겁니까."

얼마쯤 있다가 소겐의 목소리가 들렸다. 리사이는 그 말을 듣고 겨우 숨을 쉬었다. 고개를 들어 쳐다보니 교소는 눈이 불편한 듯 가늘게 뜨고 있다.

"불빛이 눈부실 뿐이다. 꽤 익숙해지긴 했다만."

그 말을 듣고 누군가가 허둥대며 들고 온 등불을 껐다. 처음부터 켜져 있던 촛불만이 주변을 어둑하게 밝히고 있었다.

"미안하군."

교소는 위로하는 눈빛으로 리사이를 쳐다봤다.

"힘든 고생을 시킨 것 같군. 괜찮으냐."

리사이는 순간 그 질문이 어떤 의미인지 알 수 없었다. 곧 자신의 팔을 의미한다는 것을 깨달았다.

"괜찮습니다. 이제 완전히 익숙해졌습니다."

교소는 "그러하군" 하고 속삭이듯 나지막한 목소리로 대답했다.

"알아듣기 힘들겠지. 도무지 목소리가 잘 나오지 않아서 말이야. 대화할 상대도 없이 틀어박히면 이렇게 되더군."

교소는 웃음기 섞인 말을 하고는 시선을 돌려 소겐을 쳐다봤다.

"자네의 그런 표정은 처음 보는군."

그 말을 듣고 소겐이 옷깃으로 얼굴을 가리는 바람에 리사이는 소겐이 어떤 표정을 짓고 있었는지 알 수 없었다.

"거기 있는 건 세이시라고 했던가. 옆에 있는 자는 오코겠지, 리사이의 휘하인."

교소는 따뜻한 미소를 지었다.

"둘은 어린아이 같군."

뒤돌아보니 세이시와 오코가 나란히 흐느끼며 울고 있었다. 그 모습을 보고 리사이도 허둥대며 얼굴을 닦았다.

"걱정했다."

교소는 일동을 바라봤다.

"잘 살아남아주었다."

"제가 드려야 할 말씀입니다……!"

소겐은 소리쳤다. 무릎으로 걸어 교소 옆에 다가가 손을 붙잡았다.

"정말, 정말 잘 돌아오셨습니다."

저 멀리 쾌재의 함성 소리가 들렸다.

유쇼는 움막 속에서 고개를 들었다. 바깥이 소란스럽다. 늦은 밤인데도 축젯날처럼 떠들썩한 분위기가 흐르고 있다.

—무리도 아니다.

왕사를 상대로 이긴 것이다.

유쇼는 홀로 돌바닥 위에 앉아 있었다. 예전에 곳간이었던 장소인지 꽤 넓고 주변을 튼튼한 돌로 쌓았지만 위를 올려다보면 지붕 대부분은 헐어 있었다. 촛불이 한 개만 켜져 있어 어두운 탓에 다른 부분은 자세히 확인할 수 없었지만 쌓인 돌은 추측건대 강바닥에서 주워 온 것 같았다. 모서리를 다듬은 돌을 회반죽을 사용해 쌓아 올린 듯했다. 기어 올라갈 수도 있을 것 같았지만 유쇼는 양손에 쇠고랑을 차고 있었다.

남아 있던 눈이 녹은 것인지 머리 위에서도 벽 틈 사이로도 물이 떨어졌다. 그 물이 마름돌이 깔린 바닥으로 퍼져나갔다. 간신히 마른 곳을 찾아 앉았지만 입고 있는 옷이 완전히 눅눅해졌다.

피로와 허탈감으로 반쯤 꾸벅꾸벅 졸며 본의 아니게 떠들썩한 소리를 듣고 있자니 밤공기를 타고 전해져 오는 떠들썩한 소리와는 또 다른 소리가 들려왔다. 누군가가 엿듣는 것을 꺼리듯 숨죽인 목소리가 "주상께서" 하고 말했다. 움막 바로 옆에서 들리는 것 같았다. 결코 큰 목소리는 아니었기 때문에 명료하게 알아듣지 못했지만 살아 계셨다, 돌아오셨다고 부르짖는 것에 가까운 소리임은 알 수 있었다.

그렇다면 교소는 화적과 한패가 아니었던 것인가. 원군으로 달려온 놈들 중에는 상당수 왕사의 잔당으로 보이는 병졸들이 섞여 있는 것 같았다. 그들이 교소의 존재를 알아차린 것일까. 교소와 화적, 원군이 어떤 관계인지는 모르지만 목소리를 높이고 있는 녀석들의 마음은 알 수 있었다. 돌아가셨다고 생각했던, 또는 행방을 알 수 없었던 그들의 주인. 칠 년의 시간이 지나 그를 다시 만났으니 얼마나 기쁠까.

유쇼는 자신이 은근슬쩍 부러워하고 있다는 것을 깨달았다. 만약 반대 입장이었다면, 자신은 그만큼 기뻐할까.

홍기를 출발할 때 어째서 우코였는가 하고 시작된 불만은 홍기에서 멀어질수록 점점 부풀어 올랐다. 그와 동시에 아센에게 드는 위화감도.

함양산은 화적에게 점령당했다. 그들이 자신들을 물리치려고 해 상대했다. 유쇼에게는 당연한 일이다. 화적이 점령하고 있으면 주군의 명을 실행할 수가 없다. 당연히 무찔러야 했고 그를 위해 싸우다 상대를 죽이는 일은 군인인 이상 어쩔 수 없는 일이라고 받아들이고 있었다.

하지만 싸우면서도 '이런 짓을 하고 있을 때가 아니다' 하고 상대에게 말하고 싶어 견딜 수 없었다. 상대가 바로 화적이기 때문에, 이렇게 싸우고 있을 때가 아니다, 그들의 동료들에게 함양산에 다가가지 말라고 전하라고 말하고 싶었다. 왕사가, 우코가, 주사가 협상하려고 해도 결코 받아들이지 말라고. 받아들였다가는 마지막은 죽음만이 기다리고 있다고.

지금 여기서 아센이 실종된다면. 그렇게 칠 년 동안 소식이 끊긴다면 본인은 과연 아센을 찾을까. 다시 만나 이렇게 기뻐할까.

"아마도 찾겠지……."

유쇼는 고개를 푹 숙이고는 무릎을 끌어안으며 중얼거렸다. 주저하겠지만 결국 아센을 찾을 것이다. 아센은 유쇼의 주인이기 때문이다. 다시 만난다면 기쁘겠지만 마음 깊은 곳에서는 머뭇거릴 것이다. 기쁘긴 하지만 마냥 달가워할 수 없는 자신을 깨닫고는 틀림없이 당황할 것이다.

유쇼는 패배해서 다행이라고 생각했다. 그곳에서 패배하고 포로가 되어 신하로서는 소임을 다하지 못한 꼴이 되었지만 그것도 괜찮다는 기분이 들었다. 자신에게 어떤 처우가 내려질지는 모른다. 더이상 관심도 없었다. 자신은 주명을 받아들였고 그 명을 위해 충실히 싸웠다. 최선을 다했지만 패배했다. 그걸로 충분하다.

"이자는 교시, 그리고 여기 이 둘이 호토와 기이쓰입니다."

리사이는 한껏 행복해하며 세 명을 교소에게 소개했다. 세 명도 리사이 일행을 걱정해 서최에서 최봉으로 와주었다.

왕을 맞이하기에는 너무나도 어울리지 않는 폐가와 다름없는 몸채였다. 문조차 없었고 창문은 부서져 주변에 있던 천과 멍석으로 가려놨다. 지붕은 간신히 남아 있었지만 천장은 비가 새어 들어온 얼룩으로 가득했고 흙으로 된 벽에는 지금도 눈이 녹아 물이 흐르고 있다.

그런 장소였지만 세 사람은 감정이 북받쳤다. 호토가 제일 감개무량한 모습이었다. 늘 표표했던 사내가 숨을 여러 번 들이마시면서 막대기처럼 곧게 서 있었다.

리사이는 그 심정을 가늠하고 미소 지었다.

"호토는 남령향 출신입니다."

호오, 하고 교소는 관심이 많이 가는 듯 호토를 쳐다봤다. 남령향 어디인가 하고 물었다. 횡설수설하며 대답하는 호토의 표정을 세세히 살펴볼 수 없었다. 등불이 있었지만 교소의 눈을 고려해 최소한만 켜두었기 때문이다.

—어둠 속에서 칠 년간.

리사이는 그동안의 전말을 교소에게 들었고 교소 또한 리사이의 상황을 듣고자 했다. 서로가 질문을 주고받으며 잃어버렸던 시간을 메워갔다. 흐뭇했지만 교소가 처해 있던 상황은 리사이에게 충격적이었다.

홀로 어둠 속에서 만족스러운 식사도 하지 못한 채 칠 년. 모닥불이 유일한 불빛이었고 그조차도 장작이 되는 재료들은 최대한 아끼고 어둠 속을 손으로 더듬어가며 살아온 세월은 과연 어떠했을까. 대화를 나눌 상대도 없어 목이 감각을 잃고 목소리를 낼 수 없을 지경이 되도록 침묵을 지킨 세월이라니.

리사이는 군인이니 고독에는 강하다. 부대에서 홀로 떨어졌을 때에도 살아남을 수 있도록 훈련받았다. 그럼에도 함양산 저 아래 밑바닥에서 칠 년 동안 그저 홀로 놓일 것을 생각하면 등골이 서늘했다. 그 시간을 거쳐 마치 어제까지 왕사와 함께 있었던 것 같은 담담한 모습을 보이는 교소가 놀라웠다.

딱히 몸이 쇠약해진 것 같지는 않다. 당연하다. 교소는 깊은 밑바닥에서 중노동을 해왔다. 팔찌의 수호를 받았다고는 하지만 부실한 음식으로 인한 영향은 확실히 있었다. 예전 모습과 비교했을 때 몸이 현저하게 야위었다. 볼도 움푹 파였고 어둠 속에만 있던 탓에 피부도 건강을 잃고 창백했다. 목소리도 힘이 없었고 눈도 시종일관 가늘게 떴다. 몇 번이고 떨어져 나간 흔적이 있는 양손의 손톱은 괴이할 정도로 일그러지고 작아져 있었다. 예전만큼 압도적인 패기는 보이지 않지만 대신 묘하게 평온하고 부드러워 보였다.

한차례 담담하게 호토와 대화를 나눈 교소는 교시에게로 얼굴을 돌렸다.

"서운관에는 참으로 미안한 짓을 했네. 그럼에도 잘 참고 견뎌주었다는 얘기를 듣고 참으로 감탄했다네. 대국은 그대들에게 아무리 감사를 해도 부족할 정도의 은혜를 입었네. 백성은 알지 못하겠지만 모든 백성을 대신해 감사의 인사를 전하지."

"과분한 말씀이옵니다."

교시가 고개를 깊이 숙였다.

"기이쓰에게도. 모든 게 조칸 공께서 후의를 베푸신 것이겠지만 그 이상의 후의를 리사이 일행에게 베풀어주었다고 들었네. 진심으로 감사하네."

기이쓰가 "아뇨, 무슨 그런 말씀을" 하고 입속으로 어쩔 줄 몰라 중얼거리는 모습이 우스꽝스러웠다.

"원래라면 조칸 공을 직접 뵙고 인사를 드리고 싶은 심정이지만 나에게 그런 시간은 허락되지 않은 것 같네. 모쪼록 잘 전해주게. 시간이 허락될 때 반드시 인사를 드리러 가겠네."

"당치도 않으십니다."

리사이는 한결같이 허둥대는 기이쓰를 미소 지으며 쳐다보고는 교소에게 다가갔다.

"좀 전에 말씀드린 대로 주상께서는 오늘 밤 이곳에서 쉬신 뒤 내일 노구까지 내려가실 겁니다. 이후 안국으로."

사실 서최로 함께 돌아가 수많은 동료에게 교소를 보여주고 싶었지만 서최에는 동료들 말고 다른 사람의 눈도 있었다. 아쉽지만 노구로 가는 게 좋겠다는 결론을 내렸다. 바로 출발하면 문제없겠지만 안복으로 달려온 뒤 거의 쉴 틈이 없었던 교소에게도 그를 따르는 리사이에게도 다소 휴식이 필요했다.

리사이가 설명하자 소겐이 이어 말했다.

"호위로 붙일 사람들을 지금 선발하고 있습니다. 대장은 리사이에게 맡기겠습니다. 실제로 연왕을 뵌 적이 있는 건 리사이뿐이기도 하고요."

"교시와 호토도 같이 가주길 바랐지만" 하고 리사이가 두 사람을 쳐다봤다.

"두 사람에게는 오랫동안 신세를 졌네. 두 사람의 조력 덕분에 이렇게 주상을 되찾을 수 있었어. 두 사람은 이제 그만 위험한 상황에서 벗어나서 지내던 곳으로 돌아가 마음 놓고 살아야 한다고 생각하네."

"감사합니다." 두 사람이 나란히 말했다.

소겐도 고개를 끄덕였다.

"현재 안국으로 가는 길 중 안전한 곳은 마주, 강주, 남주 세 곳이네. 가장 가까운 곳은 마주지만 적들이 제일 허술한 곳은 남주겠지. 하지만 강주에는 묵양산과 동가가 있네. 두 사람이 동가까지 함께 가주었으면 하는군."

"동가까지 말씀이십니까."

교시는 놀랐다는 듯 말하고는 더할 나위 없이 기쁜 표정을 지었다.

"모처럼이니 동가에 모시고 가려고 하네. 동가에서 쉬고 나면 묵양산을 올라 단숨에 운해 위로 올라갈 수 있지."

교시는 "감사합니다" 하고 인사를 했지만 호토는 의아했다.

"동가 사람들에게는 무엇보다도 좋은 상이옵니다만 위험하시지 않겠습니까. 요산에도 능운산은 있습니다. 오히려 그 길을 통해 운해로 가시는 게……."

"호토도 알겠지만 요산의 능운산에는 아무것도 없네. 능운산을 올라 운해 위로 가기 위해서는 길이 필요하네. 그 길이 요산에는 없어."

"그러한가요."

호토는 쓴웃음을 지었다.

"북부 길은 잘 알고 있다고 자부하고 있었는데 제가 모르는 길도 있었나 봅니다."

호토는 계속해서 말했다.

"다른 곳은요? 북양산보다 가까우면서 이용할 수 있는 능운산은 없습니까?"

"짐작 가는 곳이 있기는 하지. 하지만 실제로 이용할 수 있을지는 모르네. 아주 오랜 시간 사람이 지나다니지 않으면 길은 없어지는 법이지. 성가신 놈들이 점령했을 가능성도 있어. 특히 주성에 가까운 능운산은 주사의 시선도 있으니 사용할 수 없지. 어디를 사용할 수 있을지는 직접 가보지 않으면 알 수가 없네. 그렇다면 확실히 길을 알고 있는 묵양산이 좋을 거라고 리사이와 얘기해 결정했네."

"그렇습니까" 하고 대답한 호토는 기뻐 보였다.

"이곳은 내가 지키지. 두 사람 다 앞으로 얼마 남지 않은 여정 동안 리사이와 주상을 잘 부탁하네."

008

다음 날, 휘하에게 교소를 맡겨 노구로 출발시켰다. 리사이와 소겐은 최봉에 남아 교소를 호위할 자들을 선발했다. 교시에게는 아문관에게서 받은 기수가 있지만 호토에게는 기수가 없다. 말을 타고 이동하면 뒤처지기 때문에 교시나 다른 누군가의 기수를 함께 타야 했다. 서쪽 문주로 곧장 향해 가다 마주 남부를 지나 남하해 강주로 진입한다. 교소가 안국에 도착하면 각국의 지원을 받을 수 있다. 아센을 쓰러뜨리고 대국을 탈환할 수 있는 것이다.

목표가 잡히자 교시 일행과 함께 일단 서최로 돌아갔다. 대강 짐을 꾸리고 신변을 정리한 뒤 리사이는 혼자 최봉으로 되돌아갔다. 지휘소에 있는 소겐을 찾아가니 소겐은 아무 말 없이 고개를 끄덕이고는 지휘소에서 나왔다. 무너져가는 건물에서 빠져나와 그리 멀지 않은 곳에 있는 곳간으로 향했다. 그곳에 아센군을 이끌고 있던 유쇼를 가둬두었다.

곳간으로 가기 위해 기울어진 복도를 지나가고 있을 때 황폐한 거실에 묶인 채 웅크리고 있는 병사들을 봤다. 모두 붙잡힌 왕사의 사관이다. 그 밑의 병졸들은 다른 장소에 붙잡아두었다.

문도 벽도 거의 남아 있지 않은 실내에서 리사이 일행을 쳐다보는 그들의 시선은 한결같이 복잡해 보였다. 의기소침한 것은 당연했고 다른 감정도 느끼고 있는 듯했다. 리사이는 그 모습을 얼핏 바라보며 복도를 지나갔다. 몸채에서 나가려고 할 때 뒤에서 갈라진 목소리가 들렸다.

"주상은 어찌 계신가."

리사이는 뒤를 돌아봤다. 간신히 기둥과 지붕만이 남아 있는 거실을 가득 채운 병사 중 누가 목소리를 높였는지 알 수 없다. 수많은 이가 리사이의 대답을 기다리는 듯 쳐다보고 있다. 리사이는 소겐을 쳐다봤다. 교소의 존재는 아직 공공연하게 알려져서는 안 된다. 하지만 유쇼의 휘하가 교소의 존재를 눈치채고 쫓고 있었던 것은 이미 알고 있는 사실이다.

소겐이 갑자기 발걸음을 돌려 안으로 들어가 대답했다.

"쉬고 계신다."

"어디 다치지는 않으셨는가."

"부상이라고 할 정도로 다치지는 않으셨네."

"건강은 어떠하신가. 꽤 야위셨다 들었다."

"그대들과 별로 다르지 않네. 지치신 것 같지만 충분히 쉬신다면 쾌차하시겠지. 걱정해주는 건가."

어떻게 대답해야 할지 몰라 실내가 술렁였다. 그중에 한 사람 고개를 든 자가 있었다.

"주상께서는 대국의 운명을 쥐고 계시오."

소겐은 그렇다며 고개를 끄덕였다. 남자는 무슨 말을 더 하려고 했지만 생각을 고쳐먹은 듯 고개를 한 번 가로저었다. 그러고는 다시 고개를 들었다. 등 뒤로 밧줄에 묶인 채 앉음새를 고쳤다.

"주상의 무운을 기원하겠네."

그러고는 머리를 깊이 조아렸다. 어리둥절해하는 병졸들 사이에서 적지 않은 수의 사람이 그를 따라 머리를 조아렸다.

"잘 전달하겠네."

소겐은 짧게 대답하고는 리사이를 재촉해 거실에서 나가 또 다른 거실로 들어갔다.

"……아센이 하는 짓을 반드시 다 납득했다고는 보기 어렵겠지."

"그렇다 해도 신기한 일은 아니네."

리사이가 대답했다.

"아센의 휘하 대부분은 도리와 도道를 알고 있네. 애초에 품행이 좋은 군대였으니."

"아센이 모반을 일으켜서 가장 놀란 건 그들일지도 몰라."

"그렇겠지."

하지만 대부분의 휘하는 충성심으로 아센을 따랐다. 주인이 간다고 하면 따르는 것이 휘하다.

그들의 심정을 생각하며 걷다 보니 곳간에 도착했다. 감시병에게 자물쇠를 열라고 지시하자 벽에 난 균열 사이로 양손에 고랑을 찬 유쇼가 고개를 숙이고 앉아 있는 모습이 보였다.

전 아센군 사수였고 아센이 옥좌를 찬탈한 뒤에는 금군 우군의 장이 되었다.

이를 알아본 리사이는 그 자리에 멈춰 섰다.

소겐은 문 옆에 서 있는 리사이를 보며 고개를 끄덕이고는 혼자 곳간 안으로 들어갔다.

"이런 식으로 만나게 될 줄이야."

문을 닫고 소겐이 말하자 기울어진 침상에 앉은 유쇼가 고개를 들어 쳐다봤다.

"그러게나 말이다." 유쇼는 자조하는 듯 웃으며 시선을 내렸다.

최소한의 가구는 넣어두었지만 지붕에 큰 구멍이 나 있었다. 추위를 막기 위해 천막을 치고 털로 만든 깔개와 이불을 넣어두었지만 쇠고랑을 풀거나 화로를 피워줄 수는 없었다.

"오랫동안 소문도 듣지 못했는데 무사했구나. 건강해 보이니 다행이야."

스스럼없는 말투였다. 과거 서로 왕사의 사수로 있던 소겐과 유쇼는 전부터 아는 사이였다. 일부러 거리는 두고 있었지만 유쇼의 인품은 소겐도 잘 알고 있었고 그의 업적을 높이 사고 있었다. 교소가 등극한 뒤 소겐은 장군이 되었고 사수에 그친 유쇼와는 계급상 상하 관계긴 했지만 여전히 대등한 사이였다. 적어도 소겐은 그렇게 여겼다.

소겐은 거리를 두고 하나 있는 의자에 앉았다.

"병졸은 포획했네. 우선 밧줄로 묶어두기는 했지만 소홀하게 다루진 않을 거야. 지금은 대부분이 지붕이 없는 곳에 있지만 서둘러 장소를 마련하라 지시했네."

소겐이 말했다. 자신이 전투에서 지고 적에게 붙잡힌다면 제일 신경 쓰이는 일일 것이라 생각했기 때문이다.

"하지만 유감스럽게도 우리에게는 포로 모두를 챙길 물자가 없어. 그래서 묻고 싶네. 자네들이 문주에 온 목적은 무엇인가?"

소겐은 유쇼의 눈을 쳐다봤다. 유쇼도 마찬가지로 병졸을 이끄는 입장이기에 알고 있을 것이다. 만약 아센군의 목적이 소겐 일행인 '반민'을 토벌하는 것이라면 포획한 병졸은 풀어줄 수 없다. 그들을 자유롭게 풀어준다면 태세를 정비하고 분명 또다시 소겐을 공격할 것이다. 그러지 않으면 받은 지령을 완수할 수 없기 때문이다. 공격하라고 명령을 받으면 몸을 움직일 수 없게 될 때까지 공격한다. 퇴각하라는 명령이 떨어질 때까지는 결코 퇴각하지 않는 것이 병졸이다. 그렇다면 소겐의 선택지는 두 개뿐이다. 충분한 식사를 제공하지 않고 포획한 채로 내버려둘지 아니면 죽일지. 하지만 거짓이라도 좋으니 유쇼가 토벌이 아닌 다른 목적을 말해준다면 그렇게 하지 않아도 된다.

유쇼는 살짝 미소를 지었다.

"솔직히 말하지. 함양산 수색이 목적이야. 설마 자네들이 이곳에 있을지 몰랐지. 아센 님도 모르셨을 거야. 다만 지금쯤 전령이 홍기로 향하고 있겠지만."

유쇼는 무언가를 떠올리려는 듯 고개를 기울였다.

"정체가 자네들이라는 사실이 발각됐는지는 몰라. 우리는 화적과 싸우고 있는 것이니 말이야. 화적이 있다, 군인으로 보이는 패거리도 있다, 왕사 패잔병이 아닌가 하는 정도의 보고가 들어가지 않을까."

유쇼는 대답을 한 뒤 가볍게 숨을 내쉬었다.

"함양산에는 화적이 있어서 들어가지 못했네. 전투로 이어지기는 했지만 군인처럼 보이는 패거리들이 있어 패했지. 일사로는 상대가 되지 않아 퇴각했다 둘러대겠다고 하면 병졸들을 풀어주겠는가."

"그 말이 통하겠는가."

소겐이 묻자 유쇼는 얼굴을 찡그렸다.

"……무리겠지. 설령 입막음을 한다 해도 자네들이 있다는 사실은 누군가에 의해 누설될 거야. 함양산 깊숙한 바닥에 있던 포로가 풀려난 것도."

"그렇겠지."

소겐은 웃었다.

"하지만 자네가 퇴각하겠다고 말해준 건 고맙네. 우리 존재가 아센에게 알려지는 건 어쩔 수 없지. 알고 있던 일이야."

그럴 수 있다 각오하고 화적을 구하러 간 것이다. 하지만 그걸로 잘되었다고 생각한다. 무슨 일이 있더라도 화적을 구하고 싶다고 말한 리사이에게 소겐은 감사해하고 있었다. 덕분에 교소를 만날 수 있었으니. 만약 그때 리사이가 도우러 가야 한다고 주장하지 않았더라면 아마도 소겐은 움직이지 않았을 것이다. 그렇다면 교소는 이 전투에서 붙잡혔거나 또는 최악의 경우 이번에야말로 정말 목숨을 잃었을지도 모른다.

"화적은 같은 편인가."

"같은 편이라는 말에 어폐가 있네. 일전에 동료가 도움을 받았지."

유쇼가 실소했다.

"발각될 우려가 있는데도 의리를 선택한 건가."

가볍게 소리를 높여 웃고는 고개를 휙 들어 하늘을 올려다봤다.

"철회하겠네."

소겐이 고개를 갸웃거렸다.

"퇴각하겠다고 한 말 철회하겠네."

"유쇼."

그렇다면 병졸들을 풀어줄 수 없다. 그렇게 말하려던 소겐을 유쇼가 가로막았다.

"우리들은 화적에게 졌네. 돌아가서 조운 같은 놈들에게 한 소리 듣는 건 사양이야. 삼려는 이곳에서 해산하겠네."

유쇼는 단언하고는 놀란 듯 눈을 멀뚱멀뚱 뜨고 있는 소겐을 쳐다봤다.

—아센 님, 여기까지입니다.

유쇼는 기억 속 주군에게 고백했다. 오랜 기간 따랐다. 어느 시점까지 아센은 유쇼에게 자랑스러운 주군이었다. 그를 따르는 것은 기쁨이었고 자랑이기도 했다. 하지만 이제 그렇지 않다는 사실을 유쇼는 인정했다.

아센은 함양산을 파내는 일에 화적을 가담시킨 후 입막음을 위해 죽이라고 했다. 반면 소겐은 화적을 구하기 위해 스스로의 존재를 드러내는 길을 선택했다.

전자가 어떤 이치로서 말하는지는 알겠다. 후자는 어리석다고 생각한다. 하지만 유쇼는 소겐처럼 행동하고 싶었다. 어딘가에 소속된다면 소겐과 같은 진영에 속하길 바랐다. 그렇기 때문에 유쇼는 과거 아센을 주인으로서 우러러보았고 긴 시간 동안 그를 따랐다. 처음부터 유쇼가 잘못 본 것인지 아니면 아센이 변절했는지. 어느 쪽이든 유쇼는 더이상 아센을 따를 수 없었다.

유쇼는 앉음새를 바로 했다.

"내 휘하들과 이야기하게 해주게."

유쇼는 붙잡혀 있던 사수와 세 명의 여수를 모았다. 소겐이 떨어져서 지켜보고 있는 시선 속에서 유쇼는 그저 "여기서 군을 떠나겠다"라고만 말했다. 결국 통솔할 사람이 사라졌다. 그러므로 병졸들은 원하는 대로 하면 된다. 홍기로 돌아가도 좋고 고향으로 돌아가도 좋다.

"장군께서는 앞으로 어찌하실 생각이십니까."

여수 한 명이 물었다.

"아센을 따르는 바람에 백성들에게 불필요한 고통을 안겨주었다. 그 빚을 갚아야겠지."

더이상 아센에게 경칭을 붙이지 않았다. 그걸로 유쇼의 뜻은 충분히 전해졌을 것이다.

"저는 어디에 가시든 함께하겠습니다."

거실에서 교소의 무운을 빌었던 남자가 말했다. 유쇼 휘하의 사수였던 듯했다.

"허락해주신다면요."

유쇼는 웃었다.

"고향에 돌아가 어부가 되겠다고 하면 어찌하려고."

"그럴 리 없으시죠."

"그러한가."

유쇼는 웃었다. 뒤이어 세 명의 여수를 쳐다봤다.

"겐유는 이렇게 말하고 있지만 난 군을 떠나 계급을 버리는 것이니 너희가 더이상 따를 의무는 없다. 본인과 부하들을 어떻게 할지 본인 의사로 정하면 된다."

"계속 모시겠습니다" 하고 누군가가 말하자 "물론입니다" 하고 나머지 두 명도 대답했다.

"바로 대답하라고는 하지 않겠다. 잘 생각해보길."

방금 전 한 명이 고개를 저었다.

"저는 병사입니다. 사람에게 검을 휘두르는 재주밖에 없습니다."

그렇게 말하는 입가가 떨렸다.

"그러니 적을 치라 하면 그렇게 해왔습니다. 남몰래 반민을 숨기고 있던 자가 있으니 그를 적이라 하고 치라 하신다면 저의 의무니 칠 것입니다. 하지만 그 사실을 모르고 지내던 근처 주민들까지 죽이는 건 싫습니다."

남자는 주먹을 입가에 가져다 댔다.

"줄곧, 정말 싫었습니다."

"그러했겠지……."

더이상 참지 못하고 훌쩍이며 눈물을 흘리기 시작한 여수의 어깨를 동료가 감싸주었다. 동료를 감싼 여수도, 줄곧 무릎을 부여잡고 고개를 숙이고 있던 여수도 어깨를 떨고 있었다.

유쇼 일행은 다음 날 하루 종일 병사들을 만났다. 그 결과 붙잡혀 있던 유쇼군은 소겐 밑으로 들어갔다. 아센을 따르던 자들이 아센을 치는 쪽으로 등을 돌린 것이다.

"소겐이 이만큼의 대식구를 받아준다면 말이다만."

소겐을 찾아 지휘소에 온 유쇼가 말했다.

"기꺼이 받아들이겠네."

"고맙네."

유쇼는 가까이 있던 의자를 끌어당기더니 힘이 빠진 듯 털썩 주저앉았다.

"내가 생각했던 것 이상으로 병사들이 아센의 방식을 혐오하고 있더군. 내가 이제 그만하겠다고 말하길 내내 기다리고 있었어."

"그러한가."

소겐은 짧게 대답했다.

"하나같이 죄책감에 괴로워하고 있다는 걸 미처 헤아리지 못했네. ……한심하군."

"그건 아센도 마찬가지겠지. 자신의 휘하가 결코 자신의 행실이 옳다고 하지 않을 것을 알고 있지 않겠나. 그렇다면 괴로워하고 있을 거라고 생각하지 않는가."

"솔직히 나는 잘 모르겠네."

"유쇼."

리사이가 끼어들었다. 그 옆에 오코와 세이시가 말없이 서 있었다.

"꼭 묻고 싶은 게 있네. 백규궁에 태보가 돌아왔다는 게 사실인가."

유쇼는 고개를 끄덕였다.

"무사하신가."

"물론이네. 지금은 서주후 자리도 되찾으셨지."

"아센이 신왕이라고."

"그런 것 같더군. 그래, 난 그걸 자네들에게 따져 물어야 하네. 태보는 아센이 신왕이라고 하고 있어. 그렇다면 자네들은 이번에야말로 정말로 모반을 일으키는 꼴이 돼. 교소 님은 찬탈자가 되지. 그 사실을 받아들일 수 있겠는가?"

이 물음에 소겐이 대답했다.

"유쇼는 줄곧 아센을 따랐지. 마찬가지로 우리도 교소 님을 따를 뿐이네."

"교소 님이 찬탈자가 될 텐데?"

유쇼의 질문에 리사이는 침묵했다. 모쿠유는 이 공보를 어딘가 수상하게 여기고 있는 것 같았다. 왕궁 내부에서 수상하다고 알려 온 자가 있었다고. 하지만 실제로 왕궁에 있었던 유쇼는 의심을 품고 있지 않은 듯했다.

"교소 님은……."

소겐이 대답했다.

"내일, 아니 이제 오늘인가. 주상께서는 거처를 바꿔 더 안전한 곳으로 이동하셔야 하네. 그때까지는 쉬고 계시지. 꽤 지치신 모습이네."

"그러시겠지. 교소 님을 잘 구출했군."

"우리가 구출한 게 아니야. 스스로 나오신 거지."

유쇼는 어리둥절했다.

"자네들이 낙반이 있었던 곳을 파내어 구출한 게 아닌가? 그 때문에 화적의 도움을 받은 게 아니던가?"

"아니야."

소겐이 대답했다.

"그런 게 아니야. 화적은 애초에 함양산에서 돌을 줍기 위해

산을 점령하고 있던 거야. 우리도 주상께서 분명 함양산에 계실 거라고 겨우 짐작하고 화적의 힘을 빌려 찾으려고 했는데 그리 실행하기 전에 본인이 빠져나오셨지."

"말도 안 되는 이야기로군."

유쇼는 말하고 나서 바로 정색했다.

"아니지, 역시 대단하다고 해야 하나. 교소 님을 찬탈자로 만들고 싶지 않으면 자네들은 서둘러야 해."

"무슨 의미지?"

"나도 잘은 모르네만 태보는 아센이 등극하기 위해서는 교소 님의 양위가 반드시 필요하다고 말하고 있어. 그래서 내가 함양산으로 파견된 거야. 즉, 양위할 때까지는 교소 님이 왕이라는 거지. 아센은 양위를 받음으로써 등극할 수 있게 돼."

"교소 님은 우리 진영에 계시네. 양위는 있을 수 없어."

유쇼는 고개를 끄덕였다.

"하지만 어떻게 해도 양위를 받지 못한다면 뭔가 다른 방법을 찾을지도 몰라. 그로 인해 천의가 움직인다면 주상께서는 모반을 일으킨 쪽이 되어버리지. 그전까지 아센을 쓰러뜨려야 해."

나지막한 유쇼의 목소리는 복잡한 심정이 투영되어 있었다.

"죄송합니다" 하고 오코가 끼어들었다.

"저에게는 천의가 움직인다는 게 이해가 되지 않습니다. 교소 님이 살아 계신 이상 천의가 움직일 리 없습니다."

"나도 이해가 되지 않아." 유쇼는 일이 어떻게 흘러왔는지 대략적으로 설명했다. 소겐은 그 이야기를 듣고는 모쿠유가 했던 "믿지 않는 편이 좋다"라는 말을 이해할 수 있었다. 분명 이 이야기는 너무 미심쩍다.

"왕궁에 있는 자들은 이 이야기를 믿고 있는 건가?"

"믿기지 않지만 믿을 수밖에 없네. 태보께서 그렇다고 말씀하고 계시니 말이야."

"태보의 계략일 가능성은 없는가?"

유쇼는 깜짝 놀랐다.

"계략…… 기린의?"

눈을 동그랗게 떴다가 갑자기 미간을 찌푸렸다.

"……그럴지도 모르지. 적어도 조운 일파는 줄곧 그렇게 의심해왔고……."

"의심하는 자가 있는 건가?"

리사이가 끼어들었다.

"그래서 태보의 존체는 괜찮으신가?"

"괜찮을 걸세. 수상하게 여기는 자가 있으니 자유롭게 움직이시지는 못하지만 아무리 그래도 태보를 어떻게 하려는 자는 없네."

“태보와 같이 있던 자가 있을 텐데 모르는가? 고료라고 하네.”

“있었지. 에이쇼의 부하 말이지? 하지만 고료는 더이상 궁에 없네.”

“없다고?”

“궁에서 도망쳤네. 듣자하니 세이라이를 구하려고 했던 듯하더군.”

“세이라이는 무사한가.”

“무사하다고는 할 수 없지만 목숨은 붙어 있어. 그걸 고료가 구하려고 했던 거겠지. 경비를 쓰러뜨리고 세이라이와 접촉은 할 수 있었지만 데리고 도망칠 수는 없었던 모양이야. 일이 발각되기 전에 궁을 도망쳤으니 자세한 사정은 몰라.”

“그럼 태보는 지금 혼자이신 건가.”

“고립되어 있으시냐고 묻는 거라면 아니야. 태보의 주위에는 태보를 지키는 자들이 있지.”

리사이는 안도했다는 듯 숨을 내쉬었다. 마찬가지로 안도한 소겐이 말했다.

“유쇼에게 묻고 싶은 것, 반드시 물어봐야 하는 것이 산처럼 쌓여 있지만 날을 다시 잡도록 하지. 리사이도 이제 쉬는 편이 좋네. 출발까지 얼마 남지 않았어.”

고개를 끄덕인 리사이는 몸채에서 나왔다. 방으로 돌아가려는

데 그 앞에 단법사에서 온 구쇼가 기다리고 있었다.

"아침 일찍 출발하신다고 들었소."

구쇼는 "이거" 하고 꾸러미를 건넸다.

"누가 봐도 무장처럼 보이면 발각될 수밖에 없겠지. 그렇다고 해서 검을 몸에서 떼어놓을 수도 없을 거요. 또, 칼을 지니려면 도복도 적합하지 않을 테고. 자, 제자가 입던 거라 미안하오만."

"고맙네."

리사이는 법의를 받아 들었다. 삿갓과 그 밑에 쓰는 두건, 방한구로 쓰는 바람막이와 묵을 입힌 의복, 의복 안에 입는 짧고 하얀 윗도리와 긴 하의, 토시, 정강이받이 등 일습이 갖춰져 있었다. 리사이도 승주에서 봤던 의복이었다. 구쇼의 말대로 단법사의 승려가 무기를 가지고 있는 것은 당연했다.

흰색 상하의는 리사이가 갑옷 안에 입는 것과 큰 차이가 없었다. 얇다고는 하지만 양모가 채워져 있는 것도 군에 있는 겨울 장비와 똑같았다. 토시, 정강이받이는 군에서는 부드러운 가죽을 썼는데 승려의 의복이다 보니 천으로 되어 있었다. 면으로 만들었는지 안에 충전재를 넣어 촘촘하게 바느질을 해 도톰했다.

리사이는 일습에 새로운 내의와 신발을 마련하고는 노구에서 교소가 도착하기를 기다렸다. 여정에 오르기 위해 잠든 주인 곁에 이 물건들을 마련해두었다. 검집에는 방울과 함께 수중에 있던 다이키의 정권을 묶었다. 이 정권에는 경왕의 배서가 있었다. 만에 하나 경왕의 옥새가 부적을 대신하게 될지도 모른다.

다음 날 날이 밝기 전, 최봉에 있는 폐허에서 소규모의 무리가 서쪽을 향해 출발했다. 불과 열두 마리의 기수였다.

기수의 모습이 사라질 때까지 배웅한 사람들은 이윽고 고요해진 폐허 속으로 사라졌다.

21 장

001

홍기에 오랜만에 비가 내렸다. 그늘에 남아 있던 눈이 비에 녹아내렸다.

혹한기가 지나고 조운은 조정에서 쫓겨났다. 제관의 흥미는 권력 구도가 어떻게 움직이는지에 쏠려 있었다. 일단 총재 자리는 공석으로 유지되고 총재보인 안사쿠가 총재를 대신해 지휘하게 되었지만 반조운파의 반대가 거셌다. 안사쿠는 조운이 오래전부터 데리고 있던 부하이니 이번 기회에 조정에서 내쫓아야 한다고 주장했다.

아센이 결론을 내렸다.

"당분간 상황을 지켜보지."

우선은 안사쿠에게 맡기고 상황을 지켜보면 된다.

아센이 결론을 내리면 제관들은 이의를 제기하기 어려워진다.

"조운이 실책을 범하는 것을 가까이서 지켜봐왔으니 의외로 적임자일지 모르네."

이렇게 찬성하는 의견도 있어 안사쿠가 총재를 대신하는 것이 용인되었다. 적임자라는 의견에는 이제껏 눈에 띄는 활약이 없었던 안사쿠를 무시하는 뜻이 담겨 있기도 했다. 이에 안사쿠는 주제넘는 일 없이 총재 대행을 수행했다. 일일이 아센을 추켜세우고 육관장을 예우하자 당초에 있던 반발이 수면 위에서 사라졌다.

조운이 사라지고 총재라는 누름돌이 정치권에서 사라지자 총재파였던 관리도 조용해졌다. 그와 함께 반총재파였던 세력도 잠잠해졌다. 당초에는 가샤쿠가 조운을 대신하리라 여겨졌지만 의외로 그를 지지하는 자들이 모이지 않았다. 사실은 모든 관리가 정치적인 흥정과 권력 다툼에 진절머리가 났던 것이다.

관료 대부분은 이제 곧 새로운 시대가 찾아올 것이라고 생각했다. 난해한 분위기를 눈치껏 좇지 않더라도 일단 기린인 태보를 믿고 따른다면 그르칠 일은 없다.

다이키의 발언권이 늘었다. 이를 경계하는 육관장도 있었지만 자신이 지지하고 따랐던 조운의 몰골을 보니 다이키가 하는 조언을 받아들일 수밖에 없었다. 다이키의 힘이 강해지는 것을 경계하는 자들의 의견은 거의 고려되지 않았다.

나라는 정력적으로 움직이기 시작했다. 유례없는 속도로 황민을 구제하는 일이 진행되었다. 각지에 있는 의창으로 부족했던 물자가 운반되었다. 마을 재건이 장려되고 일자리가 늘었다. 파종을 위해 남겨뒀던 곡물을 겨울 동안 다 써버린 마을에는 파종용 곡물이 전달되었다.

그리고 전갈이 도착했다.

—문주에서 유쇼군 궤멸.

"유쇼가?"

되묻는 아센에게 안사쿠는 고개를 깊이 숙여 고두했다. 문주에서부터 날아온 전령은 유쇼군이 패주했다는 소식을 전했다.

"함양산 쪽으로 쳐들어간 삼려와 유쇼 님의 연락이 끊어졌다고 합니다. 간신히 전장에서 도망친 생존자들의 말에 따르면 삼려는 궤멸, 유쇼 님은 포로로 붙잡혔거나 전사하시지 않으셨을까 합니다."

"무슨 일이 있었는가?"

아센은 안사쿠를 보고 뒤에 대기하고 있던 하관장을 쳐다봤다. 두 사람의 표정을 짐작할 수가 없었다. 폭풍이 닥쳐올 것을 대비하는 듯 이마를 바닥에 붙이고 있다.

"슈쿠요, 무슨 일이 있었느냐 묻고 있다."

유쇼는 그저 교소를 감옥에서 꺼내기 위해 함양산의 상황을 정찰하러 갔을 뿐이다. 애초에 전투가 벌어질 리 없고 벌어졌다 한들 유쇼가 쉬이 질 리가 없다.

"네."

하관장은 크게 자세를 바로잡더니 다시 몸을 더 움츠렸다.

"그것이, 분명하지가 않사옵니다. 함양산 일대를 화적이 점령하고 있어 화적 진영 한 곳을 함락시킨 뒤 그곳과 임우에 일려씩 남겨두고 유소 님은 함양산으로 진격하셨습니다. 전투가 벌어졌고 유쇼 님이 패주를 해야 하는 지경에 이른 건 확실한 듯하옵니다. 병사 대부분이 돌아오지 못하였고 유쇼 님도 이후로 소식이 끊겼다고 하옵니다."

"화적의 수는."

아센은 하문하며 함양산 주변에 있던 화적에게 왕사와 싸울 수 있을 정도로 큰 세력이 있었는지 두루 생각했다. 없었던 것 같지만 장담할 수는 없었다. 주요한 화적들은 주벌을 내린 틈을 타 섬멸했겠지만 전부라고는 할 수 없었다. 남은 화적 중에 그만큼 세력이 커진 무리가 있다는 걸까. 아센은 몇 년 동안이나 문주에 있는 화적을 신경 쓰지 않았다. 문주에 주벌을 내리는 것을 끝낸 뒤로 화적은 아센에게 의미 없는 존재였다. 하지만 이전 규모에 필적할 정도로 세력이 늘었다 하더라도 왕사에게 대항할 수 있을지는 의문이었다. 화적은 폭력을 생업으로 삼는 집단이지 병사가 아니다. 왕사와 같은, 또는 곱절의 수가 있다 해도 숙련도로 보나 장비로 보나 더 뛰어난 왕사를 이길 수 없었다.

"실제로 몇 명이 있는지는 확인되지 않았습니다. 문주도 파악하고 있지 않았던 듯하여……."

슈쿠요는 계속해서 말했다.

"다만 함양산과 그 주변에 있는 여러 마을을 지배하고 있었던 것 같사옵니다. 과거 함양산 일대는 함현函県이었사옵니다. 현성은 최봉이라는 함양산 초입에 있던 마을이옵니다만 이 마을은 주벌로 소멸하였기에."

"즉, 현성이 소멸한 걸 기회로 삼아 화적이 함현을 통째로 점령했다는 말인가?"

안사쿠의 물음에 슈쿠요는 고개를 끄덕였다.

"그렇다고 해도 무방하다고 봅니다."

"현 한 곳이면 이천오백 호인가. 통상적으로 본다면 인구는 오천 이상이겠군."

"아무려면 그 정도의 규모일 리가 있겠습니까."

슈쿠요는 부정했다.

“하지만 유쇼는 일사 이천오백을 이끌고 가지 않았는가. 이를 격파할 수 있을 정도의 수라는 것을 감안한다면 그 이상이 아니면 말이 안 되지.”

“천오백이옵니다. 유쇼 님은 이려를 임우와 저강에 남겨두셨습니다.”

“그렇다고는 하지만 이쪽은 왕사다. 화적이 천오백 명의 왕사와 대적하려면 다섯 배 또는 열 배는 필요할 것이야.”

“그것은 화적을 너무 가벼이 생각하시는 겁니다. 게다가 유쇼 님은 싸우기 위해 간 것이 아니옵니다. 화적이 점령하고 있던 것은 완전히 예상 밖의 일이었습니다.”

“그렇다고 해도…….”

아센은 짜증을 내며 두 사람을 저지했다.

“문주후는 뭘 하고 있었던 게냐. 함양산이 점령당한데다가 그 실체조차 파악하고 있지 않다니.”

강한 어조로 말한 뒤 아센은 등골이 오싹함을 느꼈다. 화적이 점령하도록 방치하고 실체조차 파악하고 있지 않았던 것은 당연했다. 문주후는 꼭두각시였다. 아센 본인이 지시를 내리지 않으면 아무 일도 하지 않았고, 문주에 흥미를 잃은 아센은 그동안 무엇 하나 구체적인 지시를 내린 적이 없었다.

사죄하며 평복하는 슈쿠요도, 그 모습을 질책하듯 쳐다보는 안사쿠도 아센을 비난의 눈초리로 바라보지 않았다. 그렇다. 안사쿠도 슈쿠요도 문주의 실태를 모른다. 문주에서 무슨 일이 일어났고 지금 어떠한 상태인지 홍기에서 그 사실을 알고 있는 것은 아마 아센뿐일 것이다.

무기력했던 자신을 속으로 질책하고 있을 때 텅 빈 눈의 하관이 뒤에서 다가왔다. "우코가" 하고 귀에 대고 작게 말하자 아센은 고개를 끄덕였다.

"이제 그만 됐다. 우선 실태를 파악하도록."

차갑게 말하고는 퇴궐하라 손짓을 했다. 송구스러워하며 두 사람이 퇴청한 뒤 우코가 뻔뻔한 태도로 들어왔다.

평복을 하지도 슬행을 하지도 않고 정면에서 다가온 우코를 보고 아센은 입안이 씁쓸해졌다. 돌아왔군.

유쇼는 돌아오지 못했는데 우코는 돌아왔다. 문주에서 무슨 일이 일어났는지 알아야 하니 우코가 돌아온 사실에 기뻐해야 했지만 그런 마음보다는 아직 죽지 않았다는 사실에 지긋지긋한 마음이 먼저 들었다. 강해서 살아남지는 않았을 것이고 유쇼를 구하기에 힘이 부족하지도 않았을 것이다. 우코에게 유쇼를 구하려는 마음은 처음부터 없었을뿐더러 그를 구하지 못하고 삼려를 패주하는 지경에 이르게 했다고 자책하는 마음 따위 없다는 것은 확실했다.

우코의 흉물스러운 자갑은 전보다 더 더러워졌지만 상처는 별로 없었다. 우코 자신도 부상을 입은 것 같진 않았다. 그저 편하게 싸우다 형세가 불리해지는 것을 보고 바로 도망쳐 온 것이리라.

"무슨 일이 있었느냐."

냉랭한 질문에 대한 우코의 대답은 충격적이었다.

"교소가 있었다."

아센은 순간 박차고 일어날 뻔했지만 겨우 억눌렀다.

"무슨 의미냐."

"말 그대로야. 무덤을 팔 것도 없이 놈이 저승에서 살아 돌아왔어."

우코는 그 자리에 양반다리를 하고 앉았다.

"유쇼가 우유부단했어. 교소가 있다는 걸 알려줬는데도 병사를 보내길 꺼려했지. 그 자식은 너무 형식에 집착해. 화적 따위 죽이거나 붙잡아서 노비로 삼으면 그만이라고 내가 그렇게 말했는데 고상한 전쟁을 고집해. 그러니 발목이 붙잡힌 거지."

우코는 천박한 웃음을 지으며 이야기했다. 임우 북쪽 저강이라는 마을에서 전투가 벌어졌다. 우코는 섬멸전을 제안했지만 유쇼는 받아들이지 않았다. 고작 화적을 상대로 접전을 벌인 끝에 다수의 화적이 안복으로 후퇴했다.

"안복에서도 접전이었지. 이번엔 놈들에게 요새가 있었어. 여자와 아이를 도망치게 하고 싶었겠지. 마을 바깥에서 기다리니 아니나 다를까 노인과 아이를 데리고 있는 여자가 도망치고 있더군."

우코는 음흉하게 웃었다.

아센은 그 사람들을 어떻게 했느냐고 묻지 않았다. 물어봤자 귀만 더러워질 뿐이다.

"화적의 수는."

"실제로 몇 명인지는 모르겠지만 안복에서 대치하고 있던 놈들의 수는 그렇게 많지도 않았어. 일려보다는 많겠지만 이려에는 미치지 못해."

일려는 오백. 이려라고 해봤자 천. 최근의 문주 화적치고는 많은 편이지만 과거 화적 세력을 떠올려보면 그리 많은 무리도 아니었다.

"그 정도의 인원을 궤멸시키지 못했다?"

우코는 비웃었다.

"유쇼는 애초에 싸울 맘이 없었던 것 같으니 말이야. 당신이 함양산을 조사하라고 했으니 그것만 생각했겠지. 힘으로 밀어붙여서 뭉개면 그만이었을 텐데 그들이 도망치면 그걸로 충분하다는 둥 애 같은 소리를 해댔어."

"그래도 싸워서 질 리가 없다."

유쇼에게는 삼려가 있었다. 숫자만 많은 게 아니라 장비부터 다르다. 왕사에게는 기수가 있고 동기도 있다. 상급 병사 대부분은 선인이다. 화적에게는 동기도 없을 것이다. 일반적인 검이나 창으로는 선인에게 중상을 입힐 수가 없으니 처음부터 싸움이 될 리가 없다.

"원군이 있었어."

"원군?"

"안복에서 도망치는 놈들을 쫓다 보니 원군이 왔지."

"그 원군을 교소가 이끌고 있었다는 건가?"

우코는 고개를 저었다.

"아니야. 달려온 자들은 화적이었어. 협객일지도 모르지만 적어도 병졸은 아니었지. 조직된 군은 아니었어."

원군이 있으리라고는 생각 못 했으니 우코 일행은 인원을 잘게 쪼개어 흩어져 있었다.

"사전에 들은 바로는 화적의 세력이 팔백 또는 그 정도라고 했었어. 그 이상의 패거리가 있다고는 듣지 못했지. 유쇼 그놈이 미처 파악하지 못한 거야."

"유쇼의 얘기라면 이제 그만 됐다."

아센이 말했다. 우코의 입에서 유쇼의 이름을 듣고 싶지 않았다.

"그래서."

"그게 다야. 원군에게 쫓겨서 도망치고, 도망쳐 와보니 부하가 교소에게 잘게 썰린 참이었지. 한판 붙고 싶었지만 알리는 게 먼저인 것 같아서 말이야."

적을 포획하자는 진언에 유쇼도 급히 병사를 움직였지만 고작 이양이었다. 아마 포획하지 못했을 것이다, 황급히 전군을 동원했을 때는 이미 늦었다.

"거기에 원군까지 와서 이 꼴이 된 거지."

나중에 달려온 원군은 원래 있던 적군의 수를 뛰어넘었다고 한다.

"날이 밝기 전에 난전이 벌어져서 확실히 보지는 못했지만 그 무리에 예전 병졸들도 상당수 섞여 있지 않았을까 해. 싸우는 모습이 딱 그래 보였거든."

"교소의 휘하인가."

"그럴지도 모르지. 교소의 휘하와 반민쯤 되려나."

"그럴 리가 없다. 화적은 그들에게 적이야."

아센이 말하자 우코는 어깨를 으쓱했다.

"그저 단순히 반민일지도 모르지. 설령 그렇다 할지라도 왕사가 그런 무리에게 진 거야. 한심한 이야기지. 네 겁쟁이 부하는 싸울 마음이 없었어. 싸울 각오가 없는데다 새로운 적이 등장했으니 승산이 있을 리가 없지. 그래서 기회를 엿봐 전장에서 빠져

나온 거긴 하지만 역시 내 예상대로 얼빠진 대장을 따르던 놈들은 다 먼 산으로 날아가버린 꼴이 된 거야."

아센은 우코를 노려봤다. 유쇼는 겁쟁이도 아닐뿐더러 우코에게서 이러한 비방을 받을 이유도 없다. 분노를 느꼈지만 우코의 조소에서 시선을 돌려 감정을 집어삼켰다.

—쓰레기에게는 쓰레기에게 걸맞은 용도가 있다. 유쇼와 같은 휘하들에게는 시킬 수 없는 일을 처리하는 더러운 손이 필요하다.

"그래서…… 교소는?"

아센은 구태여 냉정하게 물었다. 알 바 아니라고 우코가 대답했다.

"유쇼가 순조롭게 포획했거나 포획조차 할 수 없었겠지. 뭐, 후자인 것 같긴 하다만."

이제 그만 됐다고 우코를 물러나게 했다. 포상을 원하는 우코의 얼굴을 보고 나중에 보내겠다고 했다. 천박한 미소를 짓는 우코가 등을 돌리고 발걸음을 내디디려는 찰나의 순간, 아센은 우코를 죽이겠다는 마음을 굳혔다.

이 쓰레기는 쓸데없는 것을 너무 많이 알고 있다. 더러운 일은 쓰레기에게 시키겠다는 허울 좋은 말을 하고 있을 상황도 아니다.

—교소가 있기 때문이다.

문주에 병사를 보내야 한다. 어떻게 해서든지 교소의 신병을 확보해야 한다.

교소는 언제 그 감옥에서 탈출했는가. 누군가 함양산을 파낸 것이리라 아센은 상상했다. 화적이 파낸 것일까. 화적과 교소는 서로 적일 테지만 교소의 편을 드는 화적이 없다고 단정 지을 수도 없었다. 그게 아니라면 지금 말하는 화적은 화적을 가장한 반민인가. 상상해보니 이 가능성이 더 설득력이 있다.

―그 반민을 교소가 이끌고 있다.

하지만 반민도 자신들의 존재가 발각됐으리라는 것은 예측했을 것이다. 당연히 자신들을 토벌하러 오리라 여길 것이다. 그럼에도 문주에 머물고 있을까. 머문다 하더라도 당연히 교소를 비롯한 주요 인물만이라도 안전한 곳으로 탈출시킬 것이다.

문제는 문주를 나와 어디로 갈 것인가다.

상식적으로 생각한다면 땅을 지원받을 수 있는 위주 또는 승주일 것이다.

"위주와 승주에 병사를 더 늘리거라. 그리고 문주에 병사를 보낸다."

슈쿠요를 불러 명령을 내리면서 위주나 문주는 아닐 거라고 생각했다. 교소도 아센이 자신들을 경계해 병사를 더 늘릴 것이라고 예측할 수 있을 터다.

—나라면 어떻게 했을까.

의표를 찔러 서쪽에 있는 마주, 남쪽에 있는 강주로 갔을까. 하지만 그곳에 교소가 기반으로 삼을 장소가 있을까. 아무런 기반 없이 움직일 것이리라고는 생각되지 않는다.

"문주성."

교소 일행이 어느 정도의 병력을 비축해놓았는지에 따라서도 사정은 달라진다. 만약 공략 가능한 병력이 있다면 단숨에 문주성을 함락시킬 것이다. 문주성을 함락시키기에 병력이 부족하다면 주변에 있는 마땅한 성을 함락시킨다. 아무런 기반도 없이 마주와 강주로 가는 것보다는 훨씬 안전할 것이다.

—지금쯤 벌써 공략에 착수했을지도 모른다.

아센은 다시 육관장을 소집했다.

"문주에 반민이 있다. 아마도 왕사의 잔당일 것이다."

아센은 일부러 교소의 이름을 숨겼다. 아직 옥좌의 정당한 주인은 교소다. 교소가 반민을 이끌고 있다는 사실만큼은 알려져서는 안 된다. 알려지는 순간 아센이 반역자가 되어버리고 만다.

"왕사의 잔당이라고 하심은 교소 휘하를 말씀하시는 겁니까? 그들이 화적과 손을 잡을 리가 있겠습니까."

슈쿠요가 의아해할 때 전령이 뛰어 들어왔다.

"문주에서 두 번째 전갈이 도착했습니다. 문주에 과거 서주사

잔당이 있다고."

"서주사."

아센도 육관장도 성난 표정을 지었다. 전령은 평복했다.

"서주사 중군이라는 증언이 있었습니다."

"서주사 중군이면 리사이인가."

'살아 있었나.' 아센은 속으로 중얼거렸다. 소식이 끊겼으니 죽지 않았을까 생각했다.

리사이에게는 교소를 시해했다는 오명을 뒤집어씌웠다. 그 이후 이어진 도망과 추적. 아센은 리사이를 집요하게 쫓았고 리사이는 도망치기 위해 몸부림쳤다. 결과만 놓고 보자면 리사이는 도망치긴 했지만 마지막까지 편하게 도망친 적은 한 번도 없었을 것이다. 고향, 과거 인맥, 새로운 동료, 리사이는 많은 것을 잃었다. 그럼에도 아직 살아 있다는 사실에 놀랐지만 여전히 싸울 기개를 잃지 않은 것도 의외였다. 끈질긴 열의는 무엇을 위한 것일까.

아센을 원망하는 마음은 있을 것이다. 현 상황에 대한 의분도 분명 있을 것이다. 그뿐만일까 하고 아센은 생각했다.

애초에 아센은 리사이를 희한한 인물이라 생각했다.

리사이는 교소의 휘하가 아니다. 그뿐 아니라 교소와 함께 승산을 했다. 말하자면 눈앞에서 교소에게 옥좌를 빼앗긴 것이다.

그럼에도 교소에게 중용되었고 본인도 그것을 받아들였다. 아센의 오랜 경험상 이런 경우에 반드시 리사이는 교소에게 적개심을 품어야 했다. 자신이라면 그렇게 성급하게 굴지 않겠지만 감정적으로 성급한 행동이 버젓이 벌어지는 것이 군이며 관리라고 생각했다.

문득, 좀더 빨리 만났더라면 하는 생각이 들었다. 아센이 교소와 왕사로 있으면서 서로 경쟁했던 시절에 만났다면 자신은 리사이와 무슨 이야기를 나누었을까.

이제 와 생각해본들 의미는 없으려나.

슈쿠요는 당황한 듯 소리를 높였다.

“리사이 님의, 그렇다면 리사이 님도 문주에…….”

아센은 잠시 생각한 뒤 입을 열었다.

“있다고 여겨야겠지. ……그래, 아마 리사이는 문주에 있을 것이다. 반민을 이끌고 있는 것은 분명 리사이일 테지. 화적이랑 한패인 것이지.”

리사이와 교소다. 두 사람이 아니라면 유쇼가 호락호락 당할 리가 없다.

“과거 리사이 님은 장군이었습니다. 이제는 무장한 백성이 반기를 휘날리는 모반과는 비할 수가 없습니다.”

당황해하는 슈쿠요를 보고는 아센은 소리쳤다.

"뭘 그리 동요하는 게냐. 어차피 패잔병이다. 자신의 휘하도 잃고 반민과 화적과 손을 잡아 겨우 세력을 만든 궁구窮寇•일 뿐이야."

아센은 육관장을 바라봤다.

"애초에 유쇼는 싸우기 위해 문주로 간 게 아니다. 유쇼가 패배했다고 해서 적을 과대평가할 필요는 없다. 궁구 따위 두려워할 것 없다. 하지만 유쇼에게 이겼다는 사실을 듣고 반의를 품은 자들이 그들을 추켜세우면 곤란해지겠지. 공격하려면 지금이다. 지금 바로 문주로 병사를 보내 적들을 치고 섬멸하라."

"네."

슈쿠요는 고두했다.

—리사이가 살아 있었다.

겐칸이라 불리는 자는 조용히 자리에서 물러났다.

칠 년간, 계속 도망쳤는가. 게다가 화적과 손을 잡고 나름의 세력을 손에 넣었다니.

—하지만 앞으로 어떻게 할 것인가.

• 매우 어려운 지경에 빠진 적.

문주에 리사이가 이끄는 반민이 존재한다는 사실이 드러나고 말았다. 과거 비슷한 일이 벌어졌을 때에는 대규모 주벌이 내려졌다.

"아니지, 반드시 그러리라는 법도 없지 않은가……."

겐칸은 혼잣말을 했다. 아센이 반민을 놓칠 리 없다. 하지만 지금까지 해왔던 것 같은 주벌은 내릴 수 없다. 다이키라는 거대한 누름돌이 있기 때문이다.

그렇다고는 하지만 리사이에게 위기가 닥쳤다는 것은 틀림없다. 유쇼와 소동을 일으킨 이상 자신들의 존재가 발각되리라는 것은 그들도 알고 있을 것이고, 발각되었을 때를 대비한 대처에도 나름 자신이 있으니 일을 벌인 것이리라. 쉽게 지지는 않겠지만 결코 낙관할 수 있는 상황도 아니다.

—리사이는 살아남아야 한다.

002

리사이 일행을 떠나보낸 소겐은 최봉에서 철수한 뒤 군사를 이끌고 일단 노구로 후퇴했다. 서최에는 아문관 세력을 비롯해 마을과 잘 융화될 수 있는 자들을 남기고 대부분의 병졸은 함양산 산속으로 보냈다. 소겐 일행의 존재는 이미 아센에게 알려졌다고 봐야 했다. 유쇼군을 궤멸시킨 화적 세력에 왕사의 잔당이 포함되어 있다는 사실이 틀림없이 홍기에 전해졌을 것이다. 하지만 실제로 몇 명인지는 파악할 수 없을 것이다. 토벌을 하기 전에 척후를 보내온다면 실상을 알려줄 것도 없다. 특히 유쇼군이 묵치 편으로 돌아섰다는 사실은 가능한 한 알리고 싶지 않았다.

"생각했던 것보다 적다고 얕잡아 봐주면 좋을 텐데……."

소겐은 중얼거리며 암굴을 바라봤다. 벼랑을 파내어 만든 암굴은 사람 손길이 닿아 주거 생활에 필요한 물건이 늘어났다. 지금 소겐이 있는 이 암굴도 바깥과 면한 건물을 수리한 뒤 안에 칸막이와 가구를 들여놓아 몸채답게 정돈했다. 외부에서는 눈이 녹기 시작한 덕분에 길의 정비와 수로 보수가 급속히 진행됐다. 소겐이 서최로 막 이동했을 무렵 제일 마지막으로 본 노구의 모습은 폐허에 지나지 않았지만 혹한기를 보내는 동안 마을의 모습을 갖추기 시작했다.

―사람이 많다. 비슷한 처지의 사람이 많다.

왕사에게서 벗어난 뒤 일시적으로 도망쳐 온 화적 노인들과 여인들은 그대로 노구에 머무르며 눈을 쓸어내고 땅을 경작하기 시작했다. 화적이 왕사를 이기는 바람에 저강과 안복은 위험해져 이제는 돌아갈 수 없다. 문주에서 도망치는 것이 가장 안전하지만 노구로 도망쳐 온 사람들에게는 그럴 마음이 없는 것 같았다.

"얕잡아 볼 정도로 만만한 상대일 리 없어."

바닥에서 한 단 높은 구들 위로 벗은 외투를 던지며 유쇼가 웃었다.

"모습이 보이지 않으면 어딘가 잠복해 있다고 생각할 텐데 그 장소가 어디인 줄 모르면 공격하기 어렵지. 그러니 잘된 걸로 치는 거야."

"그러하군." 소겐은 쓴웃음을 지었다.

"그보다."

유쇼는 온포까지 벗어 던지고는 모전을 깐 구들에 양반다리로 앉았다.

"오히려 서둘러 움직여야 하지 않겠는가. 지금이라면 아직 눈이 쌓여 있어. 진군하려고 해도 쉽지 않지. 본격적으로 녹아내리기 전에 문주성을 함락하는 거야."

소겐은 동의했다.

"그럴 셈이야. 돈코 님의 말을 믿어본다면 문주성을 함락시킬 병력은 이미 확보되었어. 이제 전원이 모이는 걸 기다리기만 하면 되지."

소겐의 말을 듣고 유쇼는 생각에 잠긴 듯 팔짱을 꼈다.

"그분의 통찰력은 얼마나 믿을 수 있지?"

"모르네. 사람은 믿을 수 있지만 돈코 님은 문관이지. 병졸이 어떤 기질인지 이해하고 있다고는 말하기 어려워. 제아무리 이견이 있다 하더라도 하명은 복종할 따름이라는 병졸의 습성을 가볍게 여기고 있는 것처럼도 보이긴 하네."

장군부터 회유하는 건 위험이 크다는 돈코의 의견에도 일리는 있었지만 아무리 병졸을 회유한다고 한들 상관이 움직이지 않으면 병사는 움직일 수 없다. 반대로 병사들이 모두 아센 편을 든다 하더라도 정작 장군이 교소를 위해 움직이면 군은 그를 따라 움직인다. 유쇼의 휘하가 아센의 방식을 혐오하면서도 결코 거부하지 않았던 것처럼.

"그래애."

유쇼는 태평하게 말했다.

"하명에 복종하는 것은 관리들도 마찬가지지. 관리들도 병사들도 똑같다고 생각한다면 그분의 예상은 무를지도 모르네."

군에서는 하명에 자신의 목숨이 걸려 있다. 때로 '목숨을 걸라'는 뜻의 명령이 떨어지기도 하는데, 그렇게 명령을 받으면 죽으러 가는 것이 군이다.

"덧붙여 말하자면 문주성만 있다면 만사형통일 거라고 생각하는 사고방식은 위험해. 문주성을 함락시키면 일단 도망칠 장소는 생기겠지. 주상이 계시면 동지들이 모일 거야. 이는 사실이지. 하지만 그 규모를 잘못 계산하고 있는 거 아닌가?"

"기대하는 만큼의 병력은 모이지 않을 거라는 말인가?"

"그럴 가능성이 있지. 자네들 휘하는 문제없네. 어딘가에 잠복해 있던 녀석들은 달려오겠지. 휘하가 지배하고 있는 병사들도 명령이 내려오면 모여들 거야. 하지만 지배에서 벗어난 자들은 어떨까. 이제껏 아센에게 사냥당하지 않았다는 건 뿔뿔이 흩어져서 숨어 지내고 있다는 거겠지. 그런 병졸들이 상관의 명령에 계속 복종할지는 의문이네."

그럴지도 모른다고 소겐은 생각했다.

"마찬가지로 성을 차지한 뒤에 그걸 유지하기 위한 대가를 우습게 보면 안 돼. 상처 없이 성을 손에 넣는다면 다행이겠지만 사람과 물자를 잃을 수도 있지. 사람이 부족하고 물자가 부족해지면 거대한 성은 한순간에 무거운 짐이 되네."

이 의견에도 소겐은 동의했다. 분명 그렇다. 유쇼의 지적은 타당하다. 본래 문주 자체가 지금까지 땅에서 받은 은혜를 축적해 오지 않았다. 인구 감소, 농지 감소, 주별로 토지가 황폐해지는 바람에 수확량은 줄어들었고 궁핍한 와중에 모아온 대부분의 물자는 관리에게 수탈당해 없어졌을 것이다. 간신히 남아 있는 것도 성을 함락하기 전에 불에 타버릴 가능성이 높다. 애초에 아센과 정면으로 맞서려면 제아무리 아문관이라 하더라도 그 정도의 재력으로는 턱없이 부족했다.

"세이라이가 은닉한 국탕…… 그것만 있다면……."

소겐이 중얼거리자 유쇼가 말했다.

"분명 그렇지. 국고가 거의 텅 빈 것이나 마찬가지인 걸 보면 세이라이가 감춘 것은 사실일 거야. 아센도 행방을 모르겠지. 적어도 내가 아는 한 세이라이가 토해냈다는 이야기는 듣지 못했고 더이상 신문해도 소용없을 거라는 분위기가 몇 년이나 전부터 있었어. 제아무리 신문해도 세이라이는 불지 않을 거라고."

"그렇게…… 심했는가."

유쇼는 고개를 끄덕였다.

"실제로 현장은 보지 못했지만 소문으로 들은 바로는. 이럴 때 선인이라는 사실은 참 괴롭지. 어지간한 일로는 죽지 않는 만큼 비참한 말로가 기다리고 있거든."

세이라이에 관한 소문은 근 몇 년 동안 끊겨서 듣지 못했다. 유쇼도 지금 세이라이가 어떤 상태인지는 모른다. 하지만 아센이 찬탈을 한 당초부터 국탕의 소재를 알아내려고 기를 쓴 것은 분명했다. 무사히 끝날 리는 없다. 유쇼가 그렇게 생각하고 있을 때 "잠깐" 하고 소겐이 목소리를 높였다.

"분명 고료는 세이라이를 구하려고 했을 거야. 하지만 세이라이를 만났어도 데리고 도망치지는 않았어."

"그랬다고 들었네만 그것이 왜?"

"본인을 앞에 두고서 왜 고료는 세이라이를 데리고 가지 않았을까?"

"자세한 건 모르겠지만 예를 들어 사람이 들이닥치는데 수갑을 풀 수 없었다던가, 뭐 그런 사정이 있었던 게 아닌가. 또는 세이라이가 너무 쇠약해져 있어서 도저히 함께 도망칠 수 없으니 가라고 했을 가능성도 있지."

"다 일리 있는 말이야. 하지만 두 사람은 만났어. 그리고 세이라이는 국탕의 소재를 알고 있지."

유쇼는 입이 떡 벌어졌다. 소겐이 고개를 끄덕였다.

"그 상황에서 국탕의 소재를 맡기지 않고 배길 수 있을까?"

"없지. 오히려 확실하게 맡기기 위해 세이라이는 일부러 감옥에 남은 게 아니겠나."

그저 짐이 될 뿐인 세이라이가 동행한다면 둘이 함께 붙잡히든지 찾는 동안 살해당할 위험성이 높다. 고료 혼자 움직이는 편이 잡히지 않고 도망칠 가능성도 높으니 자신이 알고 있는 것을 고료에게 건네주었을 가능성이 매우 높았다.

"아니야, 잠깐만."

유쇼가 손을 들었다.

"국탕이 산더미 같은 증서에 지나지 않는다고는 하지만 그 양은 상당해. 아마도 가신이 홍기로 돌아왔을 때 이것을 받아 들고는 도주해 지하에 숨은 거겠지. 그렇다면 국탕은 사실상 가신이 관리하고 있는 거야. 세이라이 외에 알고 있는 자가 아무도 없는 것은 아니지."

"듣고 보니……."

소겐은 고개를 갸웃거리며 말했다.

"반대로 생각해보지. 리사이는 아센이 모반을 일으켰다는 정보를 문주와 홍기에 알렸어. 문주에는 에이쇼와 가신이, 홍기에는 세이라이가 있었지. 그들은 내가 리사이를 추격하라는 명령을 받은 시점에서 도망칠 결심을 했을 거야. 그때 가신에게는 귀환 명령이 떨어져 있었어. 그들은 미리 짜고 행동했겠지."

"에이쇼는 문주에서 도망치고 가신은 명령에 따라 홍기로 돌아갔다 역시 사라졌지. 세이라이는 아마도 국탕을 은닉하고 있다가 홍기에 도착한 가신에게 맡겼을거야."

"그렇다고 보네. 에이쇼는 문주를 떠나 지하로 숨었지. 동시에 가신은 국탕을 가지고 지하로 숨었어. 아마 세이라이는 그 시점에 도주할 예정이었을지도 몰라. 하지만 세이라이가 모습을 감추기도 전에 아센은 세이라이를 구속했지."

"하지만 국탕의 소재는 세이라이에게 듣지 못하더라도 가신이 알고 있네. 원래라면 에이쇼와 가신과 함께 움직일 예정 아니었겠는가. 하지만……."

머리가 잘 돌아가지 않는지 말문이 막힌 유쇼의 말을 소겐이 이었다.

"아센은 반민에게 주벌을 내리기 위해 부근에 있던 무고한 백성들까지 연루시켰지. 가신도 에이쇼도 움직일 수 없게 돼서 지하 깊숙한 곳에 숨어 지내며 소리를 죽이고 있을 수밖에 없었을 거야. 둘은 이로 인해 결국 떨어지게 되었지. 하지만 문주와 홍기, 서로 다른 곳으로 도망친 뒤 함께 행동할 예정이었다면 반드시 접선 장소는 정해두었을 거야. 그렇지 않으면 연락할 방법을 정해두었겠지."

"그렇겠지" 하고 유쇼는 작게 말했다.

"붙잡힌 세이라이는 이용할 수 없지만 가신은 그 방법을 이용해 에이쇼에게 연락을 할 수 있어."

"그걸 사용할 수 없게 되었겠지. 혹시 그 방법이라는 게 세이라이 본인 아니었겠는가. 급박한 상황에서 정한 일이야. 미리 충분히 준비할 수 있었을 리가 없어. 도망칠 즈음에 각자가 목표를 의지하고 궁에서 탈출할 계획이었겠지. 실제로 어떻게 될지는 그 상황이 되어보지 않으면 알 수 없어. 하지만 세이라이만큼은 확실한 무언가를 쥐고 있었어. 그러니 각자 잠잠해지면 세이라이에게 연락하는 것만으로 충분했던 게 아닐까. 그런데 세이라이가 아센에게 붙잡히고 말아서 에이쇼와 가신은 서로 연락할 수단을 잃고 말았지."

"신빙성 있네."

유쇼는 무릎을 가볍게 탁 쳤다.

"에이쇼는 가신의 소재와 함께 국탕의 소재도 잃었지. 세이라이는 이 사실을 알고 있었어. 그래서 에이쇼에게 가신이 있는 곳을……."

"아니야." 소겐이 말을 막았다.

"가신이 관리하고 있다고는 하지만 증서의 부피는 상당해. 가신이 품에 넣고 걸어 다닐 수 있을 리가 없을 거야. 반드시 어딘가에 맡겨두지 않으면 안 돼. 세이라이는 위탁 장소를 알고 있었거나 짐작이 가는 곳이 있었던 게 아닐까. 그래서 그 사실을 에이쇼에게 알리고 싶었지. 그곳에 도달할 수 있다면 가신의 소식도 알 수 있어."

말을 마친 뒤 소겐은 자신의 생각을 확인하는 듯 고개를 크게 끄덕였다.

"아마 그런 걸 거야. 제삼자와 미리 짜고 국탕을 은닉해 도망칠 계획을 세웠어. 계획대로 에이쇼와 가신은 도망을 쳤고 국탕을 빼돌렸어. 하지만 국탕은 산더미 같은 증서야. 빼낼 순 있더라도 도저히 가지고 다닐 수는 없는데다가 너무 위험해. 그래서 어딘가에 맡기기로 한 거지. 세이라이는 위탁처로 삼을 만한 안전한 장소로 짐작 가는 곳이 있었어. 그렇기 때문에 혼자 홍기에 남아 있던 거야. 그 위탁처에 연락해 준비하기 위해."

"그래서 미처 도망치지 못했다는 건가."

소겐은 고개를 끄덕였다.

"가신은 궁에서 탈출했고 위탁처로 향했어. 그즈음에는 세이라이가 활약해주어 받아들일 준비가 되어 있었지. 하지만 세이라이는 이 소식을 에이쇼에게 알릴 시간이 없었던 거야."

"그래서 고료에게 맡긴 거군. 아마도 세이라이에게는 에이쇼가 어디에 잠복해 있을지 짐작 가는 바가 있었을 거야. 또는 아직 세이라이가 구속되기 전에 에이쇼가 알려줬을지도 모르지."

"그렇다면 지금쯤 에이쇼와 가신은 연락을 하고 있을 가능성이 커. 고료가 무사히 도착했다면 말이지만."

그렇게 이야기하면서도 소겐은 흥분되는 감정을 주체할 수 없었다. 병사가 나뉘어진데다가 적지나 다름없는 승주에서 흩어진 소겐 일행, 병력의 반을 문주에 남겨둘 수밖에 없던 가신과는 달리 재빨리 행동한 에이쇼는 자신의 군 전체를 지하에 숨겨뒀을 가능성이 높다. 실제로 에이쇼군의 병졸이 붙잡혀 처형되었다는 이야기는 거의 듣지 못했다.

"에이쇼군 오사 일만이천오백, 물론 실제로는 전부 남아 있진 않겠지만."

유쇼의 말에 소겐은 수긍했다.

"주인을 잃고 기동력이 부족한 내 부하, 또는 가신의 부하를 문주에서 꽤 많이 잃었다는 점을 감안한다면 비교할 수 없을 정도로 많은 수야."

고료는 리사이 일행이 문주에 있다는 것을 알고 있다. 마음만 먹으면 도관과 신농을 통해 소겐 일행을 찾는 것은 쉬울 테고 그렇게 하지 않더라도 교소가 자신의 존재를 밝히면 반드시 달려올 것이다.

유쇼도 이에 동의했다.

"게다가 가신은 이사를 데리고 홍기에서 달아났네. 이사도 거의 온전히 남아 있을 가능성이 높아."

"왕사 칠사……."

"물론 많이 부족할 거야. 그후에 주벌 때문에 더 줄었겠지만."

"그건 묵치로 메울 수 있어."

소겐이 여기저기서 모은 자군의 생존자가 이사 상당, 여기에 리사이가 남긴 병사가 마찬가지로 거의 일사. 돈코의 말에 따르면 문주사에서 응할 것 같은 자가 일군 상당, 그 외에도 승주사가 일군 상당. 다 합치면 사군.

소겐은 망연하게 중얼거렸다.

"아센에게 손이 닿았네……."

003

문주와 문주 남쪽에 위치하는 강주를 잇는 주요 가도를 문강도文江道라고 한다. 문강도는 임우를 출발해 문주 남부를 종단하여 강주로 이어지다 강주를 남하해 주도인 조구漕溝에 다다른다. 과거 리사이 일행이 북상해 임우로 도달했던 길이다.

강주로 가고자 한다면 문강도로 가는 것이 가장 빠르다. 하지만 임우 주변에는 주사가 포진해 있다. 게다가 유쇼가 남긴 일려와 저강에서 돌아온 일려, 총 이려가 주둔하고 있었다. 이려는 유쇼의 소식이 끊긴 지금 아센의 지휘하에 있다고 추측할 수 있다. 유쇼 일행이 궤멸한 탓에 주사는 경계 태세를 강화했다. 임우 주변으로 다가가는 것은 너무나도 위험했다. 임우 주변을 우회하려고 해도 안전한 길이 거의 없었고 게다가 문강도는 인파가 많기 때문에 보는 눈도 많았다. 제아무리 눈에 띄지 않도록 소인원으로 나눠 움직인다고 한들 기수를 데리고 다니는 여정은 원치 않더라도 눈에 띈다. 사람 눈에 띄지 않도록 가도에서 떨어져서 산야를 비행한다 하더라도 이 계절, 추위가 풀렸다고는 하지만 아직 야영하기는 어려운 지금은 목격된다면 오히려 수상하게 여겨질 가능성이 높았다. 게다가 교소는 외견에 뚜렷한 특징이 있다. 주목받으면 더 위험해진다. 기수를 사용하지 않고 인파에 섞여 들어가는 것이 제일 안전하다는 것을 알았지만 최후에 안국으로 탈출하기 위해서는 기수가 절대적으로 필요했다.

"최봉에서 임우 방면으로 내려가는 건 너무 위험해. 반대로 용계 쪽으로 가서 가교를 지나 샛길로 문강도로 나가든지……."

경로를 정할 때 소겐이 의견을 냈지만 리사이는 탐탁지 않았다. 용계에서 가교로 빠지는 길로 간다면 과거 교소와 습격자들이 지나갔던 산길을 사용할 수밖에 없다. 그곳에 교소를 데리고 발을 들이는 데 불길한 기분이 드는 것은 떨칠 수 없었다.

—바보로군.

리사이는 속으로 스스로를 비웃었다. 알고 있다. 리사이는 겁먹고 있는 것이다. 겨우 재회한 교소를 또다시 잃는 일이 벌어진다면. 그 가능성이 있다는 것, 가능성을 상상하게 하는 모든 것이 무서웠다.

하지만 분명 임우 주변의 경비는 삼엄해졌고 임우만이 아니라 주변에 군이 주둔할 수 있는 마을에는 병사가 모여 있었다. 그 바람에 백성들의 신경도 날카로워져 있다. 냉정하게 생각해봐도 임우 주변을 피하는 편이 좋은 것은 눈에 뻔히 보였다.

결국 소겐 일행과 의논한 뒤 리사이 일행은 곧바로 강주로 향하는 문강도를 피해 일단 마주로 들어간 뒤 남하하는 경로를 선택했다. 용계, 철위를 경유해 백랑으로 가다가 백랑으로 진입하기 바로 직전에 사람이 적은 샛길로 들어선다. 그 길에서 남설도南雪道로 빠져나와 마주 남부로 이어지는 가도로 향한다. 이 길은 문주에서 산을 넘어 마주로 들어가며 마주 남부 산간 지방을 지나 연안부로 빠져나가는데 길 중간에 마주에서 강주로 빠지는 산도가 있다. 이 길이 묵양산 뒤편, 동가와는 반대편인 길을 지나 강주 주도인 조구로 이어져 있다. 멀리 돌아가게 되긴 하지만 문주와 강주 사이에는 험한 산이 가로막고 있다. 문강도를 피한다면 마주를 경유하는 이 산길을 이용하는 것이 가장 빠르다.

"시간이 쓸데없이 많이 걸리긴 하지만 이 길이 안전한 건 분명합니다. 남설도에서 벗어나면 보는 눈도 줄어들고……."

리사이가 교소에게 말하며 호토에게 시선을 보내자 호토도 수긍했다.

"남설도에만 사람이 많고 조금만 벗어나면 인파도 현저하게 줄어듭니다. 그렇다고 해서 여행객이 없는 것도 아니지요. 사람 눈에 띄지 않고 기억이 남지 않는 사용하기 좋은 길입니다. 마주로 들어가면 마을도 줄어드는데다가 보는 눈도 줄어드니 기수로 서둘러 갈 수 있습니다."

호토가 가리키는 지도를 쳐다보고는 교소가 말없이 고개를 끄덕였다.

“일단 마주로 나가는 편이 사람 눈에 띄기 어려울 뿐만 아니라 설령 발자취를 따라왔을 때에도 안심할 수 있습니다. 놈들에게 저희의 목적지가 강주라는 사실을 알게 하고 싶지 않습니다.”

리사이가 말했다.

“알겠다” 하고 교소는 조용히 대답했다.

그렇게 의논해 결정한 경로를 따라 리사이는 산을 내려갔다. 교소를 중앙에 두고 교시 일행이 조금 떨어져서 앞뒤를 채웠다. 교소의 옆에는 리사이만 있었지만 역시나 앞뒤로 조금 거리를 두고 있었다. 집단으로 움직이면 눈에 띄는 까닭이기도 했지만 무엇보다도 교소의 기수가 문제였다. 땅속 깊숙한 곳에서 교소가 포획했다고 하는 추우는 아직 충분히 길들여지지 않아 주위에 있는 기수에게 신경질적인 반응을 보였고 일행의 기수 또한 라고를 두려워하는 모습이었다. 히엔은 비교적 괜찮았지만 그럼에도 곁에 다가가기를 꺼리는 듯했다. 리사이가 채근하면 거부하지는 않았지만 몹시 불만스러운지 진정되지 않는 모습이었다.

—미안하다.

리사이는 히엔의 목을 가볍게 토닥였다. 목 깊숙한 곳에서 작게 그르렁거리는 기수는 ‘알고 있다’고 말하는 듯했다. 이 일이 리사이에게 중대한 일이라는 것은 알고 있다.

또다시 긴 여정이 될 것이다. 무리를 하게 될 것이다. 하지만 안국에 도착하면 그 여정도 끝이다. 안국에서 날개를 푹 쉬고 이번에는 다이키를 구하러 가자. 다이키는 히엔을 만나는 걸 즐거워했다. 다이키는 히엔의 이름을 부르며 쓰다듬고 끌어안았고 그런 다이키의 기색을 느끼는 것만으로도 히엔은 기뻐하는 듯한 행동을 보였다.

—이번에야말로 반드시 되찾자.

생각에 잠긴 리사이는 일행과 함께 가도를 따라 산을 내려갔다. 묵치와 관련 있는 자 이외에는 오가는 자가 거의 없는 길이라 대체적으로 남의 시선을 의식하지 않아도 됐다. 산을 내려가고 얼마 지나지 않아 교소는 사라진 철위의 터를 보고는 발걸음을 멈췄다. 교소가 들르고 싶어 할 것이라고 생각했기에 리사이 일행은 과거 철위였던 곳에서 휴식을 취하기로 했다.

마을이었던 장소는 벌판이 되어 있었다. 곽벽 잔해와 집 기와 조각이 그대로 방치되어 그 자리에 식물이 무성하게 자란 듯했지만 추위에 시들어 눈에 묻혀 있다. 그럼에도 지나다니는 사람은 있는 듯 거친 얼음처럼 변해버린 눈 밑으로 희미하게 보이는 좁은 샛길이 있었다. 기와 조각 사이를 비집고 북쪽을 향해 나 있었고 새카맣게 말라 죽어 이제는 거의 줄기밖에 남지 않은 이

목으로 이어져 있었다.

철위 사람들이 다 죽은 게 아니다. 실제로 겐추도 살아남았다. 하지만 주벌을 받아 마을은 궤멸했고 주인이 사라진 마을은 화재로 인해 파괴되었다. 그때 주의 지관인 여사閭師에 의해 이목의 명맥도 끊겼다.

이제는 썩은 나무줄기만 남은 이목의 아래로 평평한 돌을 쌓아 올린 제단이 있었다. 그곳에는 선향을 피웠던 흔적과 홍자 열매 몇 개가 놓여 있었다. 홍자 가지 하나, 또는 열매를 바치며 진향하고 무언가를 기도했던 사람들의 흔적. 교소는 그것들을 아무 말 없이 바라보고는 이윽고 허리춤에 있던 주머니에서 무언가를 꺼냈다. 딸랑 하고 맑은 소리를 작게 내는 방울 한 개를 홍자 열매와 나란히 놓았다.

"……그것은?"

리사이가 물었다.

"부적이다."

교소는 대답했다.

"부적?"

"그들의 기도가 나에게 이것을 가져다준 것 같거든."

리사이는 의아했지만 교소의 검집에 달려 있는 것이 같은 방울이라는 것을 깨달았다. 교소는 눈을 감고 한동안 제단을 향해 고개를 숙였다.

철위를 떠나 제일 처음 나온 마을에 들어간 뒤 두 무리로 나눠 숙소를 잡았다. 마을을 나오고 나서는 가도에서 벗어나 길을 잃지 않도록 나란히 달려 산야로 향했다. 백랑이 가까워질수록 산야로 가면 오히려 눈에 띈다. 가도로 돌아가 기수를 끌며 걸어갔다. 닷새째 되는 날 가도를 나와 샛길로 들어갔고 그날 저녁에 남설도에 진입했다.

정비된 길 위로 많은 사람이 오가고 있었고 서두르는 모습을 보일 수 없는 리사이 일행은 초조함을 억눌러가며 나아갈 수밖에 없었다. 교소는 흥분하지 않고 지극히 냉정하게 주변을 보고 있었다. 다만 삿갓 위에서부터 눈가까지 뒤집어쓴 두건의 그림자 사이로 엿보고 있는 눈빛만큼은 무언가를 집어삼킬 듯한 모습이었다. 무슨 생각을 하고 있는지는 입에 담는 일이 없으니 알 수 없었다.

리사이 일행은 사흘에 걸쳐 남설도에서 벗어나 마주로 가는 깊은 산속에 있는 가도로 들어갔다. 산골짜기에 흐르는 옅은 연기를 본 것은 다음 날이었다.

"화재인가?"

리사이 일행은 걸음을 멈췄다. 연기가 가장 짙은 곳은 눈에 파묻힌 골짜기 밑에 있는 마을 같았다.

"큰일이군. 가보지요."

교시는 뒤를 돌아봤다. 눈에 들어온 리사이의 얼굴에 머뭇거림이 묻어 있었다.

그렇구나 하고 교시는 생각했다. 리사이는 눈에 띄고 싶지 않은 것이다. 사람들의 기억에 남고 싶지 않다. 소동에도 휘말리고 싶지 않다. 당연했다. 일행에는 왕이 있다.

"스승님과 어르신은 먼저 가시지요."

교시는 리사이가 안도한 듯 숨을 내쉼과 동시에 죄책감에 사로잡힌 듯한 눈빛을 놓치지 않았다.

"가자."

교소가 말을 꺼냈다.

"이 의복을 입고 곤경에 처한 사람들을 모른 체하는 것은 단법사의 명예에 대한 실례다."

"하오나……."

리사이가 말을 하려다 말았다. 고개를 크게 끄덕였다.

"근처까지 달려간 뒤 그곳에 기수를 두고 가시지요."

그들은 겨울이 되어 살풍경해진 산지를 눈에 띄지 않도록 달려 마을 근처에 있는 숲속에 이르자 기수에서 내렸다. 기수를 두고 눈이 쌓인 비탈을 내달렸다. 숲에서 나오자 바로 앞에 마을이 있었다. 곽벽 안쪽에서 연기가 올라오고 있었다. 차가운 겨울 하늘에 피어오르는 연기가 몇 개인지 세어보다 발화지가 여러 곳인 것을 알았다. 하지만 마을 입구 앞에는 녹기 시작한 눈 사이로 새까만 지면이 보일 뿐 한산했다. 도망쳐 나오는 사람이 보이지 않는다. 한지를 가로지르는 동안 비명 소리가 들렸다. 무언가에 가로막힌 듯 멀리서 들렸지만 분명 많은 사람이 외치는 비명 소리는 도움을 구하고 있었다.

교시는 마을로 뛰어 들어갔다. 길에도 역시나 오가는 사람이 없었다. 눈이 치워져 있는 것으로 보아 사람이 살고 있는 것은 분명했다. 연기는 정면에서 뭉게뭉게 피어올랐다. 이부와 이사, 그리고 이가 건물 네 군데에서 연기가 피어오르고 있었다.

"아직 불은 보이지 않는다. 서둘러라."

교소의 말을 듣고 서둘러 달려갔다. 이사 앞에 갔을 때 문이 바깥에서 잠겨 있다는 것을 알았다. 안쪽으로 열리는 문은 가로로 놓인 판자로 고정되어 있었다. 안에서 비명과 문을 때리는 소리가 들렸다. 곧바로 고정되어 있던 판자를 뜯어내기 위해 전원이 매달렸다. 문틈 사이로 연기가 새어 나오고 있었다. 안뜰에서 피어오르는 연기가 주변을 가득 채웠다.

힘으로 판자를 쥐어뜯었다. 판자가 살짝 들린 부분에 곤봉을 비집어 넣어 들어 올렸다. 반 정도 뜯어냈을 때 도시 일행이 안쪽에 있는 사람들에게 외치며 문에 몸을 들이박았다.

"떨어져라! 열겠다!"

세 명이 달려들어 체중을 실어 부딪치자 문이 드디어 열렸다. 한두 사람이 빠져나갈 수 있을 정도의 틈이 생겼지만 그 이상 열리지 않았다. 무리가 안쪽을 가로막고 있는 것이다. 사람 대신 새카맣게 짙은 연기가 뿜어져 나왔다.

"나오시게!"

도시가 고함을 치며 선두에 웅크리고 있던 한 사람을 끌어냈다. 두 사람, 세 사람 끌어내자 문이 열렸다. 사람들이 우르르 쏠려 나왔다.

"무슨 일이 있었는가."

리사이가 쏠려 나온 사람에게 물었다.

"화적이…… 제길."

남자는 말을 하다 말고 기침을 해 새까만 침을 뱉고는 바로 말했다.

"이부와 이가에도 사람이 있네. 도와주게!"

남자가 말했을 때는 이미 교시가 이가로 달려가고 있었다. 비명이 들렸다. 불꽃이 건물을 불태우는 소리도. 이부 쪽에서 피어오른 연기는 벌써 불길이 보였다.

—화재.

연기와 열기, 꺼림칙한 불꽃.

구해야 한다. 이번에야말로, 한 사람이라도 두 사람이라도 좋다, 구해야 한다. 이가의 대문에 뛰어 들어가 안뜰을 빠져나간다. 정원을 나오자 문 앞에 모인 사람이 여러 명 보였다. 안도한 것도 찰나, 모여 있는 사람들이 문을 열려고 하는 것이 아니라 막고 있었다는 것을 깨닫고 머리에 피가 거꾸로 솟았다.

"무슨 짓을 하는 거냐!"

고함을 치며 달려간 교시는 깜짝 놀란 듯 뒤돌아본 남자에게 곤봉을 내리찍었다. 땅에 닿기 전에 곤봉을 거둬들여 바로 가로로 휘둘렀다. 이 일격으로 또 다른 한 사람이 날아갔다. 그 기세로 곤봉을 바꿔 쥐어 문에 박힌 판자에 참격을 가했다. 문에 균열이 난 것을 보자마자 몸으로 들이받았다. 그러자 연기와 동시에 사람이 굴러 나왔다.

이가 앞에 다섯 명, 뒤편에 세 명. 이부에서 짐을 안고 도망치려고 했던 화적은 모두 여덟 명. 마을 사람들의 협력으로 모두 붙잡았다. 이부의 몸채는 불에 타 무너졌지만 이사와 이가는 진화할 수 있었다.

"감사드립니다. 어떻게 감사를 표해야 할지……."

"아닐세."

리사이는 고개를 가로저었다.

"조금 더 빨리 왔더라면."

리사이의 말을 듣고 속으로 끄덕이며 교시는 옆을 쳐다봤다. 이부에서 다섯 번째 시신을 운반하고 있었다. 늘어선 유체와 연기를 마셔 웅크리고 있는 사람들. 화상을 입고 신음하는 사람들이 있었다. 마을 사람들이 전부 죽을 뻔한 걸 구할 수는 있었지만 많은 희생자가 나오는 것은 막을 수 없었다.

"저자들은 화적인가?"

리사이의 질문에 젊은 청년이 고개를 끄덕였다.

"원래는 근처 동광에 있던 화적인데……."

광산이 폐쇄되고 나서는 근처에 있는 마을을 습격하며 포학한 짓만 일삼아왔다. 견디지 못하고 반기를 든 결과가 이것이었다.

"야음을 틈타 숨어 들어와서 여자와 아이를 인질로 삼아 마을 사람들을 몰아넣었습니다."

눈물을 흘리며 호소하는 청년의 말을 리사이는 동정하며 듣고 있었다. 교시 일행은 이야기에 귀를 기울이며 부상자를 처치했다. 더 나아가 눈으로 주변 상황을 살폈다. 어느새 교소는 눈에 띄지 않는 곳으로 이동해 혼란 속에서 모습을 감췄다. 상황을 잘 파악했다고 교시는 생각했다.

"여러분은 다치지 않으셨는지요. 변변한 대접은 해드릴 수 없지만 괜찮으시다면 오늘 밤은……."

리사이는 아니라고 대답한 뒤 하늘을 올려다봤다.

"환대받을 만한 일은 하지 않았네. 앞으로 일손이 필요할 테지만 우리도 길을 서두르고 있다네. 미안하지만 이만 실례하겠네."

리사이의 말을 듣고 교시는 일어섰다. 가까이에 있던 여자에게 부상자를 맡겼다.

"기름기를 제거하지 말고 차갑게 해주세요."

"감사합니다." 여자는 고개를 깊이 숙였다.

현장은 아직 매우 혼란스러웠다. 해는 크게 저물었다. 오늘 밤은 야영을 해야 할 것 같았다.

눈에 띄지 않기 위해서는 사람들을 구한 뒤 혼란을 틈타 빠져나가야만 했을 것이다. 하지만 부상자가 제법 있는데다가 불을 끄는 것을 돕지 않고 떠나는 것은 도저히 할 수 없었다. 이부에서는 아직 연기가 피어오르고 있었고 처치를 하지 못한 부상자도 많았다. 돕고 싶었지만 더이상 머무르면 탐색할 틈을 주는 꼴이 되고 만다.

"놈들이 돌아올 거야."

인파 속에서 초로의 남자가 목소리를 높였다.

"그게 다가 아닐세. 반드시 복수하러 돌아올 거야. 살려주게."

리사이는 소리를 높인 남자를 곤란하다는 듯 쳐다봤다. 교시 또한 망설였다. 저들이 화적의 전부가 아니라면 분명 이대로 넘어갈 리가 없다. 하지만…….

망설이는 교시의 팔을 누군가가 쿡쿡 찔렀다. 돌아보니 오코가 눈짓으로 뒤를 가리키고 있었다. 모습을 감추자는 뜻으로 알아들은 교시는 부상자들에게 말을 건네며 인파의 바깥으로 이동했다. 떨쳐버리기 어려운 미련이 남았지만 어쩔 수 없이 지금은 무엇보다도 교소와 이동하는 게 먼저였다.

"부탁이네. 부상자가 이렇게나 있네. 우리로서는 놈들을 물리칠 수 없어."

거의 절하듯 부탁하는 사람이 있었지만 여자는 미안하다는 듯 고개를 저었다. 주위를 둘러보며 말했다.

"미안하네. 일행이 먼저 떠난 듯하네."

그 말을 듣고 마찬가지로 데이세쓰가 둘러보니 어느샌가 여자 일행의 모습이 사라졌다.

"그런……."

"정말 미안하네. 사정이 있어 우리도 길을 서두르고 있네."

"하다못해 내일까지라도."

"사람의 생사가 걸린 중대한 일일세. 용서해주길 바라네."

여자 주변에 있던 마을 사람들이 매달렸다. 데이세쓰가 앞으로 나왔다.

“사정이 있으실 거라고는 생각합니다. 하지만 마을은 보시는 바와 같이 이런 상황입니다. 화적이 돌아오면 몰살당하는 건 뻔한 일인데 도망칠 여력도 없습니다.”

여자는 미안하다는 대답뿐이었다. 데이세쓰는 말이 격해지려고 했지만 누군가 말렸다.

겐에이가 위엄 있는 얼굴로 고개를 가로로 내젓고 있었다.

“무리한 부탁을 해봤자 소용없어. 처음부터 우리가 반항한 게 원인이야.”

겐에이는 데이세쓰의 등을 토닥였다.

“여행객들에게 기대는 건 사리에 어긋나는 일이야.”

여자는 정중하게 고개를 숙였다. 데이세쓰는 떠나가는 뒷모습을 절망하며 배웅했다. 분명 그랬다. 여행객은 데이세쓰 일행의 사정과는 아무런 연관이 없다. 살려준 것만으로도 충분하다. 그렇게 자신을 타일렀지만 어떻게 하라는 거냐는 목소리가 가슴속에서 울렸다. 살아남은 건 다행이지만 그만큼 화적들은 복수심을 불태울 것이다. 분명 조금 전까지 데이세쓰는 화적에게 이겨 우쭐했다. 그 결과가 이것이다. 화적이 속이 후련할 리가 없다. 분명 또다시 찾아올 것이다. 그걸 어떻게 견디면 좋은가.

애초에, 데이세쓰는 생각했다. 관청은 뭘 하고 있는 건가. 문주후는 무엇을 하고 있는가. 어째서 위에 있는 놈들은 아무도 이 무질서를 바로잡으려고 하지 않는가.

데이세쓰는 울분이 풀 길이 없었다. 그때 함께 여자의 뒷모습을 배웅하던 겐에이가 불쑥 말했다.

"한 명, 사라졌어."

"……?"

데이세쓰는 갸웃거리며 겐에이를 쳐다봤다. 겐에이도 같이 쳐다봤다.

"중간에 한 명이 모습을 감췄어. 너 못 봤어? 법의를 입고 두건을 깊숙하게 내려 쓰고 갓을 쓴 사람."

"그랬나."

데이세쓰는 아무렇지 않게 대답했다. 지금은 그보다도 먼저 생각해야만 하는 것들이 수두룩했다 .

"어쨌든 일단 마을을 떠나는 편이 좋아. 오늘 밤은 밖에서……."

"분명 봤어."

발걸음을 돌린 데이세쓰의 등에 대고 겐에이가 말했다.

그 어조가 어딘가 의미심장한 기분이 들어 데이세쓰는 뒤를 돌아봤다. 그을음에 얼룩진 겐에이의 굳은 얼굴에는 연기에 충혈된 눈만이 특이한 빛으로 감돌고 있었다.

004

—주사가 움직이기 시작했다.

교소가 떠난 지 닷새가 지나고 노구로 후퇴한 소겐에게 돈코가 보낸 전갈이 왔다. 여느 때처럼 백랑에서 세키레이가 달려왔다.

"움직임이 있다고?"

"주후의 명령이었습니다. 전쟁 준비를 하고 있었습니다."

"그러하군."

소겐은 고개를 끄덕였다. 자신들의 존재가 역시 아센에게 알려진 것이리라.

예상하고 있었던 일이라 당혹스럽지는 않았다.

"다만 예전처럼 주벌을 내릴 준비를 하는 게 아닙니다."

소겐은 의아해하며 세키레이의 얼굴을 쳐다봤다.

"주벌이 아니라니?"

"주벌은 진척이 빠릅니다. 게다가 온갖 절차가 무시되지요. 하지만 이번에는 법과 관례를 따라 정식 수순에 맞게 진행되고 있다고 합니다. 정식으로 주사가 움직이는 것이리라고 돈코 님이 말씀하셨습니다."

소겐이 무슨 상황인가 싶어 생각에 잠기자 유쇼가 말했다.

"그도 그렇겠지. 아센은 더이상 예전처럼 멋대로 굴 수 없어.

옥좌가 눈앞에서 아른거리고 있으니까."

소겐이 유쇼의 의견을 듣고 납득한 다음 날, 홍기에서 연락이 왔다.

"아무래도 왕사도 문주처럼 일이 진행되고 있는 것 같다. 북진하고 있는 것 같다는군."

"드디어 밟으러 오는 걸까요."

세이시는 소겐에게 물었다. 리사이가 없는 지금 임우 세력은 세이시가 지휘하고 있다. 소겐은 "그렇겠지" 하고 작게 말했다.

"반민과 화적을 언급한 것 같다. 함양산을 탈환해야 한다고."

세이시는 그 말을 들은 순간 소겐을 쳐다봤다. 소겐도 고개를 끄덕였다.

"즉, 본격적으로 함양산을 공격해 주상을 되찾겠다는 의미겠지. 하지만 주상께서는 이미 그 산에 계시지 않아."

"아센이 아직 그 사실을 아직 모른다……?"

세이시가 중얼거리는 말에 유쇼는 고개를 갸웃거렸다.

"모를 수 있을까? 적어도 우코는 그 사실을 알고 나에게 알리러 왔는데."

그때 유쇼 주변에 있던 부하는 우코가 하는 말을 듣고 있었다.

"그때 옆에 있던 녀석들은……."

유쇼는 기억을 떠올리려는 듯 허공을 노려봤다.

"전원이 지금 노구에 있군. 달아나 홍기에 정보를 넘겼을 놈은 없어. 문제는 우코야."

"우코는 그 뒤로 어떻게 됐지?"

"나는 모르네. 자네는 어떤가. 우코를 물리쳤는가?"

소겐은 곤란하다는 듯 대답했다.

"자갑이라는 놈들은 꽤 많이 무찔렀다고 보네. 하지만 전원을 무찔렀는지는 모르겠고 그중에 우코가 있었는지 확인할 방도가 없어."

"그렇겠지……."

유쇼가 중얼거렸다.

"함양산을 목표로 삼는다는 건 우코가 홍기에 도착하지 못했다는 의미 아닌가. 안복 서쪽에서 전사했다든가 도망쳐서 행방을 감췄다든가."

"도주했을지도 모르지. 군기를 심각하게 위반했거든. 안복 전투에 참가했던 병졸이 홍기로 돌아갔다면 분명 우코에게는 혹독한 규탄이 기다리고 있을 거야."

소겐은 수긍했다.

"아직 모를 거라 생각하는 편이 타당해. 이건 오히려 낭보일 수 있네."

"어떻게 하시겠습니까."

세이시가 소겐에게 물었다.

"규산에게는 도망치는 편이 좋겠다고 전령을 보내야겠지. 일전에는 일사에 지나지 않았지만 이번에는 일군이 움직인다고 하니. 아무리 해도 승산은 보이지 않고 정식 절차를 밟고 있다면 소탕전까지 고려하고 있을 거라 생각해도 무방할 거야. 도망친다면 서두르는 편이 좋아. 도망쳤다고 무시당하면 화적 노릇을 할 수 없다고 말할지도 모르지만 주상이 돌아오신 이상 나라의 체제는 바뀔 거야. 앞으로도 지금껏 해온 대로 화적의 방식을 고집해도 소용없어."

세이시는 "다녀오겠습니다" 하고 시원시원하게 소리를 높였다.

"규산을 만나서 설득하고 오겠습니다. 그들이 노구로 와도 문제없으시지요?"

소겐은 고개를 끄덕였다.

세이시는 곧바로 저택에서 나와 규산이 있는 곳으로 향했다.

규산이 막 수저를 들려고 하는데 마침 세이시가 방문했다는 소식이 들렸다. 규산은 맥이 빠진 듯 젓가락을 내팽개쳤다. 아침부터 제대로 된 식사를 하지 못했다. 규산 일행은 리사이 덕분에 궤멸만은 피할 수 있었지만 피해가 심각했다. 부상자를 돌보고 마을을 수리하고 체제를 다시 잡는 등 해야 할 일은 산더미처럼 쌓여 있는데 일손은 줄었다. 마음 편히 식사할 여유도 없이 일하다 겨우 앉아 밥을 먹을 틈이 나도 일손이 심각하게 줄어든 탓에 차려진 음식은 양만 많을 뿐 보기만 해도 물리는 것들이었다.

"방해가 되었다면 미안하네. 이제 식사를 하는 건가?"

세이시가 묻자 규산은 술에 손을 뻗었다.

"상관없어. 배는 고픈데 식욕이 없거든."

"그럴 때야말로 먹어야 하네."

세이시는 탁상 위에 산더미 같은 짐 꾸러미를 올려놨다.

"일손이 줄어들어 힘들겠지. 주변에 있는 노점에서 사 왔네. 다 같이 먹기에는 부족하겠지만."

"고맙군."

규산은 환히 웃으며 꾸러미를 풀어 먹고 싶어 하는 주변 사람들에게 나눠줬다.

"요리를 할 수 있는 녀석이 없어서 말이지. 이런 거밖에 없어."

규산 앞에 앉은 세이시는 건드리지도 않은 접시를 쳐다봤다.

"먹을 수만 있다면 훌륭하네. 이건 내가 먹어도 될까?"

"기꺼이 양보하지."

세이시는 웃으며 진짜로 젓가락질을 하기 시작했다. 정체를 알 수 없는 고기와 채소를 그대로 튀겨내 산처럼 쌓아 올리기만 한 음식이었다. 코를 벌름거려봐도 기름 냄새밖에 나지 않았다.

잡곡 칠할이 섞인 밥도 곁들였지만 기름에 빠져 있는 수준이었다. 아무렇지 않다는 듯 먹고 있는 세이시를 쳐다보고 규산은 껄껄거렸다.

"병졸이란 참 대단하군. 정말로 뭐든지 먹는군."

"그렇게 맛없지도 않아. 먹겠는가?"

아니라고 규산은 손을 내저었다. 대신 세이시가 가져온 약식을 집었다. 조릿대 잎을 벗겨내자 먹음직스러운 냄새가 수증기와 함께 둥실 피어올랐다.

"그래서 무슨 일인데?"

"토벌이 있을 거야."

세이시는 무서운 소식을 아무렇지 않게 말했다.

"토벌……."

"문주사와 왕사가 움직이고 있어. 문주사 일군 또는 이군, 왕사는 일군이지. 문주사는 아직 백랑에서 움직인 낌새는 없지만 왕사는 이미 홍기를 출발했어."

"우리가 목적인가?"

순식간에 식욕이 사라졌다. 고작 일사를 상대로도 규산 일행의 피해는 심각했다. 그런데 일군을 상대한다니 결과는 불 보듯 뻔했다.

"결과적으로는 이겼으니까. 일사를 무찌른 막강한 화적이야.

그런 경우 보통 상대는 진심으로 달려들겠지."

"이긴 건 우리가 아니야."

"걱정하지 말게. 공격당하는 건 우리도 마찬가지야. 상대는 우릴 한패라고 생각하고 있으니까."

"우리가 한패였나."

"그렇게 된 것 같아."

쓴웃음을 짓는 세이시를 규산은 복잡한 마음으로 쳐다봤다.

규산에게 왕의 잔당과 한패가 된 기억은 없다. 적대하지 않았고 사정이 있어 도와주긴 했지만 평소 화적을 돕는 수준의 선을 넘지는 않았다. 결국 규산은 리사이 일행을 화적 일파처럼 생각해온 것이다. 굳이 적대할 이유가 없다면 싸우지 않는다. 쌍방에게 이익이 있다면 돕기도 한다.

"그래……. 자네들은 반민인가."

왕궁에 있는 놈들은 그렇게 생각할 것이다. 규산 일행은 법에 위반되는 존재지만 왕을 거역할 뜻은 없다. 하지만 반민은 아니어도 힘을 빌려준 이상 규산 일행도 반민이라고 여겨지는 것은 피할 수 없을지 모른다.

"미안하군. 휘말리게 해서."

"구해줬잖아. 사과할 필요는 없어. 사과는 오히려 우리가 해야 해. 우리가 이상한 고집을 피우는 바람에 휘말렸어."

"우리가 멋대로 끼어든 거야. 우리가 끼어들면 규산도 반민이라고 간주될 테지. 그 점은 알고 있었지만 그대로 둘 수는 없었어."

세이시는 주변을 쳐다봤다. 탁상 근처에 있는 사람들은 얼어붙은 듯 규산과 세이시를 바라보고 있었다.

"사람이 꽤 줄었군. 쇼큐는 어찌됐는가."

"죽었어."

규산이 대답하자 세이시는 숨을 푹 내쉬었다.

"……그랬군. 유감이네."

규산은 탁자를 내리쳤다.

"유감이라는 말로 표현할 수 있는 일이 아니야. 쇼큐는 죽었고 쇼큐의 부인과 아이들도 안복 밖에서 살해당했어. 아이는 열 살이었는데 난도질당했지. 부인은……."

규산은 말을 하다 입을 꾹 다물었다.

"난 놈들을 용서 못 해. 그러니 반민이든 한패든 좋아. 그렇게 여겨져도 상관없어."

쇼큐는 아내와 아이를 피신시키기 위해 죽을 때까지 버텼다. 그럼에도 가족이 다 죽었다.

"용서를 하고 말 것도 없네. 상대가 왕사 일군인 이상 승산이 없어. 도망쳐."

"너희들은 어쩔 건가."

"우리는 도망치지 않을 거야. 도망친다 하더라도 놈들과 한바탕 싸우고 공을 세우지 않고서는 도망칠 곳도 없어. 그래도 상관없어, 우리는. 우리에게는 목적이 있고 목적만 완수할 수 있다면 전장에 있는 병졸이 다 죽어도 승리하는 거야."

"그게 무슨 논리냐."

"군의 논리란 그런 거야. 도망쳐도 죽임을 당해도 목적만 달성한다면 이긴 거지. 병졸들의 죽음이 개죽음이 되진 않아."

세이시는 죽었다는 사실에는 다름이 없지만 하고 속으로 중얼거렸다.

—벌판에서 죽어 나뒹구니 이제 까마귀에게 먹히는 일만 남았네

"자네들은 아니야. 도망치게."

"우리는……."

"군을 상대로 체면을 운운해도 소용없어. 도망쳤다고 야유하는 놈들이 있다면 군을 상대해보라고 맞받아쳐. 자네도 함양산은 언젠가는 포기하지 않으면 안 된다고 말했잖아. 때가 온 거야."

세이시가 주장할 때 옆에서 누군가가 말했다.

"어디로 도망치라는 겁니까?"

옆에 세키히가 서 있었다. 뒤에는 주카쓰의 주름진 얼굴도 보였다.

"산으로 들어가 일단 승주로 빠져나가는 게 답이겠지."

"함양산도 감척도 버리고? 생계를 버리고 연고도 없는 마을로 도망쳐 구걸을 하며 살라는 겁니까. 아니면 노비라도 되라는 말입니까."

"죽는 것보다는 낫네."

"죽는 것과 마찬가지입니다. 굶어 죽든가 얼어 죽든가, 아니면 맞아 죽든가. 큰 차이는 없습니다."

"날씨는 앞으로 좋아질 거야. 마을 대부분이 외부인을 전보다 덜 거부하겠지."

"그래도 반드시 가을이 오고 겨울이 찾아옵니다."

"승주에서 서주로 가게. 소문에 따르면 태보의 구제가 시작되었다더군."

"그런 말이 아니야."

세키히는 강하게 말했다.

"이해가 안 됩니까? 시대가 변하지 않는 이상 어디로 도망치든 마찬가지야. 그 짐승이 옥좌에 앉아 있는 한 도망칠 곳 따위 어디에도 없다고."

세키히는 규산을 쳐다봤다.

"수령이 말하는 대로야. 나 역시 묵치로 간주되어도 상관없어."

규산은 고개를 끄덕였다.

"상황이 이러하네."

세이시는 씁쓸한 미소를 지으며 한숨을 쉬었다.

"도망치라는 건 내 의견이야. 적어도 노인이나 부상자, 여자와 아이는 도망치게 하는 편이 좋아. 도망칠 수 없는 자들은 노구로. 그곳이라면 몸을 숨길 곳도 있고 최소한의 물자가 있어. 노구에는 안복 전투 이후로 자리를 잡은 자도 있지만 사지에 불편한 곳이 없다면 도망치라고 하면 돼."

"우리가 식비를 축내도 상관없겠는가."

"사용해주게. 충분하지는 않겠지만."

"부상자는 도망칠 수 없네. 고맙게 쓰도록 하지."

규산은 말했다.

005

문주로 가는 왕사의 가장 마지막 병력이 홍기에서 출발한 지 얼마 되지 않았을 때 문주 변경에 있는 현성에서 교소로 보이는 인물을 목격한 자가 있다는 소식이 아센에게 전달되었다.

아센은 문주 어딘가에서 봉기가 일어나 성 한 곳이 점령될 것이라 예측했고, 그렇다면 과연 어느 성일지 문주성을 포함해 여섯 곳으로 추렸다. 하지만 목격자의 증언에 따르면 교소는 문주 남서부에 있는 남장南牆이라는 고을을 지나 마주로 갔다고 한다.

"마주에 거점을 마련하려는 건가."

하지만 교소가 있는 무리는 인원이 적다고 했다. 그렇다면 마주에 있는 성을 점거하려는 건 아닐 것이다. 어딘가 안전한 장소로 피하려는 것이다.

"지금 바로 성을 공격할 수 있는 전력이 있다면 교소만 도망치게 하지는 않겠지……."

어느 성을 노리고 있다 한들, 성을 함락시키고 거점으로서 유지하기에는 아직 인원이 부족한 것이다. 최종적으로 성을 손에 넣으려는 것은 확실하지만 아직 그 수준에는 다다르지 않았다. 그래서 봉기할 시점이 오기 전까지 교소를 안전한 장소에 숨겨두려는 것이리라.

"마주로는 가게 하고 싶지 않군."

마주는 아센에게 취약한 곳이다. 아센은 마주의 지리에 지식이 없다. 지식이 없는 것은 교소도 리사이도 마찬가지일 것이다. 그 두 사람이 마주와 연이 있다는 이야기는 이제껏 들은 적이 없다.

"마주 중앙부로 향한다면 남설도를 이용할 터……."

남장을 지나간 이상, 마주 남부나 남서부, 또는 강주로 갈 것이다. 주의 경계에 솟아 있는 산간 지방을 지나면 길이 여러 갈래로 나뉘어 뒤를 쫓기 곤란해진다. 무슨 수를 써서라도 산간 지방을 넘기 전에 교소를 포획하고 싶었지만 공행사를 준비하기에는 시간이 없었다.

"어쩔 수 없군……."

아센은 검은 눈동자를 어둠으로 돌렸다.

늦은 밤 기센에게 내궁에서 전령이 왔다. 아센이 급히 만나고자 한다는 소식이었다.

"주상께서…… 나를?"

"기센 님께 반드시 부탁하고자 하는 일이 있다고 하시옵니다. 서둘러주십시오."

기센은 자신이 잊힌 게 아니라는 생각이 제일 먼저 들었다. 아센은 기센을 잊은 게 아니었다. 버려진 게 아니었다.

"바로 가겠네."

기센은 사자를 대기시킨 후 의복을 차려입는 동안 마지막으로 만났던 날 아센의 목소리와 미소를 떠올렸다. 그와 동시에 산토를 만나기로 한 약속이 있었다는 것이 떠올랐다. 힌켄과 회의가 있어 그전에 산토를 만나 상의를 한 뒤 함께 힌켄에게 갈 예정이었다. 아마 힌켄도 아센의 부름을 받았을 테고 그렇다면 회의 자체가 무산되었을 것이다. 지금쯤 무산되었다는 소식이 산토에게 들어갔을지도 모르지만 기센 본인이 회의에 불참한다는 소식을 전달하며 사과하는 것이 예의일 터다. 서둘러 사람을 보내 사정을 설명하라 명했다.

"기다리게 했소."

여러 준비를 마친 뒤 거실로 돌아가자 사자는 인형처럼 미동도 하지 않은 채 우뚝 서 있었다. 표정 없는 눈으로 기센을 바라보고는 기계적인 동작으로 인사를 했다.

기센이 보낸 사자에게서 사정을 들은 산토는 그러한가 하고 생각했다. 힌켄은 오랫동안 냉대를 받았다. 이제껏 오랜 휘하면서도 마치 존재하지 않는 것처럼 취급받았지만 근래 아센이 변하면서 그와 함께 드디어 빛을 보게 되었다고 생각했다.

다행이라고 생각하는 스스로가 희한하기도 하고 꺼림칙하기도 했다. 산토에게 아센은 원수다. 아센의 휘하도 마찬가지로 원수일 터였다. 하지만 산토는 힌켄을 신뢰할 수 있는 사람이라 여겼고 기센에게는 동정심을 느꼈다. 시류의 변화로 인해 길가의 돌처럼 내버려진 처지가 피차일반이라는 생각이 들었을지도 모른다. 힌켄과 기센이 시해를 꾸민 것은 아니라는 생각도 있었다. 시해를 계획하고 실행한 것은 아센이고 휘하들은 그저 주인이 내린 결단을 따랐을 뿐이다. 옳고 그름을 판단할 처지가 아니다. 그것이 병사다. 죄를 꾸미고 결단을 내린 뒤 실행한 것은 아센이며 힌켄과 기센이 그 일에 가담했더라도 그들은 수족에 불과할 뿐이니 수족을 미워해도 소용없다는 생각은 분명 있었다.

기센이 꽤나 기뻐했겠지 하고 생각하며 홀로 힌켄을 찾아가자 힌켄은 부하와 함께 기다리고 있었다.

"기센은?"

힌켄의 물음에 산토는 사정을 설명했다. 아센이 기센을 직접 찾은 것 같다고.

"주상께서?"

"장군도 모르시는 건가. 그렇다면 특별한 지령이 내려온 것이겠지."

산토는 말하며 위화감을 느꼈다. 기센은 아센의 휘하지만 그와 동시에 힌켄의 부하기도 하다. 힌켄의 휘하라고 표현해도 좋았다. 힌켄의 양해 없이 기센만 부른다는 것은 어딘가 부자연스러웠다.

"나중에 아센 님이 설명해주시지 않겠는가."

산토의 말에 힌켄은 수긍했지만 어딘가 석연치 않은 표정을 지었다.

그로부터 이각의 시간 동안 군을 어떻게 재편성할지 이야기를 나누었다. 유쇼가 빠진 자리를 어떻게 할지, 누군가를 추거해야 하는 것은 아닌지, 그렇다면 누구를 추거할지, 그 경우 유쇼군의 남은 병졸은 어떻게 배분해야 할지. 전부 새로운 장군 밑으로 보낸다는 선택지도 있지만 남은 병졸은 유쇼의 휘하이기도 하니 배치가 어떻게 되느냐에 따라 충성심이 깎일 수도 있다. 그렇게 되면 사기가 크게 꺾인다. 그렇다고 사와 려로 나눠 각각의 군으로 보낸다면 결속력이 떨어진 병졸들은 전과 같은 활약은 할 수 없을 것이다. 단위를 크게 해서 나누면 능력이 떨어지는 것은 최소한으로 억누를 수 있지만 그들이 편입된 군 전체의 통솔력은 약해진다.

"우리가 걱정해봤자 의미 없는 일이다만……."

씁쓸한 웃음을 섞으며 말하는 힌켄의 모습이 몹시 애처로웠다.

"기센을 부르셨으니 장군도 조만간 부르시겠지. 아센 님은 장군을 버리지 않았을 걸세."

산토의 말에 힌켄은 애매한 미소를 지으며 긍정도 부정도 하지 않았다. 그저 불안한 표정을 지었을 뿐이다.

돌아가겠다고 인사한 뒤 산토는 관청에서 나왔다. 돌아가는 길에 동료와 헤어져 마지막에는 홀로 자택으로 향했다. 그 길에 기센의 저택이 있다. 샛길로 살짝 빠지기만 하면 된다. 상태가 어떤지 볼까 싶었다. 벌써 돌아왔다면 기뻐서 신이 난 얼굴을 볼 수 있을 것이다. 성실하고 정직하며 사람 좋은 부하에게 잘됐다고 말해주고 싶었다.

기센의 저택 쪽으로 꺾으려고 할 때 어둠 속에서 사람이 다가오고 있었다. 키와 몸집으로 봐서 산토는 기센이라고 생각했다.

"마침 잘됐……."

말을 걸려는데 이상한 느낌이 들었다. 입을 다물고 그 모습을 응시했다. 어둠 속을 홀로 걸어오고 있는 사람의 발걸음이 묘하게 불안했다. 살짝 갈지자로 걷고 있었고 때로 균형을 잘 못 잡는 듯 휘청거리더니 발을 굴렀다.

의심을 품고 지켜보고 있자니 다가오는 사람은 틀림없이 기센이었다. 처음에는 취한 걸까 싶었지만 가까이서 보니 그게 아니라는 걸 알았다. 생기 없는 얼굴에 탁한 눈을 하고 허공을 응시하고 있다. 바로 앞에 산토가 있는데도 기센은 산토가 있다는 걸 전혀 깨닫지 못한 듯 멍하니 허공을 바라보고 있었다.

"기센?"

말을 걸어봤지만 들리지 않는 것 같았다. 시선을 돌리지도 않은 채 마치 혼을 빼앗긴 듯 휘청거리며 산토의 눈앞에서 모퉁이를 돌았다.

"기센, 무슨 일이냐."

산토는 달려가 그의 어깨에 손을 올렸지만 역시나 기센은 돌아보지 않았다. 힘으로 붙잡자 얼빠진 얼굴이 그제야 산토 쪽으로 돌아섰다. 그럼에도 기센의 시선은 산토를 보고 있지 않았다. 눈동자는 마치 텅 빈 구멍 같았다.

눈을 들여다본 산토는 오싹해 오한이 들었다. 이 모습을 본 적이 있다. 예의 그 병이다. 기센 안에는 더이상 기센이 없다.

할 말을 잃고 손에서 힘이 빠졌다. 그것을 알아차렸는지 기센은 얼굴을 앞으로 돌려 휘청거리며 걷기 시작했다.

"기센, 무슨 일이 있던 거냐."

등에 대고 호소했다. 대답은 기대하지 않았지만 휘청휘청 걷는 기센은 뒤도 돌아보지 않고 대답했다.

"창고의……."

"기센?"

"……비둘기가."

뒤돌아 있는 기센이 말했다.

"……섬뜩하다……."

이른 아침 아센이 우코를 불렀다. 아침까지 술을 거하게 마시고 겨우 잠든 것을 깨우는 바람에 우코는 기분이 좋지 않았다.

하지만 아센이 우코를 찾는 것은 지저분한 일이 있을 때다. 그건 기분이 좋았다. 또다시 마음껏 실력을 발휘할 수 있다.

잠을 깨운 분풀이로 사자를 기다리게 한 뒤 느긋하게 몸단장을 했다. 일을 하나씩 할 때마다 짙어지는 붉은색 갑옷을 입고 아센이 하사한 박도를 허리춤에 차고 내전으로 향했다. 우코는 절대 검을 몸에서 떨어뜨리지 않는다. 우코는 아센 앞에서도 내려놓지 않아도 되는 특권을 얻었다. 아센의 앞에서 허용된다면 왕궁 모든 곳에서 허용된다는 의미다. 그 사실을 항상 주변 사람들이 알도록 해야 한다고 생각하고 있다.

우코가 내전으로 들어가자 어좌에는 이미 아센이 앉아 있었다. 사람을 물려 광대한 전당에는 아센과 우코만이 남았다. 모든 문이 닫힌 것을 확인하고는 아센이 입을 열었다.

"교소가 어디 있는지 알아냈다."

우코는 무슨 뜻인지 알겠다는 듯 가만히 웃었다.

"그렇다면 다시 교소를 잡겠지?"

우코는 웃음기를 섞어가며 질문했다. 칠 년 전 습격이 뇌리를 스쳤다. 우코의 검술을 보고 경악했던 교소, 진심으로 당황한 것 같았다. 칼을 휘둘렀을 때 교소가 짓던 표정이 잊히지 않는다. 수없이 떠올려도 기분이 좋았다. 일전에 마주쳤을 때는 상황이 좋지 않아 검을 맞댈 여유가 없었지만 다음에 만난다면 그때야말로 일도양단하겠다고 생각하다가 우코는 얼굴을 살짝 찌푸렸다. 아니다, 이번에도 죽이지 말라고 명령할지 모른다.

하지만, 하고 우코는 생각했다. 적당히 처리하려다 실패했다고 둘러대도 아센은 알 방도가 없다. 적당히 상대하려고 했지만 상대가 자포자기했다고 말하면 어떨까.

속으로 웃고 있을 때 아센이 입을 열었다.

“사냥이다. 하지만 사냥꾼은 네놈이 아니다.”

아센의 말을 듣고 우코는 고개를 갸웃했다. 아센은 등 뒤로 누군가를 불렀다. 병풍 안쪽에서 사람이 나타났다. 철갑을 두르고 검을 쥔 사람 여러 명이.

우코는 나타난 사람들과 아센을 번갈아가며 쳐다봤다. 무슨 소리냐고 물어보려다 아센이 자신을 처리하려는 것이라는 사실을 깨달았다. 분노의 눈으로 습격자를 쳐다봤다. 다시금 쳐다보니 웃음이 나올 뻔했다. 제일 앞에 있는 사람은 기센이다. 힌켄의 부하, 우매하고 미련한. 검술도 평범했으니 교소조차 베어낸 자신의 적수가 될 수 없다.

큰 소리로 웃을 뻔했지만 기센의 눈동자 색을 보고는 표정이 굳었다. 기센의 눈동자에는 혼이 보이지 않았다. 혼백을 빼앗겼다. 그 순간 아센을 쳐다봤고 그의 차가운 시선과 마주치자 꼼짝할 수 없었다. 아센은 부적 한 장을 손에 쥐고 있었다. 양손으로

쥐고 있는 그것을 천천히 앞뒤로 찢었다.

꼭두각시가 되었다 한들 기센 따위 적수가 될 수 없다. 자신을 처리하고자 한다면 아센조차도 이제는 적이다. 아센을 베어내고 옥좌를 가지는 것도 나쁘지 않다고 외치려고 했을 때 등줄기에서 무언가가 빠져나가는 듯한 기분이 들었다. 등줄기를 따라 차가운 무언가가 꿈틀거리며 목덜미 쪽으로 기어 올라가더니 밖으로 빠져 나간다. 그와 동시에 몸이 무거워지는 것이 느껴지자 우코는 비명을 지르고 싶었다.

이 무게를 기억한다. 술 마신 다음 날, 머리에도 손과 발에도 솜이 꽉꽉 차 있는 것 같았다. 아센이 빈만을 붙여준 뒤로는 느껴본 적 없는 권태.

—가져갔다.

—감히 가져갔다. 내 빈만을!

공허한 눈을 하고 있는 기센은 박도를 스윽 뽑았다. 자세도 동작에도 조금의 빈틈이 없었다. 물 흐르듯 자연스럽고 시원하게 움직인다. 미련하고 풋내기와 다름없는 잡병이.

우코는 공포를 느끼며 칼자루에 손을 가져갔다. 떨리는 손이 칼자루를 잡으려다 놓쳤고 겨우 뽑아 든 검은 무거웠다. 우물쭈물 검을 빼는 동안 기센은 우코에게 가깝게 다가와 있었다. 온 힘을 실어 검을 휘둘렀지만 칼끝이 예전처럼 예리한 궤적을 그리지 못했다. 날이 무딘 검 끝에 기센은 없었다. 당황해하며 몸을 뒤로 뺐을 때 옆으로 접근한 기센이 박도를 크게 휘둘렀다.

그 칼끝은 예전에 우코의 검술이 그랬던 것처럼 예리하고 선명한 빛의 궤도를 그렸다.

눈 깜짝할 사이에 우코의 몸은 양단되었다.

기센은 정수리부터 옆구리까지 둘로 나뉜 시신을 내려다봤다. 아무것도 느껴지지 않았다. 별다른 감각 없이 피를 털어낸 뒤 대검을 검집에 집어넣자 옆에서 목소리가 들렸다.

"잘했다."

기센은 그 목소리를 들은 적이 있었다. 오랫동안 듣고 싶었던 목소리였고 그토록 바랐던 말이었다. 그 사실은 먹구름이·끼인 머리로도 알 수 있었다.

희미하게나마 기뻤기에 고개를 끄덕였다.

"남장으로 가 교소를 잡아라. 결코 죽이지 말아라."

새카만 어둠 속에서 목소리만이 빛처럼 쏟아져 내려온다.

기센은 고개를 끄덕였다. 어딘지 모르게 쓸쓸했다.

006

공행사가 마주로 가기 위해 홍기에서 출발한 다음 날, 슈쿠요에게 지시를 내리고 있던 아센에게 안색이 바뀐 다이키가 찾아왔다.

"교소 님이 어디에 계신지 알아냈다 들었습니다."

다이키는 소름이 돋은 표정을 짓고 있었다. 아센은 손짓으로 슈쿠요에게 물러가라 지시했다.

"그런 것 같더군. 지금 신병을 확보하러 가고 있지."

"서주사 중군의 공행사가 출격했다 들었습니다. 저에게 아무런 양해도 구하지 않고 주사를 움직인 건 어떤 연유십니까. 설명해주십시오."

기린의 특성상 전쟁을 싫어하기에 군 통수 자리를 맡길 수 없다. 그러므로 서주사는 결국 왕이 장악한다.

"긴급 상황이었다."

"촌각을 다투는 일이라는 건 알겠습니다만 처음부터 저에게 교소 님을 발견했다는 것조차 알려주지 않으셨습니다. 게다가 형식이라고는 하나 서주사를 움직이는 이상 주후인 저의 동의가 필요할 것입니다. 사전에 아무런 의논도 없이 마음대로 서주사를 움직이는 일은 삼가주십시오."

아센은 양 손가락 끝을 마주 대어 둥그런 공간을 만들었다.

"비상시다."

"교소 님을 모셔 올 필요가 있다는 건 저도 알고 있습니다. 오히려 모시러 가주십사 부탁드리고 싶은 건 저입니다. 그런데도 저를 무시하고 주사를 움직이신 건 어째서입니까. 저를 설득할 수 없는 이유라도 있으십니까? 그렇다면 간과할 수 없습니다."

손가락 사이로 엿보며 아센은 웃었다.

"간과할 수 없으면 어찌하라는 거지? 하늘에 애원해서 천의를 거두시라 할까? 아니면 사령에게 명령해 내 목을 치게 할까?"

다이키는 한숨을 쉬었다.

"저는 진지하게 말씀드리고 있습니다. 앞으로 멋대로 행동하는 건 삼가주십시오. 그리고 왜 제 주사를 대동하신 건지 납득되는 설명을 해주십시오."

"교소를 붙잡고 궁구를 섬멸한다."

"섬멸?"

"반민이다. 내버려둘 수 없다."

"반민은 아센 님께 불만이 있기에 들고일어났을 겁니다. 우선 무엇이 불만인지 귀를 기울이시는 건 어떻습니까. 조정에도 고쳐야 할 점이 있지 않겠습니까."

"섬멸해도 살아남는 자 정도는 있겠지. 그때 듣겠다."

다이키는 가만히 아센을 쳐다보며 한숨을 뱉었다.

"됐습니다."

발걸음을 돌려 떠나려고 했다.

"어디로 가는 거지?"

"아센 님이 멋대로 하시겠다면 저도 제가 해야만 하는 일을 할 따름입니다."

"게이토우에게 연락해 반민을 도우라 지시할 건가?"

다이키는 걸음을 멈췄다. 지극히 아무렇지 않은 얼굴로 뒤돌아 아센을 쳐다봤다.

"이럴 때를 대비해 게이토우를 문주로 보냈겠지. 게이토우는 아직 문주에 도착하지 않았지만 곧 도착할 거야. 도착하면 문주 후는 교체된다. 게이토우에게 지시를 내려 반민을 토벌하는 데 적당한 조치를 취하고 경우에 따라서는 지원을 하도록 한다는 게 네 생각이겠지."

아센은 또다시 손가락 사이로 쳐다봤다.

"게이토우는 너에게 가장 가깝고 신뢰할 수 있는 아군이었을 텐데. 굳이 곁에서 떨어뜨리고 눈이 닿지 않는 문주로 보낸 기개는 내 높이 사지. 하지만 게이토우가 과연 무사히 도착할 수 있을 거라 생각하는가?"

다이키의 안색이 바뀌었다. 창백해진 얼굴로 우뚝 멈춰 섰다.

아센은 옅게 비웃으며 손을 품에 넣었다. 한 장의 종이를, 아니 찢어져 두 장이 된 종이를 내보였다.

"부적이다. 이것과 목패가 한 쌍이지."

순간 의문스러운 듯 고개를 갸웃했던 다이키가 깜짝 놀라 숨을 삼켰다. 입이 벌어졌다.

"그 말은…… 무슨 의미인가요……."

힘을 주고 말하려 했지만 목소리가 떨리고 있었다.

"말 그대로다. 이건 게이토우가 홍기에서 출발할 때 찢었어. 게이토우가 가지고 있는 목패는 더이상 아무런 의미가 없지."

"……게이토우는 아센 님의 휘하입니다."

"휘하였다. 과거형으로 말해야겠지. 더이상 내 휘하도 아니야."

"행동을 삼가십시오! 천의가 떠나면 어찌하실 겁니까."

드물게 발끈하는 다이키의 모습을 보고 아센은 웃었다.

"모든 건 다 거짓이다."

낮은 목소리로 말하자 다이키는 입을 다물었다.

"나는 신왕이 아니다. 모든 것은 너의 간계지."

황당하다는 표정을 짓는 다이키를 보고 아센은 피식하고 쓴웃음을 지었다.

"단 한 번이라도 내가 믿었다고 생각했는가?"

아센은 단 한 번도 다이키가 말하는 '신왕 아센'을 믿지 않았다. 도를 잃은 자신을 누구보다도 잘 알고 있었기 때문이다. 천명이 내려진 왕으로부터 옥좌를 훔쳤다. 훔친 것을 지키기 위해 백성을 학살했다. 그런 자신에게 천명이 내려올 리 없다.

그 외에도 좀더 직접적인 근거가 있었다. 아센은 요마를 사역할 수 있다. 그리고 다이키의 주변에도 요마가 있었다. 그런데도 다이키는, 다이키의 사령은 그 사실을 눈치채지 못했고 다이키는 주위에 있는 요마를 항복시킨 낌새도 없었다.

아센은 고의로 다이키의 뿔을 잘랐다. 그렇게 하면 다이키가 지닌 기린의 능력은 봉인될 것이라고 로산이 말했기 때문이다. 그런 다이키가 과연 천명을 들을 수 있을까.

철두철미하게 다이키의 기만이다. 아센은 처음부터 알고 있었다.

아센이 그렇게 말하자 교소의 하복은 창백한 얼굴로 짧게 말했다.

"너무 지나친 생각이십니다."

아센은 낮게 웃었다. 기린치고는 담대하다. 역전의 병사처럼.

그날 아센이 칼을 들었을 때에는 그렇지 않았다. 연약한 아이로 보였다. 주변의 정성과 애정을 받으며 포근한 마음을 매우 소중하게 품은 아이로. 기린은 자비의 구현이라고들 한다. 과연 어린 기린다웠다. 순수하고 투명한 눈동자를 지니고 있었다. 아센이 검을 들어 올렸을 때 그를 쳐다보는 눈길마저도 투명했다.

아센은 그 눈동자를 용서할 수 없었다. 어린 기린은 그 눈동자로 교소를 선택했다. 순수하게 불순한 마음 하나 없이.

—구제불능이다.

기린에게도 기린 나름의 사욕과 사념이 있다고 생각할 수 있다면 얼마나 좋았을까. 하지만 그 어린 모습에는 사욕과 사념을 의심할 여지조차 없었다.

검을 내리쳤을 때 아센은 분명 살의를 품고 있었다. 간신히 남아 있던 이성이 검의 궤도를 바꿨고 뿔을 도려내는 것에 그쳤다. 비명을 듣고도 조금의 동정도 느끼지 않았다. 복수를 해냈다는 기쁨과 죽이지 못했다는 분함만을 느꼈다. 그리고 기린은 이 세계에서 사라졌다. 두 번 다시 그 눈동자를 보지 않아도 됐다.

그렇게 생각했는데 육 년이 지나 다이키는 돌아왔다. 지독하게 만만치 않은 적으로.

아센은 '신왕 아센'을 듣고 깜짝 놀랐다. 의표를 찔렸지만 믿지 않았다. 교소는 살아 있다. 두 명의 왕이 동시에 존재할 리가 없었고 게다가 로산이 한 말을 믿는다면 같은 성씨의 왕은 연이어 나올 수 없다. 뿔이 잘린 다이키가 천명을 들었다는 생각은 들지 않았고 더욱이 찬탈을 저지르고 백성을 학살한 자신에게 아무리 생각해도 천의가 내려올 리가 없었다. 그렇다면 이것은 다이키의 간계고 의도라는 생각이 바로 들었다.

그 의도란 무엇인가. 교소를 구하고 싶은 것인가? 하지만 교소는 백규궁에 없다. 아센조차 손을 댈 수 없는 교소를 구할 수 있다면 구하면 그만이다. 그것이 아니라면 백성을 구하고 싶은 걸까?

진의를 알고 싶어 아센은 다이키를 만났다. 다이키의 눈동자는 여전히 투명했지만 과거와 같은 분노는 느껴지지 않았다. 오히려 오랜만에 속에서 무언가가 꿈틀거리는 느낌이 들었다. 다이키라는 적을 얻게 되고 나서.

다이키의 진의가 무엇이든 상관없다. 무엇을 생각하고 꾸민 꾀인지 모르지만 할 수 있다면 해보면 그만이다. 교소를 구해보아라. 조운이 방해하는 것을 물리칠 수 있다면 어디 한번 해보아라.

자신을 뛰어넘어보라는 기분이었을지도 모른다.

아센은 다이키를 전혀 지원하지 않았다. 오히려 차섬을 풀어놓고 다이키의 아군을 빼앗으려 했다. 다이키가 투쟁하길 바랐다. 스스로의 힘으로 조운을 제거하고 교소를 구해 대국을 구하면 된다. 혼자 해내어라. 할 수 있다면.

조운이 다이키와 충돌했다는 사실은 알고 있었다. 아센은 곁에 꼭두각시만 두고 시중을 들게 한 뒤 왕궁 깊숙한 곳에 틀어박혀 정사를 일절 포기했다고 여겨진 듯했지만 조운 같은 놈들에게 모든 것을 맡길 정도로 어리석진 않았다. 조운과 육관장 주변에 첩자를 심어놓았고 그들이 무슨 생각을 하고 무엇을 하고 있는지 파악했다. 물론 다이키도 예외는 아니었다. 수하에게 움직임을 감시하라 해두었다. 다만 다이키는 아센의 상상 이상으로 신중했고 꿰뚫어 볼 틈 따위 주지 않았다.

"나를 신왕이라고 지명하고 스스로 백규궁에 돌아온 것은 영리한 수법이었다."

아센은 믿지 않았고 조운도 의심했던 듯했지만 결정적으로 부정할 증거는 없었다. 천계는 기린밖에 모른다. 주변에서는 그저 다이키의 선함을 믿고 그 말을 곧이곧대로 받아들일 수밖에 없다.

하지만 사태는 다이키가 바랐던 것처럼 움직이지 않았다. 초조해진 다이키는 육침에 잠입했다. 아센은 유쾌했다. 이 얼마나 대담한 기린이란 말인가. 다이키가 자신에게 일선에 나와 지휘를 하라고 했다. 아센에게는 그럴 마음이 없었다. 다이키의 행동에 어떤 후원이든 해주고 싶은 마음이 없었다.

어쩔 줄 몰랐던 다이키는 세이라이를 만나려고 했다. 대복이 세이라이를 구하려다가 실패하고 도주했다. 가장 큰 아군이 사라졌다. 이것도 즐거웠다. 다이키는 혼자다. 혼자 모든 걸 헤쳐 나가보아라.

하지만 다이키는 정말 자신의 진영을 쌓기 시작했다. 조운의 적개심을 물리치고 조용하지만 확실하게 조정의 분위기를 자신 쪽으로 끌어왔다. 백성을 구제하기 위해 움직였고 결과를 내기 시작했다. 여전히 조운과는 충돌했지만 서서히 유리해져갔다. 적이지만 매우 훌륭하다고 생각했다. 동시에 또다시 살의가 피어올랐다. 교소를 죽이고 다이키를 물리치겠다. 모든 것을 해치우겠다. 자신이 왕이라면 서약을 해보아라. 할 수 있다면.

다이키는 해냈다.

주저됐다. 다이키가 말하는 '신왕 아센'은 진실일까? 그럴 리 없다. 진실이라면 서약한 아센이 이렇게나 패배감을 느낄 리 없다. 모든 것은 다이키의 계략이다. 그러므로 다이키는 아센을 왕으로는 만들 수 없을 것이다. 아센이 계략에 넘어간다면 가장 곤란한 것은 다이키일 것이다. 그래서 다이키의 계략에 넘어가줬다. 처음부터 교소를 살려둘 마음 따위 없었고 다이키를 살려둘 작정도 아니었다. 아니다, 살려둬도 상관없다. 절망에 빠뜨리기 위해서라면.

아센은 평정을 가장하고 서 있는 다이키를 바라봤다.

절망으로 짓이겨지고 쓰러지는 모습이 보고 싶다. 바라는 것은 그뿐이다.

"교소를 선택한 네가 나쁘다. 너는 앞으로 그 사실을 후회하며 살아가게 될 거다.”

그제야 다이키의 얼굴에서 평정심이 사라졌다. 창백해진 얼굴, 투명한 눈에 당혹스러운 기색이 드리워졌다.

아센은 비웃었다.

“원망하고 싶으면 교소를 선택하게 한 하늘을 원망해라.”

아센은 하늘에 대한 복수를 맹세했다. 위왕이 옥좌를 훔치고 나라를 살리려고 하니 파탄에 이르고 만다. 하늘의 가호가 없기 때문이다. 하지만 나라를 없애려고 한다면 파탄은 일어나지 않는다. 모든 섭리는 아센의 편을 들 것이다.

같은 날 황포관으로 돌아온 다이키에게 왕사가 들이닥쳤다. 제일 앞에 서 있던 추관은 가케이에게 모반 혐의가 있다고 선언했다. 조운이 자백했다고 한다.

“그럴 리 없습니다.”

다이키는 강하게 호소했지만 일축당했다. 주재인 가케이는 물론 주육관장이 문초를 받기 위해 연행되었다.

“태보…….”

닫히는 입구를 준타쓰가 불안해하며 바라본다. 건물이 외부에서부터 봉쇄되려 하고 있었다.

“걱정하지 않아도 됩니다. 제 주변까지 건드릴 셈은 아닌 것 같거든요."

다이키는 냉정한 표정으로 말했지만 명백히 허세에 지나지 않았다. 주육관이 관청으로 사용해왔던 건물은 봉쇄되었고 황포관에서도 모든 관리의 모습이 사라졌다. 다이키에게 허락된 측근은 간초와 야리 그리고 준타쓰, 세 명뿐이었다. 그 누구도 당분간은 황포관뿐만 아니라 정원에서도 나오지 말라는 명령이 떨어졌다. 또 다른 모반을 경계하기 위함이라고 추관은 설명했지만 그 말에 일말의 진실이 없다는 것쯤은 충분히 알고 있었다.

22장

001

홍기에서 북상한 왕사 일군은 주경州境을 넘어 임우로 향하는 중이었다. 최근 문주는 날씨가 좋았지만 며칠 전부터 다시 맹렬한 추위가 찾아왔다. 모처럼 녹기 시작한 땅이 또다시 얼어붙었고 그 위로 눈발이 약하게 휘날렸다.

왕사가 북상하는 동안 규산 일행은 정식으로 세이시가 지휘하는 무리로 들어갔다. 그와 동시에 저강을 버리고 안복으로 후퇴했다. 저강을 떠나기 전, 광부와 드나들던 상인 등 도망칠 수 있는 자들은 가도를 경유해 승주로 보냈다. 안복에는 일부 화적과 기동성 좋은 부대만 남겨놓았고, 함양산에 있던 인부를 불러들여 대부분을 서최로 모이게 했다. 여전히 주사는 움직일 낌새가 보이지 않았다. 일군이 백랑 주변에 진을 쳤지만 거기에 그쳤다.

"행동을 개시할 때까지 얼마나 걸리겠는가?"

묵치의 주요 인물들이 몸채에 모여 있다. 매우 자연스럽게 묵치의 틀이 잡혔다. 그 중심에는 가장 많은 병졸을 거느린 소겐이 지휘하는 고탁 세력과 리사이가 통솔하는 임우 세력이 나란히 있다. 고탁 세력에는 소겐 휘하인 소겐 세력과 문주에서 흩어진 에이쇼군, 가신군의 생존자로 편성된 왕사 세력, 승주사에서 이탈한 승주 세력, 고탁에서 모은 협객과 반민, 고탁 계단의 사람들로 편성된 계단 세력 사군. 계단 세력은 전쟁이 익숙하지 않은 자가 많았지만 인원이 많고, 협객과 단법사 세력 중 무예가 뛰어난 사람이 있기에 얕잡아 볼 수 없었다. 한편, 임우 세력에는 리사이의 휘하인 리사이 세력, 규산이 이끄는 화적 세력과 전쟁이 익숙한 자들이 있는 한편 겐추를 중심으로 하는 백치와 협객 무리, 그리고 아문관 세력은 전력으로 삼기에는 부족해도 문주에 대한 정보가 압도적으로 많아 현지인만의 강점을 지니고 있었다. 전력을 가장 고루 갖추고 있는 것은 아센에게서 등을 돌린 유쇼 세력 삼려였다. 눈에 띄지 않도록 가도로 이동하며 모인 세력이 벌써 만 명을 넘으려고 하고 있다.

"저강을 포기한 걸 알고 저강까지 올라올지, 아니면 규산 일행이 서최에 모인 것을 알고 가교로 이동할지 모르겠군."

유쇼가 지도를 보며 말하자 소겐이 고개를 가로저었다.

"가교는 아닐 걸세. 가교와 용계는 이어져 있긴 하지만 왕사가 진군할 수 있을 만큼 폭이 넓지도 않고 산길에는 아직 눈이 남아 있어."

"또는 항급亢汲."

항급에서 풍택, 철위를 경유해 용계로.

"그건 더 아닐 거야. 서최는 두 방면에서 공격하지 않으면 의미가 없어. 세 방면에서 공격하는 게 이상적이긴 하지. 한쪽은 철위 방면에서 동쪽으로 진군하고 한쪽은 임우에서 북상하는 동시에 가교를 제압해두는 거야. 주사를 대동할 준비를 하고 있는 이상, 서쪽은 틀림없이 주사가 제압할 거라고 여겨도 문제없겠지. 백랑에서 철위를 거쳐 용계로. 그렇다면 왕사는 임우에서 저강을 향해 올라올 셈일 거야."

임우에는 이미 주사 일군이 주둔하고 있다. 왕사와 합류한다면 이군. 동쪽에서 이군, 백랑 방면에서 일군 또는 이군이 진군해 온다면 묵치를 궤멸시키는 것쯤은 어려운 일이 아니다.

"하지만 임우에 있는 주사는 우리를 지원하기 위해 파견된 군이었네. 병참을 움직이기 위해 주사가 와야 했지. 주에 있는 병참은 왕사를 직접 지원할 수 없으니 말이야."

주의 병참은 주사를 위해 존재하는 것이기에 왕사에게는 주의 병참에 명령할 권한이 없다. 형식상이라고는 하지만 주사의 손을 거치지 않으면 왕사에게 물자를 보급할 수도 없다. 이는 주사와 왕사가 대립할 수도 있기 때문에 당연한 규정이다. 그리고 왕사는 직접 지배하는 병참을 소유하지 않는다. 지방으로 병사를 이동시킬 때는 현지 주사의 협력을 구하는 것이 가장 큰 전제고, 주가 나라를 거역했을 때는 직접 병참을 세워가며 진군해야 한다.

게다가 유쇼는 조만간 함양산을 수색해야 했다. 수색을 돕기 위해 주사가 파견되었던 것이었지 애초에 화적을 공격할 예정은 없었다. 따라서 주사의 대부분이 공병이었고 공행사도 없었다. 기병도 최소한의 인원만 있었고 투석기도 가지고 있지 않았다.

"화적이 함양산을 점거했다는 정보가 없었네. 임우에 와서야 알았지. 그래서 화적을 무찌를 준비는 하지 않았던 거야."

요청을 받고 주사를 움직인 것은 홍기의 하관장, 즉 슈쿠요다. 하관은 규산이 함양산을 점거했다는 사실을 알지 못했다. 이 나라는 늘 그랬다. 부자연스럽게 항복한 문주후는 배신은 하지 않았지만 무용지물이 되었다. 슈쿠요는 불완전한 정보를 가지고 주사를 움직이라 요청했다.

"돈코를 통해 얻은 정보에 따르면 임우에 있는 주사는 슈쿠요가 예전에 파견했을 때와 똑같네. 머릿수는 꽤 되지만 적으로 보기에는 질이 떨어지지."

"그래도 주사네. 얕잡아 볼 수 없어."

"물론이야. 중요한 건 주사는 우리를 공격할 의사가 없다는 거야. 아센이 그럴 맘이더라도 주사에게까지 전달되진 않았어. 그렇지 않다면 임우에 있는 주사의 편성을 바꿨겠지. 그렇다면 백랑에서 대기하고 있는 군도 과시용일 가능성이 높아."

"위협할 뿐이지 실제로는 움직이지 않는다고……?"

유쇼는 고개를 끄덕였다.

"백랑과 임우, 두 곳에서 공격해 오는 것처럼 보이지만 실제로 움직이는 건 아마도 왕사뿐일 걸세. 그 말인 즉 묵치의 존재는 알려지지 않은 거지. 화적과 병졸 출신의 반민이 모인 정도로 인식하고 있을 거야. 오합지졸이니 일군으로 협박할 수 있다고 생각하는 거지."

"위협을 한다면 주사를 용계까지 진군시키는 편이 좋지 않은가."

"그렇게 되면 퇴로를 막는 꼴이 돼. 왕사의 목적은 함양산이야. 그곳을 점거하고 있는 게 오합지졸이라면 적은 정면에서 싸우고 싶지 않을 거야. 싸우면 당연히 이기겠지만 피해가 없지 않겠지. 그보다 한쪽에서는 공격하고 다른 쪽으로는 퇴로를 남겨서 도망칠 여지를 만들어주는 편이 효율이 좋네."

임우 방면에서 왕사의 공격을 받고 피해를 입으면 화적은 도망치려고 할 것이다. 하지만 백랑 방면에는 주사가 대기하고 있다. 도망칠 거라면 백랑에 있는 주사가 움직여 공격해 오기 전에 움직이지 않으면 퇴로는 없다.

"왕사가 임우에서 공격하며 치고 올라와. 동시에 백랑에 있는 주사는 움직이기 시작한다. 싸워도 승산은 없어. 주사가 철위를 넘기 전에 산에서 내려가지 않으면 도망칠 곳을 잃어. 서둘러 도망친다면 주사가 철위에 도착하기 전에 항급 방면으로 도망칠 수 있네. 그렇게 되면 도주하는 데 마음이 급해져서 빨리 저항하는 걸 포기할 가능성이 높아. 운이 따른다면 피 흘리지 않고 함양산을 탈환할 수 있지."

"그러하군."

"뒷일은 백랑 주사에게 맡기면 그만이야. 왕사는 함양산에 집중할 수 있지."

"그렇다면 우린 이 계략대로 도망가겠어. 소탕전은 벌어지겠지만 예전처럼 과격한 잔당 사냥은 하지 않겠지. 아센의 눈앞에 바로 옥좌가 있어. 이제 와서 도에 어긋난 주벌을 내릴 리 없고 즉위하고 나서 법에 따라 화적을 소탕하면 그만이니 서두를 필요도 없지."

소겐은 말하고 유쇼를 쳐다봤다.

"우리의 사명은 싸워 이기는 게 아니다. 최대한 전투를 피하고 병력을 온존하는 거지. 각지에서 모이고 있는 병력이 갖춰지면 문주성을 함락할 수 있어."

유쇼는 고개를 끄덕였다.

수일 후, 왕사는 임우에 도착했다. 진을 치기는 했지만 희한하게도 더이상 움직이지 않았다. 여전히 주사도 움직일 기미가 보이지 않는다.

"무슨 생각인 거지……?"

"규산 일행이 저강을 포기한 걸 아직 모르는 건가?"

"그럴 리 없어. 척후를 보내면 금방 알 수 있는 일이야."

저강이 비어 있다는 사실은 왕사도 알고 있을 터.

"그런데도 움직이지 않는다는 건…… 움직일 필요가 없다는 건가? 정말 그저 화적을 상대하려던 셈인 건가? 화적이 저강을 포기했으니 공격할 필요가 없다는 건가?"

"하지만 함양산은 포기하지 않았네. 적의 목적은 함양산이겠지."

"놈들의 체제가 어떻게 된 거지……."

대화를 나누고 있을 때 정원에 있는 방에서 조텐이 달려왔다.

"소겐 님, 청조가."

"홍기에서 온 건가?"

"모르겠습니다."

조텐은 검은 통을 내밀었다.

"리사이 님 앞으로 왔습니다."

"리사이에게? 어디서, 왜?"

조텐은 고개를 갸웃했다.

"모르겠습니다. 새는 고섭입니다. 범상치 않은 일인 것 같아서."

"고섭?"

기본적으로 귀인이 사용하는 새다. 수가 한정되어 있어 누구나 손에 넣을 수 있는 새가 아니다.

"고섭에 검은 죽통입니다. 이는 혹시……."

"겐칸?"

소겐은 실물을 본 적은 없다.

"리사이 님이 계시지 않아 소겐 님께."

소겐은 고개를 끄덕이고는 죽통을 쥐었다.

고섭의 다리에서 빼낸 얇고 검은 죽통. 소문으로만 들었던 겐칸이 바로 이것인가.

"모쿠유 님이 확인하셔야 될지도 모르지만……. 하지만 왜 리사이에게?"

죽통에서 얇게 말려 있는 종이를 꺼냈다. 군에서 사용하는 것과 동일한 뒤가 비칠 정도로 얇은 종이였고 독특하게 각이 진 글자가 촘촘하게 적혀 있었다. 받는 이는 틀림없이 리사이다. 더욱이 서신에는 아센군 중 기동력이 좋은 공행사 일양이 밀령을 받아 홍기를 떠났다고 적혀 있었다. 목적지는 마주 방면인 것 같다.

"마주? 어찌하여?"

설마 교소의 존재가 들통난 걸까. 하지만 아센은 아직 교소가 함양산을 탈출했다는 사실을 모를 터였다.

"주상을 쫓고 있다고밖에는……."

"그럴 리는 없지만 무시는 할 수 없지. 공행사 일양이라면 장비로도 주상 일행보다 훨씬 강해. 마주친다면 주상에게는 승산이 없어."

교소를 빼앗기고 최악의 경우 살해당한다.

"구하러 가야 합니다."

세이시가 말했지만 소겐은 동의할 수 없었다. 코앞에 아센군이 다가와 있다.

"지금 우리가 움직이면 추격당한다."

게다가 기동력이 없는 소겐 일행으로서는 도저히 교소를 따라잡을 수 없다.

"하지만 이대로 그냥 지나칠 수는 없습니다. 어찌되었든 추격자가 다가오고 있다는 사실만이라도 알려야 합니다."

"기수를 얼마나 준비할 수 있느냐."

"호요 님에게 부탁을 하더라도 지금 바로 준비할 수 있는 건 최대 열 마리입니다."

"열 마리로는 부족해. 상대는 일양 이십오 기수다. 주상을 지키려면 최소 배는 필요해."

"동원할 수 있는 만큼 최대한 모으고 나머지는 말로 편성할 수밖에 없습니다."

"말로 이동해서는 제때 맞출 수 없어. 어쩔 수 없다. 노련한 자들을 모아라. 최대한 빨리 주상을 쫓는다."

"그 정도의 인원이 한 번에 움직이면 눈에 띕니다. 특히 지금은."

"다소 눈에 띄는 건 어쩔 수 없다. 그보다도 주상의 안녕이 중요하다."

부대장으로 고카를 삼았다. 소겐 휘하의 사수이지만 기수를 데리고 있다. 마찬가지로 기수를 지닌 병졸을 중심으로 호요의 도움을 받아 그럭저럭 기수 열다섯 마리를 마련했다. 교소 일행을 따라잡을 수만 있다면 교소, 리사이와 함께 간 기수 열 마리와 합쳐 상대와 같은 수로 움직일 수 있다.

"열다섯 기수가 한 번에 움직이면 싫어도 눈에 띈다."

고카가 부하들에게 말했다.

"다섯 기수씩 나눠 마주로 간다. 주상께서는 가도를 따라 마주로 가고 계신다. 가도만 벗어나지 않으면 쫓을 수 있을 거다."

"문제는 임우에 있는 왕사다."

임우에 포진하고 있는 왕사는 아직 움직이지 않았다. 뿐만 아니라 출격 준비를 마치고 백랑 근교에 포진하고 있던 주사도 여전히 움직일 낌새가 없었다.

"어쩌려는 걸까요. 뭔가를 기다리고 있는 걸까요."

세이시의 물음에 대답하지 못하고 소겐은 그저 고개를 갸웃거렸다.

"설마, 원군을 기다리는 걸까요? 홍기에서?"

홍기 근교에 잠복하고 있는 아군으로부터 군이 움직인다는 정보는 없었다.

"또는 승주일지도 모른다. 그렇다면……."

소겐은 하던 말을 멈추고 입술을 살짝 깨물었다. 아센은 이쪽의 병력을 어림잡던 셈을 바꾼 것이다. 당초에 생각했던 것보다도 많다고 판단했다.

"우리가 항복했다는 사실이 알려진 것일 수도."

유쇼가 말했다.

"마주로 간 공행사는 역시 주상을 쫓으러 갔다고 봐야겠지. 주상이 함양산에서 탈출해 서쪽으로 도망쳤다는 사실을 들킨 거야. 그렇다면 우코겠지. 놈이 홍기에 도착한 거야."

"그런 일이……."

세이시의 얼굴이 어두워졌다. 소겐이 작게 신음했다.

"그렇다면 왕사는 함양산을 공격하기 위해 온 게 아닐 거야."

소겐의 말을 듣고 유쇼는 깜짝 놀라 고개를 끄덕였다.

"그래. 녀석들은 마주로 간 공행사를 지원하기 위해 온 거야."

소겐은 동의했다.

공행사가 교소를 따라잡은 뒤 포획한다면 그대로 홍기로 연행할 수 있을까. 만에 하나 도망치면 일이 커진다.

"발이 빠른 공행사를 사용한 건 주상을 따라잡기 위해서야. 수색하고 붙잡기 위해. 하지만 붙잡은 주상을 홍기로 연행하려면 공행사만으로는 부족해. 예전에 실제로 그 이상의 인원이 리사이를 놓친 적이 있지. 아센은 그 일을 잊지 않았을 거야. 마주에서 붙잡은 주상을 확실하게 인질로 잡기 위해서는 마주사의 힘을 빌리면 되는데, 어떻게 해서라도 마주에서 홍기까지 데리고 와야 해."

"그러기 위해 왕사가 와 있다는 건가."

"백랑에는 주사가 대기하고 있고 임우에는 왕사가 있지. 마주사가 주경까지 호송하고 주경부터는 문주사가 임우까지 보낸 뒤 왕사가 임우에서 신변을 인수받아 서주로 후퇴하는 거야. 주사가 움직이기 시작하면 주상께서 붙잡혔다는 증거야."

소겐은 깜짝 놀라 고개를 들었다.

"지금 바로 누가 고카를 쫓아가라."

"왜 그러나."

"마주다. 공행사만이 아니야. 틀림없이 마주사가 움직이고 있어."

남장을 떠난 지 닷새, 리사이 일행의 눈앞으로 마주의 경계를 이루는 가파른 산이 보였다. 가도를 따라 계속 올라가면 나오는 제일 마지막 산이 눈앞에 있는 고갯길이었다. 일찌감치 산기슭에서 숙소를 잡고 다음 날 아침 문이 열림과 동시에 마을을 떠났다. 고갯길을 넘으려면 하루가 걸리고, 고갯길을 넘어 마주로 진입해 깊은 산을 내려가면 다음 마을이 나온다. 그곳에서부터 문주에 있던 산보다 더 가파른 산간 지방을 빠져나가는 데 수일이 걸린다. 그곳만 빠져나가면 드디어 강주로 가는 가도로 진입할 수 있다.

"보는 눈만 없다면 사흘도 걸리지 않겠지만……."

리사이가 작게 말하는 소리에 호토가 동의했다.

"주변이 이렇게 조용한 걸 보면 아마도 오고 가는 사람은 많지 않을 겁니다. 나무도 우거져 있으니 나무 사이를 날아갈 수도 있습니다."

나무 사이로 빠져나간다면 기수의 능력을 반도 발휘할 수 없지만 그래도 걸어가는 것보다는 훨씬 빠르고 누군가의 눈에 띌 위험도 줄어든다. 리사이는 이에 동의하고 입구에서 나온 뒤 얼마간은 가도를 따라 걷다 주변의 시선이 없는 것을 확인하고는 숲으로 들어갔다. 선두로 가는 오코가 때로 나무 위로 날아올라 방향을 확인했다. 그렇게 세 번 반복하던 오코가 고개를 바로 앞에 두고 숲속으로 날아들었다. 범상치 않은 낌새를 느낀 리사이가 서둘러 다가갔다.

"왜 그러느냐."

"기마 그림자가 보입니다. 산기슭에서 올라오고 있습니다."

"말인가?"

"기수입니다. 날고 있지는 않지만 아마도 공행사 일양 정도 될 듯합니다."

말도 안 된다고 리사이는 입속으로 중얼거렸다.

"설마…… 우리를 쫓아온 건가?"

그럴 리 없다고 교시가 당황해하며 말했다.

"주상께서 이곳에 계신다는 걸 알 리가 없습니다."

"하지만……."

리사이는 교소를 쳐다봤다.

교소는 고개를 끄덕였다.

"공행사라면 우리를 쫓아왔다고 생각하는 게 타당하겠지."

리사이는 어째서냐고 따질 뻔했지만 쫓고 있다면 답은 하나뿐이었다. 어딘가에서 교소를 또는 리사이 일행의 정체를 알아본 자가 있었던 것이다. 추격자가 여기까지 왔다면 어제오늘 이야기는 아닐 것이다.

"넘어가버리죠."

호토가 소리를 높였다.

"고개 반대편 산이 더 깊습니다. 능선은 복잡하지만 골짜기도 깊어요. 수음樹陰도 더 짙으니 저희가 유리합니다."

리사이는 출발하자고 재촉했다.

"서둘러라. 떨어지지 말고 서로를 놓치지 않도록."

리사이의 의견을 수렴해 오코는 다시 기순을 몰아 날아올랐다. 거목을 따라 올라가듯 상승해 꼭대기 근처를 날며 뒤를 쳐다봤다. 숲속에서 달려오는 무리가 있었다. 규모는 역시나 어림잡아 일양이다. 거리는 좁혀지지 않았지만 명백히 따라오고 있는 낌새다.

—우리가 어디에 있는지 알고 있는 걸까.

움직이는 방향을 확인한 뒤 오코는 미간을 살짝 찌푸렸다. 올라오는 무리 주변으로 순간순간 검은 그림자가 보였다. 마치 무리를 좌우에서 쫓듯 달리는 여러 그림자. 요수인 것 같았고 때로 그중 한 마리가 무리에 가까워졌다 멀어졌다를 반복하고 있었다.

—무언가에 쫓기고 있는 걸까?

생각하고 있을 때 무리에서 기수 한 마리가 상공으로 날아오르는 것이 보였다. 서둘러 하강해 달려가고 있는 리사이 옆으로 내려왔다.

"뭔가 상태가 이상합니다."

"이상하다?"

리사이가 되묻자 바로 옆 수풀에서 소리가 들렸다. 오코는 곧바로 소리가 난 쪽을 향해 창을 겨누었다. 수풀에서 튀어나온 것은 토끼였다. 적갈색에 하얀 반점이 있는 토끼가 오코 앞을 가로질러 지나가다 도중에 갑자기 날카로운 소리로 울며 무언가에 맞은 듯 고꾸라졌다. 순간 오코는 화살인가 싶어 그 자리에서 도약했다. 나뭇가지가 무성한 곳까지 날아오르자 나무 아래로 속도를 높여가며 달려오는 검은 그림자가 보였다.

—개?

검은 개처럼 보였다. 크고 사나운 개. 개는 토끼 옆으로 달려가 쓰러진 토끼를 무시하고 땅을 박찼다. 리사이 쪽을 향해 도약한 개의 주둥이가 찢어지듯 쩍 벌어졌다. 마치 머리가 입이라도 된 듯.

—요마.

생각이 든 찰나의 순간, 오코는 창을 쥐고 급강하했다. 동시에 히엔이 재빠르게 날아올라 피했다. 몸을 낮추고 위협하듯 짖자 검은 개처럼 보이는 요마가 달려왔다. 크게 입을 벌린 머리에 오코가 창을 내리꽂았다. 위 주둥이는 물론 아래 주둥이까지 뚫은 창이 요마를 땅에 박았다. 오코는 곧바로 창을 뽑아 땅으로 내려왔다.

"기기饑饑인가."

리사이가 말했을 때 또 다른 검은 그림자가 튀어나왔다. 히엔을 공격하려다 히엔이 피하자 허공을 문 검은 그림자는 곧바로 몸을 돌려 반대로 내달렸다. 달리던 기기는 토끼의 시체를 걷어차 올렸다. 아니다. 작은 요마였다. 토끼처럼 보이는 작은 요마에게는 새처럼 부리가 있었다. 짓눌린 듯 납작한 부리, 뱀 같은 비늘을 가진 긴 꼬리, 토끼가 아니다. 구여犰狳다. 자그마한 요마지만 이 요마는 다른 요마를 부른다. 겁쟁이라 바로 비명을 지르며 도망치고 쫓아가면 죽은 척을 하는데 비명으로 요마를 불러 모은다. 요마가 공격한 시체를 찾아다니는 질 나쁜 잔챙이다.

구여를 처리하지 않으면 요마를 계속 부른다.

오코는 토끼처럼 보이는 작은 요마를 쫓아갔지만 작고 민첩해 창으로는 따라잡을 수 없었다. 화살을 가져와야 했다고 후회하는 것도 잠시, 뒤에서 사람의 비명 소리가 짧게 들렸다. 뒤돌아 보니 기기가 기로의 다리를 물고 있었다.

"누가 구여를 쫓아라!"

오코는 소리를 치며 서둘러 기슌을 몰았다. 오코가 창을 겨누기 전에 기로에게 달라붙어 있던 기기가 떨어져나갔다. 기로의 왼쪽 다리가 무릎 아래로 사라졌다. 기로는 소리도 없이 기수에서 미끄러져 떨어졌고 공중에 붉은 피를 흩날렸다.

기슌은 달렸다. 기기가 크게 입을 벌리자 물고 있던 기로의 다리가 떨어졌다. 으아앙 하고 갓난아이 같은 소리를 내며 자세를 잡은 기기의 입으로 오코의 창이 관통했다. 창을 털어 기기의 사체를 떨어뜨린 뒤 기로에게 다가갔지만 오코가 도착하기 전에 다른 기기가 공격하고 있었다. 상체를 일으킨 기로의 어깻죽지를 기기가 물어뜯었다. 쩍 벌린 입을 다물자 기로의 팔이 사라졌다. 목덜미와 가슴 한쪽도. 공포로 눈을 휘둥그레 뜬 기로의 눈이 뒤로 넘어가며 몸이 젖혀졌다. 남겨진 팔만이 날아올랐고 주변에 선혈이 뿜어졌다.

기로를 공격하고 도약한 기기는 오코가 창으로 뚫기 전에 두 동강 나 떨어졌다. 그곳에는 분노로 인해 표정이 바뀐, 창백하게 질린 리사이가 있었다. 기로의 이름을 외치며 시신을 바라보는 리사이를 확인하고 오코는 기슌의 방향을 틀었다. 구여는 어떻게 되었는가. 그걸 쓰러뜨리지 않으면 끝이 없다.

키익 하고 날카로운 소리가 들렸다.

소리가 난 쪽을 쳐다보자 새까만 추우가 귀여운 작은 동물처럼 울던 요마를 턱으로 물어뜯어 집어삼키고 있었다.

추우에 타고 있던 주인은 오코의 시선을 알아차리고는 고개를 끄덕였다. 곧바로 다른 검은 그림자를 향해 달려갔다.

비명을 듣고 모인 기기는 여덟 마리 정도였다. 세 마리를 쓰러뜨리고 오코가 네 마리째와 대치하고 있을 때 돌연 기슌이 방향을 틀었다. 날아오른 등 뒤로 창이 내리꽂혔다. 깜짝 놀라 쳐다보자 멀리서 기수를 탄 병졸이 몰려들고 있었다.

—이 거리에서.

창을 던져 맞히기에는 어려운 거리였다. 애초에 던진 창이 위력을 잃지 않고 땅에 내리꽂힐 수 있는 거리가 아니다. 상공에서 날아온 건가 싶었지만 머리 위로 기수는 보이지 않았다. 틀림없이 뒤에서 던졌다.

말도 안 되는 실력이라고 여기던 그때 문득 따라잡혔다는 생각이 들었다. 기기 때문에 발이 묶여 있는 동안 따라잡혔다. 곧바로 오코는 서둘러 기슌을 몰았다. 유달리 큰 기수 옆에 달려가서 말했다.

"도망치십시오. 이곳은 저희들이 맡겠습니다."

교소에게 말하고 가까이에 있던 리사이에게 말을 걸었다.

"리사이 님도. 교소 님을 지켜주십시오. 부탁드립니다."

리사이는 순간 망설이는 듯 시선을 굴렸지만 이내 고개를 끄덕였다.

"교시, 도시, 먼저 가게."

리사이가 말하고 스스로 교소 옆으로 히엔을 몰았다. 그러면서 얼굴이 새파래진 교시와 뒤에 호토를 태운 도시를 재촉했다. 교소는 움직이지 않고 있다. 리사이와 함께 뒤를 지킬 셈이다. 달려든 기기를 베어 쓰러뜨리고 날아온 화살을 피했다. 아직 거리는 벌어져 있다. 충분히 피할 수 있다. 거리가 좁혀지기 전에 도망치지 않으면 화살은 골치 아파진다.

머리를 굴리며 교소를 쳐다보자 교소는 무슨 생각을 하고 있는지 알겠다는 듯 고개를 끄덕였다. 교시와 도시를 내쫓듯 라고의 방향을 틀어 달리기 시작했다.

"기로였지……."

리사이가 나란히 섰을 때 교소가 낮은 목소리로 말했다.

"……네. 원통합니다."

이 상황에서는 시신을 묻어줄 수도 없다.

—벌판에서 죽어 나뒹구니 이제 까마귀에게 먹히는 일만 남았네

무슨 일이 있어도 교소만은 지켜야 한다. 끝까지 지켜내 대국에서 탈출시켜야 한다.

생각한 순간 옆에 있는 나무 그림자 속에서 사람이 튀어나왔다. 속도가 너무 빨라 리사이는 미처 반응할 수 없었다. 반응한 것은 히엔이었다. 히엔이 뛰어올라 일격을 피했다. 허공을 가른 상대에게 그저 훌륭하다고밖에 표현할 수 없는 실력으로 교소가 검을 휘둘렀지만 놀랍게도 상대는 아슬아슬하게 피했다. 몸을 비틀어가며 공격을 피한 상대는 곧바로 교소에게 칼을 들이댔다. 틀림없이 팔을 노렸지만 라고가 크게 뛰어 피했다. 리사이는 검을 겨누었다. 상대의 어깨를 찔렀다고 생각했지만 리사이의 검은 상대의 검과 맞물렸다. 끼긱 하고 금속과 금속이 맞붙는 소리가 났고 이내 팔이 저렸다. 곧 검이 튕겨 들어 올려졌다. 한 손으로는 되밀칠 만큼의 힘이 들어가지 않는다.

—빌어먹을.

욕설을 퍼붓고 있을 때 놀랄 정도로 빠른 속도로 찌르기가 들어왔다. 피할 수 없다고 생각했지만 다가온 검은 측면에서 맞아 떨어졌다. 교소다. 리사이를 향해 들어온 찌르기도 빨랐지만 그것을 쳐서 떨어뜨린 교소도 빨랐다. 감탄하며 리사이는 자세가 무너진 상대를 베어내려고 했다. 자객은 몸을 젖혀 피했지만 뒤에는 교소의 일격이 기다리고 있었다. 자객은 단말마의 비명을 지르며 기수에서 굴러떨어졌다. 시야 끝에서 그 모습을 확인하고 히엔을 빨리 앞으로 몰았다.

—방금 그놈은 도대체 어떤 놈이지.

리사이는 다시금 몸이 떨렸다. 교소가 없었다면, 둘이서 상대하지 않았다면 이기지 못했을지도 모른다.

"무사한가."

나란히 달리고 있는 교소의 물음에 리사이는 딱딱한 미소로 대답했다.

"덕분입니다."

다행히 주변에는 더이상 적도 기기도 보이지 않았다. 오로지 나무 아래를 누비며 기수를 몰아 언덕길을 올라갔다. 능선을 넘어가면 주변은 내리막길이다. 주경을 넘어온 것이다. 수음이 짙은 언덕을 멀리 바라본 뒤 리사이는 전방으로 도망치는 교시와 도시의 모습을 파악했다.

"기기만 나타나지 않았더라면……."

따라잡힐 일이 없었을지 모르고 나아가 기로도 죽지 않았을 것이다. 기로와 고탁에서 만났던 순간이 뇌리를 스쳤다. 그 혼잡함 속에서 히엔을 발견하고 소겐을 만나게 해주었다. 안복 전투 때에는 서둘러 달려와주었다. 그랬는데.

"마치 요마가 저희의 발목을 붙잡은 것 같습니다."

리사이는 이를 갈았다. 이렇게 운이 나쁠 수 있단 말인가. 우연히 구여를 만나고 구여가 불러낸 기기의 공격을 받았다. 기기를 쓰러뜨리는 동안 적에게 따라잡혔다. 게다가 적의 기량은 비범했다.

"도대체 정체가 무엇일까요."

"아센의 휘하였던 것 같다."

"아센의?"

리사이는 히엔을 서둘러 몰며 다시 질문했다.

"그렇게 솜씨가 뛰어난 자가 있었단 말입니까."

리사이의 기억에는 없었다. 아센군 중에도 실력이 괜찮은 자는 있었지만 그렇게까지 강한 자로 짐작 가는 인물은 없었다.

"우코."

리사이는 중얼거렸다. 그러고 보니 그날 우코와 그의 일행의 실력이 범상치 않았다고 하지 않았던가. 교소조차 쓰러뜨린 실력이었다.

"우코는 아니다. 그의 일행도 아니겠지. 갑옷이 다르다."

자갑이라고 했던가. 붉은 갑옷을 입은 무리라는 소문이 있었다.

"자갑이든 좀 전의 그 녀석이든 그 정도로 특출 난 자가 아센의 휘하에."

"있었던 기억은 없다. 빈만을 씌운 건가."

설마 하고 리사이는 입이 벌어졌다.

빈만은 옛 싸움터에 나타난다는 요마이다. 사람에게 빙의해서 사람을 공격한다고 한다. 그렇게 생각하면 오싹할 정도로 실력이 뛰어난 것도, 그 정도의 실력을 지닌 사람이 짐작이 가지 않는 것도 분명 설명이 된다. 하지만…….

"굶주린 이리처럼 흉포해져서 닥치는 대로 사람을 죽인다고 들은 적이 있습니다. 실제로 그들이 흉포하기는 합니다만……."

군에 소속되어 있고 규율에 따라 행동하고 있다. 요마에게 빙의되고도 그 상태로 있을 수 있단 말인가.

"길들인 거겠지."

"하오나 그렇다면, 그렇다면 다이키가 힘을 빌려줬다는 의미가 됩니다!"

길들여진 요마는 기린이 종복으로 굴복시킨 사령이라고밖에 생각할 수 없다.

"그건 아니다."

교소는 단칼에 부정했다.

"나를 공격한 녀석들도 그랬다. 우코가 그 정도로 솜씨가 좋았던 기억은 없어. 오히려 보통 이하의 실력이었다. 그런데 갑자기 기겁할 정도의 기량을 가진 놈이 되었어. 구체적인 방법은 모르지만 아센은 요마를 사역하고 있다."

"그럴 리가 있겠습니까."

"그렇게 생각하는 게 좋을 거다. 아센은 요마를 사역할 수 있고 애초에 그것을 전제로 역모를 저지른 것이다."

교소는 이해할 수 없는 말을 했다.

"그렇다면 로산이 아센에게 가담하고 있다는 이야기겠지."

"그 말씀은……?"

무슨 의미냐고 리사이가 묻고자 했을 때 또 다른 적이 나타났다.

002

오코의 어깨가 숨으로 들썩였다. 불쾌한 땀이 스며 나와 창이 미끄럽다. 체력 소모가 심했다.

―어째서 이렇게 강한 자가.

쫓아온 왕사와 대치하고 있는 오코는 매우 혼란스러웠다. 낯선 병졸이거나 어디선가 본 듯한 병졸 등 그저 어중이떠중이로밖에 보이지 않는데 실력은 오한이 들 정도로 뛰어나다. 이렇게까지 실력이 뛰어나다면 반드시 소문이 났을 것이다. 그런데도 오코는 공격해 오는 적 중 단 한 명도 떠오르는 이름이 없었다.

―진정하자. 집중하자.

잡생각을 하면서 맞설 수 있는 상대가 아니다. 조금 전부터 이길 수 없을 것 같은 예감이 들었다. 기어코 죽게 될 거라는 사념이 뇌리에 자리 잡았고 땀이 폭포처럼 주르륵 흐르며 소름이 돋고 전율이 멈추지 않았다. 가까스로 도망칠 수 있는 것은 기순이 침착함을 잃지 않아줬기 때문이다. 기순은 적의 기량 따위 신경 쓰지 않는다. 따라서 쓸데없이 초조해하지 않는다.

—기수다.

타고 있는 자는 비범해도 기수는 그렇지 않다는 사실을 깨달았다. 들어오는 예리한 일격을 기적적으로 피하고 상대를 노리는 척하며 겨눈 창으로 곧바로 기수를 찔렀다. 균형을 잃은 짐승을 향해 한 번 더 공격하자 역시나 타고 있던 병졸이 떨어졌고 몸부림치는 기수가 밑으로 떨어진 적을 짓밟았다. 빌린 기수인지 태우고 있는 자에 대한 충성심이 없었다.

일어난 적을 찔렀다. 날뛰는 기수가 적을 밀어 넘어뜨렸다. 오코는 박힌 창을 뽑으며 서둘러 기순을 몰았다. 시선 끝으로 곤경에 처해 있는 동료가 보였다. 적이 동료에게 일격을 휘날리기 전 적의 기수를 관통했다. 포효하며 펄쩍 뛰어 뒤로 물러난 기수는 오코의 손에서 창을 낚아챘다. 곧바로 검을 뽑아 동료에게 뛰어 다가갔다.

“무사한가.”

"그럭저럭."

"기수를 노리게."

짧은 대화를 나누고 기슌을 몰았다. 부상을 입은 기수를 쫓으려고 했을 때 측면에서 기기가 뛰어들었다. 재빨리 기슌의 등에 바짝 몸을 낮추자 기기가 스치듯 지나갔다. 오코의 위에서 허공을 깨문 기기는 옆으로 내려왔다. 방향을 바꿔 또다시 공격해 올까 싶어 오코는 자세를 잡았지만 기기는 무슨 생각인지 그대로 내달렸다. 기기가 향하는 끝에는 땅에 박힌 창을 뽑으려던 적이 있었다. 기기가 달음질치고 지나간 곳에는 머리가 없는 몸통만이 남았다.

—공격받는 건 적도 마찬가지인가.

오코는 그 사실에 살짝 놀랐고 스스로가 어느 순간부터 적이 기기를 부리고 있다고 생각했다는 사실을 깨달았다. 하지만 요마를 사역할 방법 따위는 없고, 설령 있다 하더라도 들개를 먹이로 유인하는 정도밖에 할 수 없으리라. 멀리서 본 광경이 떠올랐다. 오코 일행을 쫓아 언덕을 올라오는 무리와 그것을 둘러싼 검은 그림자. 그중에 하나가 무리에 다가갔다가 쫓겨났다. 당연한 일이다. 기기는 구여가 불러낸 것이기에.

—그렇다면 구여가 여기에 나타난 것은 우연인가?

고작 그 짧은 시간 동안 이렇게 많은 기기를 불러 모을 수 있을까. 설령 때마침 근처에 기기 무리가 있었다 한들 지나치게 상황이 딱 들어맞지 않는가. 구여야말로 적이 부리고 있었던 걸지도 모른다. 불가능한 일은 아닐 것이다. 아센은 이력을 사용해 함양산을 무너뜨렸었다.

구여의 숨통을 끊어놔서 다행이라는 생각이 들면서 머릿속이 오싹하게 번뜩였다.

—구여가 또 없다고 어떻게 장담하지?

주변을 둘러보니 아군 여러 명이 사라졌다. 적도 줄었지만 그 이상으로 아군이 줄고 있다. 가능한 한 발목을 붙잡아 교소를 도망치게 해야 한다. 그런데 여기에 새로운 요마가 나타난다면 이 자리에서 버티는 것조차 장담할 수 없다.

이런저런 생각을 하고 있을 때 상공에서 날갯소리가 들렸다. 깜짝 놀라 올려다본 순간 덤불 속에서 기기가 뛰쳐나왔다. 피하기에는 늦었다. 아니, 정확하게 말하자면 움직이는 게 너무 빠르다. 창을 사이에 두고 움직이려고 했지만 오코의 손에는 칼뿐이었다. 움직인 손을 다시 몸으로 가져올 때까지 찰나의 순간.

—기슌, 부탁한다.

기수가 스스로 피해줄까. 그렇게 기도한 순간 상공에서 내려온 창이 기기를 관통했다. 올려다본 시선 너머로 떨어지는 조약돌처럼 내려오는 그림자가 보였다. 무사하냐며 묻는 목소리가 들렸다.

고카의 목소리였다.

고카는 땅으로 내려와 창을 뽑았다. 이곳까지 앞뒤 가리지 않고 날아왔다. 주변의 이목도, 동료가 뒤처지는 것도 개의치 않고 그저 기수를 황급히 몰았다. 서최를 떠날 때는 열다섯 명이었지만 갓난아기 같은 이상한 소리를 듣고 이곳에 다다랐을 때는 주변에 반 정도만 남아 있었다.

그래도 늦지 않았다. 적어도 오코를 구했다.

"주상께서는."

"먼저 가셨다."

고카는 고개를 끄덕였다. 교소를 피신시키고 이곳에 남아 있던 것인가. 적과 요마가 뒤섞인 전장 곳곳에 시체가 굴러다녔고 피가 튀었다.

재빨리 상황을 확인하는 고카에게 오코가 말했다.

"적은 비범해. 하지만 기수는 그렇지 않아."

오코가 하려는 말이 뭔지 알겠다는 듯 끄덕였다.

숲속에 드리워진 나무 그림자는 짙었고 노을은 숲을 물들이듯 스며들기 시작했다.

리사이는 히엔을 서둘러 몰며 주변을 둘러봤다. 어딘가에서 수많은 사람이 내는 소리가 들린다. 희미하게 들리는 말의 높은 울음소리와 억누른 목소리. 수가 많다. 무성한 나무가 늘어져 있으니 운이 좋은 걸까. 이런 환경이라면 화살은 무용지물일 것이다. 다만 리사이의 움직임도 제한된다. 뛰면 관목에서 소리가 난다. 날고 싶었지만 상대가 다수라면 분명 나뭇가지 틈으로 화살을 조준하고 있을 것이다.

호토와 같이 탄 도시는 속도가 느리다. 자연스럽게 도시의 기수를 둘러싸는 대열이 되었다. 확실히 보이지는 않았지만 많은 인원이 쫓아온다는 것을 알 수 있었다. 말을 타든 걷든 리사이 일행을 바싹 뒤따라오기는 어려울 테니 그만큼의 숫자가 되는 병졸이 넓게 주변을 둘러싸고 있다고 여겨야 할 것이다.

달리더라도 따돌릴 수 없다. 교소만 보내야 할까.

아니면 리사이만이라도 따라가야 할까. 하지만 그러면 교시와 호토를 적 한가운데 두고 떠나는 꼴이 된다. 그렇게는 할 수 없다. 하고 싶지 않았다.

필요하다면 그렇게 해야 한다고 머릿속에서 냉철한 리사이가 말한다. 지켜야 할 것은 교소다.

―하지만.

"쓸데없는 생각은 하지 말아라."

갑자기 옆에서 목소리가 들렸다. 정신이 번쩍 들어 쳐다보자 교소가 뒤돌아 리사이를 쳐다보고 있었다.

"곧 오코가 따라올 것이다."

교소가 진정 그렇게 믿고 있는지는 알 수 없었다. 하지만 언뜻 낙관적인 교소의 말은 교시와 호토 일행을 두고 떠난다는 선택지는 없다고 알리고 있었다. 오코 일행이 쫓아오리라 믿고 이대로 간다. 그것 말고 다른 방법은 없고 선택하지도 않는다.

"먼저 가십시오."

돌연 호토의 목소리가 들렸다. 호토는 어느새 뽑아 든 박도를 양손으로 꽉 쥐고 있었다.

"저희는 괜찮습니다. 주상의 말씀대로 곧 오코 님이 올 겁니다."

호토는 쾌활하게 말하려고 했지만 목소리는 떨렸다.

"저희와 교시가 이대로 전진할 테니 두 분은 가능한 한 조용히 이곳에서 멀어지세요."

리사이가 쳐다보자 도시도 교시도 뒤돌아 고개를 끄덕였다.

"부디……."

호토의 말을 교소가 손짓으로 막았다. 뒤에 있는 하늘을 흘끗 쳐다본다. 아직은 밝은 하늘을 배경으로 기수의 까만 그림자가 화살처럼 쏟아져 내려오고 있었다.

—오코인가, 아니면…….

검은 그림자는 자세를 잡은 리사이를 노리고 돌진해 왔다. 리사이는 피할 수 없었다. 이번에도 피한 것은 히엔이었다. 히엔은 교소보다도 먼저 무언가 접근해 오는 기척을 느끼고 있었다. 망설이느라 정신이 팔린 리사이보다 먼저 움직였다. 까만 그림자는 땅으로 내려갔다. 그리고 바로 도약해 또다시 리사이를 향해 돌진했다. 측면으로 뛰어 피하려고 했지만 히엔은 오히려 날아올랐다. 상대의 참격이 히엔의 다리를 스쳤다. 그와 동시에 리사이가 원래 피하려 했던 곳으로 투창이 계속 날아와 꽂혔다.

"히엔."

미리 알아차리고 도망친 건가. 하지만 그로 인해 히엔이 상대의 참격에 당했다. 교소 옆에 내려선 다리는 휘청거리진 않았지만 희미하게 피 냄새를 풍겼다. 몸을 획 돌린 히엔은 그 자리에 멈춰 섰다. 이를 알아차리고 자세를 잡은 리사이의 가슴팍에 다음 참격이 들어왔다. 공격을 겨우겨우 받아낸 리사이는 옆으로 뛰었다. 뛰어간 곳에서 여러 사람이 튀어 나왔다. 도망치려고 하지만 다 피할 수 없다. 리사이의 얼굴에 창끝이 스쳐 지나갔다. 동시에 옆에 있던 교소가 사라졌다. 추우가 크게 도약한 자리로 양옆에서 창이 날아왔다. 한쪽은 교소가 베어 넘겼다. 또 다른 하나를 리사이가 쳐서 떨어뜨리려고 했지만 실패했다. 공중을 가로지른 창은 계속 날아가 교시가 타고 있는 기수의 다리를 도려냈다.

크게 발을 구른 기수의 등에서 교시가 떨어지는 게 보였다. 리사이는 바로 달려가려고 하다 자신이 교소의 진로를 가로질렀다는 사실을 깨달았다. 추우가 짧게 으르렁거리며 방향을 틀었고 방향을 튼 곳에는 석궁을 쥔 병사가 있었다.

핏기가 싸악 가셨다.

추우는 공중에서 몸부림쳤다. 추우의 긴 꼬리가 석궁을 쏘려는 병사를 쳐 쓰러뜨렸다. 얼굴을 맞고 몸이 뒤로 젖혀진 병졸의 뒤로 대도를 쥔 다른 병졸이 뛰쳐나왔다. 교소는 이를 막고 크게 차올렸다. 자세가 무너진 상대에게 일격을 쏟아붓는 동안 또 다른 궁병이 다시 교소에게 화살을 겨누었다.

석궁의 화살은 빠르다. 피하기에는 늦었다.

숨을 집어삼켰을 때 교소와 궁병 사이로 누군가가 뛰어들었다.

화살은 눈에 보이지 않았다. 뒤늦게 소리만 들렸다. 소리가 들린 찰나의 순간 충격이 목을 관통했다.

말로는 표현할 수 없는 목소리가 새어 나왔다. 아무 생각 없이 들어 올린 손에 목에 꽂힌 화살이 만져졌다. 마비라도 된 듯 사지에서 힘이 빠지고 타고 있는 기수 등에서 떨어진다. 하늘이,

나무 그림자 사이로 엿보이는 하늘이 빙글빙글 돌았다.

그 하늘을 날아 쫓아왔다. 붙잡으라는 누군가의 목소리가 들렸다. 모습을 발견하고 적을 제거하려다 실패했다. 다시 제거하려고 쫓아가보니 하얀 머리가 눈에 들어왔다. 교소라는 사실을 깨달음과 동시에 그에게 석궁이 날아가는 게 보였다.

죽이지 말라는 목소리가 들렸다.

절대 죽이지 말라고.

머릿속에서 목소리만 들렸다. 계속해서 먹구름이 꽉 차 있다. 자신이 기수를 몰아 무기를 휘두르고 있는데 그 사실이 어딘가 남의 일처럼 느껴졌다.

죽이지 말라는 목소리만은 선명했다. 그래서 화살이 날아가는 곳으로 뛰어들었다.

기센은 비탈길을 굴러가며 화살을 잡았다. 지면이 흔들릴 때마다 입속에서는 피가 흘러넘쳤다.

—죽이지 않았다. 죽게 하지 않았다.

그러니 기뻐해줄 것이다.

—누가?

기센은 스스로에게 물었다.

먹구름 사이로 언뜻 누군가의 옆모습이 보였다가 먹구름에 삼켜져 사라져갔다.

리사이는 얼어붙었다. 교소를 노린 석궁, 갑자기 나타난 사람, 그 사람이 화살을 맞고 쓰러졌다. 기수에서 떨어져 구른 사람은 분명 왕사의 갑옷을 입고 있다. 틀림없이 방금 리사이를 공격한 적이다. 적이 화살을 맞았다. 교소를 보호했다?

멍해진 리사이의 눈앞에 칼에 베인 궁병이 쓰러졌다. 교소는 한 번의 반격으로 대도를 쥐고 있는 병졸을 쓰러뜨리고 리사이에게 달려왔다.

"리사이."

리사이는 자기를 부르는 강한 목소리를 듣고 정신을 차렸다. 황급히 비탈길에서 교시를 찾았다. 도시가 한 발 먼저 기수를 몰아 그에게 다가가고 있었다. 일으키려는 듯 손을 뻗은 호토와 그 옆 풀숲에서 뛰어나오는 여러 명의 병졸. 리사이는 병사들이 주사 전용 갑옷을 입고 있다는 사실을 깨달았다. 문주사인가? 하지만 주경은 이미 넘었을 텐데.

도시를 향해 몰려든 병졸은 도시가 탄 기수의 숨통을 끊었다. 도시와 호토가 내동댕이쳐졌다. 교소가 단번에 달려갔다. 어딘가 여전히 멍한 상태로 리사이도 그곳으로 달려갔다.

"교시."

교시는 몸을 일으켰다. 기수에서 떨어진 충격으로 온몸이 아팠다. 떨어질 때 곤봉도 손에서 놓치고 말았다. 바로 주변을 둘러봤지만 곤봉을 발견하지 못해 허리춤에 손을 가져다 댔다. 검한 자루가 있지만 사용할 줄 모른다. 검술을 모르는 자신에게 겁이 났다.

—어째서.

교시의 머릿속에는 좀 전부터 이 말밖에 떠오르지 않았다. 주경을 넘어 내려오는 동안, 아니, 그전부터, 주경을 향해 오르는 동안.

어째서 따라잡혔는가. 어째서 추격자들은 교시 일행이 어디에 있는지 알고 있었는가. 어째서 요마가 나오는 걸까. 동료가 잡아먹혔다. 무참한, 너무나도 무참한 죽음이었다.

어째서 이 지경까지 와버렸는가.

어설픈 손놀림으로 검을 뺐을 때 도시가 서둘러 기수를 몰아 다가왔다. 하지만 도시는 기수와 함께 그 자리에서 한 바퀴 굴러 넘어졌다. 넘어진 기수에 부딪쳐 겨우 쥐고 있던 검이 날아갔다. 교시의 손에는 이제 아무것도 남지 않았다. 그런데도 적이, 무기를 쥔 병졸들이 계속해서 뿜어져 나왔다.

뒤엉키는 걸음으로 그 장소에서 도망쳤다. 몸을 일으킨 도시가 도망치는 교시의 손을 잡아 더 앞으로 밀어냈다. 앞뒤도 구분 못하고 달리며 뒤돌아보자 검을 뽑아 적에게 달려가는 도시와 그 너머에서 반대로 달려오는 호토의 모습이 보였다.

호토의 이름을 부르며 교시는 저도 모르게 손을 내밀었다. 호토가 교시를 발견하고는 안심한 듯 손을 들었다. 그 옆으로 검을 내밀고 있는 사람이 튀어나와 호토의 몸과 포개졌다.

—호토.

호토의 몸이 튕겨 나가더니 풀썩 쓰러졌다. 적이 넘어뜨려 땅에 엎드리기 전에 호토는 양손으로 지면을 짚었고 아주 짧은 시간이었지만 고개를 들어 교시를 보고 짧은 말을 했다.

분명, '가—'라고 입술이 움직였다.

"이것을."

아연실색한 교시의 어깨를 붙잡고 뒤를 돌게 한 사람이 있었다. 교소였다.

교소는 기수에서 내려와 교시의 어깨를 붙잡고 있었다. 붙잡은 어깨를 놓자 교시의 팔에 무언가를 떠밀었다. 멀뚱하게 내려다보니 검이었다.

교소는 재빨리 허리끈을 묶고 마비된 듯 몸을 움직이지 않는 교시를 라고의 등으로 밀어 올렸다.

"잘 듣게, 죽어도 고삐를 놓지 말게. 떨어진 순간 라고에게 잡아먹힐 거라고 생각해."

"아니 그런, 저는……."

교시는 그 이상 말할 수 없었다. 역부족이다. 할 수 없다. 그보다 호토가. 교시와 호토는 동가로 가고 있었는데.

생각이 겉돌아 말이 나오지 않는데 교소가 기수의 허리를 쳤고 짐승은 단번에 뛰기 시작했다. 교시는 한 손으로 고삐를 쥐고 한 손으로 검을 품에 끌어안고 있는 게 고작이었다. 그것만으로는 불안했던 교시는 몸을 낮추고 고삐를 입으로 꽉 물었다.

자신이 기수에서 떨어지지 않을 리가 없다. 애초에 교소를 버리고 도망칠 수 있을 리가 없다. 호토가 죽을 리가 없다. 이런 일이 벌어질 리가 없다.

있다고, 교시에게 속삭이는 자가 있었다.

과거에도 있지 않았는가, 서운관에서.

교시는 이를 꽉 물었다.

불길이 치솟는 가람, 그곳에서 운명을 같이해온 도사들. 스승을 모시고 겨우 도망친 산길은 지금 짐승이 내달리고 있는 비탈보다도 어두웠다. 어렵사리 넘은 위험한 길, 도망친 마을, 그때까지 목격한 죽은 도사와 백성들. 아센군에게 처형당하기 위해 노사는 은신처에서 떠났다. 마지막으로 뒤를 돌아봤을 때 맥없이 쓰러진 호토와 같은 눈을 하고 있었다. 목소리도 나오지 않고 말로도 표현되지 않는 생각과 함께 고삐를 물고 있는 입에서 오열이 새어 나왔다. 흘러넘치는 눈물로 앞이 보이지 않는다. 고삐를 단단히 쥐어 잡고 품고 있는 검에 기댔다. 그 순간 라고가 뛰어 올라 몸부림쳤다. 낮은 신음소리가 들렸다. 라고는 명백하게 화를 내며 교시를 떨어뜨리려 하고 있다.

필사적으로 고삐에 매달렸다. 짐승은 미친 듯이 날뛰며 땅거미를 질주했다.

교소는 멀어지는 라고를 짧게 바라보았다.

—이걸로 충분하다.

곧바로 시선을 돌려 쓰러진 호토의 곁으로 달려간다. 검을 뽑으려던 병졸을 호토의 박도로 베어 쓰러뜨리고 쓰러져 누워 있는 몸 옆에 무릎을 꿇었다.

호토의 주변으로 피가 번져 나갔다. 머리를 무릎 위로 들어 올리자 탁한 눈이 교소를 올려다보았다. 아주 잠깐 미소 짓는 듯 표정이 누그러지더니 눈동자에서 빛이 사라졌다.

—구해주고 싶었다.

교소는 모두 있어야 할 곳으로 돌아가게 하고 싶었다. 한심스럽게도 교소가 땅 깊은 곳에 잡혀 있는 동안 부단한 인고의 시간을 뛰어넘어 오늘까지 백성을 위해 힘을 써줬다. 언제든 버려도 좋을 왕을 구하기 위해 살던 곳을 떠나 이제야 있어야 할 곳으로 돌아가는 참이었다.

이런 산속에서 무참하게 죽을 리 없었다. 있어야 할 곳에서 멀리 떨어진 전장에 있을 리 없었다.

—이렇게나 황폐해진 세상 한구석에.

세상이 황폐해진 것은 옥좌에 왕이 없던 탓이다. 자신에게 모든 책임이 있다. 도망치라고 리사이는 말했지만 도망쳐 도움을 받는 것에 위화감이 느껴졌다. 나라를 위해 일단 도망쳐야 한다는 휘하의 의견은 납득할 수 있었지만 거칠어진 세상에 곤궁에 처한 백성을 남겨둔 채 보호를 받으며 도망치는 건 빚을 지는 기분이었다.

도망칠 수 있다면 도망친다. 그것이 자신의 책무이기 때문이다. 하지만 추측건대 마주사가 주변을 둘러싸고 있는 지금 이 상황에서는 더이상 도망갈 수 없다. 도망갈 수도 없는데 쓸데없이 저항하다 시체를 늘려서는 안 된다. 지시를 받고 이 전장에 와 있는 모두가 누군가의 가족이며 교소가 원래 지켜야 하는 백성이다.

—그러니 이걸로 충분하다.

리사이는 뒤를 돌아 땅에 무릎을 꿇고 있는 교소 주변으로 주사가 몰려드는 것을 목격했다. 누군가가 교소의 무릎을 베고 있다. 누구일까, 교소가 돌보고 있는 것일까. 교소를 끌어 일으키는 것이 보였다. 무릎에서 스르륵 떨어진 것은 호토였다. 목숨을 잃은 시체가 그 자리에서 힘없이 떨어져 내렸다.

데려오는 게 아니었다. 서최에 남겨두고 왔어야 했다.

—그보다도 교소가…….

리사이는 히엔의 방향을 틀었다. 쫓아가려고 했지만 도시가 가로막았다.

"리사이 님, 돌아가 소겐 님께 알려주십시오."

"하지만."

"주상은 제가."

도시는 짧게 말하고 교소를 쫓았다. 도시를 쫓아가는 병졸은 약 다섯 명. 뒤쫓아 가서 처치해야 할까. 하지만 리사이도 아직 주변을 병졸이 둘러싸고 있다. 어찌됐든 소겐에게, 누군가에게 알리지 않으면.

좌우에서 달려드는 적을 없애고 도약한 뒤 석궁을 쥔 병졸을 밟아 히엔을 더 높은 곳으로 향하게 했다. 검을 들고 있는 팔로 얼굴을 감싸고 나뭇가지를 돌파한다. 나무 그림자가 짙은 곳을 골라 능선까지 돌아가자 오코가 날아오는 것이 보였다.

"리사이 님!"

오코의 뒤로 여러 명이 보였다.

“고카?”

“주상께서는?”

고카의 질문에 빼앗겼다고 대답했다.

“마주사다. 아직 쫓아갈 수 있어.”

“공행사가 오고 있다는 소식을 듣고 달려왔습니다.”

고카는 내리막길을 쳐다봤다.

“얼마나 남았습니까.”

리사이는 그저 고개를 가로저었다.

“도시뿐이다.”

오코와 고카가 원통한 표정을 지었다.

“이쪽에 기수 셋이.”

“한 마리는 쓰러졌다. 두 마리는 보지 못했다.”

고카는 고개를 끄덕였다.

“저희는 주상을 쫓겠습니다. 리사이 님은 소겐 님께 연락을.”

“나도 가겠다.”

“무리입니다. 부탁드립니다, 소겐 님께.”

고카는 뒤돌아 오코를 봤다.

“리사이 님을 부탁드립니다.”

“필요 없다! 나는 가겠다.”

기수를 옆으로 댄 오코가 고함치는 리사이의 팔을 붙잡았다.

"돌아가시지요. 누군가는 알려야 합니다."

"오코에게 맡기겠다."

"리사이 님, 그래서는 히엔이 무리를 하게 됩니다."

깜짝 놀란 리사이는 자신의 기수를 내려다봤다. 다시 보니 히엔은 만신창이였다. 날개 한쪽은 부러졌는지 구부러졌고 창에 스친 다리에 지금도 피가 흐르고 있었다. 다리와 가슴에도 커다란 상처가 나 있었다.

리사이는 입술을 깨물었다. 리사이가 입을 부상을 모두 히엔이 대신 입은 것이다. 더이상 무리하게 움직일 순 없다. 무리하게 움직이더라도 다른 자들의 걸림돌이 될 것이다. 그리고 분명 누군가가 소겐에게 사태를 알려야만 했다.

"교소 님을 부탁한다."

말하는 동안에도 비탈길 아래쪽에서 목소리가 들렸다. 마주사는 생각했던 것보다 인원이 많았다. 한 명도 놓치지 말라고 격문을 띄우는 목소리가 바람을 타고 불어 올라왔다.

"일단 뒤쫓겠습니다. 저희가 소탕군의 시선을 끌 테니."

리사이는 고개를 끄덕였다.

"쓸데없이 목숨을 버리지 말아라. 만약 잡히더라도 소겐과 함께 어떻게든 해보겠다."

"불리해지면 도망치겠습니다. 주사는 북쪽에서 오고 있는 듯

합니다. 남쪽으로 도망칠 수 있을 겁니다."

순순히 듣던 리사이는 순간 정신이 들어 고개를 저었다.

"안 돼. 강주는 안 된다. 그렇게 되면 이번에는 강주 북부가 소탕전의 무대가 된다. 그것만은 용납할 수 없다."

리사이는 고카의 눈을 들여다봤다.

"비정한 말이지만 강주는 피해라. 위험하다는 건 충분히 알지만 적의 진영을 뛰어넘어 북서쪽으로 도망쳐라."

"명령이시라면."

"명령이다. 잘 들어라."

리사이는 고카의 팔을 붙잡았다.

"설령 목숨을 잃더라도 염현만큼은 절대 휘말리게 하지 말아라, 절대로."

"리사이 님."

"그곳에 서운관 생존자가 있다."

003

가랑비가 내리기 시작한 저녁 아문관의 세키레이가 달려왔다.

"백랑에 있는 주사가 행동을 개시했습니다."

몹시 서두르며 왔는지 숨이 찬 세키레이는 어깨가 들썩거렸고 기수는 노구에 도착하자마자 헐떡이며 쓰러졌다.

"백랑 교외에 있던 주사가 마주 주경으로 가고 있습니다."

소겐은 숨을 삼켰다. 백랑에 있는 주사는 마주로 교소를 데리러 가야 할 때 움직일 것이라고 내다봤었다. 즉, 교소가 붙잡힌 것이다.

유쇼가 신음했다.

"제때에 맞추지 못했는가……."

"그런 의미겠지."

쓰디쓴 것을 삼키듯 말하며 소겐은 기수를 쉬게 하라고 지시했다. 세키레이를 구들에 앉히고 누군가에게 물을 가져다 달라 부탁한 뒤 물었다.

"백랑 교외에 있던 일군이 마주로 간 것이지? 목적이 뭔지 알겠는가?"

세키레이는 고개를 끄덕였다.

"돈코 님의 말씀에 따르면 하관이 내린 지시는 주경을 경비하는 것입니다. 주경 및 그곳으로 이르는 가도를 경비하는 것이라고요."

"그러하군."

유쇼가 중얼거렸다.

"길을 확보하려는 심산인가."

교소를 호송하는 것이 홍기에서 출격한 공행사뿐이라면 급습해서 인질을 되찾는 것도 불가능하지 않다. 하지만 일군을 이끌고 마주에서 임우까지의 경로를 경비한다면 파고들 틈이 없다.

"일군으로 경비하는 것은 예삿일이 아니다. 아센은 이쪽 전력을 얕잡아 보지 않았어."

"이쪽 전력을 얕잡아 볼 정도로 어설픈 분이 아닐세. 이쪽 세력을 현실보다 더 높게 예측하고 있다고 봐야 해."

일군이 있다면 주경에서 임우까지 더 단단하게 경비할 수 있다. 교소를 붙잡은 공행사와 합류하여 같이 움직이려는 것이리라. 그렇다면 최종적으로 임우에는 왕사 일군과 이미 진을 치고 있던 주사 일군이 합쳐져 삼군이 모이게 되는 것이다. 숙련도가 높은 병졸과 충분한 동기, 기마와 기수에다가 병참이 있고 길 위에 있는 마을도 성도 마음껏 사용할 수 있다. 그에 비해 묵치는 만 명에 지나지 않는다. 전투에 익숙하지 않은 반민도 많이 포함되어 있는데다 장비도 최소한, 기수는 다 보냈고 군마도 손에 꼽을 정도밖에 남지 않았다.

"세키레이, 진영이 어떤 상태인지 아느냐."

"네."

세키레이는 고개를 끄덕이며 품에서 서면을 꺼냈다.

"돈코 님께서 알아봐주셨습니다만 정확하다고는 할 수 없으니 주의하라 하셨습니다."

소겐은 서면을 받아 잠시 동안 들여다본 뒤 미간을 찌푸렸다. 그리고 불쾌한 표정 그대로 옆에 있던 휘하에게 건넸다.

"가이카쓰, 병력의 차이는 얼마나 되느냐."

가이카쓰는 줄곧 소겐과 함께한 사수였다. 유능한 장관으로 막료 경험도 있다. 소겐은 가이가쓰를 자신의 보좌로 항상 곁에 두었다.

서면을 받은 가이카쓰는 무언가를 세는 듯 분주하게 자신의 무릎을 손가락으로 치고는 곧바로 대답했다.

"아센이 그랬던 것처럼 최대치로 어림잡아 본다면 다섯 배가 조금 넘습니다."

"다섯 배……."

세키레이는 신음했다. 대항은 불가능하다.

"숙련도나 경험치, 장비, 무기도 물론이지만 공행사 인원과 기마의 수의 차이가 큽니다. 병력은 다섯 배는 강한데다가 적의 목적은 호송 경호이지 싸우는 게 아닙니다. 위험하다고 판단되면 길을 가다 어느 성으로 들어가면 됩니다. 설령 진영이 여러 곳으로 나뉘더라도 마을과 성을 이용할 수 있고 병참도 쓸 수 있습니다. 그 부분까지 더해서 생각한다면 일곱 배는 차이가 난다고 해도 되겠지요."

"우리 상황은 어떤가."

"각지를 탐색하고 있습니다만 에이쇼 님과 가신 님의 행방은 아직까지 밝혀지지 않았습니다. 고탁 세력과 아문관 세력은 전원이 이동했습니다. 현재 서최로 가고 있는 것은 리사이 님의 휘하, 고유의 병력과 대부분의 승주사입니다. 승주 세력은 도착하려면 아직 며칠 걸립니다만 고유는 곧 백랑에 도착할 것 같습니다."

"때를 맞출 수 있을지 확실하지 않은 건가……."

"주사가 경계를 강화할 가능성도 있습니다. 그러면 고유는 백랑에는 다가갈 수 없지요. 때를 맞출 수 없습니다."

고요한 침묵이 암굴에 툭 떨어졌다. 다섯 배의 병력은 아무리 생각해도 대항이 불가능한 숫자였다. 게다가 그것이 일곱 배가 된다면 계획을 세우는 것도 처음부터 논할 가치가 없을 것이다.

"주상이 붙잡히면 모든 것이 끝이다."

소겐은 조용하게 단언했다.

"병력을 아쉬워한들 의미 없다. 총력전으로 덤빈다. 절대 왕사에게 주상을 넘겨서는 안 된다."

소겐이 부하에게 명령했을 때 휘하가 달려 들어왔다.

"소겐 님, 리사이 님이……."

"뭐라."

소겐이 뛰어나감과 동시에 리사이가 암굴로 들어왔다. 그의 몸차림에서 격렬한 전투가 벌어졌음을 한눈에 알 수 있었다. 게다가 안색이 창백했다.

"소겐, 교소 님이."

"붙잡히셨겠지. 주사와 왕사가 합류하기 위해 움직이기 시작했다."

리사이는 고개를 끄덕이고는 털썩 앉아 무릎을 꿇었다.

"면목 없네."

세키레이가 황급히 달려와 리사이의 몸을 부축했다.

"고카는 늦지 않았는가? 얼마나 남았는가."

"살아남은 자는 얼마 없네. 마주사를 유인하기 위해 고카는 마주 서쪽으로 도망치게 했네. 돌아온 건 나와 오코뿐이야."

"교시와 호토는?"

세이시가 소리 높여 물었다. 리사이는 그 순간 얼굴이 일그러졌다. 세이시는 그 표정에서 모든 것을 깨달았다. 그저 아연실색할 수밖에 없었다. 작년 초겨울부터 같이 쌓아 올린 시간이 뇌리를 스쳐 지나갔다. 고립무원의 상황에서 함께 여기에 오기까지 보이지 않는 적과 수없이 싸워왔다. 그런 무수한 기억이 바늘처럼 꽂혔다.

“지키지 못했네. ……미안하다.”

리사이는 사죄했지만 리사이가 사죄할 일이 아닐 것이다. 하지만.

“교시는 도사였습니다. 호토는 신농이었지요. 병사가 아닙니다. 애당초 객사할 운명이 아닌…….”

들판에서 시체가 나뒹굴다 까마귀에게 먹히는 것은 병사의 운명이다. 하지만 두 사람은 병사가 아니었다. 할 말을 잃은 세이시의 등을 겐추가 토닥였다.

“지금 죽은 이를 애통해할 여유는 없네.”

소겐이 낮은 목소리로 말했다.

“왕사의 목적은 처음부터 우리가 아니었어. 우리를 토벌하러 온 게 아니라 주상을 데리러 온 거야.”

그 사실을 처음부터 알았더라면, 하고 소겐은 자괴감을 느꼈다. 왕사의 움직임이 이상했다. 좀더 머리를 굴렸다면 왕사의 목적이 소겐 일행이 아니라는 사실은 알 수 있지 않았을까.

“교소 님을 빼앗아 간 부대는 문주사와 합류하고 왕사 본대와 합류하려고 하고 있네. 합류하게 해서는 안 돼. 합류한다면 묵치로는 도저히 맞설 수 없네.”

리사이는 고개를 끄덕였다.

“주사와 합류하기 전에 치고 싶지만 거리를 생각해본다면 늦네. 어떻게 해서든 왕사와 합류하게 하는 일만큼은 피해야만 해."

유쇼 일행을 바라보니 애통한 표정을 짓고 있었다.

곧바로 각 세력에게 소집 명령이 내려졌다. 모든 묵치 세력이 노구와 서최에 결집한 게 아니었다. 바로 행동을 지시할 수 있도록 모든 인원을 가까이에 두기에 묵치는 너무 거대해졌다. 근처에 있는 폐마을로 흩어진 동지는 하루 이틀 내로 편성할 수 있지만 더 멀리 철위에 포진해 있는 마을에 잠복시킨 동지들까지는 연락도 집합도 시간이 걸린다. 모든 인원이 모일 때까지 시간을 미룰 수는 없었다.

"마주로 간 일군이 백랑 근교로 돌아올 때까지 약 보름."

아무리 서둘러도 열흘은 걸린다. 그리고 임우까지 가는 데도 보름이 걸리지만 임우에 있는 주사 또는 왕사가 맞이하러 나올 것이다. 이들이 합류하는 것은 항급 또는 가교일까. 수용할 수 있는 마을의 규모를 생각한다면 가교일 가능성이 높다.

"주사가 백랑에서 가교에 도착하기까지 아무리 서둘러도 열흘, 항급이라면 이레에서 여드레가 한계인가."

"가교에서 일을 벌이는 것은 좋은 계책이 아닙니다. 임우에 있는 왕사가 위급 상황을 보고 달려올 수 있는 범위니까요. 다만 가교와 항급 사이에 가도가 좁은 곳이 있습니다. 왕사가 달려온다 할지라도 붙잡아놓을 순 있습니다."

소겐은 아무 말 없이 고개를 끄덕였다.

"우리가 항급 동쪽으로 달려갈 시간을 생각한다면 여기도 열흘은 끌 수 있다고 봐야 할 겁니다."

가이카쓰가 말했다.

"최대한 열이틀. 그때까지 서최로 모일 수 없는 자는 포기하거나 직접 전장으로 서둘러 달려오라고 명령할 수밖에 없습니다."

서최까지 오는 여정이 걱정이 됐지만 부주의하게 모였다가는 적에게 이쪽 움직임이 들통난다. 적어도 어디에서 주사를 습격할지 알게 해서는 안 된다. 하지만 분산된 병력은 통일된 행동을 하기 어렵다. 알고는 있지만 달리 방도가 없다.

"하나부터 열까지 너무 이르네……. 그건 알고 있어."

"마주에 있는 아군 대부분이 아직 도착하지 않았어."

호요가 작은 소리로 말했다. 아문관의 몸채에 있는 호화로운 방에서 호요는 아름답게 다듬은 손톱을 깨물었다.

"이래서는 늦어. 리사이 일행은 어떻게 되는 거지."

"도망치면 중상은 입지 않을 수 있지."

돈코가 낮은 목소리로 대답했다.

"병력은 온존해야 해."

"하지만 주상께서 붙잡히면 모든 게 끝이야. 아센의 천하는 끝나지 않아."

"아직 마지막 희망은 있네."

돈코가 말했다.

"무슨 일이 일어날지 몰라. 경비를 단단히 하고 문을 닫아두게."

주의를 당부하고 돈코는 아문관에서 떠났다. 저녁 무렵에 새로운 주후가 도착한다. 새로운 주후가 어제 여설을 통과했다는 소식은 들었다. 소문에 따르면 주후는 아센의 휘하라고 하지만 얼마 전까지 재보의 곁에서 주사 주재를 일임했다고 한다. 어떤 사람인지 누구 편인지 모르지만 적어도 모쿠유에게 온 겐칸의 소식에 따르면 '새로온 주후와 만나라'는 조언이 있었다고 한다. 동관을 통해 받은 정보에도 그에 대한 다이키의 신임이 두텁다고 했다. 과거 휘하였다고 해서 아센의 편이라고는 생각할 수 없다. 유쇼처럼 아센에게 잠재적인 반의를 품고 있을까. 그렇다면 설득할 수도 있을 것이다.

돈코는 서둘러 말을 몰아 백랑으로 돌아가서 의복을 갈아입고 새로운 주후를 맞이할 준비를 했다. 집합한 육관이 죽 늘어앉는 동안 노문을 넘어 가마가 도착한 것은 일몰 즈음이었다. 성대하게 불이 켜진 횃불 사이로 가마가 열리고 새로운 주후가 내렸다.

돈코는 차디찬 돌바닥에 무릎을 꿇고 깊게 고두했다. 시종이 호령을 할지 주후가 직접 말을 할지 엎드린 채 기다렸지만 아무런 움직임이 없었다. 엎드린 주후들은 당황해했다. 돈코는 저도 모르게 고개를 들었다. 가마에서 내린 몇 명은 그 자리에 서 있었다. 중앙에 있는 것이 새로운 주후인가. 눈을 치켜떠 얼굴을 확인하고는 돈코는 저도 모르게 탄식했다.

사내는 공허한 눈을 하고 있었다. 늘어서 있는 육관은커녕 아무것도 보고 있지 않았다. 영혼이 빠져나간 듯 허공을 바라본 채 멍하니 그저 우뚝 서 있었다.

그 표정은 이미 대화도 제대로 할 수 없는 지금의 주후와 무서우리만치 닮아 있었다.

004

홍시 9년 4월 말, 문주 중앙부 항급 동쪽에서 대규모 충돌이 발생했다.

추위가 심한 문주에서도 드디어 눈이 녹아 농지에 검은 흙이 드문드문 보였다. 항급 근교 농지에서는 파종을 시작했다. 땅을 갈아 새카맣게 드러난 경작지로 대가도大街道가 관통한다. 그 길을 문주 주사가 동쪽으로 전진하고 있었다. 진용은 황비 일군이었고 대열 중앙에 대략 열 기수 정도 되는 공행사로 둘러싸인 마차가 있었다. 마차의 짐칸은 판자로 막아놔 안을 들여다볼 수 없었다. 하지만 그 주변을 정예부대가 견고하게 둘러싸고, 지나칠 정도로 엄중하게 경계를 하고 있는 모습에서 평범한 짐은 아니라 짐작할 수 있었다. 대열은 주변을 경계하며 항급을 떠났다. 이틀 동안 진군했고 다음 날 산 사이로 난 좁은 가도로 진입하려고 할 때 낮은 언덕 너머에서 무수한 병졸들이 쏟아져 나와 대열을 향해 돌진해 왔다.

주사는 묵치를 경계하면서 그 세력을 과대하게 어림잡고 있었다. 기마와 전차가 있다고 계산하면 평지에서 습격을 할 것이다. 항급 바로 직전에 있는 평탄한 지대가 제일 위험하다고 추측했다. 하지만 묵치에게는 애초에 전차 따위는 없었다. 기마도 장비도 빈약했지만 주사가 예상했던 것보다는 기동성이 좋았다. 항급 동쪽에 있는 낮은 산을 단숨에 넘어 주사의 측면을 공격했다. 주사는 공격을 받고 나뉘어 후위는 어쩔 수 없이 항급 쪽으로 도망쳤다. 전위는 좁은 길로 나아갈 수밖에 없다. 길 폭이 좁아지기 때문에 대열의 행동이 제한된다.

리사이 일행은 주사의 의표를 찌르는 데 성공했다. 간신히 대열에 쐐기를 박아 무너뜨려 동서로 찢어지게 했다. 지리적으로는 묵치가 유리했다. 하지만 석림관과 백치에게는 제대로 된 무기가 없었고, 아문관 세력은 지휘 체계조차 잡혀 있지 않았다. 리사이 일행은 공행사를 둘러싸고 있는 주사를 확인하긴 했지만 주사의 후미에 덤벼들어도 대열을 무너뜨리는 것조차 뜻대로 되지 않았다.

한편, 가이카쓰가 지휘하는 고탁 세력은 뒤쪽에 있던 부대를 항급 방면으로 밀어 넣으려고 했지만 이 또한 생각처럼 되지 않았다. 가이카쓰가 지휘하는 부대에는 승주 세력과 단법사 세력, 고탁 계단 세력이 혼재했다. 충분히 의사소통할 수 있을 만큼의 지휘 체계를 잡을 시간적인 여유가 없었다. 후위를 항급 방면으로 몰아놓지 않으면 교소를 탈환하러 간 부대의 배후가 위험하다. 통솔이 잘 안 되는 부대를 열심히 움직여 겨우 밀어 넣었지만 그곳에는 생각지도 못한 공격이 기다리고 있었다. 백성들이 돌을 던졌다.

문주 중앙부에 있는 농지 대부분은 아직도 황폐한 나머지 경작하는 사람이 없는 장소가 많았지만 항급 주변의 땅은 사람의 손길이 닿았다. 겨울 동안 비축해놨던 식량을 다 소진해 농지로 나온 백성들은 서둘러 땅을 경작하고 있었다. 씨를 뿌리면 싹이 난다. 어느 정도 자라면 솎아내야 한다. 솎아낸 어린잎은 당장 고갈된 식량을 보충해준다. 파종이 너무 이르면 봄 서리를 맞을 우려가 있지만 그것을 알고도 백성은 씨를 뿌리고 있었다. 그런데 그 농지를 병사와 말이 짓밟고 있었다.

"장난하나!"

"지금 우리보고 굶어 죽으라는 건가!"

험한 말과 함께 돌이 날아왔다. 가이카쓰는 돌을 던지는 백성을 공격할 수 없었다. 백성과 대치한 병사는 크게 소리 지르며 왕을 구하려는 것이라고 호소했지만 신왕이 즉위한다는 소문이 돈 뒤인 만큼 백성은 들으려고조차 하지 않았다. 그들에게 지금 '왕'은 홍기에 있는 아센이다.

장비만 충분히 갖췄다면 백성이 던지는 돌 같은 건 개의치 않아도 된다. 하지만 단법사 세력은 애초에 갑옷도 없었고 고탁세력도 제대로 된 갑옷이 없었다. 막심한 피해는 아니었지만 분명 발걸음을 저지당했다. 주사를 몰아넣는 기세가 꺾여나갔다. 태세를 정비한 주사가 반격해 와 가이카쓰 일행 쪽으로 바싹 따라왔고 가이카쓰는 어쩔 수 없이 후퇴했다.

찢어진 주사가 일단 다시 모이려고 했다. 리사이도 소겐도 위험하다는 걸 알면서도 전방으로 나와 필사적으로 부대를 독려했지만 병력의 차이는 아무리 해도 극복하기 어려웠다. 주사는 피해를 입으면서 변함없이 전진했고 앞질러간 마차는 좁은 길을 빠져나가 다음 날 결국 가교 교외에서 왕사와 합류했다.

리사이 일행은 대담하게 싸웠지만 모든 것이 압도적으로 부족했다.

“하다못해 가교를 포위할 수 있다면…….”

“그러기에는 병력이 모자라.”

“백랑에서 주사가 더 출발할 거야. 지금 도망치지 않으면 협공당할 거다.”

도망쳐서 어떻게 하자는 걸까. 리사이는 생각했다. 교소를 빼앗기면 대국을 구할 방법이 끊긴다. 설령 병력을 온존한다 한들 이쪽이 병력을 일으킬 동안 상대도 병력을 다시 동원할 수 있다. 상대에게는 문주사와 왕사의 원군이 있을 수 있다. 이제 와 공격할 수 있는 범위가 아니다. 시간이 흐르면 흐를수록 묵치에게는 불리하다. 아센에게는 아홉 개의 주를 동원할 권한이 있다.

“그래도 여기서 전사하는 건 누가 봐도 최악이다.”

리사이의 심중을 꿰뚫어 본 소겐이 말했다. 리사이는 동의할 수밖에 없었다. 소겐은 고개를 끄덕이며 말했다.

“후퇴한다. 곧바로 용계로 북상한다.”

삼삼오오 도망치는 것뿐이라면 그 산길이 도움이 된다. 오히려 쫓는 쪽이 대규모 병력을 투입할 수 없는 만큼 도망치는 묵치에게 유리하다.

전령이 달린다. 리사이도 직접 달리며 북상하라고 외쳤다.

"제길, 무리인가."

혀를 찬 것은 규산이었다. 규산이 손에 쥐고 있는 양날도끼는 이가 빠져 더이상 둔기로밖에 사용할 수 없었다.

"용계로 후퇴한다. 불리하다고 여겨진다면 산으로 들어가라."

리사이의 지시에 알겠다고 대답한 규산은 주변의 화적들에게 지시를 내리고 돌아섰다. 리사이가 히엔의 고삐를 당겨 방향을 바꿨을 때 투창이 리사이의 코끝을 베어 가르며 지나갔다. 리사이는 곧바로 누가 던졌는지 확인했다. 히엔을 몰아 머리 위에서 검을 휘둘렀고 적은 일격에 그 자리에 쓰러졌다. 주변을 둘러보며 다시 히엔을 북쪽으로 향하게 했을 때 땅에 엎드린 규산의 모습이 보였다. 규산의 몸을 바로 돌리자 왼쪽 가슴에 투창이 깊숙이 찔려 있었다.

"규산!"

리사이와 겐추가 거의 동시에 달려왔다. 곧바로 히엔을 아래로 몰아 규산의 옆으로 다가갔다. 재빨리 몸을 확인했다. 숨은 쉬고 있다. 창에 찔리기는 했지만 몸을 뚫고 지나가지는 않았다. 하지만 폐를 다친 것 같다. 창을 뽑으면 상처로 공기가 들어가 폐가 손상될 수 있다. 거기까지 내다보고 있을 때 똑같이 기수에서 뛰어내린 겐추가 달려왔다. 동시에 주변에 화살이 널브러진다. 적이 화살을 쏘고 있지만 아직 사정거리에 들어와 있지 않다. 도망친다면 지금이다.

"겐추, 규산을 부탁하네."

"리사이의 기수가 더 빨라."

"가. 뒤는 나에게 맡기게."

호토와 교시를 지키지 못했다. 리사이는 더이상 희생자를 보고 싶지 않았다.

"일단 후퇴하게. 도망치는 거야."

"하지만……."

겐추가 말을 이으려는 순간 규산이 피를 토했다. 거칠어진 호흡은 목을 긁는 쇳소리를 내고 있었다.

"창은 뽑지 말게. 한시라도 빨리 처치를 부탁하네."

겐추는 순간 리사이의 얼굴을 쳐다봤지만 받아들였다. 곧바로 규산을 들어 기수로 끌어 올렸다. 규산이 출발하자 투창이 규산의 뒤를 쫓듯 날아들었지만 리사이가 베어 떨어뜨렸다. 이어 화살이 쏟아졌다. 내리꽂힐 정도의 위력은 아니지만 분명 적은 가까이 접근해 있었다.

"규산."

"수령."

저마다 소리치는 화적들에게 북으로 달리라고 재촉했다. 겐추를 뒤쫓듯 달리기 시작한 그들의 머리 위로 그림자가 스쳐 지나갔다. 공행사였다. 리사이는 히엔을 도약시켰다. 가는 길을 막고 있는 창병에게 달려들었다. 창끝을 노리고 검을 내리쳤지만 창병의 무기는 철창이었다. 검이 튕겨나가 팔이 저렸다. 자세가 무너진 순간 창끝이 찔러 들어왔다. 히엔이 날아 공격을 피했다. 간격을 두고 땅에 내려오자마자 히엔이 짧은 울음소리를 내며 다리를 걷어차인 듯 옆으로 넘어졌다. 리사이는 히엔의 등에서 떨어졌다.

세게 몸을 맞아 그 자리에 넘어졌다. 손에서 검을 놓치지는 않았지만 숨을 쉴 수가 없었다. 충격으로 시야가 어두워진 채 일어났다. 공행사가 바로 옆에 있다. 히엔을 공격한 누군가도 바로 곁에 있을 것이다. 자세를 잡은 찰나, 무언가가 옆구리를 스쳐지나갔다. 겨우 빛을 되찾은 눈에 창을 다시 잡고 돌진해 오는 적이 보였다. 두 번째 찌르기 공격은 몸을 굴려 피했다.

한 명 더 있을 것이다.

—어디냐.

—피하느라 이리저리 몸을 굴리며 주변을 살펴봤다. 살펴보고 있는 시야가 어두운 무언가에 뒤덮였다.

—히엔.

리사이의 몸을 보호하듯 감싼 히엔은 리사이의 목덜미를 물었다. 목을 크게 흔들어 던지듯 리사이를 등에 태웠다. 무아몽중으로 털에 매달려 안장에 자리를 잡고 히엔의 몸에 걸쳐 앉으려고 했을 때 다리가 미끄러졌다. 리사이의 오른쪽 다리가 닿은 히엔의 복부에서 엄청난 피가 흐르고 있었다.

—창인가.

리사이 대신 맞은 것인가.

이름을 부를 새도 없이 히엔은 날아올랐다. 곧바로 뒤에서 사나운 날갯소리가 쫓아왔지만 히엔이 빨랐다. 혼란스러운 전장의 상공에서 곧장 북쪽을 목표로 삼아 활공했다. 시선 아래에는 무너지듯 진형을 잃고 북쪽으로 흩어지기 시작한 동료들의 모습이 보였다.

005

소겐은 씁쓸하게 서최로 돌아왔다.

—교소를 구하지 못했다.

하지만 포기할 수 없다. 교소는 아직 홍기로 이송되는 중이다. 도착하기 전에 탈환해야 한다. 소겐은 서둘러 주요 인물들에게 집합하도록 지시하며 저택으로 들어가 부상자를 치료하고 있는 전원으로 향했다. 북쪽 거실에 누워 있는 수많은 부상자 사이로 기이쓰 일행이 분주하게 움직이고 있었다.

"기이쓰."

소겐은 이름을 부르며 다가가다 걸음을 멈췄다. 기이쓰가 침통한 표정으로 어느 남자에게 천을 덮어주던 참이었다. 소겐은 천이 씌워지기 전 아래에 있는 얼굴을 봤다. 규산이었다.

"살지 못했는가……."

소겐이 말을 걸자 기이쓰는 고개를 들고 당황하며 옷깃으로 눈가를 훔쳤다.

"능력이 부족했습니다. 너무 원통합니다."

"원통하다."

수많은 약자를 가족처럼 부양해왔다고 들었다. 그 가족들은 앞으로 어떻게 살아갈까 생각하며 주변을 둘러봤다.

"리사이는?"

"중원에 계십니다. 치료는 했습니다만……."

기이쓰는 말을 흐렸다.

"설마."

심각한 부상이라도 입었느냐고 소겐이 묻자 기이쓰는 고개를 가로저었다.

"목숨에 지장이 갈 만한 상처는 없습니다. 하오나 리사이 님의 기수가……."

"히엔이?"

소겐은 서둘러 거실에서 나와 중원으로 향했다. 중원의 안뜰 한구석에 자그마한 천막이 쳐져 있었고 그곳에 리사이가 웅크리고 있었다.

리사이의 무릎 위에 거대한 짐승의 머리가 놓여 있었다. 리사이는 고개를 숙인 채 그 머리를 천천히 쓰다듬고 있었다.

"리사이."

소겐이 부르자 리사이는 고개를 푹 숙인 채 대답했다.

"이번에도 나를 구해줬네……."

리사이의 손은 조심스럽고 따스하게 털을 쓰다듬고 있었다.

"몇 번이나 날 구해줬는지 모르네. 경국에 갔을 때도 만신창이가 되어가면서 나를 지켜줬어."

소겐은 맞장구를 치며 차갑게 누워 있는 기수의 옆에 무릎을 꿇었다. 털은 깨끗하게 닦여 있었고 새하얀 천이 상처에 덧대어 있었다.

"봉산에도 함께 갔었어. 다이키를 몹시 잘 따랐는데……."

그 말을 끝으로 리사이는 더이상 말을 하지 않았다. 소겐은 아무 말 없이 고개를 끄덕이고는 차가운 털을 쓰다듬었다.

소겐도 승주에서 도망칠 때 오랜 시간 함께해온 기수를 잃었다. 리사이가 얼마나 슬플지 애통할 정도로 잘 안다.

—리사이를 잘 지켜주었다.

속으로 히엔을 치하하며 소겐은 일어났다. 안뜰에서 나오면서 마주친 병사에게 리사이에게 몸을 감쌀 만한 것과 불을 전달해 달라 부탁했다.

피해는 심각했다. 하지만 그들은 결코 포기할 수 없었다. 묵치는 아직 완전하게 준비되지 않았다. 동지들의 집결도 아직이었다. 일단 전군을 출전시키더라도 수적으로 불리한 그들에게 승산은 없다. 그러나 교소가 살해당한다면 모든 게 끝이다.

"주상을 되찾는다. 목숨을 잃는 한이 있더라도."

의기소침하게 반론을 제기하는 자들이 있다. 희생자가 너무 많았다. 고개를 숙이고 있는 그들에게 일침을 놓은 건 어느 젊은이였다.

"화적은 싸우겠다."

뜻을 밝힌 사내는 아직 젊었다. 무기를 쥐고 어깨를 나란히 하고 있는 지금, 소년이라고 해도 믿을 만한 나이였다.

"저들은?"

"규산의 아들들이다."

세키히에게 소개를 받아 소겐은 오기로 가득 찬 두 얼굴을 쳐다봤다.

"시유此勇와 호준方順이다. 규산이 아들처럼 키우고 있었던 녀석들이라고 하는 게 더 정확하겠군. 아직 어리지만 규산이 직접 키웠으니 짐이 될 일은 없을 거야."

다음 날 새벽 미명, 묵치는 최후 공세에 나섰다.

앞뒤 사정 가리지 말고 임우로 서두르라는 전령을 가도로 이동하는 자들에게 보내는 한편 각 진영에서 인원이 찬 부대부터 순서대로 왕사를 추격했다. 진영 간에 의논을 하고 의견을 맞출 틈도 편성을 짤 틈도 없었다. 일정 머릿수만 모이면 전사할 각오를 하고 왕사를 향했다. 무모하다는 것은 누구나 알고 있었다. 그렇지만 왕사가 교소를 데리고 서주로 진입하면 끝장이다. 문주와 달리 서주는 사실상 아센이 지배하고 있었다. 문주처럼 기회를 노릴 만한 틈은 없을 것이다.

"무리난제라는 건 잘 알고 있다. 기적을 일으켜라."

소겐이 격문을 띄웠지만 헛되었다.

고탁에서 가도를 진군해 달려온 자들은 체면 따위 아랑곳하지 않고 무턱대고 서두르며 그대로 왕사에게 덤벼들었다. 하지만 왕사는 이 공격을 단번에 물리쳤다. 준비도 제대로 되지 않은 오합지졸은 왕사의 적이 될 수 없었다. 계속해서 추격을 반복해도 왕사의 압도적인 물량에 맞설 수 없었다. 그들의 부질없는 전의에 왕사는 오히려 기가 막혔다.

리사이는 기다렸지만 고유 일행은 시간을 맞추지 못했다. 가슴에 통증을 느끼며 익숙하지 않은 기수를 몰아 전장으로 달려갔지만 전과는 거의 없었다. 눈앞에서 계속 아군이 쓰러져간다. 개죽음이라는 사실을 알고 있어도 공격을 멈출 수 없다.

백성들로부터 도움을 받을 수 없었다. 오히려 묵치를 역적이라 여기며 협력하길 거부했다. 거부할 뿐만 아니라 대적하는 백성조차 있었다. 열심히 싸운 그들이었지만 무리는 무리였다.

묵치는 패배와 후퇴를 계속해서 반복했고 왕사를 바짝 뒤쫓고 있는 그들의 눈앞에서 교소를 데리고 있던 왕사는 서주 방위선 쪽으로 사라져갔다. 더이상 병력을 정비할 여력도 시간적 여유도 없었다.

006

고유는 앞으로 이틀 뒤면 백랑에 도착한다. 서두르라는 전령이 있었고 사정도 알고 있어 더이상 주변 시선에는 신경 쓰지 않고 서둘러 달렸다. 다행히 주사의 병력은 백랑 방어와 임우까지 이르는 가도에 집중되어 있었다. 앞장 서 가는 고유 일행은 경비가 허술한 틈을 타 기마에 박차를 가하며 앞길을 서둘렀다. 그러다 해가 질 무렵 마을로 다가가려 했을 때 마을에서 나오는 사람들과 마주쳤다. 저마다 짐을 안고 있는 그들은 큰 목소리로 위험을 부르짖고 있었다.

"돌아가게. 백랑에서 도망치는 편이 좋아. 이 주변은 위험해."

여장을 채비한 여자가 무슨 일이냐고 묻자 알려줬다.

"전쟁이야. 왕사를 거역한 멍청이 같은 놈들이 있네."

"왕사를 공격했다더군. 말도 안 되지. 또 주벌이 내려질 거야. 문주는 이제 끝이야."

여자도, 여자 주변에서 발걸음을 멈춘 여행객도 비명을 질렀다.

문주의 백성은 잊지 않았다. 나라를 배신했다고 앞뒤 따지지 않고 수많은 마을이 공격당하고 스러져갔다. 가담했든 안 했든 상관없었다. 마을에 반민이 있다 여겨지면 어쩌다 때마침 지나가던 여행객도 함께 몰살되었다.

"그, 그치만…… 모반이 성공하면……."

"할 리 없지."

누군가가 툭 뱉어내듯 말했다.

"반민은 진즉에 당했다는군."

"여기저기 패잔병들이 도망치고 있대. 이제 소탕전이 벌어질 거야. 최악이야."

여행자 대부분이 발걸음을 돌렸다. 백랑을 문주를 등진다.

고유는 마음을 단단히 먹고 말을 걸었다.

"주사가 이긴 게 분명한가."

질문을 받은 남자는 수상한 사람이라도 보듯 고유 일행을 쳐다봤다. 저마다 무기를 들고 기마를 타고 있는 수십 명 남짓한 사람을.

"휴가중이었는데 서둘러 돌아오라는 지시가 있었네만."

남자는 그제야 이해했다는 듯 중얼거렸다. 어느 정도 안도한 것처럼 보이긴 했지만 고유 일행을 경계하는 기색은 사라지지 않았다.

"주사를 공격한 놈들은 가교에서 패주했다더군. 벌써 소탕전이 벌어지기 시작했어."

"반민의 규모가 꽤 된다고 들었네만."

"규모는 컸던 것 같던데 주사, 왕사의 적은 못 되지. 가교에서 임우까지 시체가 산처럼 쌓였다더군."

모처럼 겨울이 끝나서 땅을 경작하기 시작했던 참이라고 남자는 억울하다는 듯 말했다. 고유가 인사를 하자 어슴푸레 어두워진 가도로 허둥지둥 떠나갔다. 짊어지고 있는 짐이 자못 무거워 보였다.

"고유 님……."

부하의 애통한 목소리에 고유도 입술을 깨물었다. 때를 맞추지 못했다.

"여기까지 왔건만……."

"하다못해 지금이라도 서둘러 도우러 나서야……."

작은 목소리로 말하는 부하에게 고유는 고개를 살짝 가로저었다.

"소용없다. 쓸데없이 목숨만 버리는 꼴이 되겠지."

"하오나."

"그뿐만이 아니다. 주변 백성에게 누를 끼친다. 서최에서도 최우선으로 서두르라고 했지만 때를 맞추지 못한다면 병력 소진을 최소한으로 해서 병력을 온존하라고 했다."

"그렇다면……."

"이대로 마주로 도망친다."

고유는 남쪽 하늘을 올려다봤다.

저물 듯 저물지 않는 하늘, 구름은 있었지만 겨울 동안 익숙해진 눈구름은 다른 풍취를 지니고 있었다. 드디어 겨울이 끝나고 평지에 쌓여 있던 눈도 녹았다. 문주에도 늦은 봄이 찾아왔지만 그들은 겨울에 갇힌 채 나올 수 없었다.

과거 승주에서 헤어진 주공을 떠올렸다. 결국 만날 수 없었다. 리사이는 한심한 휘하를 보고 얼마나 낙담하고 있을까.

"……도망칠 수밖에 없다."

산속에서 해가 저물었다. 고카는 멀리 보이는 마을과 그 주변 한지에 켜져 있는 횃불을 쳐다보고 있었다. 등 뒤로 희미한 소리가 난다. 서걱서걱 얼음이 된 눈을 밟는 소리다. 산에 쌓여 있던 눈도 녹기 시작했지만 주변에 있는 나무 아래에는 얼어버린 눈이 남아 있었다. 하지만 나무 기둥 주변에 있는 눈만큼은 썩은 것처럼 녹아내리고 있었다. 차가운 물이 흐르기 시작했고 주변에는 냉기가 고여 있었다.

"패주했다고 합니다."

척후가 작게 뇌까렸다. 아래로 보이는 마주사 진영 근처까지 몰래 다가갔던 자가 돌아온 것이다.

"청조가 있었다고 합니다. 놈들은 기뻐하며 술판을 벌이기 시작했습니다."

고카는 고개를 끄덕였다. 사실 좀 전부터 비탈길로 불어 올라오는 바람을 타고 병졸들의 떠들썩한 목소리가 희미하게 들려왔다. 희색을 띤 목소리였기에 그럴 거라 예상하고 있었다.

"소겐 님은."

"자세한 상황은 모릅니다. 적은 패주했고, 소탕이 마무리되면 귀환한다는 이야기만 들려왔다고 합니다."

"그래."

고카는 중얼거렸다.

"소탕을 하려는 건가. 야음을 틈타 도망칠 수밖에 없겠군."

"이 앞에는 병사가 많습니다. 차라리 강주로 가는 편이 어떠십니까."

목소리를 죽여 말하는 휘하에게 고카가 대답했다.

"강주로는 가지 말라는 리사이 님의 지시가 있었다. 이대로 서쪽으로 향한다."

"하오나."

"서쪽이다. 이견은 용납하지 않는다."

고카 일행이 강주로 향하면 틀림없이 흔적이 발각될 것이다. 그러면 강주 북부에서 소탕전이 벌어질 것이다. 염현이 휘말리면 서운관 생존자들이 위험해진다. 그렇게 되면 백성은 더이상 단약을 손에 넣을 수 없게 된다.

고카는 숨을 돌린 병사들을 격려하고 서쪽을 향해 산에서 내려가기 시작했다. 모든 병졸이 어둠을 두려워했다. 요마에게 습격당한 공포가 쉬이 잊히지 않고 들러붙어 있었다. 바람 소리에도 가슴을 쓸어내리며 그저 산을 내려갔다. 미처 녹지 못한 눈이 곳곳에 얼어붙어 있었고 그 얼음을 밟아 발이 찔린 병졸은 속으로 욕을 퍼부었다.

기척을 죽이고 밤을 꼬박 새워가며 걷다 이윽고 등 뒤로 펼쳐지는 하늘에 서광이 비추기 시작했을 무렵 고카는 높고 희미한 울음소리를 들었다. 멀지 않은 덤불 어딘가에 훈련된 군마가 숨어 있다는 증거였다.

고카는 손짓으로 집결하라 지시했다. 모여든 병졸을 둘러싸듯 분명한 인기척이 느껴졌다.

바람이 마주에 있는 산에서 남쪽을 향해 불어 내려왔다. 비린내 나는 시체 냄새를 머금고 있는 바람은 비탈길에서 불어 내려와 숲을 빠져나갔고 이윽고 강주 북부에 닿았다. 강주 산간에는 한 걸음 빨리 봄이 찾아오고 있었다. 산야의 눈도 거의 다 녹아 사라졌고 경작한 농지에는 푸른 싹이 희미하게 나 있었다.

새카만 경작지 한복판에 있는 작은 마을에 새소리가 울려 퍼진다. 산지에서 불어오는 바람도 이 주변에서는 미지근하고 부드러운 미풍으로 바뀌었다.

—하지만 더이상 없다.

엔시는 궤짝 안을 들여다보고는 드러난 바닥을 보며 한숨을 내쉬었다. 엔시는 줄곧 이가의 신세를 지고 있었다. 궤짝 속에 있던 곡물은 이가 사람 전원의 식량이다. 사월로 접어든 이후 감자와 채소로 양을 불려 하루라도 오래 버틸 수 있도록 노력했지만 결국 바닥을 드러내고 말았다.

—이틀 아니면 사흘.

그 시간이 지나면 궤짝은 텅 빌 것이다. 농지에 씨를 뿌리기는 했지만 먹을 수 있을 정도가 되려면 아직 시간이 걸린다.

한숨을 쉬며 냄비를 끌어안고 대문을 나섰다. 엔시는 이가의 신세를 지는 대신 노인이 많은 이가의 잡일을 도맡아 하고 있었다. 한 손에는 잡곡이 들어 있는 냄비를 한 손에는 설거짓거리가 들어 있는 통을 들고 이가에서 나와 근처 우물로 갔다. 묵묵히 설거짓거리를 정리하고 있을 때 가까운 길에서 걸어오는 사람이 있었다.

야윈 노인이었다. 등이 굽었고 걸음이 불안했다. 메마른 나무 같은 이 노인이 바로 동가로 숨은 도사들을 통솔하고 있는 엔초였다.

엔시가 고개를 숙여 인사하자 엔초는 무슨 생각이라도 난 듯 방향을 바꿔 우물 옆까지 다가왔다. 힘이 드는지 엔시 옆에 웅크리고 앉았다. 그 모습이 여느 때와 달리 패기가 없어 엔초는 어디에나 있을 법한 노인처럼 보였다.

의아해서 쳐다보고 있는 엔시에게 엔초가 물었다.

"부군에게 연락은 없었는가."

엔초는 시선을 돌리지 않은 채 물었다.

"부군이라니요, 고료 말씀이신가요? 아니에요, 고료는 제 부군이 아니에요."

떠난 뒤로 연락이 없다고 대답하려 했지만 그전에 엔초가 먼저 입을 열었다.

"어쩐지 구름의 움직임이 불길하구먼."

엔시는 엔초가 바라보고 있는 하늘을 올려다봤다. 해가 저무는 하늘에는 제법 봄답게 옅은 구름이 높게 펼쳐져 있기만 했고 딱히 낮게 드리워진 구름은 없었다.

"북쪽이 어두워."

"그런가요."

엔시는 애매한 미소를 지었다. 북쪽 하늘을 쳐다봐도 구름이 무거워 보이지는 않았다. 엔초는 몸을 구부리고 웅크린 무릎을 껴안듯 손으로 팔꿈치를 감싸고 있었다. 그리고 허공을 바라보며 말했다.

"교시는 어찌 지낼꼬."

불쑥 혼잣말을 했다. 손자를 염려하는 듯한 말투였다.

어떻게 대답해야 할지 엔시가 순간 망설이는 동안 엔초가 심하게 기침을 했다.

"괜찮으신가요?"

엔시는 등을 쓸어내리려고 손을 뻗었다. 그 손을 가로막고 엔초는 비틀거리며 일어섰다. 기침을 하며 터벅터벅 마을 입구 쪽으로 걸어간다. 그 모습이 너무나도 쓸쓸해 보여 엔시는 애잔한 마음으로 바라봤다.

그날 밤 엔초는 정신을 잃고 쓰러졌다. 그의 시중을 드는 마을 사람과 제자가 애를 썼지만 늙은 도사는 의식을 되찾지 못했다.

이틀 뒤, 엔초는 조용히 숨을 거두었다.

23
장

001

서최는 한산했다.

얼마 전까지 화적과 묵치, 백성이 모여들어 활기가 넘쳤던 대로에는 바람만이 불고 있었다. 무수한 무덤이 한지에 만들어졌지만 무덤에 꽂혀 있는 가래나무 가지 밑에 유해는 없었다. 전장에서 스러진 자들 대부분은 스러진 그 자리에 시신이 그대로 방치되었다. 애초에 그들을 거둘 수 있을 만큼 일손이 없었다.

화적은 거의 궤멸이나 다름없었다. 규산이 남긴 아들은 살아남았지만 주요 인물 대부분은 전장에서 쓰러졌다. 중상을 입고 돌아온 세키히가 목숨을 잃지 않은 것만으로도 행운이었다. 백치도 석림관도 주요 인물들을 제외하고는 돌아오지 못했다. 겐추는 살아남았지만 소도는 행방을 알 수 없었다. 마찬가지로 아문관의 하쿠규도 돌아오지 못했다. 세 명의 적을 상대로 크게 한판 벌이는 모습이 목격된 것이 마지막이었다. 고탁 계단 세력 또한 거의 궤멸이나 다름없었다. 구쇼도 세이겐도 전장에서 사라졌다. 그래도 소겐군과 리사이군은 귀환한 자가 많았지만 그럼에도 인원은 삼분의 일로 줄었다. 기수도 말도 없고 충분한 무기도 없었던 병졸은 거의 돌아오지 못했다. 일만 명에 가까웠던 묵치는 수백 명 이하로 확 줄었다.

희생은 그것으로 그치지 않았다. 리사이 일행이 임우에서부터 서주 주경에 걸쳐 공격을 가하고 있을 동안 주사가 아문관과 서최를 공격했다. 서최에 있던 사람들은 주사가 진격해 오는 것을 보고 약자들을 노구로 재빨리 피신시킬 수 있었지만 서최에 남아 주사와 대치하던 자들은 대부분 죽었다. 그중에 요타쿠도 있었다.

리사이는 한지에 있는 요타쿠의 무덤 앞에서 합장을 했다. 애써주었다. 호토의 죽음을 알고 쓰러져 정신없이 울었었다. 그런 요타쿠를 위로한 것이 그와 나눈 마지막 대화가 되어버렸다. 출진할 때 얼굴을 볼 틈도 없었는데 돌아와 보니 산더미 같은 유해 속에 쓰러져 있었다.

"나도 서최에 남았어야 했어……."

리사이의 옆에서 고개를 푹 숙인 기이쓰는 자신만이 노구로 후퇴했다는 사실을 자책하고 있는 것처럼 보였다.

"함께 가자고 했었습니다."

요타쿠는 그 제안을 거절하고 서최에 남았다.

"여자와 아이를 이끌 사람이 필요했네. 자책하지 말게."

리사이가 말했지만 기이쓰는 조용히 고개를 저었다.

요타쿠의 죽음은 고통스러웠다. 더욱 고통스러웠던 것은 공격을 받은 아문관과 호요가 운명을 같이했다는 점이었다. 쇄도한 주사는 아문관을 포위하고 불화살을 계속해서 쏴댔다. 도망친 사람들은 아문관 외부에서 당했다. 당시 아문관에 남아 있던 사람은 대부분이 공장工匠이었다. 싸울 방도조차 없이 그저 시체가 될 수밖에 없었다. 호요는 결국 도망쳐 나오지 않았다. 불에 탄 자리를 뒤져봤지만 무수하게 흩어진 유골 조각 중 어느 것이 호요인지 알 수도 없었다. 백랑에 있던 돈코와 전령 역할을 맡아 전선과 아문관을 오가던 세키레이만이 살아남았다.

"곁에 있었으면 도망치게라도 해드릴 수 있었을 텐데……."

세키레이는 분해하며 눈물을 흘렸지만 과연 세키레이 홀로 호요를 끝까지 지킬 수 있었을지는 불분명했다. 유해도 없고 최후를 본 사람도 없는 호요의 소멸은 현실감이 거의 없었다.

마을에는 텅 빈 굴만 가득했고 묵치가 지내던 건물에도 공백이 가득 찼다. 그럼에도 미지근한 바람에는 얄궂게 꽃향기가 섞여 있었다. 한지에서 거실로 돌아와도 따뜻하게 마중 나와주는 사람은 없다. 노고를 알아주던 요타쿠의 빈자리가 가슴에 사무쳤다.

침통한 분위기 속에 돈코가 찾아왔다. 찾아왔다기보다 문주성에서 도망쳐 나온 것이었다. 문주성 내부가 크게 움직이기 시작했다. 이제껏 문주를 방치하고 있던 아센이 문주를 지휘하기 시작했다. 잠이라도 자고 있듯 나태했던 상황은 단숨에 긴장감이 흐르는 상황으로 바뀌었다. 주후는 경질되었고 새로운 주후가 부하를 이끌고 들어왔지만 성에 들어와서는 멍한 눈을 하고 "소탕하라"라고만 말했다. 병들어 있다는 사실이 명백했다.

"국가 체제에 칼을 들이대는 자들을 제거하라. 화적과 궁구를 돕는 자, 마땅히 해야 할 일을 하지 않아 적에게 이익을 주는 자는 엄벌에 처한다."

이러한 선언을 들은 돈코는 주성에 남아 있는 것이 위험하다고 판단했다. 다만 소탕전으로 인해 소용돌이치는 혼란을 틈타 도망치는 게 고작이었다.

—이렇게까지 보기 좋게 와해되다니.

리사이는 자신이 경멸스러웠다. 열심히 쌓아 올렸지만 하나도 빠짐없이 무너졌다. 앞으로도 계속 무너질 것이다.

서주 경계로 대군이 모이기 시작했다. 소탕전이 시작된다. 홍기로 가는 길에는 관문이 만들어져 기수를 데리고 있는 여행객은 서주로 들어갈 수조차 없다. 리사이 일행이 겨울 동안 얻은 것들은 눈처럼 쌓이다 봄이 옴과 동시에 흔적도 없이 사라졌다.

"도망칠 수밖에 없네."

찾아온 돈코가 말했다.

"받아들이게. 그 견고한 방위선을 돌파할 수 있을 만큼의 병력은 더이상 없어."

그 말을 들은 리사이는 그저 침묵할 수밖에 없었다.

"이제 왕은 되찾을 수 없다. 아센을 없앨 수 없지. 이대로는 대국을 구할 방법도 없네. 대국을 위한다고 생각한다면 단념하고 재기를 도모하기 위해 또다시 은신할 수밖에 없네."

"단념하고……?"

세이시가 목소리를 높였다.

"주상은 포기한다. 하지만 대국에는 아직 다이키가 계시지. 아센은 주상을 살려두지 않겠지만 태보만이라도 계신다면 결국 천명은 바뀔 거야. 그렇게 되면 또다시 구할 수 있는 기회는 돌아올 거다."

"나라면 태보를 유폐할 거야."

겐추가 비아냥거리며 말했다.

"아무도 선택할 수 없도록. 그렇게 하면 앞으로도 아센 천하지."

"왕을 고를 수 없게 된 기린에게는 수명이 있네. 언젠가 아센은 태보를 잃게 되겠지."

그렇게 된다면 봉산에 다음 기린이 깃든 태과가 열릴 것이다. 새로운 대국의 기린이 태어나고 새로운 왕을 선택할 날이 찾아온다.

"새로운 왕이 선택될 때까지 견딜 수 있다면 대국에 새로운 왕은 태어난다."

돈코의 말이 옳다는 건 이해했지만 리사이 일행은 납득할 수 없었다.

―무엇을 위한 희생이었단 말인가.

여기서 교소를 포기하고 도망칠 거였다면 애초에 추격 따위 하지 않으면 그만이었다. 그랬으면 개죽음을 각오한 비참한 전투 따위 하지 않아도 됐다.

아센은 교소를 살려두지 않을 것이다. 이것은 단순하게 왕을 잃는다는 의미만이 아니다. 교소가 죽고 왕이 없어진다면 타국의 지원을 받을 수 없다. 왕이 요청하는 것이 절대 조건이었다.

대국은 고립되고 천도를 잃는다. 대국은 모든 것을 잃는다. 완전히, 모든 것을.

알고는 있지만 리사이가 고를 수 있는 선택지는 더이상 없었다.

002

"교소는 천의를 짓밟고 왕위를 훔쳤다. 그 사실을 널리 공표할 필요가 있다."

아센은 육조의에서 돌연 선언했다.

"양위를 하기 전에 백성 앞으로 끌어내 죄를 탄핵하고 사죄하게 한다."

육관은 머리를 한 대 맞은 듯 멍하니 듣고 있었다. 누구도 반대 의견을 말하지 않았다. 아센은 무표정하게 육관을 둘러보고는 안사쿠에게 시선을 돌렸다.

"안사쿠."

호명에 따라 안사쿠는 무릎으로 걸어 나왔다.

"기념할 만한 날 총재가 없어서는 안 되겠지. 그댈 총재에 봉한다."

아센의 말을 듣고 안사쿠는 고개를 깊이 숙였다.

—결국 올 것이 왔다.

약속된 거나 마찬가지라고 생각하고 있었다. 아센이 등극하고 싶도록 만든 것이 안사쿠였기 때문이다.

안사쿠는 아센이 다이키에게 왕이라고 지명을 받고서도 등극에 대한 어떠한 흥미도 보이지 않았던 이유를 허무함에서 찾았다. 어쩌면 아센이 교소를 친 것은 옥좌 때문은 아닐지도 모른다. 옥좌 자체를 원했다면 이렇게나 완벽하게 내던질 리 없다. 그렇다면 아센의 목적은 교소를 치는 행위 그 자체였으며, 따라서 교소에 대한 질투일 것이리라 여겼다. 아센은 자기보다 유능한 교소를 증오하고 있는 것이다. 무리도 아니라고 안사쿠는 생각했다. 실제로 안사쿠는 항상 생각하고 있었다. 교소라면 조운 같은 놈에게 전권을 부여할 리가 없다고.

안사쿠는 조운을 처세만 잘하는 무능한 인간이라고 여기고 있었다. 조운이 그나마 유능하게 보인 것은 안사쿠가 곁에 있었기 때문이다. 자부심만 강하고 자신이 얼마나 무능한지 모르는 조운을 조종하는 것은 다소 힘들었다. 대놓고 의견을 제안하면 주제 넘은 참견이라며 적개심을 보였다. 슬며시 제안하고 마치 조운 스스로가 생각해낸 듯 유도한 뒤 칭찬하며 부추긴다. 본인을 지키는 일에만 머리가 굴러가는 조운은, 마음이 내키는 제안이라도 그 제안으로 인해 자신이 뒤집어쓸 불이익을 바로 계산하기 시작한다. 그의 말을 받아넘기며 불안해지지 않도록 사전 교섭을 한 뒤 결단을 내리게 한다.

교소라면 어땠을까. 안사쿠는 생각했다.

조운이 무능하다는 사실을 꿰뚫어 보고 실제로는 누가 유능한지 알아보았을 것이다. 그것이 아센과 교소의 차이였고 그 능력차로 인해 아센은 틀림없이 교소를 질투하고 증오했을 것이다. 질투심으로 교소를 쳤지만 아센의 왕조는 일찍이 와해됐다. 무리도 아니다. 어차피 아센은 위왕에 지나지 않았고 모두가 그 사실을 알고 있었다. 신하의 우열을 파악할 수 있을 만큼의 능력도 없고 조운 같은 무능한 관리가 전횡을 일삼도록 허용했으니 조정이 잘 다스려질 리가 없다. 결국 그런 상황에 싫증이 난 것이리라고 안사쿠는 생각했다. 대국의 참담한 꼴은 자신이 무능하다는 증거다. 그러한 현실에서 시선을 돌리기 위해 육침 깊숙한 곳에 처박혀 눈과 귀를 닫은 것이다. 그렇다면 아센을 한 번 더 옥좌로 끌어내기 위해서는 교소보다 더 낫다는 확신이 들도록 만들면 된다.

그래서 안사쿠는 아센에게 귀띔했다.

"양위를 받으시기 전에 옥좌를 훔쳤다고 인정하게 하셔야 하옵니다."

아센은 처음에는 의아한 눈으로 안사쿠를 쳐다봤다.

"주상께서 옥좌를 훔치신 것이 아니라 애초에 주상의 것이었던 옥좌를 교소가 훔친 것이옵니다. 그 죄로써 형장으로 끌어내는 겁니다. 어렸던 태보를 농락하여 뿔을 자르고 억지로 따르게 했다. 그 부조리함에 대항해 주상께서 들고일어나자 백성이 겪는 고난을 내팽개치고 도망쳐 숨었다고 말이옵니다."

아센은 잠시 동안 안사쿠의 눈을 쳐다보고 말했다.

"어떻게 그걸 받아들이게 하지?"

"형장으로 끌고 와 탄핵하면 되옵니다. 죄를 인정하고 백성에게 사죄하라고 강요하는 거지요."

"교소는 받아들이지 않을 거다."

"받아들이지 않으면 모여든 백성은 납득하지 않을 것이옵니다. 탄핵을 하겠다고 고지하고 백성을 모으면 사죄를 듣기 위해 모여들 것입니다."

안사쿠는 나직하게 말했다.

"안달이 난 백성은 험한 말을 외칠지도 모르옵니다. 누군가가 돌을 던진다면 사람들이 우르르 따라서 던지겠지요."

"……호오?"

아센은 작은 탄성을 뱉으며 눈을 가늘게 떴다. 안사쿠는 좀더 가까이 다가갔다.

"양위는 너무 위험하옵니다. 교소를 나라 밖으로 보내서는 아니 되옵니다. 하오나 교소는 왕위에서 내려와야 하지요. 백성이 죽음으로 몰고 간다면 문제없을 것입니다."

"고작 돌멩이로 그자가 죽으리라 생각하는가."

"수많은 사람이 던지는 돌을 가벼이 보시면 아니 되옵니다. 돌을 던지는 동안에 사람들은 자신의 행동에 심취합니다. 그중에는 경비병의 무기를 빼앗아 좀더 직접적인 위해를 가하려는 자도 나오겠지요."

"나오겠는가, 실제로?"

아센은 옅은 미소를 지었다. 도전적인 눈빛이었다. 안사쿠는 자신이 시험당하고 있다 느꼈다.

"사전 교섭이 필요할지도 모릅니다. 불만이 있는 백성 여럿을 부추겨놓으면 되옵니다."

"내가 사람을 써서 교소를 친다면 그건 내가 교소를 치는 것과 같다."

"치라고 명령하시면 아니 되옵니다. 하오나 불만을 품고 있는 자들에게 다가가 내가 그대라면 돌을 던지고 싶다고, 가능하다면 검으로 내리치고 싶다고 말하는 것 정도는 문제없겠지요. 술자리라면 그런 대화도 종종 오가는 법입니다. 그 말에 부추김당해 실제로 행동에 옮기는 자가 나오더라도 그건 그자의 책임이옵니다."

안사쿠는 말을 이었다.

"또는 그렇게 행동하면 자신에게 좋은 일이 생길 거라 오해도 하겠지요. 사람은 자신에게 유리한 것만 보고 듣습니다. 단편적인 정보를 자신에게 유리하도록 상상으로 보충한 뒤 철석같이 믿지요."

"그러하군."

맞장구를 친 아센은 옅은 미소를 지었다. 안사쿠는 마른침을 삼키며 추이를 지켜보았고, 그 결과 아센이 등극하기로 결심했다. 안사쿠의 계획을 받아들인 것이다.

잘될 것이라는 보장은 없다. 하지만 대부분의 백성이 험한 말과 함께 돌을 던진다면 백성들 사이에서는 교소의 죄가 확정되는 것이나 마찬가지다. 아센은 그것으로 만족할 것이다. 정작 중요한 교소가 죽지 않는다면 정식으로 즉위할 수는 없지만 아센은 그래도 상관없을 것이다. 지금의 상황과 달라지는 건 없기 때문이다. 오히려 정식으로 즉위하지 않으면 곤란한 것은 안사쿠다. 하지만 그것은 안사쿠가 잘해내면 그만이다.

안사쿠는 실제로 교소가 붙잡혔다는 소식을 듣고 난 뒤 주도면밀하게 일을 진행시켰다. 마을에 사람을 풀어놓고 현 상황에 불만을 품은 자들과 접촉시켰다. 특히 풍기가 문란하고 황민이 많은 지역을 노렸다. 불행한 이유를 시대에서 찾고 억울하고 원통한 마음을 담아두었던 사람이라면 얼마든지 있다. 그런 사람만큼 의분에 사로잡히기 쉬운 사람은 없다.

용서할 수 없다, 욕지거리를 퍼부어주고 싶다, 돌을 던지고 싶다, 때려죽이고 싶다고 으르대는 사람이 나타난다면 반드시 동조하는 사람이 나올 것이다. 계속해서 부채질을 하면 상대는 스스로 결심한다. 상대에 따라서는 직접 나설 경우 금전적으로 또는 지위상 좋은 일이 있을 것이라는 분위기를 풍기는 것도 잊지 않았다. 행동하는 것이야말로 정의라고 주입시키는 것도. 한편으로는 군에서 폭동을 경계하고 있다는 소문을 퍼뜨렸다. 흥분한 백성이 교소를 공격하지 않을까. 탄핵의 자리에서 교소에게 천벌을 내리려는 사람들이 상당수 있는 것 같다고. 중요한 것은 의분에 휩싸여 행동하려는 백성이 많은 것 같다고 백성 스스로 오해하게 만드는 것이다. 백성은 언제나 숫자에 의지한다. 자신들의 진영이 더 많다는 생각이 들 때 행동의 역치는 단숨에 내려간다.

어느 것도 안사쿠가 직접 한 것이 아니다. 실력 좋은 부하에게 명령했다. 부하는 자신의 부하에게 명령을 내리고 누군가가 사람을 고용했으리라. 하지만 안사쿠는 누군가를 부추겨 분위기를 만들 필요가 있다는 명령만 내렸다. 부하든 부하의 부하든 실제로 폭동이 일어나면 포상이 있을 것이라고 오해하는 자가 있다면 그것이야말로 어리석은 확신이다. 아센에게도 안사쿠에게도 죄는 없다.

그리고 안사쿠의 시대가 올 것이다.

"조금 전, 아센이 사자를 보내왔습니다. 내일부터 마중을 보낼 테니 지금까지처럼 육조의에 출석하라고요."

다이키는 가라앉은 목소리로 말했다. 황포관의 거실에는 이제 겨우 네 명뿐이다.

"근신이 풀렸다는 의미인가요."

준타쓰의 물음에 다이키는 고개를 가로저었다. 어딘가 비통한 분위기를 띤 미소를 짓고 있었다.

"애초부터 근신이 아니었습니다. 저희가 황포관에 갇혀 있던 것은 어디까지나 모반의 위험으로부터 지키기 위해서니까요."

"그랬죠."

준타쓰는 한숨을 쉬고 이어 말했다.

"즉, 더이상 모반이 일어날 우려는 없다는 겁니까?"

다이키가 고개를 끄덕였다.

"가케이는…… 처형되었습니다."

준타쓰가 깜짝 놀라 소리쳤다.

"그러나…… 하오나, 가케이 님은 결코……."

죄 같은 건 짓지 않았다고 다이키는 작게 말했다. 가케이가 모반을 일으켰다는 것은 있을 수 없는 일이다. 애초에 조운의 자백

같은 걸 믿을 이유가 없었다. 날조된 죄라는 사실이 명백하리라.

"주육관장도 처형당했습니까?"

야리가 끼어들었다. 다이키는 고개를 숙인 채 끄덕였다. 준타쓰는 말도 안 된다고 소리를 쳤지만 더이상 말이 나오지 않았다.

"교소 님은 홍기로 연행되어 탄핵을 받을 겁니다."

다이키가 요약해 설명하자 간초가 신음했다.

"이 무슨 말도 안 되는 날조를."

"탄핵하는 자리에 저도 입회하라고 합니다."

그럴 거라고 야리는 생각했다. 아센은 처음부터 천명은 자신에게 있었다고 주장할 모양이다. 그 근거로 다이키의 존재가 절대적으로 필요하리라.

실내에 침묵이 무겁게 내려앉았고 간초가 낮게 신음했다.

"태보를 인질로 잡은 것과 매한가지다. 태보를 죽이겠다고 협박하면 교소 님은 거짓 참회를 할지도 몰라."

"태보의 죽음은 아센의 계략을 와해시키지."

야리가 말했다.

"하지만 위협은 할 수 있네. 분명 태보의 죽음은 아센 본인의 목을 조이는 행위야. 하지만 아센이 교소 님을 깎아내리기 위해 스스로 목맬 각오를 하는 건 있을 법하지. 하물며 교소 님이 아센의 계략을 어느 정도 알고 계실지 알 수 없네. 위협당하면 받아들이실지도 몰라."

왕의 죽음보다도 기린의 죽음이 백성에게 비극이다. 교소는 그렇게 판단할 것이다.

"그리고 교소 님은 도둑놈이 되겠지……."

간초가 머리를 감싸자 그의 어깨에 다이키가 손을 얹었다.

"그렇게 두지 않을 겁니다."

다이키는 단언했다.

"그 자리에 제가 있는 이상 그렇게 두지 않을 겁니다. 누가 진짜 왕인지 제가 고두례를 하면 일목요연한 일입니다. 교소 님이 진정한 왕이라고 확실하게 밝힌다면 주저하는 병졸도 나오겠지요. 게다가 형장에는 백성도 있습니다."

"아아, 그렇겠지요."

준타쓰가 안심한 듯 끄덕였다.

간초 또한 수긍했지만 속으로는 불안했다. 분명 교소의 발치에 다이키가 엎드려 절하면 누가 왕인지는 한눈에 명확해진다. 하지만 애초에 어떻게 교소의 발치로 다가간단 말인가. 아센이 다이키가 교소에게 접근하게 둘 정도로 어리석지는 않을 것이다. 게다가…….

준타쓰와 함께 서재로 가는 다이키를 배웅하며 야리가 입을 열었다.

"말처럼 잘될까."

간초의 불안감을 꿰뚫어 본 듯 야리가 말했다.

"교소 님의 발치까지는 나와 야리가 활로를 뚫으면 돼."

간초가 대답했다. 어렵기는 하지만 불가능한 일은 아닐 것이다.

"태보가 무릎 꿇은 순간 화살에 맞으면 그걸로 끝이야."

"그렇게 하면 아센도 끝이지."

"아센은 끝을 두려워하지 않겠지. 아센에게는 이제 교소 님에 대한 복수심밖에 남지 않았을 거야."

맞는 말이라는 생각이 들어 간초는 입을 다물었다.

"그것 말고도 불안한 게 있어?"

야리가 묻자 간초는 고개를 끄덕였다.

"태보는 흑기야……."

원래라면 기린의 머리카락은 금발로 기린만이 지닌 특별한 색이다. 금발에는 가부를 따지지 않는 설득력이 포함되어 있다.

"하지만 태보는 그렇지 않아. 나조차도 태보는 흑기였다는 사실을 새삼스레 떠올리고 납득할 때가 있어."

"그렇군. 시각적인 설득력이 부족하다는 건가."

"주상 앞에서 금발을 지닌 자가 고두례를 할 때 생기는 압도적인 설득력은 아마도 없을 거야."

다이키의 머리카락이 다른 재보들처럼 금발이라면 그 광경이 충격적일 것이다. 하지만 다이키에게 그 효과는 기대할 수 없다. 백규궁에 돌아왔을 때 정체를 의심받았던 것이 그 증거였다. 어릴 적 다이키를 알고 있는 자가 틀림없다고 증언했기에 겨우 받아들여졌지만 정말로 다이키가 맞는가 하는 어렴풋한 의혹은 줄곧 들러붙어 있었다.

"애초에 백성은 태보의 얼굴을 몰라."

간초가 중얼거렸다.

"게다가 흥분한 상태로 태보가 흑기라는 사실을 떠올릴 만한 심적 여유가 있을지 과연……."

"그도 그렇지……."

"그럼에도 원래라면 전변하거나 사령을 부리거나 해서 극복할 수 있는 방법이 없는 건 아니야. 하지만 태보는 뿔이 잘렸어. 실제로 주변에 있는 젊은이들과 다를 바 없지."

"기적적인 존재이기에 진실하다고 여겨진다……."

야리가 중얼거리자 간초는 고개를 갸웃했다.

"태보 본인이 그렇게 말했다더군. 천계가 진실로 통용되는 것은 기린이라는 존재 자체가 기적이기 때문이라고."

야리가 말했다.

"호오."

"……참 흥미로운 위인이야. 태보는 정말로 재밌어."

"무슨 그런 불경한 말을."

"나에게 기린의 위광은 통하지 않아. 하지만 태보는 재밌어. 냉정하고 냉철하지. 자신을 그렇게까지 객관적으로 바라볼 수 있다는 점이 흥미로워."

"야리."

간초가 나무라자 야리는 웃었다.

"보통내기가 아니라고 바꿔 말할까? 그자는 보통내기가 아니야. 그렇다면 간초가 불안하게 생각할 정도의 일은 이미 생각해서 답을 냈을 거야. 간초 같은 사람이 걱정할 필요는 없어."

간초는 울컥한 듯 입을 다물었고 그러다 갑자기 입을 열었다.

"교소 님 같군."

"나는 주상을 모르지만 그런 분인가?"

"됨됨이가 비슷한 게 아니야. 지금 야리가 말한 게 휘하들이 교소 님에 대해 말할 때 하는 말투와 비슷하다고 생각했을 뿐이야."

흐음, 하고 작게 감탄하고는 야리는 어딘가 감회가 남다른 듯 중얼거렸다.

"그렇군……."

다이키는 생각했다.

교소가 있는 장소를 찾아내 도망치게 하는 것이 이상적이다. 하지만 교소가 있는 곳은 끝내 밝혀낼 수 없었다. 가케이를 비롯한 육관장이 처형당해 일단 다이키의 근신 같았던 구속은 해제되었다. 주육관과도 만날 수 있게 되었지만 육관은 다이키의 편을 지나치게 들었다가는 자신들의 신변도 위험해지지 않을까 우려하고 있었고, 다이키도 같은 우려로 만남을 사양할 수밖에 없었다. 아센이 파견한 소신이 항상 가까이에 있어서 자유롭게 움직이기도 어렵다. 조사할 수 있는 것도 한계가 있었다.

왕사가 문주에서 누군가를 데리고 철저하게 경호하며 주경을 넘었다는 사실은 확인할 수 있었다. 왕사는 주경을 넘어 곧바로 홍기로 돌아왔지만 홍기에 귀환했을 때 교소는 그 안에 없었다. 철저한 경호를 받던 누군가도, 경호하고 있던 병졸도 없었다. 도중에 어딘가에서 왕사에서 떨어져 나와 숨겼다고밖에 생각할 수 없었지만 그것이 언제 어디였는지는 조사해봐도 잘 알 수 없었다. 주관의 권한은 군에게 까지 미치지 않는다. 곁에 게이토우가 없다는 사실이 힘들었다.

주경을 넘은 지 사흘째 되던 날 문제의 인물이 왕사에 있던 것은 분명한 듯했다. 경호병들이 있는 진영에 누군가가 있다는 소문을 다수 들었다. 그런데 그후, 경호병은 목격되었지만 정작 누군가에 대한 소문은 끊겼다. 있다 없다 단정 짓지 못했다. 경호병들은 귀환 길에서 조금씩 줄어들었고 홍기에 도착하기 전 전원이 모습을 감췄다. 언제부터 줄어들기 시작했는지 확실하지 않다. 왕사에서도 그 부대는 특이한 축에 속해 있어 온갖 지휘 체계에서 따로 떨어져 나와 다른 병졸과는 일절 교류를 하지 않았다. 모든 병졸이 그 부대를 지키며 홍기로 귀환한다고 인식하고 있었지만 정작 해당 부대에 다가가는 것조차 허용되지 않았다.

서주 북부에는 몇 개의 능운산과 역대 왕의 능묘가 있다. 그중 어딘가에 있지 않을까 하고 대충 어림잡아 찾아보게 했지만 군이 주둔하고 있거나 관리가 여럿 배치되어 있는 곳은 어디에도 없었다.

황포관에서 닿을 수 있는 연줄은 모두 동원했다. 교소가 있는 장소를 찾아낼 시간적 여유는 더이상 없을 것이다. 다이키가 먼저 교소를 만나는 것도 구출하는 것도 불가능에 가까웠다. 유일하게 교소와 접촉할 수 있는 기회가 주어지는 것은 탄핵이 이루어지는 현장이다. 미리 구해낼 수 없다면 확실하게 만날 수 있는 장소는 그곳뿐이다. 다이키는 그곳에 최후의 희망을 걸고 있었다. 자신이 교소의 발치로 달려간다면 민중의 앞에서 정의가 어디에 있는지 확실해진다. 그렇게 되면 형세가 단숨에 역전될 수도 있다.

그런 생각을 하고 있던 참에 아센이 말했다.

"태보의 주변 경호를 강화해야겠군."

다이키는 아센의 말을 듣고 흠칫 놀랐다. 육조의에서 한 말이었다. 다이키는 여전히 황포관에 감금되어 있었지만 조의가 있는 날에는 마중이 온다. 국관은 호위랍시고 다이키의 주위를 견고하게 둘러싸고 외전이나 내전으로 이동한다. 그러한 자리에서 아센은 육관에게 지시했다.

"백성이 흥분하고 이성을 잃어 태보에게 난폭한 짓이라도 하려고 한다면 큰일이다. 무슨 일이 일어날지 모른다. 모쪼록 태보의 경호에 만전을 기해 개미 한 마리도 빠져나가지 못하게 하라. 존체 가까운 곳에 소신을 붙여 떨어지지 않게 하라."

명령을 내린 아센은 비웃듯 다이키를 쳐다봤다. 다이키는 아무렇지 않은 채 있었지만 실망을 금치 않을 수 없었다. 아센은 다이키가 어떤 의도인지 꿰뚫어 보고 있을지도 모른다는 불안감이 피어올랐다.

"그리고."

아센은 즐기는 듯 말을 이었다.

"궁구의 잔당 소수가 홍기에 들어올 수 있다. 결사대를 꾸려 교소를 탈환하려고 할지 아니면 모든 것을 포기하고 교소의 명예라도 지키려고 할지 모르지. 뭐가 됐든 행동에 나서는 자가 나오리라 생각하는 게 좋겠지."

다이키는 그저 입을 다물고 옆에 있을 수밖에 없었다.

“홍기를 봉쇄하는 편이 좋지 않겠사옵니까.”

하관장의 의견에 아센이 웃었다.

“그렇게는 하지 않을 거다. 잔당을 일부러 홍기로 들어오게 할 것이다. 탄핵이 시작됨과 동시에 홍기의 문을 닫아라. 모여든 군중의 움직임을 파악해 내 말을 거역하거나 병졸에게 대들거나 조금이라도 죄인을 비호하는 행동을 보이는 자는 사정을 따지지 말고 섬멸한다.”

“섬멸…… 말씀이시옵니까.”

아센은 고개를 크게 끄덕였다.

“체포만으로는 미약하다. 신문도 필요 없다. 그 자리에서 묻지도 따지지도 말고 죽여라.”

“하오나 그리하여서는 백성들이…….”

아센을 부도덕한 사람이라고 생각하지 않을까 하는 하관장의 의견에 아센은 큰 소리로 웃었다.

“그런 걱정은 할 필요 없다. 궁구의 잔당이었다고 말하면 그만이야.”

즐거운 듯 계속 말했다.

“잘 알겠는가. 모여든 군중 속에 반민이 섞여 있을 수 있지만 그들을 굳이 없애지는 않는다. 오겠다면 들여보내라. 다만 무기가 있는지는 검문하라. 왕궁에 무기를 지니고 오게 하지 말아라. 놈들이든 아니든 방해하려고 한다면 바로 없앤다. 주변에 공행사와 궁병을 배치하라."

홍기를 봉쇄하고 불온한 움직임이 있다면 누구건 밖으로 내보내지 말아라. 홍기에서 모조리 처리한다. 아센은 그렇게 선언했다.

다이키는 이 말을 그저 듣고 있을 수밖에 없었다. 주변에 있는 무고한 백성들이 휘말릴 수 있다고 이의을 제기했지만 아센이 들어줄 리 없다는 것쯤은 알고 있었다.

교소를 구하려는 누군가가 있다 하더라도 홍기로 유인되어 살해될 뿐이다. 다이키에게는 그것을 막을 방법이 없었다.

—이제는 누구도 교소를 구할 수 없다.

다이키는 그 사실을 인정해야만 했다. 교소는 지금 다이키의 손이 닿는 범위에 없다. 리사이의 행방도 모른다. 생사조차도 분명하지 않다. 귀환한 병졸들의 소문을 들을수록 리사이 세력이 살아남았을 확률은 대단히 낮아졌다. 살아 있으리라 믿고 싶지만 확실하게 믿을 수 있는 근거가 없었다.

—설령 살아남았다 하더라도.

만약 요행으로 리사이가 살아남았다 하더라도 이 견고한 방비를 뚫고 홍기로 들어올 수 있을까. 들어올 수 있다 해도 교소를 구할 수가 없다. 리사이의 세력은 궤멸했다. 아센군이 추격할 정도의 세력도 남지 않았다.

시신이 수두룩했다고 어느 병졸이 말했다. 제대로 된 무기도 방어구도 없이 빈약한 창 한 자루로 아센군과 대치했던 사람들은 힘없이 목숨을 잃었다. 도망친다면 살아남을 방도라도 있었을 텐데 그들은 무모하고 과감했다. 물론 도망친 자들도 있었지만 바로 추격당했다. 전장을 이탈하기 전에 시신이 되었다. 어쩔 수 없었다. 그들에게는 말도, 후방을 지키며 퇴로를 확보할 만큼의 인원도 없었다.

더이상 아무도 교소를 구할 수 없다.

유일하게 가능한 사람이 있다면 다이키 본인이겠지만 교소를 도망치게 한다 해도 무사히 멀리 달아나게 할 수 없었고 그렇게 하더라도 대국을 구할 수 없었다.

다이키는 황포관으로 돌아와 북쪽 하늘을 올려다봤다.

할 수 있는 일은 이제 한 가지뿐이었다.

"준타쓰, 부탁이 있습니다."

다이키가 부르자 준타쓰는 "네" 하고 성실하게 대답하고 곁으로 달려왔다. 다이키는 그 손에 서신 한 통을 건넸다.

"이걸 전해줬으면 합니다. 긴 여정이 될 거고 위험한 일도 있을지 모릅니다. 하지만 이 일은 준타쓰에게만 부탁할 수 있습니다. 가주겠습니까?"

"물론입니다."

서신을 받은 준타쓰가 대답했다.

"고맙습니다. 강주로 가주세요. 강주 염현에 동가라는 마을이 있는데 그곳에 도진이라는 사람이 있습니다. 반드시 도진에게 이 서신을 전해주세요."

"염현에 있는 마을 말씀입니까?"

다이키는 고개를 끄덕였다.

"제가 의지할 수 있는 세력은 이제 그곳뿐입니다. 도진은 인원은 적지만 뜻이 있는 백성을 지휘하고 있지요. 그러니 이걸."

"네."

숨을 크게 들이켠 준타쓰는 고개를 숙였다.

"간초에게 말해 기수를 준비시키겠습니다."

"저는 기수를 타지 못합니다."

"매우 영리한 기수라 괜찮아요."

다이키는 미소 지으며 간초를 불렀다.

"준타쓰에게 도라를 준비시켜주세요."

"도라라면 그 추우 말입니까?"

다이키는 고개를 끄덕였다.

"하지만…… 그것은……."

"용건이 있다고 준타쓰를 왕궁 밖으로 내보내는 것까지는 어떻게든 할 수 있겠지요. 하지만 홍기를 출발하면 병졸이 따라붙지 않으리란 보장이 없습니다. 도라라면 미행을 따돌릴 수가 있어요."

"그거야 뭐, 추우니까요."

"절대로 그 마을로 왕사를 데리고 가서는 안 됩니다. 고문庫門•을 나가면 기수에 타고, 그대로 고문皐門••을 나와 전속력으로 달려가주세요. 도라는 알아서 태워줍니다. 걱정하지 않아도 돼요."

"네…… 네에."

준타쓰는 긴장한 듯 고개를 끄덕인 뒤 서둘러 여장을 챙기러 갔다.

그 모습을 바라보던 간초가 말했다.

"무슨…… 계획이라도?"

"아니요."

다이키는 웃었다.

"그 기수는 교소 님을 돕기 위해 빌린 것입니다. 만에 하나의

• 고문(皐門)과 치문 사이의 문.

•• 국부의 입구.

일이 발생하지 않도록 돌려드리지 않으면 안 돼요."

"아아……."

미심쩍어하며 고개를 끄덕이는 간초에게 다이키가 말했다.

"제 상황은 나쁩니다. 준타쓰는 제 소임을 다해주었지만 그렇기에 위험합니다. 이제 안전한 장소로 도망쳐야 할 시기인 것 같아요."

서신에는 도진과 준타쓰에게 전하는 감사와 사죄의 글밖에 씌어 있지 않았다. 태과이기에 많은 내용을 적기는 벅차다. 도라를 묵양산 굴에 풀어달라고 겨우 덧붙였다. 도라라면 굴을 빠져나가 운해 위를 날아서 떠날 수 있을 것이다.

"잘 풀려도 못 풀려도 저는 아센의 적이 됩니다. 준타쓰는 여기에 없는 편이 좋겠지요."

003

반드시 소탕전이 벌어질 것이다.

리사이 일행에게는 다른 방도가 없다. 모든 것을 각오했다. 하지만 어떻게 해서라도 문주에 있는 백성들은 휘말리지 않도록 해야 했다.

그들이 풀이 죽은 채 백성을 보호하는 일에 힘을 쏟고 있을 때 겐칸이 소식을 보내왔다. 세이시가 청조를 리사이에게 데려갔다.

고섭의 다리에는 검고 가느다란 죽통이 달려 있었다. 틀림없이 겐칸이다.

통을 풀어 안에 얇게 돌돌 말려 있는 종이를 꺼냈다. 세이시는 종이를 리사이에게 건넸다. 리사이는 바로 펼쳐 훑어보았고 읽을수록 안색이 바뀌었다. 리사이는 기겁해 눈이 휘둥그레졌고 얼굴에 핏기가 가셨다. 나쁜 소식이라는 것은 바로 짐작할 수 있었다. 그와 동시에 다른 이들은 여기서 더이상 나빠질 여지가 남아 있을까 하는 생각이 들었다.

묘하게 둔해진 기분으로 걱정하고 있을 때 리사이가 입을 열었다.

"교소 님이 처형된다."

따귀를 맞고 정신이 든 것 같았다. 지금, 무슨 소리를 들은 걸까.

"무슨 소리야."

소겐이 성난 얼굴로 리사이에게 다가갔다.

"교소 님이 아센에게서 왕위를 빼앗았다는군."

세이시는 무슨 소리인지 이해가 되지 않았다. 그것은 그 자리에 있던 모든 사람이 마찬가지였다.

"팔 년 전에 왕위를 훔친 죄라고 되어 있으니 오늘날의 일은 아니야. 애초에 교소 님이 등극한 게 찬탈이었다는 의미겠지."

"그런 말도 안 되는 허사를."

소겐은 너무 화가 난 나머지 파랗게 질려 그 자리에 굳어버렸다.

"찬탈로 인해 백성들에게 고난을 강요했다. 이를 여러 사람 앞에서 사죄시키겠다고 하는군."

소겐은 더이상 할 말이 없었다. 순간 아무 의미도 없이 칼자루에 가져다 댄 손이 떨리고 있었다. 대신 세이시가 입을 열었다.

"사죄를 시킬 뿐입니까? 그걸로는 처형이라고 할 수 없습니다."

리사이는 오싹해진 안색으로 끄덕였다.

"형장에 몰래 부하가 동원될 거야. 백성을 선동해 돌을 던질 거라고."

리사이는 얇은 종이를 세이시에게 내밀었다. 아주 작은 종잇조각이었다. 촘촘히 적어도 적을 수 있는 정보는 한정된다. 종이에 적혀 있는 것은 리사이가 요약한 게 다였다.

"이게 도대체 무슨 말일까요."

"즉, 팔 년 전에 등극해야 했던 사람은 아센이었다는 말이지. 그 자리를 교소 님이 빼앗았다는 거야. 그 과오를 여러 사람 앞에서 사죄시킨다는 명목으로 봉천전奉天殿 앞으로 끌어내는 거지."

봉천전은 백규궁에서도 대중에게 열려 있는 정전이라고 할 수 있는 건물이었다. 고문에서 백규궁으로 들어오면 정면에 전당이 솟아 있었다. 봉천전 바로 앞에 있는 광대한 전원을 누각이 둘러싸고 있다. 즉위식을 비롯한 여러 의식에 사용되는 건물인 봉천전 전원까지는 백성이 자유롭게 드나들 수 있었다.

"아마 백성이 밀려들겠지. 거기에 휘하를 잠입시켜 돌을 던지게 하는 거야. 그렇게 해서 모여든 백성을 선동하려는 거지."

"설마 그런."

"백성은 아센이 신왕이라 믿고 있어. 그건 세이시도 이해하고 있겠지. 다행인지 불행인지 태보가 백규궁으로 돌아가서 백성을 구제하기 시작했고 그조차도 신왕 아센이 베푼 은혜라고 받아들이고 있는 백성도 많아."

세이시는 맞는 말이라고 생각했다. 문주의 백성조차 교소의 편을 드는 세이시 일행에게 "반역자"라며 욕을 쏟아붓는 자가 있었다.

"이런 상황에서 애초에 아센이야말로 정당한 왕이고 교소 님의 등극은 기만이었다고 한다면? 교소 님이 등극한 이후 팔 년간의 고난은 모두 교소 님의 탓이 되지. 백성은 교소 님을 매도할 거야. 누군가가 돌을 던진다면 흥분에 못 이겨 마찬가지로 돌을 던지지 않을까."

"그거야 있을 수 있는 일이지만……."

"교소 님은 아마 묶여 있겠지. 억울하고 원통함에 휩싸여 우르르 몰려든 백성들이 던지는 돌에 맞아 죽게 될 거야. 즉, 처형을 당하는 거지."

"어떻게 그런 일이……."

세이시는 절규했다. 소겐이 거칠게 말했다.

"결코 용서할 수 없네."

소겐은 그렇게 말했지만 지금 뱉은 말이 얼마나 허무한 말인지 자신도 이해하고 있었다. 그저 단순한 분노의 말 이상도 이하도 아니다.

교소는 정당한 왕이다. 그것이 왕위를 훔쳤다고 일컬어지고 있다. 칠 년 전, 교소가 문주에서 유폐된 이후, 나라를 뒤덮은 고난은 아센 때문이다. 아센이 교소를 계략에 빠뜨린 탓이었고, 게다가 백성을 방치했다. 그런데 그것을 교소에게 전가한다. 이 이상의 모욕이 어디 있을까. 결코 용서할 수 없는 일이지만 그들에게는 막을 방법이 없었다. 아센을 칠 수단도 없고 인원도 급격히 줄어 와해된 세이시 일행으로는 교소를 구해낼 수도 백성을 막을 수도 없었다. 그저 용서할 수 없다는 분노의 말을 계속해서

퍼붓는 수밖에 없었다.

"그래도 이건 너무 지나칩니다."

세이시는 그 자리에서 무릎을 꿇었다.

교소가 왕이건만. 하늘에게도 인정받은 정당한 왕이건만.

"태보는 교소 님께 서약했다고."

세이시는 그 자리에 있었다. 어린 다이키가 기린으로 변해 교소를 쫓아왔다. 교소의 앞에 무릎을 꿇고 주상으로 맞이한다고 했다. 교소는 그 말에 "허락한다"고 답했다.

"교소 님이 왕인데!"

"어떻게든 저지해야 해."

세이시 근처에서 결연한 목소리가 들렸다. 고개를 들자 리사이가 옆에서 무릎을 꿇고 몸을 숙이고 있었다.

"그 일만큼은 벌어지게 해서는 안 돼."

"하오나……."

"방법은 없지만 어떻게든 해야 해. 교소 님에게는 더할 나위 없는 치욕이고 백성에게도 더할 나위 없는 불행이다."

리사이는 몸을 떨었다.

"아센이 위왕에 지나지 않는다는 사실은 언젠가 드러날 거다. 그렇게 됐을 때 백성은 자신들의 손으로 정당한 왕을 때려 죽였다는 사실을 알게 되지. 그렇게 되도록 두고 볼 수 없다."

일동을 바라보는 리사이의 시선에 모두가 깊게 고개를 끄덕였다.

"하지만 어떻게?"

돈코가 소리를 높였다.

"홍기로 쳐들어가봤자 몰살당할 뿐일세. 교소 님을 구하는 것조차 맘대로 되지 않네. 그뿐만이 아니야. 교소 님의 명예에 애석하게도 흠집만 낼 뿐 아니겠는가?"

돈코의 말은 일리가 있었다. 처형장에서 소동을 피운다 해도 교소를 구할 가망은 없었고 그런 세이시 일행의 행동은 백성의 눈에 발버둥 치는 것으로밖에 보이지 않으리라. 왕위를 훔친 악당이라는 인상만 강해질 수 있다.

"그걸로 충분하네."

소겐이 툭 내뱉었다.

"주상과 함께 죽어도 좋네. 하다못해 구속된 주상을 풀어드리겠네."

"소겐 님……."

소겐은 뒤돌아, 저도 모르게 제지한 세이시를 고요한 눈으로 바라봤다.

"주상께서는, 교소 님은 무인이시다. 무인으로서 싸우다 죽어 시체로 널브러지는 건, 분할지언정 결코 불명예스러운 일이 아니다. 싸우지도 못한 채 죄인이 되어 맞아 죽는 것이 수치다."

"궁지를 지키고 주종이 함께 죽겠다는 말인가!"

돈코가 소겐에게 소리쳤다.

"아하, 그래. 그렇게 하면 자네들 무인이 말하는 긍지인지 뭔지는 지킬 수 있겠지. 하지만 자기만족에 빠진 네놈들은 그걸로 충분할지 몰라도 대국은 어찌할 건가. 이대로 아센의 독재를 용납할 건가?"

리사이 일행은 침묵할 수밖에 없었다.

"대국의 미래와 백성을 생각한다면 개죽음만큼은 피해야 해. 참고 견뎌서 시기를 기다린 다음 주상의 복수를 해. 아센만큼은 무슨 일이 있더라도 물리쳐야만 해."

돈코는 강하게 주장한 뒤 부드럽게 타이르듯 어조를 바꿨다.

"자네들은 줄곧 주상이라면 어떻게 했을까 하고 말했지. 지금 이 자리에 교소 님이 계신다면 어떨 것 같나? 주인을 생각하는 자신의 기분이 먼저겠는가 아니면 대국이 먼저겠는가?"

잘 생각해보라고 돈코가 말했다.

그날, 세이시는 답답한 기분으로 계속 생각했다. 분명 교소라면 자신은 괘념치 말라고 할 것이다. 그보다 백성을 구하라고.

하지만 그런 생각을 할 때마다 마음속 깊은 곳에서 절망감이 솟아올랐다. 일전에 노안에서 느꼈던 그 절망감이다. 교소를 잃었다고 생각했다. 자신이 확인하는 수고를 게을리한 탓에 교소를 죽이고 말았다는 절망감. 세이시는 대국의 미래에 절망했지만 그 이상으로 자신의 무능함에도 절망했다. 자신이 어떻게 할 수 있었을지도 모르는데 무능한 탓에 그 기회를 멀뚱멀뚱 놓쳤다는 사실을 받아들일 때의 절망. 자신을 향한 모멸감과 혐오 그리고 증오. 타인이 용서해도 자신만큼은 스스로를 용서할 수 없다는 속이 뒤틀리는 듯한 기분.

—교소를 구해야만 한다.

하지만 방법이 없다. 세력을 하나부터 다시 쌓아 올릴 만큼 시간을 끌 수도 없다. 홍기로 쳐들어가 무력으로 되찾는 일은 불가능했다. 홍기를 견고히 지키는 왕사 육군, 실제 인원과 실태는 확실하지 않지만 불과 이백 명에 가깝게 줄어든 세이시 일행보다 분명 삼백 배 이상 많을 것이다. 상대에게는 적게 어림잡아도 삼백 배 많은 병력과 견고한 성이 있고 심리적으로 편을 드는 백성이 있다. 전장은 냉철한 산술의 장이다. 아무리 가볍게 어림잡아봐도 '불가능' 외에 다른 가능성은 있을 수 없었다.

"왕도로 잠입해서 주상을 빼 올 수 없을까요."

기이쓰가 의견을 냈지만 불가능하다고밖에 말해줄 수 없었다.

"왕궁의 경비가 삼엄하니 말이야. 지금 있는 수하로 잠입해서 어떻게 할 수 있는 정도라면 시작부터 아센의 목을 치겠어."

리사이의 대답에 기이쓰는 입을 다물었다. 대신 다른 사람이 말을 꺼냈다.

"형장은 어떨까요. 백성 앞에 끌어내는 거니 그 자리에 저희도 입회할 수 있겠지요."

동의한다는 듯 고개를 끄덕이는 자가 있었다.

"그래, 그거야. 군중과 함께 들어가서 형장으로 간 다음 단숨에 주상의 곁으로 달려가는 거지."

"어려울 거야."

소겐은 숨을 내쉬었다.

"두말할 것 없이 아센은 교소 님을 탈환하러 올 세력이 있으리라고 계산에 넣어뒀을 거야. 돌을 쥐고 몰려드는 백성을 베어서 활로를 열 수 있겠는가?"

"백성에게 칼을 들이대는 것은 마음이 아픕니다만 주상을 구하기 위해서라면 어쩔 수 없습니다."

그래서는 아센과 다를 바 없다는 의견과 어쩔 수 없다는 의견이 양립했다.

"감정은 억누를 수 있다고 하더라도."

세이시는 큰 소리로 말했다.

"주변을 둘러싸고 있는 백성은 수천 명일 것입니다. 그렇게 많은 군중에게 둘러싸여서 활로를 여는 것이 가능할까요."

"무리겠지."

리사이가 말했다.

"무엇보다도 고문 안쪽으로는 무기를 가지고 들어갈 수 없을 거다. 내가 아센이라면 백성을 들여보내더라도 몸은 수색하겠지. 무기는 일절 가지고 들어오지 못하게 할 거야."

소겐이 리사이의 말을 이었다.

"설령 활로를 열었다고 해도 그다음에는 어떻게 할 건가. 삼엄한 경비를 물리치고 형장을 떠날 수 있을 것 같은가. 왕도를 탈출할 수 있겠는가. 탈출하고 나서 그다음엔 어떻게 할 건가?"

세이시는 백규궁을 떠올렸다. 고문이 우뚝 솟아 있고 안쪽에 봉천문의 누각이 있었다. 좌우에도 누각이 높게 솟아 있고 사방에 있는 건물은 높다란 성벽으로 이어져 있었다. 봉천문을 넘어가면 봉천전 전원이 나오는데 그 좌우에도 누각이 우뚝 치솟아 있었다. 전원 도처에 병사가 깔려 있을 것이다. 봉천문에서 고문에 이르는 곽벽에는 무수한 병사와 공행사가 대기하고 있었다. 무슨 일이 벌어지면 그들이 달려온다. 공행사가 있으면 분명 무슨 일이 터지자마자 달려올 것이다. 인파를 헤치고 교소의 곁에 도착했을 때에는 하늘에서 화살과 투창이 쏟아져 내려올 것이다. 주변 인파가 방해를 한다면 도착하기는커녕 교소의 곁에 다가가지도 못한 채 화살과 투창의 먹잇감이 될 가능성이 높아 보였다.

세이시가 의견을 말하자 누군가가 말했다.

"그건 못 하겠지. 주변이 인산인해일 텐데."

세이시는 씁쓸한 미소를 지었다.

"주변에 있는 백성이 휘말린다고 아센이 주저할 것 같은가?"

대답은 돌아오지 않았다.

아센이 백성의 목숨을 신경 쓰리라는 생각은 들지 않는다. 상당수의 공행사가 있는 이상 교소의 옆에 다가갈 수 있을지조차 의문이다. 설령 다가가더라도 주변에 적이 우글우글 들끓고 있다. 이들을 물리치는 것은 불가능하다. 기적이 일어나더라도 아센은 소동이 일어난 순간 고문을 폐쇄할 것이다. 그렇게 되면 왕궁에서 나갈 방법은 사라지고 압도적인 병력이 밀려들어 짓밟힐 뿐이다. 세이시 일행이 짓밟히기 전에 홍기의 문도 닫힌다. 자칫 실수라도 저지르면 홍기에서 나갈 수조차 없게 된다.

"탈출할 수 있어도 갈 곳이 없네."

누군가가 힘없이 중얼거렸다.

"쫓기다 공격당할 뿐이야. 도망칠 곳도 없으니까 말이야."

"하지만……."

끝까지 포기 못 한 누군가가 의견을 제시하려고 했지만 결국 하지 못했다. 내려앉은 침묵이 씁쓸한 듯 리사이가 미소 지으며 나직하게 말했다.

"게다가 아센의 수중에는 태보가 계시지. 여러 기적이 일어난다 한들 아센이 태보를 죽이면 그 순간 모든 게 끝나네."

"그 말은."

누군가가 반응했다.

"즉, 탈환은 불가능하다."

세이시는 머리를 쥐어뜯고 싶었다. 아무리 생각해도 교소를 구할 수 없다. 하지만 불가능하다는 결론이 나와도 포기할 수 없다. 몇 번씩이나 아주 꼼꼼하게 대책을 강구해봐도 해결책은 보이지 않는다. 결국 이런 행운이 따른다면, 저런 요행이 따른다면 하고 일어날 리 없는 망상으로 생각이 회피하는 꼴이다.

—끝끝내 방법이 없다.

"그래도 저는 교소 님을 저버릴 순 없습니다."

세이시는 주장했다. 그것만큼은 싫다.

소겐이 고개를 끄덕였다.

"대국을 구하는 것은 최우선 사항이다. 그건 나도 알고 있어. 하지만 그렇기 때문에 나만이라도 교소 님을 구하고 싶다. 교소 님은 나라를 먼저 생각하라고 말씀하시겠지만 나는 교소 님이 국가를 위해 힘써오셨다는 사실을 알고 있어. 그런 분이 국가 때문에 버림받고 저런 처우를 받으시는 걸 내버려두고 싶지 않아."

개인적인 감정이라고 소겐은 조용히 웃었다. 각오한 얼굴이었다.

"구할 수 없다는 사실은 알고 있지만, 구할 수 없을지라도 교소 님이 치욕스러운 죽음을 맞이하는 것만큼은 두고 볼 수 없네. 하다못해 형장에서 풀어내드리고 싶어. 결과가 패배와 죽음뿐이라 하더라도 적어도 싸우다 죽을 수 있도록 해드리고 싶네."

리사이가 동의했다.

"우리는 많은 희생을 치렀네. 그런데도 대국을 위해 아무것도 하지 못했지. 무언가를 해냈다는 기분이 들지 않아. 그렇기 때문에 충의만큼은 관철하고 싶네."

리사이는 자조하듯 웃었다.

"소겐이 보기에는 내가 이런 말은 하는 게 우스꽝스러울지도 모르겠네만."

"리사이도 교소 님의 휘하인 건 마찬가지야. 누가 먼저고 나중인지는 상관없네."

리사이는 고개를 끄덕였다.

"물론 대국을 구하는 것을 우선하는 사람들이 있어도 괜찮네. 오히려 없으면 곤란하지. 나는 그런 마음을 지닌 사람들에게 대국의 미래를 맡기고자 하네."

리사이는 그 자리에 있는 사람들을 바라봤다.

"대국을 위해 뒷일을 부탁하고 싶소. 일단 안국으로 탈출해줬으면 하오."

이것이 리사이가 내린 결론이었다.

004

더이상 교소를 탈환할 수 없다. 대국의 훗날을 위해 안전한 곳으로 탈출해주길 바란다.

리사이의 말에 설득당하는 자도, 완고하게 고개를 가로저으며 거부하는 자도 있었다. 리사이는 할 수 있는 말을 총동원해가며 설득했다. 제일 먼저 세이시를 설득하려고 했지만 뜻대로 되지 않았다.

"저도 홍기로 가겠습니다."

"세이시……."

거듭 말하려는 리사이를 세이시가 가로막았다.

"가게 해주십시오. 부탁드립니다. 이제껏 리사이 님과 함께해왔습니다. 제가 받아들일 리 없다는 것 정도는 아시겠지요."

그렇게까지 말하니 입을 다물 수밖에 없었다. 리사이는 노안에서 교소로 추측되는 무인이—결국 기료였지만—죽었다는 사실을 알았을 때 세이시가 분개했던 것을 기억한다. 아니, 잊을 수 없었다. 무리하게 남겨두면 그때처럼 자책할 것이다. 그 사실을 알고 있으니 받아들일 수밖에 없었다.

"저도 갈 겁니다."

설득하기 전에 오코가 먼저 말했다.

"고유는 분해하겠지만 지각했으니 어쩔 수 없습니다. 뭐, 열심히 발 좀 동동 굴러보라지요."

"오코, 쓸데없이 목숨을 버리지 않아도 돼."

"쓸데없지 않습니다. 제가 기개를 굽히지 않는 것은 쓸데없는 일이 아닙니다."

리사이는 한숨을 쉬었다.

"이 말이 어떻게 들릴지는 모르겠지만…… 오코가 교소 님에게 그렇게까지 할 의리가 있다고는 보이지 않아. 물론 태왕의 신하라는 의미로 본다면 의리가 있긴 하지만."

"아니에요."

오코는 질렸다는 듯 거침없이 말했다.

"저는 리사이 님의 휘하입니다. 리사이 님이 가면 가는 겁니다. 당연한 거 아닙니까."

리사이는 북받쳐 올라 말이 나오지 않았다.

"그럼 명령하겠다."

리사이가 말을 끝내기도 전에 오코가 말했다.

"사양하겠습니다. 저를 죽게 하고 싶지 않으시다면 리사이 님이 후회하시겠죠. 리사이 님이 후회하겠다고 말씀하신다면 저도 꽁무니가 빠지도록 도망칠 겁니다."

"오코, 부탁하네. 다음 시대를 위해서는 인재가 필요해."

"고유가 있어요. 저는 리사이 님의 그림자라서 리사이 님이 가는 곳으로 갑니다. 자고로 장군쯤 되면 그런 짐을 짊어지는 거예요."

리사이는 또다시 한숨을 쉬었다.

"……바보 같은 놈."

"그거야 뭐 제가 모시는 장군이 엄청난 바보시라서."

리사이는 피식 웃으며 북받쳐 오르는 것을 집어삼켰다.

오코는 떠나는 리사이를 배웅한 뒤 창에 숫돌을 가져다 댔다.

—이번에는 홀로 가시게 하지 않는다.

과거 오코는 리사이와 함께 승주에 있는 반민을 제압하라는 명령을 받고 승주로 떠났다. 한창 행군을 하고 있을 때 리사이가 신문을 받기 위해 끌려가고 말았다. 휘하 중 단 한 명의 수행원도 허용되지 않고 적병들에게 둘러싸여 죄인이라도 되는 듯 끌려가버렸던 주공. 그로부터 칠 년 동안 생사조차 알지 못했다. 홀로 보내고 싶지 않았다. 도망이든, 사지로 가는 것이든 혼자서 그 일들과 맞서게 하고 싶지 않았는데.

이번에는 반드시 마지막까지 함께하겠습니다.

"저도 함께하겠습니다."

리사이의 설득에 반대하며 세키레이는 단호하게 말했다.

"세키레이, 이 자리에 충의를 내세울 에이쇼는 없다."

"물론 알고 있습니다. 저는 리사이 님을 따라가고 싶습니다."

리사이는 저도 모르게 손을 이마에 가져다 댔다.

"그대도…… 오코도."

"네?"

"나에게 터무니없이 무거운 걸 짊어지게 하는군……."

의미 없이 죽을 수밖에 없다. 아무리 생각해봐도 활로가 보이지 않는다. 스스로 고집을 부릴 뿐이지 나라에 대해서도 백성에 대해서도 아무런 대의가 없다.

"저는 제 마음대로 가는 겁니다. 리사이 님의 탓이 아닙니다."

"무겁네……. 다 짊어질 수 없어."

리사이는 저도 모르게 속내를 흘리고 있었다. 세이시와 오코는 참아왔던 눈물을 터뜨렸다.

세키레이는 리사이의 손을 잡았다.

"그렇게 생각하지 마세요. 리사이 님이 주상을 위해 가고 싶으시듯 저도 리사이 님을 위해 가고 싶은 것입니다. 리사이 님이 내리신 결단을 주상께 책임지우려는 게 아니시겠죠. 그것과 마찬가지입니다.”

리사이는 그저 고개를 저을 수밖에 없었다.

“……저는 여자입니다.”

세키레이가 말했다.

“리사이 님이라면 아시겠지요. 병졸이면서 여자로 있는 것이 어떤지요. 친우들만큼 체격이 좋은 것도 아니고 힘도 부족합니다. 이는 타고난 것이니 제아무리 노력해도 친우들보다도 뒤처지죠. 그게 어찌나 분한지.”

친우들은 항상 자신을 다소 가볍게 본다. 가볍게 본다고 느끼게 된다. 훈련에서 이기면 “상대가 여자라고 봐준 거겠지”라고 한다. 패배한 상대는 “여자에게 졌다”며 다른 사람들보다 더 야유를 받는다. 그래서 동료들은 세키레이와 대결하는 것을 꺼려했다.

“동료들의 앞에서는 우는 것도 화내는 것도 허락되지 않았습니다.”

리사이는 눈물을 흘리며 동의했다. 그렇다. 그렇기 때문에 세이시의 앞에서도 오코의 앞에서도 울 수 없었다. 교소를 다시 만났던 순간조차도 태연하게 울었던 소겐처럼 할 수 없었다.

"스스로 원해 군에 들어왔지만 어찌 이렇게 벽이 높은가 생각했습니다. 하지만 그런 마음은 리사이 님이 장군으로 계시는 것을 보고 진심으로 구원받았습니다."

높은 벽이지만 넘을 수 있다. 리사이에게도 반드시 똑같은 고통이 있었고 그것을 뛰어넘었을 거라는 생각이 들었다.

"그래서 오늘날까지 병사로 있을 수 있었습니다. 여기서 여자라서 동정받아 남겨졌다는 말은 듣고 싶지 않습니다. 부디 저도 고집을 부릴 수 있게 해주세요."

"하지만 그대는 에이쇼의……."

"에이쇼 님의 휘하입니다. 여기에 에이쇼 님이 계신다면 에이쇼 님을 따르겠습니다. 그렇다 하더라도 결과는 변하지 않을 거라고 봅니다만."

리사이는 세키레이의 말을 듣고 울고 웃으며 고개를 끄덕였다. 에이쇼라도 역시 홍기로 갈 것이다.

"하지만 지금 에이쇼 님은 이곳에 안 계십니다. 저는 리사이님과 함께하고 싶습니다. 데려가주십시오."

리사이는 세키레이의 손을 마주 잡았다.

고맙다는 말도, 미안하다는 말도 할 수 없었다.

"나는 간다. 너희들은 남아라."

겐추의 고압적인 말에 시유는 "싫어" 하고 대답했다.

"겐추에게 명령받을 이유는 없어. 나는 갈 거야."

"가야 할 명분 같은 건 너한테 없어."

시유는 코웃음을 쳤다.

"그건 겐추도 마찬가지잖아."

"난 철위 출신이다."

"몇십 년 전 얘기잖아. 겐추의 목숨을 구해준 것도 아니잖아. 그런데도 조상들이 신세를 졌다는 명분을 내세운다면 나한테도 갈 만한 이유는 있어."

떨떠름한 표정을 짓는 겐추에게 시유는 말했다.

"확실히 명분은 없어. 그치만 나한텐 원한이 있어."

아버지를 죽였다. 화적이니 법에 어긋난 존재긴 했지만 시유에게는 규산이야말로 유일무이한 아버지였다. 마찬가지로 화적이었던 친아비를 잃고 살아갈 이유도 몸을 지킬 방법도 모를 때 규산이 구해줬다. 자기 자식처럼 돌봐주고 키워주었다. 시유가 있어 기쁘다고 말해줬다.

"나는 아센을 용서하지 않아. 용서하지 않겠다고 호소할 방법이 이거밖에 없으니까 갈 거야."

"그런 걸 개죽음이라고 하는 거야."

"개죽음이라도 상관없어. 한 방 먹여주겠어. 그 체면에 생채기

하나쯤 만들어주겠어."

"시유."

"화적에게 설교해봤자 소용없어."

시유가 말하자 겐추는 말없이 고개를 저었고 그 자리를 떠났다. 겐추의 뒷모습을 배웅하는 시유에게 호준이 말을 걸었다.

"내가 하고 싶은 말을 해줬네."

그러냐며 시유는 뒤돌아 호준을 쳐다봤다.

"아센 그 자식을……."

호준의 말을 시유가 가로막았다.

"넌 여기 남아."

"형."

시유는 자세를 고치며 호준을 바라봤다. 아직 호준의 키가 더 작았다. 시유보다 뼈대가 굵으니 언젠가는 시유보다 커질지도 모른다. 호준에게는 아직 그만큼의 미래가 펼쳐져 있었다.

"가족들을 돌볼 사람이 필요해."

"싫어, 나도 갈래."

"안 돼."

시유는 호준의 어깨에 손을 올렸다. 손에 힘을 주어 가볍게 흔들었다.

"앞으로는 모두 널 의지할 거야."

"그런 거라면 형이 돌보면 돼. 나한텐 아직 무리라고."

"무리겠지. 분명 넌 고생 좀 할 거야."

시유는 딱 잘라 말하고는 호준을 흔들었다.

"넌 아직 어리니까 어쩔 수 없어. 그러니까 위험한 장소로 데리고 갈 수 없는 거야. 걸리적거릴 뿐이야."

"걸리적거리지 않게 할게. 요전에도 잘했잖아."

"네 나이치고는 꽤 잘했어. 그러니까 모두를 잘 지킬 수 있을 거야. 어머니들을 부탁해."

"싫어."

호준은 시유의 팔을 붙잡았다.

"형 혼자 죽잖아. 그러면 안 된다고."

"아버지는 우리가 같이 죽는 건 바라지 않을 거야."

"형이 죽는 것도 당연히 바라지 않을 거야."

시유는 고개를 끄덕였다.

"맞아. 알고 있어. 그러니까 너만이라도 남아 있어줘. 그 대신 무슨 짓을 해서라도 살아남을 수 있도록 최선을 다하겠다고 약속할게."

"뭘 어떻게 최선을 다해. 그런 게 어디 있다고."

시유는 대답을 하는 대신 동생을 끌어안았다. 따지고 보면 생판 남이다. 시유도 호준도 규산이 소중하게 키워줬으니 아들로

서 형제로서 있을 수 있었다.

시유는 펑펑 우는 동생을 그저 끌어안았다.

"나는 가겠다. 너희들은 어떻게 하겠느냐."

유쇼는 휘하들에게 물었다.

당연하다는 듯 겐유가 가겠다고 대답했다.

"유쇼 님이 가신다면 가겠습니다."

"내가 가지 않겠다고 한다면?"

"그럼 여기서 헤어지겠습니다. 저는 갈 겁니다."

유쇼는 태연하게 무기를 손질하는 겐유를 쳐다봤다.

"매정한 휘하로군."

"저에게는 대국을 이렇게 만든 책임이 있습니다."

유쇼는 그러하냐며 세 명의 여수를 쳐다봤다.

"물론 갈 겁니다."

유쇼가 쳐다보자 제일 먼저 센시宣施가 대답했다. 조텐도 아무 말 없이 끄덕였다.

"뭐 그렇게 말할 거라 생각했다."

유쇼는 쓴웃음을 지으며 남은 한 명을 쳐다봤다.

유쇼의 시선에 시신은 고개를 푹 숙였다.

"가겠다고 대답하고 싶습니다. ……하지만 저는 갈 수 없습니다."

"그래."

유쇼는 짧게 대답하며 고개를 끄덕였다.

"오해하지 말아주십시오. 부상이 이래서야 따라갈 수 없습니다."

"알고 있다."

유쇼가 말하자 시신은 얼굴을 찌푸렸다.

"저는 아센의 명령을 받고 죄 없는 백성을 셀 수 없이 죽였습니다. 이제 와 목숨을 아낄 자격이 있다고 생각하지 않습니다. 아센에게 반기를 드는 것은 죄 많은 저희들의 의무입니다. 배신당하고 멸시당한 주상의 명예를 지키는 것도 저희들의 의무입니다."

"그렇지."

"죽음으로 갚을 수 있다는 생각은 들지 않지만 저희가 살아남는 것은 용납되지 않을 것입니다. 그러니 따르고 싶습니다. 하지만 이 다리로는……."

"시신, 충분히 이해한다."

유쇼는 시신의 등을 토닥였다.

"네 마음을 이해해."

"한심스러운 제가 너무 분합니다."

"그 기분도 이해한다. ……뒷일을 부탁한다. 이걸로 모든 게 끝나는 게 아니다. 나라와 백성을 위해 반드시 언젠가 아센은 쓰러뜨려야 한다."

"네."

시신은 고개를 끄덕였다.

"그때 네 소임을 다하고 따라오거라."

유쇼는 시신을 바라봤다.

"잘 알겠느냐? 네가 올 때는 반드시 아센 님을 모시고 오도록."

반드시, 주공의 목을 쳐라.

"그것이 우리 휘하의 소임이다."

리사이 일행은 열심히 설득했다. 가능하다면 안국으로, 불가능하다면 어찌되었든 서쪽으로 도망치라고. 반대하는 백성에게 문주에서 소탕전이 벌어질 거라 타이르며 서쪽으로 도망치도록 재촉했다. 사지로 가서 쓸데없이 목숨을 버리는 것은 어리석은 자들로 충분하다.

설득하지 못한 자는 불과 사십여 명. 그럼에도 돈코는 어리석은 놈들이 이렇게나 있느냐고 질린 듯 말하며 눈물을 흘렸다.

홍기의 경비는 강력하다. 홍기는 무기도 방어구도 지닐 수 없다. 리사이 일행은 품에 소도 한 자루씩을 숨겨 여장을 몸에 두르고 홍기로 떠났다. 홍기로 가는 도중에 정식으로 포고되었다. 교소는 찬탈자이며 그 죄를 백성 앞에서 뉘우치며 사죄한다고. 백성은 소식을 접하고 분노의 목소리를 높였다. 당사자에게 욕이라도 퍼붓지 않으면 기분이 풀리지 않겠다며 홍기로 향하는 사람들의 인파 속으로 리사이 일행은 삼삼오오 몸을 던졌다.

005

인파가 홍기로 밀려오고 있다.

탄핵을 하루 앞두고 가도에서 대열을 지어가며 사람들이 마을로 몰려 들어오려 하고 있었다. 홍기를 둘러싼 장대한 곽벽 위에는 병졸이 늘어서 있었다. 무기를 들고 있는 병졸의 시선 아래로 사람들은 문궐로 향했고 촘촘히 줄을 서서 몸수색을 받았다.

—수색이라고 할 정도는 아닌가.

야리는 몰려 들어오는 사람들의 대열을 지켜봤다. 계절이 바뀌고 무거운 온포는 필요 없어졌다. 그만큼 얼굴을 가릴 수 없어졌고 복장 밑에 무기를 숨기는 것도 어려워졌다. 그 탓인지 몸수색을 꼼꼼하게 하지는 않았다. 무기를 휴대하고 있는지만큼은 따지고 있는 듯했지만 짐까지 수색하지는 않았고 정권 검사도 하지 않았다. 가끔 검이나 창을 지닌 여행객이 문밖으로 쫓겨나기만 했고 몰려오는 사람들은 정체되는 일 없이 흐르고 있었다.

말에 올라탄 채 잠시 동안 마을로 흘러 들어오는 사람들을 지켜보고는 야리는 고삐를 틀었다. 곧바로 왕궁으로 향하는 길거리는 평소보다도 인파로 붐볐다. 곳곳에 위사(보초병)들이 서 있었고 대로가 교차하는 사거리에는 병사들이 여럿 모여 있었다.

—방비가 견고하다.

야리는 그 모습을 확인하며 고문皐門으로 향한다. 병졸로 흘러넘치는 성벽을 올려다보고 고문으로 들어가 곧바로 왕궁으로 올라갔다. 백성의 통행이 금지된 고문庫門 앞 방어는 완전히 전쟁상황과 다름없었다. 지나가려는 자의 몸수색도 엄격했고 야리조차 수綬를 보여줬음에도 몸을 뒤적거리듯 수색해 불쾌했다. 고문庫門을 넘어와서야 숨을 돌렸다.

—주상을 탈환하려는 자가 있을 거라 보고 있군.

아니면 만약을 위한 것일까. 궁구는 거의 궤멸했다고 했다. 교소를 탈환하기 위해 홍기로 들이닥칠 정도의 수는 남아 있지 않을 것이다. 왕궁으로 올라갈수록 점점 줄어드는 병졸을 확인하며 연조로 돌아갔다. 곧바로 황포관으로 향했다.

텅 빈 황포관에는 공허한 고요함만이 가득 차 있다.

―와해된 건 여기도 마찬가지인가.

이제 다이키 주변에는 야리와 간초만 남아 있는 꼴이었다. 한산해진 황포관 입구에 말을 세워둔 채 정관으로 향한다. 그곳에는 다이키와 간초가 쓸쓸하게 야리를 기다리고 있었다.

"야리, 어땠는가."

야리를 보자마자 간초가 질문했다.

"방어는 삼엄했어. 만에 하나 주상을 탈환하러 오는 자들이 있으면 일망타진하려고 작정한 것 같아. 노릴 만한 틈은 없어 보였어. 궁구를 궤멸한 적 없었다는 것 같은 포진이야."

그래, 하고 간초는 굵은 한숨을 내쉬었다.

궁구를 궤멸했다고 경비를 느슨하게 할 정도로 귀여운 구석이 있다면 상대하기 쉽겠지만 지금의 아센에게 기대할 수 있을 것 같지 않았다.

"……주상은?"

야리의 질문에 다이키가 아무 말 없이 고개를 가로저었다.

외부의 도움이 있으리라고는 기대할 수 없다. 교소를 구할 수 있는 자가 있다면 다이키뿐이었다. 하지만 교소가 어디에 있는지 모른다. 탄핵 일정을 생각해본다면 이미 홍기 또는 가까운 장소에 있어야 했다. 경비로서 추측해본다면 홍기일 것이다. 교소가 있는 주변만 경비가 견고하지 않을까 싶었지만 현저하게 몰린 곳은 없다. 아마 왕궁 지하, 세이라이가 있던 홍기산 깊은 곳 미궁보다도 더 깊은 장소일 것이라고 상상할 수밖에 없었다.

육침에 입구가 있을까. 몰래 잠입해 탐색하는 것은 너무나도 위험하다. 목숨을 버릴 각오를 하고 침입한다 한들 교소를 찾아낼 시간적 여유도 더이상 없었다. 즉 사전에 교소를 구해낼 방도가 없다는 것이다.

"작정하고 아센의 목을 칠까."

야리가 우스갯소리로 말하자 간초가 쓴웃음을 지으며 고개를 저었다. 물론, 그런 일이 현실적으로 가능할 리도 없다. 야리와 간초만으로는 아센을 제거하지 못한다. 아센을 제거할 수 없는 이상 교소를 구해낼 방도도 백성을 구할 방도도 없다.

무거운 침묵이 내려앉은 가운데 누각에서 시간을 알려왔다. 간초는 숨을 내쉬고 일어나 순찰을 돌러 나갔다. 이제 무엇을 경계해야 할지도 몰랐지만 황포관에 이상한 점이 있는지, 특히 수상한 무언가가 들어와 있지 않은가만큼은 확인할 필요가 있었다.

어깨를 축 늘어뜨린 채 대청에서 나가는 간초를 배웅한 야리는 조각처럼 앉아 정원을 쳐다보고 있는 다이키의 옆으로 다가갔다.

—위로할 말이 없었다.

말을 걸지 않고 서 있자 다이키가 물었다.

"구할 방법이 있다고 생각하나요?"

"없어."

야리가 솔직하게 말하자 다이키는 수긍했다.

"결국 저는 교소 님을 위해서도 대국을 위해서도 아무것도 하지 못했어요……."

"그렇게까지 비하할 필요는 없어."

"사실인걸요."

다이키는 그늘진 미소를 지었다.

"교소 님을 선택하고 대국으로 왔을 때 저는 아직 열 살이었어요. 나랏일은 아무것도 몰랐고 그 이상으로 이 세상에 대해 몰랐지요. 여기는 저에게 이세계였거든요."

다이키는 작은 목소리로 계속해서 말했다.

"그래서 정사에 관해서는 그저 교소 님을 지켜보고 있을 수밖에 없었어요. 정말로 무엇 하나 할 수 있는 일이 없어서 식을 일으켜서 행방불명이 되었고……."

식을 일으킨 것은 다이키였지만 일으키게 한 것은 아센이다. 그렇게 말할까 생각했지만 다이키도 그런 사실은 충분히 알고 있으리라.

"……지금도 아무것도 할 수 없습니다."

다이키는 툭 내뱉고는 아무 말도 하지 않았다.

"그래서?"

야리는 채근했다. 다이키가 일부러 자신의 무력감을 한탄한 것은 푸념을 늘어놓으려는 것이 아닐 것이다. 그다음 이어질 내용이 있다고 야리는 받아들이고 있었다.

다이키는 야리를 올려다보고 씁쓸한 미소를 흘렸다.

"저는 백성에게, 이 세계뿐만이 아니라 다른 세계에서도 많은 희생을 내고 왔어요. 무력하기만 한 게 아니라 말도 안 되는 애물단지예요."

야리는 아무 말 없이 다이키를 쳐다봤다. 다이키가 무엇을 말하려고 하는지 상상이 됐다.

"백성을 위해 할 수 있는 게 이제 하나밖에 남지 않았습니다."

고요한, 눈처럼 고요한 목소리였다.

"동시에 저는 교소 님께 마지막 보답을 하고 싶어요. 한심한 기린이라 교소 님께 무엇 하나 도움이 되어드리지 못했어요. 하지만 저는 교소 님을 왕으로 선택한 것을 후회하지 않습니다. 그분이 왕이어서 다행이었다, 그 사실만큼은 흔들리지 않습니다."

야리는 그저 고개를 끄덕이기만 했다.

"교소 님이 왕입니다. 그것을 증명하려고 합니다."

다이키는 야리의 손을 잡았다.

"지금까지 고마웠어요."

고요하기만 한 시선을 받으며 야리는 아무 말 없이 끄덕였다. 다이키의 손을 가볍게 토닥토닥 두드리고 그 손을 풀어냈다. 묵례를 하고 몸채에서 나왔다.

어디에서 흘러오는 건지 정원 공기 속에 희미하게 꽃향기가 흐르고 있었다. 어디서 어떤 꽃이 뿜고 있는 걸까.

야리는 차가운 향기를 들이마시며 회랑을 걸었다. 아래청에서 간초를 발견하고는 말을 걸었다.

"어때?"

야리의 질문을 들은 간초는 천장을 올려다보며 대답했다.

"이상은 없는 것 같다."

"그래."

야리는 짧게 맞장구를 치며 뒤이어 말했다.

"태보는 내일 주상과 함께 돌아가실 생각이야."

야리가 말하자 간초가 기겁하며 뒤를 돌아봤다. 야리는 그 시선을 받아들였다.

"이제 주상을 구할 방법이 없어. 태보는 그걸 인정하셨지. 하지만 주상을 도둑으로는 만들고 싶진 않을 거야. 아마도 주상의 옆으로 달려가 고두하시겠지. 주상이야말로 왕이라고 증명한 뒤 주상과 함께 아센에게 죽임을 당할 작정이야."

"그런 어리석은."

굵직하게 말하고 성큼성큼 걸어가려는 간초를 야리가 저지했다.

"기린이 죽으면 대국은 다시 하늘의 손으로 넘어가. 아센을 제거할 모든 섭리가 정상적으로 움직이기 시작하겠지. 태보가 아센을 칠 유일한 방법이야."

"말리겠네."

"말릴 수 없어. 분명 그게 유일한 방책이야. 그러니 간초."

야리는 간초의 팔을 붙잡았다.

"뒷일을 부탁해."

간초는 잠시 동안 아무 말 없이 야리의 눈을 쳐다봤다. 야리는 고개를 끄덕였다. 부디 눈치채주길 바라.

"……네가 하면 돼."

간초가 갈라진 목소리로 말했다.

"나에게는 다른 용무가 있어."

"용무?"

야리는 고개를 끄덕였다.

"누군가가 태보를 주상의 곁에 데리고 가지 않으면 안 되잖아."

야리는 칼자루에 손을 올렸다.

"야리……."

가능할지 어떨지 모른다. 아마도 다이키 주변의 경호는 견고할 것이다. 다이키도 그 사실은 알고 있을 터였다. 가능하다면 대중 앞에서 교소에게 고두를 하고 교소야말로 왕이라고 보이고 싶겠지만 어쩌면 다이키의 목적은 이미 자신은 지금도 역시 교소만을 주인이라고 생각하고 있다고, 그렇게 교소에게 보이고 싶은 것뿐일지도 모른다.

그런 생각을 하며 야리는 간초에게 미소 지어 보였다.

"태보는 자신이 한심하다고 말씀했지만 나에게는 흥미롭고 좋은 주인이었어. 마지막 바람이니 이뤄드리고 싶어."

자신이 호위를 물리치고 다이키를 위해 길을 만든다. 그리고 만에 하나 어떤 수를 써서라도 다이키를 붙잡으려는 아센의 손이 다이키의 바람을 방해하려고 할 때에는.

—이건 아마 황주만이 할 수 있겠지.

야리는 칼자루에 올린 손에 힘을 주었다.

—내가 모든 걸 끝내겠다.

24
장

001

맑게 갠 하늘 위 능운산이 운해를 뚫고 우뚝 솟아 있다.

계절은 세상이 어떻게 돌아가든 개의치 않고 변해간다. 하늘로 솟아 있는 산면은 그새 여름다운 햇살을 받아 반짝반짝 빛나듯 하얗다. 촘촘하게 늘어서 있는 산봉우리와 능선에는 푸르른 녹음이 무성했고, 그 뒤로 푸르고 깨끗한 하늘이 펼쳐져 있다.

리사이는 남다른 감회에 젖어 가도 너머로 보이는 풍경을 넋을 잃고 바라봤다.

이제 곧 불길한 비극의 무대가 펼쳐지려고 하는데 풍경은 얄궂게도 맑고 아름다웠다.

리사이는 정확히 칠 년 만에 가까이에서 홍기를 보는 것이었다. 불안하게 바라보는 친우의 배웅을 받으며 승주 정벌에 나섰었다. 그 운명의 날, 뒤돌아 바라본 미명의 풍경이 리사이가 마지막으로 본 홍기의 풍경이었다.

—어찌 이리 차이가 난단 말인가.

리사이의 감정 따위 아랑곳하지 않고 세상은 아름답다는 사실에 충격을 받았다. 리사이는 이렇게나 무력하고 무의미한 존재다.

울적한 기분으로 홍기와 가까운 가도변에서 밤을 지새우고 개문과 동시에 홍기의 입구로 갔다. 리사이가 떠난 그날과 달리, 마을 곽벽 위에 병졸이 늘어서 있었다. 가도에는 이미 사람들이 줄지어 서 있다. 북새통 사이로 묘하게 흥분된 분위기가 흘렀다. 리사이를 둘러싼 사람들은 저마다 일행과 떠들고 있었다. 리사이는 그 목소리가 들리지 않도록 귀를 막았다. 교소를 비난하는 말이다. 이곳에 이르기까지 이십 일이 넘는 시간 동안 길에서 질리도록 들었다. 이제 와 귀 기울여도 그저 괴롭기만 할 것이라는 걸 알고 있다.

인파에 휩쓸린 채로 적당한 문을 통해 홍기로 들어갔다. 문 한 짝을 닫아 오가는 인파를 좁게 줄 세우긴 했지만 특별히 몸수색은 하지 않았다. 리사이는 짐을 가지고 있지 않았지만 주변에 있는 여행객 대부분은 짐을 껴안고 있었다. 하지만 짐의 내용물을 확인하는 듯한 모습도 없었다. 그저 창을 소지한 여행객이 위사에게 지적받고 한 소리를 듣는 것이 보였다. 그 남자는 마을 안쪽과 바깥쪽을 번갈아 보더니 결국 창을 위사에게 건넸다. 소지한 채 마을로 들어갈 수 없는 것이리라. 위사에게 건네거나 아니면 마을 바깥으로 나가야 하는 것이라고 추측할 수 있었다.

어딘지 모르게 들떠 있는 행렬에 떠밀리듯이 문궐에서 빠져나와 홍기 거리로 나아갔다. 주변에 동료들의 모습은 보이지 않았다. 모여 있으면 눈에 띄니 따로따로 군중에 섞여 들어왔다. 오늘 고문과 가까운 도관에서 합류하기로 했다.

―내일이면 모든 것이 끝난다.

리사이는 희한하게 마음이 고요했다. 분하기는 하다. 특히, 결국 아센에게 반격하지 못한 걸 생각하면 가슴이 쓰라렸다. 그와 동시에 이제 충분하다는 생각도 든다. 안에서부터 몸이 타들어가는 듯한 고통도 끝이다. 그렇게 생각하자 어깨에 있던 짐을 내려놓는 듯한 기분이 들어 신기했다.

거리 곳곳에 병졸들이 보였다. 리사이는 가능한 한 태연하게 그들의 시선을 피했다. 면식이 있는 병졸이 없다고는 할 수 없다. 특히 간초군의 휘하가 홍기 경호로 끌려 나온 이상 면식이 있는 사람과 마주칠 가능성을 무시할 수 없었다.

―소겐은 괜찮을까.

그나마 리사이는 간초의 휘하를 충분히 알지 못한다. 하지만 소겐은 오랜 세월 함께 교소의 휘하로서 지내왔다. 면식이 있는 자들도 그만큼 많을 것이다.

리사이는 사람으로 붐비는 거리에서 곧바로 직진해 국부 입구까지 가보았다. 역시 병졸들이 흘러넘쳤다. 성벽 위에는 병졸이 북적북적했다. 기수도 많다. 상당수의 공행사가 대기하고 있는 것이리라. 리사이는 수많은 병졸에 더해 성벽의 크기를 보고는 힘이 쫙 빠졌다. 칠 년 만에 본 백규궁의 성벽은 너무나도 거대했다. 두텁고 높다.

백규궁과 홍기, 어느 문이라도 닫히면 우리에 갇힌 것과 매한가지다. 소동을 일으키면 홍기는 바로 봉쇄된다. 리사이 일행의 인원으로 이것을 돌파하는 것은 불가능하다. 안으로 들어가면 더이상 나올 수 없다. 예상하고 있던 사실을 다시금 확인했다. 고문은 열려 있었고 봉천전으로 이어지는 광장이 멀리 보였다. 봉천전 전원에 비하면 작은, 하지만 커다란 그곳은 사방이 높은 건물과 견고한 성벽으로 둘러싸여 있어 마치 뚜껑이 열린 상자처럼 보였다. 문이 닫힌다면 정말 상자나 다름없다. 사방에서 화살을 쏘아댄다면 감금된 사람들이 순식간에 시신으로 변할 것이다.

이런저런 생각을 하며 약속한 도관으로 향했다. 그곳에는 이미 소겐 일행이 몇 명 있었다. 리사이는 소겐을 보고 고개를 까딱했다. 소겐도 슬쩍 미소 지으며 고개를 까딱였다. 리사이는 일부러 말을 걸지 않았고 소겐도 말을 걸지 않았다. 그뿐만이 아니라 그 자리에 있는 모두가 무슨 말을 할 것도 없이 도관의 정전을 올려다보고 있다. 이제 할 말도 없다고 해야 할까.

아무 말 없이 우두커니 서 있자니 세이시가 보였다. 세이시는 금방 리사이를 알아보고 옆으로 다가왔지만 역시나 별말 하지 않았다.

탄핵은 정오에 이루어진다. 그날 이른 아침, 한 명도 빠짐없이 전원이 모였다. "아직 이르지만 출발하자" 하고 누가 소리를 높였던가. 리사이는 고개를 끄덕이고는 다시 고문으로 향했다. 인파가 밀려들어 문 앞은 혼잡했고 봉천문으로 이어지는 광장도 발 디딜 틈이 없었다.

이렇게나 많은 사람이 줄곧 자신들을 속여온 도둑을 보기 위해 찾아온 것이라고 생각하니 괴로웠다.

봉천문은 열려 있었다. 정면으로 저 멀리 위용을 자랑하는 봉천전이 보였다. 거대한 궁전 앞, 소름이 돋을 만큼 드넓은 장소가 눈에 꽉 차도록 가득 들어찬 사람들로 북적거리고 있다. 봉천전은 삼 층짜리 기단 위에 우뚝 서 있다. 가장 아래 기단은 수미좌•였는데 앞으로 크게 튀어나와 있었다. 즉위식 때 왕사에서 선발된 정예병 오천 명이 기단에 늘어서 있었다. 리사이도 그중에 있었다. 오래된, 아주 오래된 과거의 이야기다.

예전에 리사이가 자랑스럽게 서 있던 그 장소에는 마찬가지로 병졸들이 늘어섰고 수미좌 바로 아래에는 원목으로 만든 좌대가 마련되어 있었다. 좌대 중앙에 기둥이 한 개 세워져 있다. 스무 명 남짓한 병졸이 그 기둥을 둘러싸듯 창을 들고 서 있었다.

—죄인을 묶어 본보기로 보여주기 위한 기둥이다.

리사이는 심장이 조이는 듯한 기분이 들었다. 저곳에서 생을 마감하는 것인가. 이 나라의 왕이.

조금이라도 가까이 다가가야 하지만 너무나도 불길해 가까이 다가갈 수 없다. 실제로도 붐비는 인파 탓에 앞으로 나아가려고 해도 마음처럼 되지 않았다.

"큰일이로군. 서두르세."

옆에서 작은 목소리가 들렸다. 소겐이 앞을 가리키고 있다. 이 인파를 헤치고 조금이라도 저 불길한 곳으로 다가가야 한다고 생각해 사람 사이에 어깨를 들이밀며 나아가려는 리사이의 팔을 세이시가 붙잡았다. 세이시를 쳐다보자 눈으로 발밑을 가리켰다. 리사이는 시선을 따라 눈을 떨군 곳에 크고 작은 돌이 굴러

• 불상을 모셔두는 단.

다니는 것을 보았다.

원래라면 이런 곳에 돌 같은 게 있을 리가 없다. 돌은 하나같이 주먹만 한, 주워 던지기에 딱 적당한 크기였다. 이따금 인파가 묘하게 휘청이는 것이 이 돌에 걸려서 그런 것일까. 돌에 발이 걸려 짜증을 내며 내려다본 자들은 미리 지시를 받고 돌을 던지기 시작한 사람들을 보는 순간 자신의 발밑에도 똑같은 흉기가 있다는 사실을 떠올릴 것이다. 맞힐지 못 맞힐지는 제쳐두고 기둥을 향해 돌을 던진다. 그저 분노가 차올라 던지는 것일 뿐, 죽이려는 의도까지는 없을지도 모른다. 하지만 이곳에 이만큼의 사람이 있고, 그들이 전부 돌을 던진다면 어느 정도 이상의 비율로 맞을 것이다. 그리고 이 나라의 정당한 왕의 목숨을 빼앗게 되는 것이다.

—그렇다고는 하지만 교소는 왕이다.

과연 책형에 처한 죄인처럼 쉬이 돌을 맞고 목숨이 다할까. 목숨이 끊길 때까지 상당한 시간이 걸릴 것이다. 흩뿌려져 있는 무수한 돌들도 신적에 오른 자의 목숨을 끊기에는 부족할지 모른다. 그 경우 어떻게 할까. '백성' 중 누군가가 처형대를 둘러싸고 있는 병졸의 무기를 빼앗아 베어버릴 것이라는 예상이 들었다.

열심히 인파를 헤치며 앞으로 나아갔다. 사람 사이를 억지로 비집고 들어갔다. 때로는 다소 난폭한 방법을 써가며 앞으로 나아갔다. 드디어 인파 너머 형장의 모습이 드러났다. 전방에는 인파를 제지하려는 듯 낮은 보가 만들어져 있었다. 리사이의 무릎 정도까지 오는 높이였는데 주먹만 한 돌을 쌓아 만들었다. 돌을 쌓은 안쪽에는 허울뿐인 울타리가 있고 더 안쪽에는 병졸들이 곤봉을 옆에 쥐고 줄지어 서 있다. 중앙에 처형대가 설치되어 있고 주변을 병졸들이 호위하고 있었지만 그들은 곧바로 물러나거나 돌이 날아오기 시작하면 제지할 것처럼 행동하다 자리를 떠날 것이다.

—이게 무슨 말도 안 되는 상황이란 말인가.

사람들이 형장 주변을 둘러싸듯 직사각형 모양으로 벽을 만들고 서 있었다. 리사이는 제일 앞줄로 나아가기 바로 직전 발걸음을 멈추고 인파 속에 서 있는 사람들을 바라봤다. 흥분한 남자, 미간을 찌푸리고 기둥을 노려보고 있는 여자, 옆 사람과 큰 소리로 말하는 사람. 표정은 다양했지만 슬퍼하는 모습은 어디에도 없었다. 이곳에 왕이 걱정되어 온 사람은 없다는 생각이 들었다. 어떤 심정인지 묘하게 무표정으로 서 있는 사람이 몇 명 있었다.

"용서할 수 없습니다."

작게 억누른 목소리가 들렸다. 리사이는 깜짝 놀라 정신을 차리고 옆을 쳐다봤다. 세이시가 몸을 부들부들 떨고 있었다.

너무 심하다고, 세이시는 몇 번이고 입안으로 중얼거렸다. 너무 심하다. 형장을 설치한 것도 모욕적인데 그것을 구경하러 온 백성이 이만큼이나 있는 것도, 그들이 축제라도 되는 것처럼 들떠 있는 것도 굴욕적이었다. 아센이 흘린 '찬탈자'라는 소문이 그대로 받아들여지고 있다. 너무나도 분해서 이 자리에 있는 사람들이 증오스러웠다.

리사이는 그런 세이시를 망설이는 표정으로 바라보다 그저 고개를 끄덕였다.

"성급하게 굴지 마."

작은 목소리에 뒤돌아보자 바로 뒤에 소겐과 휘하가 있었다. 어느새 리사이를 둘러싸듯 전원이 모여 있었다. 떠들썩하고 해명海鳴 같은 소리로 가득 찬 이 주변에는 아군뿐이고 누군가가 목소리를 유심히 들을 염려는 없다.

"저 기둥을 사용하지 못하게 하겠어."

세이시의 뒤쪽에서 누군가가 목소리를 억누르며 말했다. 교소가 형장으로 끌려 나오면 저 기둥에 묶이기 전에 인파를 뛰쳐나갈 것이다.

"그건 너무 이르다."

리사이가 나직하게 대답했다.

"돌이 날아들기 전 형장에 있는 병졸들이 줄어들 거다. 그 순간을 기다려야 해."

"하오나……."

"백성이 움직이기 시작하고 난 뒤에 다가올 혼란을 노려야 해. 발치에도 다가지 못하고 개죽음만 당할 수는 없다. 견뎌라."

리사이가 하는 말은 틀리지 않았지만 교소가 저 기둥에 묶이는 모습을 생각하는 것만으로도 속이 뒤틀리는 듯했다.

"그리고 전원이 한꺼번에 나가는 건 좋은 방법이 아니다. 두 번으로 나누지."

세이시가 의아해하며 고개를 갸웃했다.

"반은 이곳에 남겨야 해. 구경꾼을 가장하고 이곳을 진정시킨다. 그렇게 하지 않으면 퇴로를 확보할 수 없어."

"퇴로?"

누군가 툭 내뱉듯 말했다.

"그런 여유를 남길 필요가 어디에 있는가."

"그러지 않아도 인원이 이것뿐이야. 반밖에 안 되는 인원으로 그분을 구할 수 있겠는가."

"모르네. 하지만 바늘구멍 같은 가능성이라고 해도 살아남기 위한 길을 남겨두어야 해. 이제 와 퇴로를 없애고 죽기 위한 각오만을 다질 필요는 없겠지."

"그건 그렇지만……."

"반은 많아."

소겐이 말했다.

"열다섯 명을 이곳에 남기지."

리사이는 고개를 끄덕였다.

세이시는 소겐이 리사이의 의견을 따르는 게 신기했다. 퇴로가 없으면 살아남기 위한 길은 없다는 말은 맞다. 하지만 그런 길을 남긴다 해도 의미가 있을까. 이만큼의 인파가 있는데 형장에서부터 퇴로를 확보한다 한들 밀집되어 있는 군중을 헤치고 어딘가로 도망칠 수 있으리라는 생각이 들지 않는다. 도망친다 해도 문이 닫히면 끝이다. 최악의 경우 주변에 있는 백성들까지 휘말리고 만다.

"마지막까지 싸우겠다."

세이시가 지닌 의문이 무엇인지 알았다는 듯 리사이가 말했다. 세이시를 쳐다보는 눈빛에는 아직 힘이 담겨 있었다.

"개죽음을 당하진 않을 거다. 결과적으로 그렇게 되는 것과 처음부터 그렇게 되리라 생각하는 것은 다르다."

강한 시선에 압도되어 세이시는 수긍했다.

리사이가 세이시 쪽으로 다가가며 말을 이어가려 했을 때 장엄한 징 소리가 울렸다. 순간, 광대한 광장에 운집해 있던 군중들이 찬물이라도 뒤집어쓴 듯 순식간에 조용해졌다.

세이시는 정전으로 시선을 돌렸다. 봉천전 정면에 있는 문 주변에서 사람들이 움직였다.

정전 정면에 있는 큰 문이 열렸다. 어두운 정전 안쪽에서 예장으로 몸을 휘감은 관리 여러 명이 나왔다. 깃발을 든 관리가 문 좌우에 서자 사관이 뒤이어 나왔다.

세이시는 호흡이 멈출 듯한 기분으로 그 광경을 쳐다보았다. 관리가 죽 늘어앉자 의례용 갑옷을 두른 의장병이 뒤이어 모습을 드러냈다. 저 멀리 열린 문으로 봉천전 내부가 언뜻 보였다. 그늘 속에 옥좌가 놓인 옥대가 보인다. 주변에는 주렴이 내려와 있었다. 누군가가 안에 있다는 증거다.

—저곳에 아센이 있는 거다.

세이시는 숨을 삼켰다.

"……태보."

리사이가 작게 소리를 높였다. 세이시가 쳐다보자 리사이가 말했다.

"옥좌 옆에도 주렴이 내려와 있다. 태보가 계신 거다."

"무슨 짓을."

리사이의 옆에 있던 동료가 신음했다. 형장에, 그것도 참극이 예정되어 있는 처형장에 기린을 데리고 나오다니.

"참으로 지독한 짓을 하는군……."

누군가의 혼잣말이 오장육부를 조이는 듯했다. 이를 갈고 있을 때 군중이 술렁였다. 목소리의 이유를 찾아 여기저기 시선을 보내고 있다. 군중이 파도처럼 너울거리고 있다는 걸 깨닫고 수미대 오른편을 쳐다보자 오른쪽 누각에서 사람 한 무리가 나오는 참이었다.

세이시는 신음했다.

형리가 있었다. 주변을 병졸이 둘러싸고 있었다. 그 중앙에 간소한 옷을 두르고 양손이 뒤로 구속된, 포승줄로 묶인 사람이 있었다. 그들이 수미좌 앞으로 나아온다. 움직임에 맞춰 인파가 흔들렸다. 술렁임과 땅울림 같은 목소리, 일행은 엄숙하게 형장으로 나아갔다. 죽음의 행렬은 형대 밑에서 멈췄다.

교소는 겁먹지 않고 고개를 들고 있었다. 변변치 않은 옷에도 질곡에도 포승에도 부끄러운 기색은 없었다. 담담한 표정으로 군중을 바라본다. 눈이 부신지 눈을 약간 가늘게 떴다.

"……보내주십시오."

목소리가 들렸지만 소겐은 "참아라" 하고 말했다. 세이시는 견디지 못하고 품에 손을 넣어 소도를 쥐었다. 이대로 달려나가고 싶다. 결국 아무것도 할 수 없더라도. 이 상황을 계속 지켜보는 고통은 견딜 수 없다.

—개죽음만큼은 당할 수 없다.

열심히 자신을 설득한다. 교소에게 다가가지도 못하고 시신이 널브러지는, 어리석은 휘하가 개죽음을 당했다고 비웃음을 사는 사태는 피하고 싶다. 세이시의 마지막 의지다.

형리는 교소를 형대에 세웠다. 그 옆에서 병졸들이 도와 교소의 쇠고랑을 풀었다. 양팔을 붙잡아 기둥 앞에 세웠고 다시 양팔을 뒤로 당겼다. 교소의 몸은 기둥을 뒤로 감싸듯 그 자리에 구속되었다.

그 모습을 확인하고 형리는 호들갑스러운 몸짓으로 서장을 펼쳤다. 주변의 동요가 커서 목소리가 잘 들리지 않는다. 하지만 형리가 교소를 규탄하고 있다는 것은 알 수 있다. 아센의 왕위를 훔치고 나라를 어지럽히고 백성에게 무용한 고통을 주었다.

떨리는 세이시의 손을 리사이가 진정시켰다.

백성이 움직이고 나서 동선을 확보하고 소인원으로 나뉘어 교소의 곁으로 달려갈 것.

하지만 교소의 곁에 도착할 수 있을까. 질곡을 끊는 동안 몰려드는 백성에게서 교소를 지켜낼 수 있을까. 무엇보다도 백성들이 내던지는 욕과 돌을 계속 무시할 수 있을까.

돌을 던지다니 용서할 수 없다. 돌을 맞을 이유는 단 하나도 없다.

"리사이 님, 보내주십시오……!"

세이시가 괴로워하며 작게 호소했을 때 정전에서 움직임이 일었다.

002

—조금 전 상황으로 거슬러 올라간다.

정전의 문은 아직 닫혀 있었다. 정전 안은 어두컴컴했고 어스레한 공기가 흐르고 있다. 야리는 마중 나온 하관과 함께 봉천전으로 들어갔다. 봉천전 중앙에는 세 개의 옥대가 나란히 놓여 있다. 유달리 화려한 가운데 옥대 위에 옥좌가 있다. 좌우에 있는 옥대 중 하나는 왕후를 위한 자리이고 남은 한 자리는 재보를 위한 자리이다. 하관이 다이키를 자리로 안내했다. 수많은 호위병이 주변을 둘러싸고 있었다. 다이키가 옥대에 올라 자리에 앉자 주변을 경호병들이 에워쌌다. 주렴을 내리기 전에 중앙에 있는 옥좌에 아센이 앉는 것이 보였다.

야리는 다이키의 뒤에 섰다. 호위병들은 모두 무기를 소지할 수 있었지만 야리는 무기를 소지하고는 입장을 허락받지 못했다. 원래라면 동행도 할 수 없다고 했지만 그렇다면 다이키도 출석시키지 못한다고 강하게 말해 동행할 수 있도록 허락은 받았다.

야리는 다이키를 에워싼 병졸들의 면면을 슬쩍 훔쳐봤다. 의례 때 호위를 맡는 호분씨虎賁氏가 아닌 황포관에 있던 소신들이다. 가케이가 연행된 이후 소신들이 대거 바뀌었다. 바뀌기 전에는 다이키에게 호의를 지닌 병졸이 많았지만 바뀐 소신들의 분위기는 전과 확연히 달랐다. 어느 누구도 꼭두각시처럼 보이지는 않았지만 쌀쌀하고 차가웠다. 실력이 뛰어나게 좋아 보이지는 않았지만 틈도 보이지 않았다. 그 수가 스물다섯 명. 단상과 주렴 안쪽에 열 명, 단 아래에 열다섯 명. 무기를 소지한 병졸이 이만큼 있으면 다이키도 움직일 수 없으리라고 본 것일까. 하지만 아센은 무엇을 그렇게까지 경계하고 있는 걸까?

아센은 주렴 너머로 다이키의 주변을 에워싼 소신들을 보고 피식 웃었다.

—움직일 수 없을 것이다.

아센은 무언가를 경계하는 게 아니었다. 다이키가 도망치지 못하도록 경호를 배치한 것이다.

다이키가 막판에 와서 할 수 있는 것은 없다. 있다고 한다면 교소의 곁으로 달려가는 정도일까. 교소의 발치로 달려가 교소에게 고두례를 하고 교소야말로 정당한 왕이라고 보여준 뒤 아센은 대역 죄인이라고 규탄하는 것이다. 하지만 다이키는 흑기다. 다이키가 제아무리 자신이 기린이라고 외쳐도 설득력이 부족하다. 애초에 다이키의 외침 따위는 광활한 전원에 모여든 백성들의 목소리에 묻히고 말 것이다.

궁구가 다이키를 탈환하려고 달려올 수도 있겠지만 인원이 그리 많지 않을 것이다. 얼마나 살아남았는지는 모르지만 그들 중에 교소의 휘하가 있다면 반드시 교소를 구하러 올 것이다. 그러리라 예상하고 홍기를 완전히 봉쇄했다. 지금쯤 이미 모든 문을 닫고 있을 것이다. 곽벽 통로는 병졸들이 가득 메우고 있다. 궁성을 둘러싼 성벽도 마찬가지고 특히 봉천전을 둘러싼 건물에는 대량의 병졸을 배치했다. 백규궁을 지키고 홍기를 지키는 병졸은 평소의 네 배, 여주에서 병졸을 그러모아 절대적인 방비를 펼쳤다.

백이나 이백 정도 되는 잔당으로 교소를 구해낼 수는 있어도 홍기를 탈출하는 것은 불가능하다. 아니, 교소를 구해내는 것조차 과연 가능할까. 지금 가장 큰 장벽은 전원을 가득 채운 백성이다. 군중이라는 벽이 교소를 완전히 포위하고 있다.

아센은 마주에서 붙잡은 교소를 왕사에게 서주로 끌고 가게 했다. 서주로 돌아가서 비밀리에 대열에서 나오게 한 뒤 홍기 북쪽에 있는 능운산 탁비산拓飛山으로 연행하게 했다. 탁비산은 능묘가 있는 산이었다. 교왕의 능도 그 산에 있어 평소에는 능을 지키는 소수의 관리와 병졸만이 주둔하고 있다. 그곳을 부하를 시켜 점거한 뒤 교소를 옮겨놓았다. 시기를 노려 운해 위에서 백규궁으로 옮긴 것은 어제였고 이후 감옥 독방에 가둬두었다. 이제 비참한 모습을 보여주기 위해 형장으로 끌려 나올 것이다. 그리고 맞아 죽을 것이다. 자기 백성의 손에 의해.

—그 모습을 보아라.

이곳에서 도망쳐 시선을 돌리는 것은 용납하지 않을 것이다. 비극을 막지 못하고 그저 바라볼 수밖에 없는 자신을 저주하라.

아센이 무자비한 미소를 지었을 때 비극의 시작을 알리는 징이 울렸다.

겐칸은 정전 안쪽 한구석의 어둠 속에서 정면에 있는 문이 일제히 열리는 모습을 지켜보고 있었다.

—시작되고 말았다. 이제 더이상 기도밖에 할 수 있는 게 없다.

간초 또한 어둠 속에 있었다. 봉천전을 지탱하는 기둥 그림자와 가까운 곳에 아센이 앉아 있는 옥좌가 보였다. 간초는 옥대 아래 뒤쪽으로 어둠 속에 대기하고 있는 로산 옆에 우두커니 서 있었다. 정면에 있는 문이 모두 열리자 또렷한 햇살이 실내를 비추었다. 눈이 빛에 익숙해지니 광대한 광장을 채운 군중이 보였다. 이만큼의 백성이 교소를 매도하기 위해 모였다. 동요하는 소리가 거칠어진 파도 소리처럼 밀려들었다.

이를 꽉 깨무는 심정으로 간초는 로산에게 물었다.

"넌 이걸로 만족하는가?"

간초의 숨죽인 목소리에 로산은 나지막하게 말했다.

"그건 내가 아니라 하늘에게 물어야지."

군중이 내는 무수한 술렁거림이 사방에 있는 건물에 메아리친다. 마치 압력을 지니고 있는 듯 그 소리는 공기를 진동시키며 밀려온다.

분노인가 아니면 처벌에 대한 기대인가.

어느 쪽이어도 상관없다고 안사쿠는 남몰래 웃었다.

아센의 뒤에서 밀려든 인파를 바라본다. 운해와 같은 사람의 벽, 이거야말로 교소를 물리치는 장치가 된다. 그리고 안사쿠의 시대가 찾아온다.

이 순간을 아센은 어떠한 심정으로 마주하고 있을까.

야리가 주렴 너머에 있는 옥좌에 시선을 던졌을 때 다이키가 깜짝 놀란 듯 왼편을 쳐다봤다. 동쪽 누각을 응시한다. 시선을 좇아 야리도 동쪽 누각을 쳐다봤다. 의아해하며 바라보고 있자 곧바로 누각의 문이 열렸다.

그곳에서 나타난 것은 여러 명의 사람으로 이루어진 무리였다. 군중이 동요해 그 소리가 거센 파도처럼 귀청을 때렸다. 바라보는 광경 또한 광활한 바다 같았다. 파도가 들이치는 것처럼, 떠밀려 끌려 나오는 죄인의 움직임에 맞춰 군중이 넘실거렸다.

야리는 교소를 처음 보았다. 그렇구나, 저 사람이 이 나라의 왕이구나 싶었다. 운명과 하늘에 희롱당한 다이키의 주인.

과거에는 이곳에서, 마찬가지로 아센이 있는 저 자리에서 군중을 앞에 두고 즉위를 했을 것이다. 군중은 그때 환희의 함성을 외쳤을 것이다. 이제는 그들이 매도하기 위해 모였다. 기뻐 반겼던 그들의 왕을, 간계에 놀아나고 있는 줄도 모르고 죽이기 위해.

죄인은 처형대 위에 묶였다. 야리가 보기에는 담담하게 행동하는 것처럼 보였다. 겁먹은 모습도 보이지 않았지만 새삼스레 허세를 부리는 모습도 없었다.

―무슨 생각을 하고 있을까.

그 순간 다이키가 크게 숨을 내쉬었다.

야리는 다이키에게 다가갔다. 앉아 있는 다이키의 얼굴을 들여다보려고 했지만 그 순간 다이키가 일어섰다. 옆에 있던 병졸이 슥 하고 팔을 뻗었다. 일어서지 말라는 의도였을 것이다. 다이키는 그 팔을 붙잡았다. 그리고 무슨 말을 걸려는 듯 끌어당겼다.

의아한 표정을 짓는 병졸. 야리는 보고 있었다. 다이키가 왼손으로 병졸을 끌어당기고 동시에 오른손으로 병졸의 검을 뽑아 드는 것을.

깜짝 놀란 병졸이 숨을 삼켰을 때 이미 다이키가 손에 쥐고 있던 검은 그의 배를 찌르고 있었다. 야리는 곧바로 움직였지만 그 자리에 있던 병졸들은 무슨 일이 있어났는지 알지 못했다. 알았지만 이해하길 거부했는지도 모른다. 야리는 딱딱하게 굳은 채 서 있는 병졸의 급소를 찌르며 동시에 그의 검을 뽑았다. 경악에 찬 비명이 들리기 전에 다이키는 뽑은 검을 휘둘러 정면에 있는 주렴을 베어 떨어뜨렸다.

단상에 빛이 가득 찼다.

다이키는 빛을 향해 달려갔다. 야리는 지체 없이 뒤를 따르며 다이키의 앞에 우뚝 서 있던 병졸을 베어버렸다.

보슈쿠는 무슨 일이 일어났는지 이해되지 않았다. 다이키가 동료를 찌른 것처럼 보였지만 그런 일이 일어날 리가 없다. 완벽하게 허를 찔려 어안이 벙벙한 채, 실제로 무슨 일이 일어난 걸까 하고 빠르게 머리를 굴렸다.

다이키가 동료의 검을 빼앗은 것처럼 보였다. 실제로 그랬는지도 모른다. 분명 다이키는 무기를 소지하고 자신을 감시하는 듯한 무례한 행동을 나무라고 싶었던 것이리라. 무기는 손에서 내려놓으라고 지시하고 싶었던 걸지도 모른다. 그것을 저지하려고 동료가 앞으로 나왔다가 운이 나쁘게 찔린 건 아닐까? 아니다, 애초에 그렇게 보였을 뿐이지 동료가 쓰러지는 듯한 모습은 다이키에게 사죄하기 위해 고두를 하는 모습일지도 모른다. 그렇다고 할지라도 어째서 다이키는 자리에서 일어선 걸까. 그뿐만이 아니라 단상에서 내려오려고 하고 있다. 막아야 한다고 생각했는데 몸이 움직이지 않는다. 악몽 속 장면처럼 다이키는 잔상을 남기며 느릿느릿 섬돌을 내려간다. 우스꽝스럽게 가만히 있는 다른 동료들. 쩔쩔매는 듯 손을 내미는 병졸도 있었지만 이내 그들의 몸은 풀썩 쓰러졌다. 야리가 그들을 스쳐 지나가듯 다이키를 뒤쫓았고 앞으로 나와 섰다. 야리도 어느새 검을 쥐고 있다.

—무슨 일이 일어난 거지.

눈으로 불쑥불쑥 들어오는 광경을 사고가 따라잡지 못한다. 누군가 의지할 사람을 찾으려 무의식적으로 고게쓰와 후쿠쇼를 찾아봤지만 두 사람은 이미 소신들 사이에 없었다. 새하얗게 내리쬐는 빛, 열려 있는 문, 그곳을 향해 천천히 달려가는 두 사람의 모습. 경악한 동료들. 당황한 듯 별 도움도 안 될 것 같은 모습으로 쫓으려고 하는 자들. 단상에 쓰러져 있는 자들. 신음 소리와 피 냄새.

리사이는 정전에서 무슨 일이 벌어졌다는 사실을 깨달았다. 질서 정연하게 줄 서 있던 사관과 의장병은 서로 직립 부동이었던 자세를 깨고 그 자리에서, 또는 뒤돌아 정전 내부를 들여다보고 있다. 굴러 나오는 사람과 그들을 쫓는 병사들. 기단 위에 대기하고 있던 병졸들이 무슨 일인가 하고 돌아봤다. 그 행동에 이

끌려 군중도 형리도 형대를 둘러싸고 있던 병졸들까지 정전 쪽을 올려다본다.

"가자."

누군가가 외쳤다. 리사이 자신이었는지도 모른다. 또는 모든 이가 저마다 소리를 쳤을지도. 절호의 기회다. 분명 지금밖에 없다.

리사이는 생각보다 몸이 먼저 움직였고 정신이 들었을 때는 뛰쳐나가고 있었다. 반보 앞에 나온 세이시가 품에서 소도를 뽑아 바로 뒤돌아본 병졸을 베어내려고 한다. 자세가 무너진 병졸을 뒤로 밀어젖히고 앞으로 더 나아간다. 리사이는 쓰러지는 병졸들을 몸으로 부딪쳐 넘어뜨리며 검을 빼앗았다. 병졸들을 제치고 단칼을 휘두르며 앞으로. 형장을 향해 반 정도까지 나아가는 동안 주변에 있는 자들은 무기를 빼앗고 있었다.

호통과 귀가 먹먹해질 정도의 동요가 그제야 들렸다. 기겁해 그 자리에 우뚝 서 있는 자를 제거하고 당황하며 달려드는 병졸을 베어버린다. 남은 거리를 반쯤 더 좁혔을 때 전방에서 병졸 무리가 밀려왔다. 하지만 이 병졸들은 리사이 일행 쪽을 보고 있지 않다. 정전 쪽에서 오는 무언가와 대치하고 있다.

몇 명의 사람이 무시무시한 속도로 베여 쓰러졌다. 나자빠지는 사람들 속에서 튀어나온 것은 어린 소녀였다. 터무니없는 속도로 주위에 있는 병졸과 맹렬히 싸우고 쏟아지는 적을 제거하

며 앞으로 앞으로 달려온다. 그 모습을 시야 끝으로 확인하며 리사이는 눈앞에 있는 병졸을 좌우로 베었다. 눈앞에 원목으로 만든 거친 좌대가 나타났다.

"막아라!"

보슈쿠는 주변의 목소리에 정신이 돌아왔다. 서둘러 다이키를 쫓아 달리기 시작했다. 정전 내부는 당황한 사람들로 혼란스러웠다. 하관과 실내에 있던 사관들이 주렴이 내려와 있는 중앙의 옥좌 옥대 아래로 달려와 모여 있었다. 저마다 자신을 보호하라고 소리치고 있다. 그들의 요청에 병졸들이 주변을 지키기 위해 모여들었다. 하지만 그 자리에 있는 모든 이의 얼굴에는 무슨 일이 벌어졌는지 알 수 없다는 표정이 명백하게 드러나 있었다. 실제로도 다이키 옆에 있던 자 이외에는 알 리가 없었다.

무작정 도망치는 사람과 달려오는 사람들로 실내는 매우 혼란스러웠다. 보슈쿠는 사람들을 헤치며 열려 있는 문으로 달려갔지만 쓰러져 있는 병졸들이 길을 방해했다. 그들이 살아 있는지 죽었는지 보슈쿠도 알 길이 없다. 밟지 않도록 헛디디지 않도록 좌우로 피하며 우선 문으로 달려갔다. 혼란은 기단 위까지 퍼져 있었다. 형장으로 움직이는 무리와 도망치려는 사람들, 달려들려는 사람들. 여러 방향으로 움직이는 사람들이 서로 교차했다. 곳곳에서 사람들이 충돌했고 그때마다 노성과 비명이 울려 퍼졌다.

수많은 인파로 인해 보슈쿠는 앞으로 달려 나갈 수 없었다. 야리가 선두에 있는 무리는 기단에서 달려 내려와 형장에 다다르려 하고 있었다. 그뿐만이 아니었다. 정면에 있는 군중 속에서 형장을 향해 쏟아져 나오는 인파가 있었다. 병졸들을 쓰러뜨리고 앞으로 달려 나왔다. 그들을 쫓는 병졸들과 지원하러 달려오는 병졸들. 무슨 일인가 싶어 뒤를 쫓는 백성들로 주변은 크게 들끓고 있었다.

—무슨 일이 벌어진 건가.

아센은 망연히 눈앞에 벌어진 광경을 바라봤다.

다이키가 있던 쪽이 갑자기 소란스러워졌다. 무슨 일이 일어났나 하고 쳐다봤을 땐, 주렴 안쪽에서 사람이 뛰쳐나오던 참이었다. 포위하고 있던 병졸들이 깜짝 놀란 듯 흩어졌고 그 틈새로 여러 사람이 달려나간다. 둘러싸고 있던 병졸들은 당황해서 빠져나간 사람들을 바짝 뒤쫓으며 사람 울타리를 쌓았다.

아센이 목격한 것은 무질서하게 움직이는 사람들뿐이었다. 뛰쳐나온 것이 누구고 무슨 짓을 했는지는 사람 울타리에 가려 보이지 않았다. 저도 모르게 일어나 사람들의 움직임을 눈으로 좇았다. 도망치는 자와 달려드는 자들이 뒤섞여 매우 혼란스러운 와중에 한 무리가 정전 바깥으로 튀어 나가더니 곧바로 형장으로 달려갔다. 그제야 비상사태임을 알리는 목소리가 울려 퍼졌다. 정전을 뛰어다니는 병졸들이 저마다 외치고 있었다. 모두가 "태보가"라고 말하고 있었다. 현장이 너무나도 혼란스러운 나머지 무슨 말을 전하고 싶은지 알 수가 없다. 채갔다, 도망쳤다, 살해당했다 등등의 말이 아센의 귀에 들렸다.

"무슨 일이 일어났느냐."

안사쿠가 고함치는 게 들렸다.

"보고할 자 아무도 없느냐!"

그 말이 신호라도 된 양 전원에 모여 있던 군중의 일각이 무너졌다. 복수의 사람이 형장을 향해 달려갔고 그들을 제지하기 위해 병졸들이 움직이기 시작했다. 정전에서 오는 무리와 군중 속에서 달려오는 무리가 교소의 발치에 닿기 위해 밀려들었다.

보슈쿠는 어떻게 해서라도 형장으로 달려가려고 했지만 우왕좌왕하는 사람들 때문에 갈 수가 없었다. 선두에 있던 야리는 형대에 도착했다. 다이키가 야리 뒤를 바짝 뒤따라가고 있었다. 병졸들이 붙잡으려고 모여들었지만 뜻대로 되지 않았다. 야리의 범상치 않은 검술뿐만 아니라 다이키가 휘두르고 있는 검 때문에 병졸들이 선불리 움직이지 못하고 있었다. 검술이라고도 할 수 없이 그저 힘으로 휘두르는 것처럼 보였지만 바싹 따라붙은 병졸들이 움직이지 못하게 제 몫을 하고 있었다. 그와 동시에 군중 속에서 달려온 사람들도 형대에 도착했다. 아직도 상황 파악이 되지 않은 보슈쿠는 어쩔 줄 몰라 하며 적들이 형대 위로 모여드는 것을 지켜보고 있었다.

제일 먼저 뛰어올라간 것은 소겐이었다. 소겐이 창을 휘둘러 좌대 위에 있는 병졸을 찔러 쓰러뜨리는 동안 리사이도 좌대로 뛰어올랐다. 그와 동시에 한 소녀가 뛰어 올라왔다. 그 뒤에 사람이 한 명 더 있었다.

그 모습을 확인한 순간 리사이는 그곳을 향해 달렸다. 적을 밀어젖히고 곧장 소녀의 곁으로. 리사이는 소녀를 따르듯 달려온 사람의 뒤로 바짝 다가가 쫓아온 병졸들과 대치했다. 뒤에 있는 사람을 지키며 좌대 위로 후퇴한다. 앞뒤를 확인하는 리사이의 시선이 순간 뒤에 있던 사람의 시선을 사로잡았다.

—태보.

—리사이.

다이키는 리사이가 살아남았구나 하고 생각하며 곧바로 형대 위에 세운 있는 기둥으로 시선을 돌렸다. 다이키는 주변에서 병졸과 싸우고 있는 사람들을 개의치 않고 곧장 아래쪽으로 달려갔다. 너무 세차게 달려 나가는 바람에 좀더 아래쪽에서 무릎을 꿇었다. 고개를 들고 위를 쳐다보자 홍색의 눈동자가 시야에 들어왔다.

목소리도 나오지 않았다. 다이키가 올려다보고만 있자 고요한 목소리가 위에서 들렸다.

"……고리篙里인가."

목소리의 주인공은 질곡에 묶여 있었지만 조금도 주눅 들지 않았다. 심홍색 눈, 백은의 머리카락, 하지만 볼이 움푹 파인 얼굴로 미소 짓는다.

"많이 컸군."

"교소 님."

다이키는 무릎을 꿇은 채 앞으로 나아갔다.

"오랜 시간 죄송했습니다……."

그 자리에 깊게 고개를 숙이며 조아렸다.

"주상."

물론 대국의 왕은 교소뿐이다.

작은 웅성거림이 이윽고 커다란 함성으로 변하는 소리가 들렸다.

보슈쿠는 그 자리에 얼어붙었다. 다이키가 죄인의 발치에서 절을 하고 있다.

—그렇다면. 그것은 곧.

얼어붙은 것은 안사쿠도 마찬가지였다. 다이키가 교소의 발치에서 무릎을 꿇었다. 안사쿠의 숙원이 깨지는 순간이었다. 간초 또한 아수라장으로 달려가려고 했던 걸음을 멈추고 망연하게 그 광경을 쳐다봤다. 교소의 발치에 엎드려 있는 다이키에게 병졸들이 달려들었다. 어깨에 손을 얹어 일으키려고 한다. 적들이 그들을 물리치기 전에 다이키가 먼저 쥐고 있던 검을 휘둘렀다. 힘으로 휘두른 그 검 끝이 하반신을 덮쳐 병졸이 반보 물러났다.

"역시 괴물이었어."

간초의 근처에서 담담한 목소리가 들렸다. 뒤돌아보자 로산이 눈을 가늘게 뜨고 있다.

"아마도 유사 이래 직접 살상을 저지른 기린은 없을 거야."

"죽여라!"

아주 가까이에서 크고 날카로운 목소리가 들렸다.

"역시 가짜였다! 태보가 아니다!"

안사쿠가 소리치고 있다. 보슈쿠의 귀에도 그의 찢어질 듯한 목소리가 들렸다. 그렇구나 하는 생각이 드는 한편 그럴 리 없다는 생각이 강하게 들었다. 두 가지 생각이 서로 맞물려 몸을 움직일 수 없었다.

과연 더없이 혼란스러운 그 자리에서 안사쿠의 목소리가 들릴까. 다이키에게 달려가는 병졸이 있다. 그 병사를 공격하는 적의 모습이 보인다. 세이시가 교소의 곁으로 달려갔다. 재빨리 교소의 질곡을 잘라낸다. 세이시를 저지하려고 공격하려는 병졸의 손이 다이키의 공격에 잘려 나갔다. 팔을 끌어안고 뒤로 물러나는 병졸을 세키레이가 베어 쓰러뜨렸다. 세키레이는 지금 병졸의 손을 자른 청년을 본 적이 없었다. 밀랍처럼 핏기가 가신 얼굴에는 툭툭 튄 피가 묻어 있다. 검을 쥐고 있는 손은 경련이라도 일어난 듯 덜덜 떨고 있었다. 그 손을 붙잡고 검을 집어 들려는 손이 있었다.

"잘했다. 이제 그만해도 된다."

교소는 칼자루를 꽉 쥐고 얼어붙은 손을 억지로 펼쳐냈다. 다이키가 쥐고 있던 검을 넘겨받았다. 막다른 곳에 몰린 듯 까맣게 빛나는 눈이 교소를 올려다봤다. 교소는 고개를 끄덕여 보였다.

—틀림없는 대국의 핏줄. 혹독한 대국의 겨울을 극복한 치열한 피가 흐르고 있다.

그 순간 시선을 받은 다이키의 모습이 녹아 흘렀다.

003

사람들은 그 순간 혼돈을 목격했다.

형장으로 죄인이 끌려 나왔다. 같이 나온 형리는 죄를 밝히고 있는 것이리라. 그런데도 정전에서 무슨 소리가 났나 싶었더니 형장을 둘러싸고 있던 사람 울타리가 무너졌다. 둑을 터뜨린 물이 흘러 나가듯 사람들이 형대로 쏟아져 밀려나와 주변은 완전히 아수라장이 되었다.

도대체 무슨 일이 일어나고 있는 걸까. 망연하게 지켜보는 아수라장 한복판에 돌연 한 마리의 짐승이 나타났다.

강철처럼 까맣고 은빛으로 빛나는 체구, 이마에 진주색 뿔 하나.

그 짐승은 죄인의 발밑에 엎드리고 있었다. 죄인을 올려다보고 우러르듯 목을 가까이 가져다 댔다. 사뿐히 일어나 몸을 구부려 죄인을 채근했다.

—기린이다.

중얼거리는 목소리가 곳곳에서 새어 나왔고 그 목소리가 광대한 광장에 잔물결처럼 퍼져 나갔다. "어째서", "그렇다면" 하고 당황하는 목소리. 형장에 있는 자는, 끌려 나온 자는 죄인이 아니다. 그들의 왕이다.

사내는 기가 막혀 입이 떡 벌어진 채 서 있었다. 손끝에서 힘이 빠져 들고 있던 작은 돌이 툭 떨어졌다. 왕위를 빼앗고 그들에게 고난을 겪게 한 원흉인 죄인에게 되갚아주려고 했다. 화살 대신 돌을 쥐고 있던 손이 공포로 후들후들 떨렸다.

보슈쿠는 발걸음을 멈췄다. 보슈쿠도 무기를 발밑으로 떨어뜨렸다.

기린이다. 당연한 일이다. 다이키니까. 그리고 기린은 교소를 선택했다.

아센도 엉거주춤 일어나 그 광경을 멍하니 바라보았다.

—뿔이 있을 리가 없는데.

아센은 과거 다이키의 뿔을 잘랐다. 그렇기에 전변도 하지 못하고 사령도 부를 수 없었을 텐데.

—그르쳤던 건가?

"……회복한 건가."

멍하니 중얼거린 것은 로산이었다. 간초 또한 놀랐다.

"분명 태보께서 예췌는 치료받았다고 말씀하셨지……."

예췌가 낫고 난 뒤 잘렸던 뿔도 회복한 걸까. 기린 정도의 생물이라면 잘려 나간 뿔도 재생하리라 생각했다. 하지만 다이키의 주위에 사령의 모습이 보이지 않았다. 주변에서 차섬이 멋대로 날뛰고 있었는데 그 사실을 눈치챈 낌새도 없었다. 무엇보다 뿔이 있다면 교소의 왕기를 느낄 수 있었을 것이다. 궁중에 머무르지 않고 곧바로 구하러 가지 않았겠는가. 하지만 떠올려보면 다이키의 주변에 있던 사람들은 어느 순간부터 희한하게도 혼이 빠져나가지 않게 되었다. 잃어버린 뿔이 회복되어 다시 자라났기 때문일까. 기린의 힘이 되돌아와서 요마를 물리칠 힘도 늘어난 것이다. 어느 시점에 다이키는 회복했다. 그 사실을 오늘까지 숨기고 있었다.

"……한 방 먹었네."

로산은 입가를 일그러뜨리며 미소 지었다.

"생각하면 할수록 저 기린은 괴물이야."

"장군!"

세이코의 뒤에서 비명 소리가 들렸다. 기수에 탄 세이코는 이미 각루에서 날아올라 부하를 이끌고 혼란에 빠진 형장으로 향하고 있었다. 부하는 노궁을 들고 있다. 충분히 화살로 맞힐 수 있는 거리지만 절대로 죄인을 죽여서는 안 된다는 명령을 받았다. 만에 하나라도 죄인이 화살에 맞는 일이 없도록 세이코가 허락할 때까지 공격해서는 안 된다고 명했다. 잘못해서 쏘는 일이 없도록 가까운 곳까지 날아가는 와중에 돌연 나타난 짐승을 보았다. 어떤 부하 한 명이 바로 외쳤다.

"세이코 님, 저것은."

부하들이 기수를 옆으로 몰고 왔다.

"태보가…… 그렇다면 역시 왕은."

세이코는 고개를 끄덕였다. 역시 왕은 교소인 건가. 하지만.

"그런 건 애초부터 알고 있었다."

세이코는 부하에게 일갈했다.

“우리의 주인은 교소가 아니다. 아센 님이다. 아센 님의 왕조다.”

“하오나.”

“옳고 그름을 따지는 것은 병졸의 본분이 아니다! 가라, 궁구를 섬멸하라.”

병졸은 하명을 받아 움직인다. 아무리 어리석은 명령이더라도, 부조리한 명령이더라도 명령은 명령이다. 하명을 거역하는 것은 병졸에게 중대한 죄이다. 가라고 명을 받으면 간다. 설령 그것이 군과 나라에 중대한 손해를 끼친다는 사실을 알고 있어도 따르지 않은 병졸은 반드시 배반죄를 추궁당한다. 명령 자체의 옳고 그름은 문제가 아니다. 설령 나중에 문제가 되어 명령한 자가 심판을 받더라도 병졸과는 전혀 상관없는 이야기이다.

하지만 대부분의 궁병은 화살을 쏠 수 없었다. 명령이기에 표적을 쏘는 것에 주저함은 있어도 이의는 없다. 하지만 표적에 화살을 겨냥한다면 기린이 맞고 만다. 그것은, 그것만큼은 무슨 일이 있어도 할 수 없다.

다른 곳에서도 명령을 내리는 자가 있었다.

“문을 닫아라. 궁구가 나가지 못하게 하라. 이 자리에서 한 명도 남기지 말고 쓰러뜨려라.”

명령을 받은 부하는 봉천문을 닫으려고 했다. 하지만 소동을 목격하고 도망치기 시작한 인파가 이를 방해했다. 병졸들을 모아 인파를 저지해서 어떻게 해서든 문을 닫으려고 했지만 밀려드는 인파의 압력이 병졸을 밀어내 문을 억지로 열었다.

군중을 움직인 것은 공포였다. 누군가가 아센을 거역했다. 소동이 벌어졌다. 그렇다면 틀림없이 이 자리에 있던 모든 사람이 학살당할 것이다.

봉천문으로, 고문으로 향하는 방대한 인파로 거대한 흐름이 만들어졌다. 리사이 일행은 그 흐름에 합류했다. 교소가 뛰어 다이키에게 올라탔다. 이제 교소는 언제든지 전장에서 벗어날 수 있다. 군중이 만든 벽에 구멍이 있다. 그 때문에 동료를 남겨두었다. 인파에 섞이면 백규궁을 탈출할 수 있을지도 모른다.

하지만 군이 대대적으로 움직이기 시작했다. 인파는 막지 못하지만 교소를 향해 세차게 달려들려고 하고 있다.

"고문을 빠져나갈 수 있겠느냐."

"빠져나갈 수 있을지도 모릅니다. 하오나 그다음에 어떻게 해야 할지."

이 자리에서 빠져나갈 수 있다고 하더라도 도망칠 곳이 없다. 아센의 추격을 받아 공격당하기만 할 것이다.

"주상만큼은 태보와 함께 이곳에서 탈출해주십시오."

소겐이 외쳤다.

"거절한다."

교소는 한마디로 딱 잘라 말했다.

"주상!"

"진정해라. 일단 탈출하기만 하면 기린의 다리는 빠르다. 절대로 따라잡힐 일은 없을 거다. 하지만 홍기의 상공을 빠져나갈 수 있을까? 공행사의 수를 보아라."

"그것은…… 하오나……."

"주상의 말씀이 맞다."

리사이가 끼어들었다.

"그래도 포기하지 마라. 어찌됐든 홍기를 빠져나간다."

"하오나 리사이 님."

세이시는 뒤돌아 리사이를 봤다. 버린 것과 다름없는 목숨이었지만 교소가 돌아왔다. 무슨 일이 있어도 교소만큼은 지키고 싶다.

"좀 전에 말하려고 했다만 인파 속에 고료가 있었다."

"네?"

세이시는 소리를 높였다.

"고료는 에이쇼를 만나러 갔을 거야. 즉, 만나서 돌아온 거지. 그렇다면 반드시 어딘가에 에이쇼가 있을 거다."

그 사실을 눈치챘기 때문에 리사이는 퇴로를 남겨두었다. 리사이 일행이 아센군을 문주로 유인하는 바람에 에이쇼는 비교적 자유롭게 움직일 수 있었을 것이다. 퇴로를 남기는 바람에 쳐들어가는 인원은 줄었지만 그 대신 다이키가 정전에서 이목을 끌어주었다.

리사이 일행은 인파 속에 뒤섞여 달렸다. 닫히다 멈춘 고문에서 거리로 달려 나왔다. 거리로 나온 군중들은 흩어지기 시작했다. 둘러싸여 있던 인파가 줄어들었다. 그곳에 여러 무기를 지닌 병졸 무리가 달려들고 있었다.

리사이가 검을 들었을 때 교소가 이름을 외쳤다. 이름은 알아듣지 못했지만 달려오는 자들에게 외치고 있다는 것은 알 수 있었다.

"주상!"

"……교소 님."

교소가 산토는 어디 있느냐고 묻는 것이 들렸다. 그렇다면 간초의 부하인가. 그들은 달려오자마자 곧바로 교소를 지키는 대열에 합류했다.

—휘하라면 교소가 반드시 알아볼 것이다.

병사가 아닌 무리가 나타났다. 이번에도 역시 교소가 이름을 외쳤다. 달려나갈수록 리사이 일행은 거대해진다. 바싹 뒤쫓아오는 병사와 싸우며 단숨에 오문까지 달려갔다. 하지만 정면에 보이는 오문은 이미 닫혀 있었다.

"여기까지인가."

누군가가 신음하듯 소리를 높였을 때 닫혔던 문이 밀리며 열렸다. 문 위의 누각에도 둘러싸고 있는 곽벽 위에도 병졸이 늘어서 있다. 그 병졸들을 공격하려는 무리가 있다. 문이 열리고 병력이 우르르 밀려들었다. 역시나 선두에 서 있는 사람은…….

"에이쇼!"

리사이가 소리쳤다.

"살아남았나 보군, 리사이!"

기수에 올라타 있는 에이쇼는 큰 소리로 외치며 창을 휘둘렀다.

"지금까지 어디에 도망쳐 숨어 있었는가."

소겐이 말을 걸어왔다.

"도망쳐 숨은 건 자네 아닌가. 끝까지 무사히 잘도 숨었군, 소겐."

소겐은 에이쇼에게 달려갔고 기수를 타고 있는 모습을 올려다보았다.

"잘 왔네."

"교소 님을 구한 것은 아주 훌륭했네. 자네치고는 아주 잘했어."

에이쇼는 뒤를 가리켰다. 그곳에는 왕사와 싸우는 병졸 무리가 있었다. 최소한의 장비에 누가 봐도 여기저기서 모은 병력이었지만 숫자만큼은 많았다. 리사이 일행은 에이쇼군 무리로 달려 들어가 그대로 홍기를 뛰쳐나간다.

"하지만 이제 어찌할 건가."

"내가 아무런 계획도 없이 움직일 거라 생각하는가."

나란히 달리고 있는 에이쇼가 비아냥거리듯 피식 웃고는 남쪽을 가리켰다. 눈앞에 공터의 끝이 보였고 남쪽으로 향하는 가도에는 또 다른 병력이 대기하고 있었다.

"저것은."

병력의 선두에 서 있는 가신이 쾌활하게 웃고 있었다.

"여러분 오랜만입니다. 일단 이대로 강주성으로 가시지요."

깜짝 놀란 리사이 일행에게 가신은 웃으며 뒤를 가리켰다.

"강주성은 점령했습니다. 성까지 가는 가도도 이미 제압해두었고요."

리사이가 시선을 돌린 곳에는 새하얀 깃발들이 남쪽으로 끊임없이 세워져 있었다. 깃발 아래에는 거무스름한 한 일자가 그어져 있었다. 호토가 만든 묵치 깃발이다.

004

아센은 노골적으로 분노를 드러내며 고문의 문루에서 홍기의 거리를 바라보고 있었다. 평소 이곳까지 결코 올라올 일 없는 왕의 노여워하는 모습을 보고 고문을 지키는 위사는 당황한 기색을 숨기지 못했다.

홍기는 극심하게 혼란스러웠다. 인파가 거리에서 우왕좌왕하는 모습이 멀리에서도 보였다. 곽벽 위에 진을 친 병졸들도 통일성을 잃고 제각각 움직이고 있었고 날벌레처럼 상공을 날아다니는 공행사의 모습이 혼란스러운 상황임을 보여주는 듯했다.

홍기에서 내려가는 가도에서 멀어지는 사람들의 무리가 보였다. 이미 가도를 가득 메울 정도로 인원이 불어났다. 그들은 바짝 뒤쫓아 오는 왕사와 싸우며 놀랍도록 빠른 속도로 떠나가려 하고 있었다.

"무슨 일이 일어난 건가."

아센은 멍하니 중얼거렸다.

아센도 아연실색할 수밖에 없는 상황 속에서 기린과 그 위에 타고 있는 인물을 중심으로 한 무리가 움직이기 시작했고 광대한 전원에 모여 있던 군중을 해일로 만들었다. 커다란 파도는 봉천문을 향해 밀려 들어와 순식간에 문을 돌파했고 고문으로 돌진해 와 크게 집어삼켰다. 옥좌에 박혀 있는 아센의 시야에는 그렇게밖에 보이지 않았다.

호분씨가 달려와 아센에게 피하라고 해 우선은 말을 따랐지만 인파가 빠져나가자 서둘러 고문의 누각 위로 달려 올라갔다. 눈 아래로 펼쳐지는 홍기의 거리와 그곳을 에워싸고 있는 곽벽, 거리의 남쪽으로 뻗어나가는 대가도. 아센이 내려다봤을 때에는 이미 인파가 그곳에서 떠나려 하고 있었다.

"어째서."

아센은 이를 갈았다.

"어째서 이런 일이 일어나는 거지."

"꼭두각시는 스스로 움직이지 않기 때문입니다."

가신은 홍기 교외에서 도착한 자들부터 기수에 타라고 지시하면서 설명했다.

"각지를 지배하고 있는 것은 꼭두각시입니다. 아센의 명령에는 따르지만 명령받은 일 말고는 하지 않지요. 저희가 어떤 행동을 하더라도 상대가 볼 생각이 없으면 몸을 숨기는 건 쉬운 일입니다. 게다가 여러분이 문주에서 커다란 소동을 일으켜주셨으니까요."

경계의 눈빛은 문주에 집중되어 있었다. 아센은 리사이 일행의 반격을 경계해 문주에 있는 병력을 늘렸다. 놓쳤을 경우 벌일 소탕전을 대비해 승주의 병력도 늘렸다. 교소를 처형함에 있어서 예전부터 친교소의 경향이 강하고 모반도 빈번하게 일으켜 온 위주도 경계해야 했다. 무엇보다도 홍기를 경비하기 위해 인원이 필요했다. 필요한 병력은 다른 주에서 끌고 와 보충했다.

"덕분에 눈에 띄게 병사들이 몰려 있었어요. 저희가 있던 마주에서부터 강주, 남주는 텅텅 비어 있었습니다. 특히 홍기와 가까운 강주, 남주에는 일군도 안 되는 병사만 남았고 나머지는 전부 홍기에 소집되어 있었습니다."

애초에 꼭두각시들은 난을 경계하고 있지만 미리 막으려는 의지는 없었다. 게다가 병력이 줄어드는 바람에 주사는 일상 업무만으로도 버거워하는 꼴이었다.

"처음에 저희들도 무슨 일이 일어났는지 알지 못했습니다. 하지만 고료가 에이쇼 님이 있는 곳에 도착한 뒤 제가 있는 곳에 사자가 왔습니다. 그래서 궁성의 정황 그리고 리사이 님이 문주에 계신다는 사실을 알게 되었습니다."

가신과 에이쇼는 문주로 향하려고 했다. 그즈음 문주에 반민 무리가 있는 것 같다는 소문을 들었다. 그 무리는 분명 리사이일 것이다. 에이쇼는 리사이와 합류하고자 부하를 움직이다 마주에 있는 산에서 고카와 만났다. 교소를 구출했다가 빼앗겼다는 소식을 고카에게 들었다. 지금부터 문주로 향하더라도 제때에 맞추지 못한다. 그래서 가신 일행은 방침을 바꿨다. 모든 병력을 강주로 향하게 했다.

"허세다."

아센이 고함을 질렀다.

"아마 저게 전부겠지. 그 이상의 병력이 있을 리가 없어."

"뭐, 허세이긴 하죠. 여기에 있는 게 저희의 모든 병력입니다."

가신은 태연하게 웃었다. 가신이 잠복한 남주에 숨기고 있던 사천의 병력과 에이쇼가 마주에 숨기고 있던 칠천 정도의 병력. 가도를 따라 깃발을 세우고 있지만 실제로는 그저 깃발이 세워져 있을 뿐이다. 마치 거리 모든 곳을 가신 일행이 점령한 듯 보이긴 하지만 실상은 백 명 정도의 부대가 앞서가서 깃발을 세우고 있을 뿐이다.

"유감스럽게도 도중에 있는 성들도 거의 텅 비었습니다."

가신은 자신도 기수를 날아오르게 하며 말했다. 기수를 양보한 병졸이 그들을 향해 손을 흔들었다.

그렇기에 언뜻 보기에는 기나긴 이 진영은 그들이 강주성에 도착할 때까지만 버틸 수 있다. 필요한 곳을 최소한으로 점령하고 의민만을 골라 남긴 뒤, 나머지는 성에 감금해두었다. 강주성도 실질적으로는 텅 빈 것과 마찬가지다.

"공기로 부풀린 가죽 주머니 같은 거다."

아센은 주변에 있는 이들을 질타했다.

"추격하라. 공격하면 한 번에 무너질 것이다."

"……이제는 허세라고 하기보다는 치랍에 가깝습니다만."

가신은 미소 지었다.

"하지만 여러분이 좀더 힘내서 견뎌주신다면 괜찮습니다."

"치랍인데?"

리사이가 의아해했다.

"네, 이미 안국의 특사가 이쪽으로 오고 있습니다."

리사이는 저도 모르게 큰 소리를 냈다.

옥좌의 힘은 강대하다. 게다가 아센은 월등하게 만만치 않은 상대이다. 다만 아센에게는 치명적인 약점이 있었다. 타국의 지원이 있다는 사실을 알 방도가 없다는 점이었다.

아센은 주도면밀했지만 타국의 병력까지 계산에 넣었을 리 만무하다. 즉 아센의 예측에는 애초부터 인식 불가능한 커다란 허점이 있었던 것이다.

"강주성 부근에서 합류할 수 있을 겁니다. 교소 님이 특사에게 한마디, 원조를 부탁한다고 말씀하시면 됩니다."

대국 연안에 안국의 군함이 대기하고 있다는 말을 하고 가신은 빙그레 웃었다.

"강주에서 희한한 기수를 발견했습니다. 젊은 사람이 고삐를 쥐고 있었는데 기수는 그 젊은이를 태울 마음이 없었어요. 타고 있는 사람은 필사적으로 매달려 있었겠지요. 하지만 붙잡으려고 하니 기수는 태운 사람을 떨어뜨리고 도망쳤습니다. 도망친 주제에 아무리 해도 그 자리에서 떠나지 않고 따라오는 겁니다. 떨어진 사람은 만신창이가 되어 의식이 없었지요. 그런데 그 사람이 가슴에 검을 품고 있었어요."

"검……."

가신은 끄덕였다.

"한옥이었습니다. 게다가 그 검에는 태보의 존함이 새겨져 있고 경왕께서 배서하신 정권이 묶여 있었습니다. 그래서 서둘러 보호했습니다."

"그게…… 도대체……."

"교시라고 했습니다. 서운관의 도사라던가요. 그에게서 사정을 들었습니다. 안국의 지원이 있다고."

"살아 있었구나……!"

"사정이 그렇다면 안국에 물어보는 게 빠르지요. 그 정권이 있으면 알현할 수 있을 거라 생각했습니다. 곧바로 안국에 부하를 보냈고 감사하게도 연왕을 만날 수 있었습니다. 연왕은 정권에 대해 알고 계신 것 같았습니다. 한옥도 본 적이 있으신 것 같았고요."

그렇게 된 거라며 가신이 웃었다.

"만약 강주성을 다시 빼앗기더라도 안국이 신속하게 함락시켜 주겠지요."

"그러한가……."

—그랬던 것인가.

교소의 검에 정권을 묶어두었던 날 밤의 일이 떠올랐다. 교소를 다시 만나 이제 안국으로 가기만 하면 된다고 문주성을 공격해 함락시키면 승기가 보이리라고 희망에 가득 찼던 밤. 그 이후에 리사이 일행은 순식간에 모든 것을 잃었다. 수많은 동료를 잃었다. 실로 수많은 동료를.

그때까지 쌓아 올렸던 것들 전부 쓸모없게 되었다고 생각하고 있었다. 하지만 결코 쓸모없는 일이 아니었다.

"참으로 감사하군."

리사이가 저도 모르게 중얼거렸을 때 전방에서 깜짝 놀라는 소리가 들렸다. 반사적으로 시선을 돌리자 기린이, 다이키가 떨어지고 있었다.

"태보!"

표류하듯 낙하하는 다이키를 향해 리사이는 서둘러 기수를 몰았다.

—아마도 힘을 다한 것일 터다. 틀림없이 예췌일 것이다.

구하려고 달려갔을 때였다. 리사이 일행의 눈앞으로 한 마리의 짐승이 번개처럼 달려 내려와 다이키의 목덜미를 물었다.

아니다. 정확하게 표현하자면 사슴과도 비슷한 그 목을 물어 공중에서 건져냈다. 달려온 것은 추우였다. 안장은 달려 있었지만 아무도 타고 있지 않았다.

"게이토!"

교소가 달려와 이름을 부르며 아래로 내려가는 추우를 좇아갔다. 그 뒤를 좇던 리사이가 추격자들을 확인하려고 뒤를 돌아봤을 때 가도 옆 숲의 가장자리에서 이쪽을 올려다보고 있는 사람을 포착했다.

그 인물은 똑바로 리사이 쪽을 올려다보고 고개를 한번 까딱하더니 나무숲 사이로 사라졌다. 그 모습을 확인하고 착지하자 기수 여러 마리가 군집하듯 추우 주변으로 모여들었다. 게이토는 다이키를 땅에 내려놓았다. 크게 헐떡이며 숨을 쉬는 기린 주변으로 교소를 비롯한 사람들이 몰려들었고 천을 깔고 물을 가져왔다.

"괜찮아. 부상을 입은 게 아니야."

다이키를 따르고 있던 소녀가 자신 있다는 듯 보증했다. 일단은 안도의 숨을 내쉬고 리사이는 뒤를 돌아봤다.

"방금 로산이……."

틀림없다. 분명 로산이었다. 게이토에게는 안장이 달려 있다. 로산이 타고 있었을까. 다이키가 떨어지는 것을 보고 달려온 것일까.

"로산? 어딥니까."

단단히 벼르며 묻는 목소리에 뒤돌아보자 고료가 있었다.

"고료…… 무사했는가."

네, 하고 고개를 끄덕인 고료는 리사이가 가리킨 쪽을 쳐다봤다.

"로산 님께 물어봐야 할 것이 있습니다."

고료가 기수에게 다가가려고 하자 목소리가 들렸다.

"고료, 괜찮습니다."

뒤돌아보자 소녀가 펼친 천 안에서 다이키가 인간의 모습으로 변해 있었다.

"태보."

뛰어 다가오는 고료에게 말했다.

"무사해서 다행입니다. ……로산은 내버려두세요."

"하오나, 그자는."

"로산은 적이 아닙니다. 그쵸, 야리."

다이키는 야리를 바라봤다. 곤란하다는 듯 다이키를 쳐다보는 야리는 긍정도 부정도 하지 않았다.

다이키는 로산이 적이 아니라고 생각했다. 처음부터 어딘지 모르게 그럴 거라 느끼고 있었다. 처음 백규궁에 들어왔을 때 다이키의 주장을 확인하기 위해 로산은 일부러 아센에게 다이키를 베게 했다. 눈앞에서 서약을 시키는 좀더 간단한 방법이 있는데도. 원래라면 기린은 왕 이외의 다른 사람에게 머리를 조아릴 수 없다. 불가능하다고 여겨져왔다. 하지만 사령이라면 설득해 진정시키는 게 불가능한 일이 아니다. 갑작스러운 일이라면 대응할 도리가 없겠지만 미리 '벨 것이다'라고 선언하면 다이키는 사령에게 참으라고 명령할 수 있다. 그뿐만이 아니라 다이키를 베기 위해 다가온 아센을 공격하는 것도 참으라고 할 수 있다. 로산이 일부러 가장 간단하고 확실한 방법을 피했다고 다이키는 생각하고 있었다.

"야리를 보낸 건 로산이 아니었나요?"

야리는 물음에 대답하지 않고 그저 다이키를 게이토 위로 끌어올렸다. 게이토의 주인은 교소다. 주인과 함께라면 태워줄 것이다.

"지금은 앞길을 서두릅시다. 안전한 곳으로 도망쳐야 합니다."

이날, 홍기로 쳐들어간 묵치는 교소를 구출한 뒤 홍기 남쪽에 있는 현성까지 후퇴했다. 대가도와 가깝다고는 해도 대가도의 바로 앞에 있지도 않고 그다지 크지도 않은 그 현성은, 금일 미명에 막 함락된 참이었다. 리사이 일행이 도착했을 때 그제야 마을을 제압하고 방어 진영을 펼치고 있었다.

홍기에 쳐들어간 묵치는 추격해 오는 왕사와 싸우며 교소 일행을 뒤쫓듯 후퇴했다. 묵치의 수는 줄어들었지만 왕사 또한 줄어들었다. 교소가 진정한 왕이었다는 소식이 입에서 입으로 퍼져가자 왕사에서 다수의 탈락자가 생겼다. 왕사에서 묵치로 급히 달려와 합류하는 자들도 적지 않았다. 묵치가 지배하고 있던 마을로 한 곳씩 후퇴할 때마다 마을을 점거하기 위해 남겨둔 병력이 합류했고 소문을 들은 병졸과 백성이 합류하여, 묵치는 줄어든 속도보다도 빨리 세력이 늘어났다. 왕사는 서서히 수가 줄어들었고 이윽고 추격을 하기 위해 길게 펼쳐두었던 진영이 끊겼다.

더이상의 추격은 불가능했고 왕사는 홍기를 방어하기 위해 돌아갈 수밖에 없었다.

선두를 공행하며 후퇴한 무리는 마을 몇 개를 전전하며 강주 조구성으로 서둘러 이동했다. 사흘 뒤 그들은 조구성에 도착했다. 조구성에서는 성을 탈환하기 위해 근교에 있던 주사가 달려와 수성전이 한창이었지만 후퇴해 온 묵치가 협공을 해오는 바람에 철퇴할 수밖에 없었다. 주후성을 공격할 만한 병력이 이제 더이상 강주에는 남아 있지 않았다.

닷샛날, 조구성에 깃발이 걸렸다. 이미 걸려 있던 묵치의 깃발 옆에 금군과 서주사의 깃발, 그리고 강주사의 깃발이 나란히 걸렸다. 그리고 비룡을 그린 칠흑 깃발과 기린을 그린 자황 깃발. 왕기와 기린기는 왕과 기린이 함께 이곳에 있다는 것을 가리키고 있었다.

25
장

001

강주의 주도 조구는 사구에 우뚝 솟아나 있다. 서주에서 서쪽으로 흘러 내려가는 큰 강은 조구산에서 두 갈래로 찢어져 남북으로 나뉘고, 그 사이에 남겨진 하늘을 향해 우뚝 솟아 있는 산지가 거대한 능운산을 이룬다.

산기슭에는 무구한 세월 동안 계속해서 운반되어온 모래가 퇴적되어 광대한 저지대를 형성하고 있었다. 그곳에 수로가 가로세로로 흐르다 능운산 밑에 있는 마을로 모인다. 마을을 둘러싼 곽벽 곳곳에 수문이 설치되어 있고 흘러 들어온 물은 또 다른 길이라도 되는 듯 마을을 에워싸고 있었다. 가는 곳마다 다리가 놓이고 선착장이 마련되어 있었으며 민가 옆에는 작은 배가 가까이 닿아 있어 독특한 경관을 만들어내고 있었다.

리사이가 조구에 도착했을 때에는 아직 마을 내부에서도 바깥의 저지대에서도 소규모 전투가 이어지고 있었다. 강주성 안쪽만큼은 겨우 제압을 끝냈지만 도처에 전투의 흔적이 남아 있어 황량하다는 인상을 강하게 받았다. 아직 안심하고 자유롭게 다닐 수 있는 상태는 아니다. 리사이 일행은 그러한 상황 속에서 교소와 다이키를 에워싸며 성 내궁으로 들어간 것이다.

외전에 안국의 사자가 도착했다는 소식을 들었다. 홍기에서 후퇴하는 동안 채비했던 여장을 풀 새도 없이 리사이 일행은 외전으로 향했다.

"리사이!"

건물에 발을 디딘 순간 커다란 목소리로 리사이를 부르는 이가 있었고 발걸음을 멈추자 자그마한 몸집의 사람이 맹렬하게 달려왔다. 리사이는 깜짝 놀라 소리쳤다.

"연 태보?"

넓은 외전에서 금발의 아이가 달려왔다. 안국에서 보냈다는 사자가 기린이었던 것인가. 그렇다면…….

엔키가 달려온 쪽을 쳐다보니 키가 큰 대장부가 보였다. 그 또한 이쪽을 향해 성큼성큼 걸어온다. 고개를 가볍게 끄덕이는 인물의 얼굴을 확인하는 동안 자그마한 사람이 뛰어들었다. 리사이는 허둥대며 그 자리에서 뒤로 물러났다.

"……안 됩니다. 해를 끼칠 수 있습니다."

리사이가 손으로 저지하며 말하자 엔키는 그 손바닥을 주먹으로 쳤다.

"엄청 꾀죄죄하네."

엔키는 리사이를 올려다본다.

"그래도 수고했어."

무언가를 꾸욱 참는 듯한 표정을 보고 있자니 리사이의 가슴 속에서도 뜨겁게 차오르는 것이 있었다. 절망적인 상황임을 알고도 경국을 떠나던 밤, 마지막에 배웅해준 것이 눈앞에 있는 엔키였다.

"정말 수고했어, 리사이."

감사하다는 인사가 목소리로 잘 나오지 않았다. 응, 하고 고개를 끄덕인 엔키는 리사이의 손을 살포시 잡았다.

"무사해서 다행이야……."

작은 소리로 말하는 엔키의 목덜미를 잡아 옆으로 내팽개치는 손이 있었다.

"일 년이 걸리지 않았군. 훌륭해."

"일부러 와주신 겁니까……."

"대국에서 온 사자가 정권을 보여줬을 때는 내 눈을 의심했다고. 사정을 듣고 대국이 어떤 상황인지 이해했지만 자네 소식은 알지 못한다고 사자가 말하더군. 오지 않고 배길 수가 있나."

"황송합니다. 감사합니다."

웃으며 끄덕인 연왕은 리사이의 바로 옆을 바라봤다.

"무사히 귀환했군. 자네에겐 좋은 신하가 있어."

"감사드립니다."

교소는 감사 인사를 한 뒤 그 자리에 공손히 한쪽 무릎을 꿇었다.

"부디, 대국을 구할 힘을 빌려주십시오."

리사이는 저도 모르게 교소를 따라 했다. 주변에 있던 자들도 일제히 그 자리에 무릎을 꿇고 고두했다. 머리 위로 우렁찬 목소리가 퍼졌다.

"그 요청 받아들이지. 제국이 지원할 것이다. 마음껏 하시게."

그 순간, 대국의 운명은 극적으로 바뀌었다.

열흘이 지난 뒤 강주성 병영에는 계속해서 병졸이 모여들었다. 홍기에서 왕사와 싸우며 후퇴해 온 병졸이 강주성에 도착한 것이다.

리사이는 상황을 지켜보며 안면이 있는 사람을 발견할 때마다 말을 걸었다. 서로 무사함에 기뻐하고 노고를 치하했다. 리사이는 제일 끝에 남아 있던 유쇼를 발견하자 달려갔다. 무사했느냐고 안부를 묻다 옆에 있는 힌켄을 발견했다.

"그대는……."

유쇼가 고개를 끄덕였다.

"우리가 후퇴하는 것을 도와줬네. 힌켄, 리사이네."

"알고 있습니다. 무사하셔서 다행입니다."

힌켄은 정중히 인사를 했다. 뒤에 산토가 보였다. 간초의 휘하다.

"산토도 오랜만이로군."

듣자하니 산토는 아센이 통치하고 있을 때 힌켄군에 소속되어 있었다고 한다. 홍기로 밀려 들어오는 에이쇼군을 보고 힌켄은 "궁구를 지키라"라고 호령했다.

리사이는 납득하며 고개를 끄덕이려다가 숨을 짧게 들이마셨다. 마주에서 교소를 쫓아온 아센군의 지휘관이 힌켄의 휘하이지 않았던가.

"힌켄, 분명 기센이라는 휘하가."

"있었습니다."

힌켄이 고개를 끄덕였다.

"하오나 아센에게 빼앗겼습니다. 아센에게 불려 갔다가 돌아왔을 때에는 병에 걸려 있었습니다. 마주로 파견되어 그곳에서 죽었다고 들었습니다."

"그랬는가."

리사이는 나지막하게 말했다. 그 일이 힌켄을 전향하게 만든 것일까. 부하를 끔찍이 여기는 과묵하고 의로운 장군이라고 들었다.

힌켄은 무언가를 물으려는 듯 입을 열려고 했지만 결국 말을 하지 않고 인사만 한 뒤 휘하가 있는 곳으로 물러갔다. 리사이가 그 현장에 있던 것을 알고 있는 걸까. 혹시 부하의 마지막을 듣고 싶었던 걸까. 들어도 별수 없다 싶어 말을 삼킨 걸까.

착잡한 기분으로 떠나는 모습을 바라보고 있자 뒤에서 누군가가 부르는 소리가 들렸다.

"리사이 님!"

뒤돌아보자 낯익은 얼굴이 있었다. 고유였다. 리사이의 휘하다. 과거 승주에서 헤어지고 그후에 소식을 알 수 없던.

"고유, 무사했느냐."

네, 하고 소리를 높인 고유는 리사이의 옆으로 달려오더니 그 자리에서 고개를 푹 숙였다.

"제때 도착하지 못했습니다."

합류하지 못한 걸 말하는 것이리라. 고유는 리사이군의 잔병을 이끌고 서최로 올 예정이었다. 하지만 교소를 되찾으려고 발버둥 치는 그 절망적인 전투에 결국 제때 도착하지 못했다.

리사이는 고유의 어깨를 툭툭 쳤다.

"네가 무사해 기쁘다."

제때에 맞추지 못한 것은 고유의 잘못이 아니다. 무사하게 살아남아 에이쇼와 만났고 홍기로 급히 달려온 에이쇼, 가신과 교대하듯 강주성으로 들어와 성을 제압하는 일에 최선을 다했다. 성을 제압한 뒤에는 성 바깥으로 나와 이제껏 후퇴해 오는 묵치를 지키기 위해 싸우고 있었다.

"잘 살아남아주었다. 잘했다."

리사이의 말을 듣고 고유는 팔로 얼굴을 가렸다. 리사이는 그 어깨를 몇 번이고 다독였다. 문득 정신을 차리고 고개를 들자 고유의 뒤로 그리운 병졸들이 줄지어 서 있었다.

승주에서 헤어진 휘하와 칠 년 만의 재회였다.

휘하들과 옛정을 푼 뒤 리사이는 운해 위로 올라갔다. 왕궁에서 연조라 불리는 최상층인 하늘 위 영역은 주후성에서 내조內朝라고만 표현한다. 내조로 올라가는 리사이의 발걸음이 무거웠다. 고유와 휘하를 만난 것은 기뻤지만 이렇게 혼자가 되면 만나지 못한 휘하의 얼굴이 떠오른다. 리사이군에 있던 사수는 다섯 명. 하지만 살아남은 사수는 오코와 고유 둘뿐이었다. 세 명 중 두 사람은 처형당했고 남은 한 사람은 이곳으로 오는 길에 사망했다. 리사이는 그 사실을 오코에게 들어 알고 있었다. 알고는 있었지만 다시금 괴로웠다.

"……에서 싸우고……."

―성채 북쪽에서 죽었네

저도 모르게 흥얼거리게 되는 노래가 있다. 어느새인가 묵치 사이에서 유행한 오래된 노래. 예전에는 리사이도 곧잘 불렀다. 지위가 높아질수록 부르는 일이 사라졌다.

군에서는 계급이 오를수록 자연스럽게 죽기 어려워진다. 거처는 후방으로 물러나고 주위에는 호위가 붙어 위험과는 거리가 멀어진다. 당연하다. 지휘관의 죽음은 그 부대의 패배를 의미하기 때문이다. 실력이 좋고 신중하고 죽기 어려운 사람이 살아남아 출세한다. 하지만 칠 년 동안은 지위에 상관없이 리사이 일행은 전원이 전선에 서 있었다.

―벌판에서 죽어 나뒹구니 이제 까마귀에게 먹히는 일만 남았네

전원이 늘 계속해서 싸워왔다. 싸움이란 이런 것이다.

입속으로 흥얼거리며 계단을 올라 누각을 나가자 내조가 나왔다. 리사이가 도착한 날, 아직 긴장감이 흐르고 있던 내조는 완연히 진정되었다. 강주 관리의 모습도 많이 보였지만 그들 대부분은 구속되지 않은 채 내조에서 일하고 있었다. 이 일에는 강주

춘관장의 활약이 컸다.

강주후는 '병든' 주후였다. 주후도 하관장도 병을 앓고 있었다. 가신 일행이 주성에 진입하고 성을 점거했을 때 주사와 관리들은 크게 저항했지만 주후를 비롯한 병든 자들은 그저 "국부에게 알리라"라는 말만 반복하며 저항을 하지 않았다. 앞길을 서두르는 가신은 주후와 고관, 주요 병졸들을 건물 한 곳에 가둬두기만 한 채 서둘러 홍기로 달려갔다. 병력도 시간도 여유가 없던 가신이 건물 주변에 남긴 것은 겨우 이량, 오십 명.

하루 차이로 교대라도 하듯 고유 일행이 조구에 도착했고 주성으로 진입했지만 건물 내부에서는 춘관장이 먼저 가둬둔 관리들을 설득하고 있었다.

—강주후께서는 아무리 생각해봐도 상태가 심상치 않으시다.

강주후는 아센 즉위에 부정적이었다. 액운을 틈타 옥좌를 몰래 훔치는 행위라고 비판했다. 교소의 소식이 불명한데 나라가 움직이기 시작한 것을 "있을 수 없다"라고 평했고 후에 교소의 부고가 전해지자 "그럼에도 국장도 왕릉도 준비하지 않는 것은 이해하기 어렵다"며 의문을 제기했다. 그때까지의 강주후라면 서운관에 주벌을 내리는 것을 허락할 리가 없었고 승낙도 없이 왕사가 간 것에 틀림없이 격노했을 것이다. 강주후는 애초에 서운관 도사였기 때문이다.

일어날 리 없는 변절이 일어났다고 춘관장이 호소했다. 백성을 돌보지 않는 처사나 주벌도 전혀 강주후답지 않다. 가령 강주후가 어떠한 의도로 전향했다 하더라도 칠 년 동안 해온 아센 왕조의 방식은 용납할 수 없고 그것을 용인한 강주후도 용서받을 수 없다. 게다가 붕어했다고 전해졌던 교소가 살아 있다고 한다. 교소가 옥좌를 찬탈했다고 하는데 그렇다면 어째서 한때 붕어했다는 얘기를 한 것인가. 어째서 그때 찬탈이었다 말하지 않았는가.

—주상께서 살아 계신다면 태왕은 주상 외에는 있을 수 없다.

고유 일행이 건물을 열었을 때 춘관장은 솔선해서 저항하지 않겠다는 의사를 표명했다. 다른 사람들은 대부분 춘관장을 완전히 지지하지는 않았지만 그의 설득을 받아들여 저항하지 않겠다는 뜻을 같이했다. 교소와 동행한 리사이 일행이 주성에 진입했을 때에는 무기를 들고 저항하지 않겠다는 형식으로 주성의 제압을 완료했다.

점거에 분개하는 자도 있었을 것이다. 아센과 교소 어느 쪽을 믿어야 할지 모르겠다는 곤혹스러운 마음도 들었을 것이다. 폭력을 동반하지 않는 저항은 무수히 있었지만 야리의 지휘로 차섬을 잡았고 요마의 시체가 쌓이자 주관은 사태를 이해했다. 이로써 관리와 성내에 있던 병졸은 교소 밑으로 들어왔다. 만약 춘관장이 설득해주지 않았다면 무의미한 피만 흘렸을 것이라고 리사이는 생각했다. 그렇게 되면 희생에 대한 분노가 주성을 뒤덮을 것이다. 틀림없이 이는 또 다른 유혈 사태를 불러일으킬 것이다.

가볍게 한숨을 내쉬었다. 그리고 누군가 말을 걸었다.

002

"리사이."

뒤돌아보자 에이쇼가 휘하를 이끌고 동쪽에서부터 온 참이었다. 리사이는 발걸음을 멈추고 그들을 기다렸다. 에이쇼는 여전하다. 마치 칠 년간의 공백은 없었다는 듯 행동한다.

리사이는 옅은 미소를 지었다.

에이쇼는 홍기를 탈출해 제일 처음 입성한 작은 성에 도착하자마자 교소에게 달려갔다. 리사이와 소겐은 문주에서 교소를 만났다. 하지만 에이쇼와 가신은 그날, 겨우 홍기에서 교소를 만난 것이다. 에이쇼와 함께 달려오는 가신은 아이 같았다. 리사이는 자리를 슬쩍 피했다. 그래서 실제로 어떤 대화를 주고받았는지는 모른다. 에이쇼가 정신없이 울었다는 소문이 나돌았지만 소문의 출처가 가신이니 진실인지는 상당히 의심쩍다.

—하지만 왠지 흐뭇하다.

그런 생각을 하고 있을 때 가까이 다가온 에이쇼가 걸음을 멈추고 휘하를 먼저 보냈다.

"주상을 뵙고 오는 건가?"

에이쇼가 행선지를 물어 와 리사이는 고개를 가로로 저었다.

"아니, 아래에서 돌아온 자들을 만나고 온 참일세."

"고유와 만났는가."

"무사한 것 같더군. 감사한 일이야."

"고유는 참 잘해주었네. 정장에서 이곳까지 병졸을 이끌고 경이로운 속도로 달려왔지. 가신도 칭찬했어. 잘 좀 치하해주게."

그렇게 하겠다고 리사이는 고개를 끄덕였다.

"가신이라고 하니……."

에이쇼는 문득 생각이 난 듯 말했다.

"가에이가 도착했다고 들었는데."

리사이는 고개를 크게 끄덕였다.

"어제 도착했네."

리사이는 가에이를 마중 나갔다. 수주에서 리사이와 헤어진 가에이는 수주가 병들었다는 것을 알아채고는 출신지인 남주로 돌아갔다고 한다. 그리고 그 남주에 주정의 두목이라 할 법한 자의 보호를 받아 가신이 숨어 있었던 것이다. 가신은 가에이와 재회했다. 가신이 강주성을 공격할 때 가에이가 지신 남주의 인맥이 큰 역할을 했다고 들었다. 리사이는 과거 친우와 만나 기뻤다. 죽었을지도 모른다고 포기하고 있었기 때문이다. 가에이 또한 기뻐해주었다. 그 역시 마찬가지로 요마의 소굴을 빠져나가 떠난 리사이가 살아 있을 리 없다고 포기했었기 때문이다.

계속해서, 강주로 과거 교소의 휘하들이 모여들었다. 그중에서도 가장 놀라웠던 것은 죽은 줄로만 알았던 천관장 가이하쿠가 살아 있었다는 것이다. 명식으로 인해 깨진 기와 조각과 함께 운해로 떠내려간 줄 알았지만 잔해 밑에 있던 그를 하인들이 구조했고 조정의 수상한 상황을 알고는 몸을 숨겼다. 가이하쿠를 구한 하인들은 이성궁에서 아센이 하관들을 살해한 사실을 들었다고 한다. 나가면 반드시 죽임을 당할 것이라 호소했고 죽었다고 하는 것이 제일 안전하다며 궁에서 도망치라 재촉했다.

—주상께서는 하인들을 공평하게 대해주셨다.

가이하쿠를 구한 하인은 그렇게 말했다고 한다. 실제로 교소의 왕조는 하인을 가벼이 여기지 않았다. 이는 신분에 대해 잘 모르는 다이키가 하인의 처우에 이의를 주장했기 때문이다.

—같은 사람인데 하인들만 땅에 엎드린 채 고개도 들면 안 된다니 이상합니다.

리사이도 어린 기린이 그렇게 말했던 것을 들은 적이 있다. 가이하쿠는 이 의견에 강하게 동의하여 하인의 처우를 개선하고자 힘썼다. 그런 가이하쿠의 심복이었던 가케이가 마지막까지 다이키를 모시고 있던 점을 생각하면 감개무량하다.

과거에 쌓아 올린 자그마한 돌이 부지불식간에 커다란 결과로 이어졌다.

리사이는 근래 그렇게 느끼는 일이 많았다.

—과거가 현재를 만든다.

그렇다면 지금이 미래를 만든다. 설령 연결점이 보이지 않더라도.

"그런데 에이쇼는 세이라이와 만났는가?"

세이라이는 홍기에서 소란이 일어났을 때 간초가 구조했다. 간초는 혼자 세이라이를 구하러 갔고 만신창이가 되어 기수에 세이라이를 태우고는 추격자들을 막기 위해 그 자리에 머물렀다. 세이라이를 경호하기 위해 모였던 아센군의 병사가 간초에게 협력했다고 들었다. 그들은 그곳에 모이기 전까지 다이키의 소신을 맡았었다.

하지만 그 뒤로 간초는 목격되지 않았다. 간초를 도왔다는 예전 소신들의 소식도 들리지 않았다. 그리고 리사이는 아직 세이라이와 만나지 못했다. 조구에 도착한 당시 세이라이는 다른 사람을 면회할 수 있는 상태가 아니라고 들었다.

"물론 만났지."

에이쇼는 인상을 썼다.

"하루 종일 사람을 불러내, 그놈은."

그렇다면 용태는 안정된 것이리라. 다행이라고 에이쇼에게 말했다.

"죽으면 성대하게 보내주려고 했는데 기회를 놓친 것 같아. 뭐, 조만간 일어나서 얼빠진 면상을 보여주겠지."

"또 그런 짓궂은 말을."

리사이는 씁쓸하게 웃었다.

"진짜 상태는 어떠한가? 소문은 들었네만."

운송된 세이라이의 상태는 주변이 아연실색할 정도로 끔찍했다는 이야기를 들었다.

"그놈이 바보인지라 적당한 선을 모르고 고집을 부렸어."

에이쇼는 마치 들으라는 듯 한숨을 쉬고는 진지한 표정을 지었다.

"걸을 수 있게 될 때까지는 좀더 걸릴 거야. 의원은 다리를 절 거 같다고 말하고 있지. 그래도 걸을 수 있게 되는 거니 그나마 나아. 되돌릴 수 없는 곳은 손쓸 도리가 없어."

에이쇼는 나직한 목소리로 말했다.

"하지만 동관이 그런대로 의안과 의수를 찰 수 있겠다고 했어. 여기저기 상처는 남겠지만 언뜻 봐서는 못 알아보게 할 수 있겠지, 라고. 뭐, 억지 부리는 건 여전한 것 같으니 본인은 문제없겠지.”

“세이라이가 국탕을 끝까지 지켜준 덕분에 우리가 살았어…….”

“그 점은 인정하지. 안국의 도움을 받는 바람에 쓸데없는 고집이 되었지만 보상이라 치고 입 다물어주자고.”

리사이는 피식 웃으며 머리를 절레절레 저었다. 물론 쓸데없지 않다. 묵치에게, 그리고 교소에게 국탕의 존재는 크다. 무엇보다도 국탕을 은닉함으로써 아센의 행동을 크게 약화시킬 수 있었다. 전적으로 세이라이의 공적이다.

“그 자식은 주상과 침상을 나란히 하고 요양할 수 있다는 사실에 만족한 듯해. 주상은 정말이지 바보같이 무르셔.”

리사이는 웃었다. 교소 또한 치료가 필요한 상태였다. 교소가 반드시 세이라이의 병상을 자신이 있는 곳으로 옮겨달라고 했다고 들었다. 지금도 여전히 그 상태로 정침에 머무르고 있다.

“앞으로의 일에 대해 의논하고 계시겠지.”

실제로도 세이라이는 지금 총재로 지목받고 있다는 사실을 리사이가 언급했다.

“세이라이는 태보의 곁에 있고 싶은 듯하더군. 태보는 어떠하신가?”

다이키의 용태 또한 좋지 않았다. 리사이가 세이라이와 만날 기회가 없던 것은 다이키를 봉산에 데리고 갔었기 때문이다. 홍기 교외에서 추락한 이후, 다이키는 거의 일어날 수 없었다. 조구에도 겨우 도착했고 그대로 병상으로 옮겨져 연왕과 엔키와 만나는 자리에도 같이 갈 수 없었다. 연왕과 엔키가 병문안을 갔지만 엔키는 방으로 들어갈 수 없었다.

—그렇겠지…….

리사이는 우뚝 선 채 움직이지 못하는 엔키를 애처롭게 지켜볼 수밖에 없었다. 엔키는 뒤돌아 리사이를 올려다봤다. 울먹이는 것처럼 보였다.

"리사이, 이게 대체 어떻게 된 일이야……?"

아마 기린만이 알 수 있는 원조怨詛를 말하는 것이리라 리사이는 생각했다. 다이키가 봉래에서 귀환했을 때도 그랬다. 다이키를 에워싼 원조 탓에 기린은 누구 하나 다이키의 곁에 다가갈 수 없었다. 이번에도 당연했다. 다이키는 확실하게 자신의 손으로 사람을 죽였다.

"태보는 정말로 터무니없는 짓을 하셨습니다."

다이키가 갑작스럽게 사라진 것이 그 겨울, 백성들을 어떻게든 구하기 위한 일이었다는 사실을 듣기는 했다. 어떻게 왕궁으로 들어갔는지, 그곳에서 어떠한 싸움을 해왔는지도 들었다. 그 상황 속에서 일어난 상식과 반대되는 다이키의 여러 행위도.

제일 처음 도착한 성에서 리사이가 문병을 갔을 때 다이키는 매우 슬퍼 보였다. 이미 여러 이야기를 들은 리사이도 슬펐다.

"리사이, 화났나요?"

다이키가 제일 처음 묻는 말이었다. 리사이는 빙그레 웃으며 고개를 가로저으며 다이키의 손을 붙잡았다.

"많이 힘드셨죠."

"리사이, 저는……."

리사이는 다시 한번 고개를 저어 다이키의 말을 가로막았다.

"기린이 어떤 존재인지 모르는 게 아닙니다. 하오나 저희에게는 죄에 발을 들여놓더라도 대국을 구해줄 분이 필요했습니다. 혹여 자신을 질책하실 셈이시라면 간절히 도움을 구한 저희 대국의 백성도 질책하여주세요."

"리사이……."

"태보께서 죄라고 말씀하신다면 그것은 태보 한 분의 죄가 아니라 평온하길 기원했던 백성 모두가 짊어져야 하는 죄입니다."

과거는 현재로 이어진다. 좋든 나쁘든.

"예전에 들은 이야기가 있습니다. 눈이 많이 내리고 구름이 많은 이 나라에서 유일하게 왕과 재보가 지내는 홍기만이 맑다고요. 궁성은 한 점의 창천, 왕이 천개天蓋시라면 태보는 광휘십니다."

리사이는 야윈 손을 꼬옥 붙잡았다.

"부디 스스로 구름을 불러들이지 말아주세요……."

네, 하고 고개를 끄덕인 다이키는 리사이의 말을 어떻게 받아들였을까. 리사이는 짧은 대화로 스스로를 책망하는 다이키를 구원했다고는 전혀 생각하지 않는다. 다이키의 용태는 날로 악화되었다. 연왕과 엔키가 병문안을 왔을 때에도 줄곧 잠들어 있었고 결국 그날 눈을 뜨지 못했다.

불안해하며 돌아가는 엔키가 리사이에게 말했다.

"봉산으로 가. 애초에 그런 약속이기도 했고."

"네. 연왕과 태보께서는 이대로?"

"돌아가겠어. 바빠질 테니까 말이야. 이야기를 나누지 못해서 아쉽지만 안정되면 다시 올게. 이번에는 요코와 게이키도 같이."

리사이는 고개를 숙여 인사를 하고 엔키의 말대로 다음 날 다이키를 데리고 봉산으로 출발했다. 그 봉산에서는…….

리사이는 고개를 가볍게 가로저으며 기억을 떨쳐냈다. 봉산에는 전에도 갔었다. 당시 리사이는 충격을 받았지만 이번 여정에서 새롭게 충격받을 만한 일은 아무것도 없었다. 전과 똑같은 일이 반복되었고 전과 마찬가지로 전설 속 여신의 무정함, 하늘이라고 하는 존재의 불합리함과 어딘지 모르게 수상한 모습을 다시금 확인했을 뿐이다. 결코 유쾌한 여정은 아니었지만 하늘이라 함은 어차피 그러한 것이라고 받아들이고는 있다.

에이쇼가 의아하다는 시선으로 바라보고 있는 것을 눈치챈 리사이는 서둘러 억지웃음을 지었다.

"마지막으로 뵈었을 때 꽤 안색이 좋아지셨었네. 한 달 정도 지나면 돌아오실 수 있다더군."

"다행이군."

에이쇼는 안도했다.

"그럼 됐네. 우울한 표정을 짓고 있길래 철렁했어."

"봉산 분들이 계시니 걱정할 건 없네. 뿔도 다시 돋아났고 사령도 돌아왔지. ……다만 앞으로 후유증이 남는다는 것 같아. 여하튼 몹시 심각한 예췌였다고 하니."

"그러한가" 하고 에이쇼의 안색이 조금 어두워졌지만 이내 떨쳐버리는 듯 말했다.

"태보와 세이라이 딱 좋지 아니한가? 둘이 함께 느릿느릿 걸으면 돼."

"그러하군."

리사이는 미소 지었다.

003

—성 남쪽에서 싸우고 성채 북쪽에서 죽었네

벌판에서 죽어 나뒹구니 이제 까마귀에게 먹히는 일만 남았네

작은 목소리로 읊조리며 교시가 내려다보고 있는 마을에는 묵치의 깃발이 펄럭였다.

강주 조구산, 운해와 가까운 높은 곳에서 교시는 지상을 바라보고 있었다. 시선 아래로 펼쳐지는 광활한 저지대, 남북으로 나뉘어 흘러내리는 강 맞은편은 남북이 함께 산이다. 북으로 시선을 돌리면 강 건너편으로 펼쳐진 산지가 켜켜이 강주 북부로 뻗어나가고 있다. 교시는 능운산 동쪽 낭떠러지에 열려 있는 금문에서 북쪽을 바라보았다. 그 산지 저편에는 호토를 비롯한 많은 동료가 지금도 나뒹굴고 있을 터였다.

—나를 위해 까마귀에게 말해다오

파먹기 전에 한차례 예의를 갖추어 울어달라고

벌판에 널린 채 무덤조차 없지 않은가

문주에서 병사와 취식을 함께하는 동안 외우게 된 노래였다. 가사처럼 벌판에 널린 죽은 이를 떠올리면 가슴이 아프다. 그런데도 저도 모르게 이 노래가 입에서 튀어나오는 것은 낫고 있는

상처의 딱지를 뜯는 것 같은 행위라고 생각한다. 잊어버리면 낫는 상처의 딱지를 뜯어내 굳이 아픔을 확인한다. 죽었다는 사실을 없던 일로 하고 싶지만 죽은 자는 잊고 싶지 않다. 병사들이 이 노래를 좋아하는 것은 그런 기분 때문이겠지.

—썩은 고기가 어찌 네 입에서 도망칠 수 있으랴?

"겨우 찾았네."

갑자기 누군가의 목소리가 들려 교시는 뒤를 돌아봤다. 그곳에는 그리운 얼굴이 있었다.

"고료."

"오랜만이로군."

고료가 미소 지으며 교시의 곁으로 다가가 교시가 앉아 있는 마름돌 위에 나란히 앉았다. 금문 앞에 튀어나와 있는 넓은 바위를 내려다보는 토담이었다. 꽤 넓어진 망루터에는 잘라내려다 그대로 놓아둔 것인지 또는 쌓아 올리려고 방치한 것인지 모를 거대한 마름돌 두세 개가 놓여 있었다. 경치를 감상하기에는 딱 좋다. 교시는 이 돌 위가 좋았다.

"기분 좋은 바람이 불고 있습니다."

교시는 머리 위로 시선을 향했다. 뒤에 있는 절벽에 뿌리를 내린 거대한 소나무에서 비틀어진 나뭇가지들이 뻗어나와 부드럽게 햇살을 막아주고 있다. 가지 너머로 펼쳐지는 여름 하늘은 한

없이 눈부셨고 구름 한 점 없었지만 교시의 주변으로는 나무 그늘이 져 선선한 바람이 불어오고 있었다.

"강주성은 참 넓네. 찾아봤지만 좀처럼 찾을 수 없으니 말이야."

고료가 말했다.

"엔초 님 소식은 들었네. 유감이야."

교시는 고개를 끄덕였다. 딱지가 또 하나 더. 염현에 머무르며 서운관 도사들을 이끌어온 엔초는 낭보를 듣지도 못한 채 영면에 들었다고 한다. 고령이기도 했고 궁핍한 생활 속에서 건강을 해치고 있었으니 어쩔 수 없다. 하지만 적어도 마지막에 한번 만날 수 있었더라면, 교시의 입으로 왕이 귀환하셨다고 전달할 수 있었더라면 얼마나 좋았을까 하는 생각이 든다.

조구 북쪽에 동가가 있다. 기수를 타고 가면 사흘 만에 갈 수 있는 거리였지만 공교롭게도 강 건너편은 적의 세력권이었다. 강주 주사가 조구를 에워싸듯 모여 있다.

그러한 와중에 엔초의 부고를 알려준 것은 백규궁에서 동가로 탈출한 준타쓰라는 의관이었다.

준타쓰는 다이키의 요청으로 동가로 향했다. 자그마한 마을을 찾아가 이재 도진과 만나 다이키가 보낸 서신을 건넸지만 거기에 적혀 있었던 것은 구원 요청 같은 게 아닌 감사와 사죄였다.

준타쓰는 동가의 작고 가난한 모습을 본 순간부터 그렇지 않을까 생각했다. 아무리 보아도 다이키를 도울 수 있을 만한 세력이 있을 것처럼 보이지 않았다. 준타쓰의 신변을 걱정한 다이키가 백규궁을 탈출시키기 위해 심부름을 보낸 것이리라. 그것은 곧 다이키가 그 시점에서 스스로의 운명을 포기했다는 증좌였다.

준타쓰는 도진과 함께 한탄하며 서장에 씌어 있던 대로 기수를 묵양산에 있는 굴에 풀어줬다. 하지만 기수는 산을 올라가지 않고 서쪽을 향해 사라졌다. 준타쓰는 초조했지만 추우는 그때 주인이 대국의 서쪽에 있다는 냄새를 맡은 것이리라. 실제로 풀어준 도라는 대국 서방 먼 바다에 있는 안국의 배에 다다랐다.

준타쓰는 다이키의 신변을 걱정해 홍기로 돌아가려고 했고 그러다 시대가 움직인 것을 알았다. 홍기에서 도망쳐 온 병졸의 무리에 끼어 조구에 도착한 뒤 다이키와 재회했다.

다 소문으로 들은 것들이다. 왕이 돌아오고 휘하들이 집결하면 교시는 더이상 필요 없다. 특히 교시는 홍기 전투에 참가하지 않았다. 어쩌다 보니 조구성에는 있었지만 구석에서 사람들의 움직이는 모습을 지켜보고 있을 수밖에 없었다. 리사이와 재회한 것은 리사이 일행이 조구성에 도착하고 나서이다. 한차례 재회를 기뻐한 뒤로 만나지 못했다. 고료가 무사하다는 소식은 리사이에게 듣기만 했고 오늘까지 얼굴을 볼 기회조차 없었다. 그래서 이렇게 고료가 일부러 교시를 찾아온 것이 기뻤다.

"교시는 이제 괜찮은가?"

교시가 끄덕였다. 필사적으로 기수에 매달려 있던 하루의 시간, 교시는 여기저기가 아팠다. 제일 심했던 것은 왼쪽 어깨였는데 처치는 받았지만 최근까지 고정해두어야 했다. 그저께 겨우 고정한 것을 풀었다. 아직 움직이는 게 어색하고 통증도 있었지만 잘 참아가며 움직이면 차츰차츰 나을 거라 의원이 말했다.

"그래, 다행이군."

고료는 웃었다. 교시는 고개를 끄덕이기만 했지만 여기에도 딱지가 숨어 있었다. 상처라면 단법사 승려에게 보여주면 빨리 낫는다. 하지만 묵치에 있던 단법사 승려는 전원 살아남지 못했다.

전쟁이란 참 무정한 것이다. 교시는 호토가 쓰러진 순간을 목격했지만 유해를 확인하지 않았다. 그 순간을 목격한 것만으로도 다행일지 모른다. 호토는 죽었다고 납득하기 쉽다. 하지만 전쟁에서 대부분의 희생은 눈에 보이지 않는 장소에서 일어난다. 언제 어떻게 죽었는지 모른다. 죽었다고 전해 듣는 것뿐이라도 마지막을 확인할 수 있었던 규산과 요타쿠 같은 경우는 그나마 다행이다. 세키레이, 규산의 아들은 그저 자취를 감추었다. 그리고 세이시도.

살아 있을지도 모른다. 살아 있길 바란다.

어중간한 이 기분을 평생 안고 살아가야 하겠지.

"……고료는 줄곧 이런 일을 겪어왔군요."

교시는 저도 모르게 중얼거렸다. 고료는 하늘을 쳐다본 채 끄덕이고는 고개를 돌려 교시의 손을 잡았다. 앞으로 내밀라고 채근하여 펼친 손가락을 하나씩 접었다.

"교시에 리사이 님, 그리고 태보와 주상……."

고료는 교시의 손을 꽈악 잡았다.

"살아남은 자의 수를 세는 거야, 이럴 때는."

전쟁이란 이런 것이다. 그리고 전쟁은 끝나지 않았다. 아센은 홍기의 방비를 견고히 하고 조구성을 포위하려 하고 있다. 그와 동시에 그 포위망을 찢거나 또는 재빨리 빠져나가 모여드는 사람들이 있었다. 이윽고 최후 전투의 막이 오를 것이다. 교소와 아센의 운명을 결정하는 전투의 막이. 그 과정에서 지금 살아남아 있는 사람들도 잃어버릴 가능성이 있다. 확실한 사실 따위는 아무것도 없다. 이 세계의 허무함 외에는.

"고료는 살아남아주세요."

교시는 아마도 이 전투에는 따라갈 수 없을 것이다. 가고 싶지만 이번 결전에서는 자신과 같은 일반인이 서 있을 장소는 없다고 교시가 말하자 고료가 대답했다.

"교시는 도사잖아. 서운관 법통과 단약의 전승을 지켜야지. 다른 의미로 병사의 전투보다도 엄격한 전투야."

고료가 미소 지으며 계속 말했다.

"게다가 설령 내가 죽더라도 잘못이 바로잡혀서 교시가 살아남아준다면 내 죽음은 헛된 게 아니야. 단약이 전승되어 남는다면 내가 그것을 지킨 일원이 될 수 있었다는 거지."

"반드시 바로잡힐까요?"

교시가 울었다 웃었다 하며 중얼거리자 고료는 고개를 끄덕였다.

"반드시. 그것은 약속하지."

반드시 살아남겠다고는 말해주지 않는 걸까 하고 교시는 생각했다.

"나도 살아 돌아올 거야. 약속을 했거든."

교시가 고개를 갸웃거리자 고료가 웃으며 교시에게 고개를 끄덕이고는 하늘을 올려다봤다.

"돌아가겠다고 약속했어. 리쓰는 많이 컸겠지. 새로운 윗도리가 필요하겠어."

004

산 사이로 바람이 분다. 골짜기에 무성하게 피어 있는 꽃을 바람이 일제히 흔들며 동시에 사람들의 떠들썩한 목소리를 실어 나르고 있었다. 유달리 크고 밝은 웃음소리가 들려와 엔시는 고개를 돌렸다. 꺾은 꽃을 바구니에 담으며 목소리가 들리는 쪽을 쳐다봤다.

산면에 이어지는 꽃밭. 노란색 다홍색 꽃들 위를 바람이 쓸고 지나간다. 바다를 향해 돌출되어 있는 곶처럼 밖으로 돌출되어 있는 고대에 리쓰와 세 명 정도 되는 아이들이 모여 있다. 아이들은 여서의 보호를 받으며 고대 위를 뛰어다니고 있다. 근교에 있는 사람들이 모여 꽃을 꺾는다. 밝고 떠들썩한 분위기가 기쁜 것이리라.

작년 가을, 엔시가 이 산간 토지에 왔을 때 주변에 있는 산기슭은 시들어 희읍스름한 풀로 뒤덮여 있었다. 외롭고 황량한 풍경이었지만 지금은 여기저기가 푸른색으로 뒤덮여 있다. 폐허를 뒤덮은 풀숲은 짙은 녹색이었고 그곳에서부터 마을에 이르는 기슭에는 하얗고 자그마한 꽃들이 무성히 피었으며 골짜기 바닥에는 노랗고 붉은 꽃이 채워져 있었다. 이렇게나 수많은 꽃이 장식하는 곳이라고는 꿈에도 생각하지 못했다. 그런 생각을 하며 다음 꽃에 손을 뻗었다.

"그런 붉은 꽃은 남겨두는 거야."

꽃을 꺾으려고 할 때 곁에서 오통통한 손이 불쑥 튀어나와 엔시의 손을 막았다.

"홍화紅花는 말이야. 처음에는 노랗다가 점점 붉어져."

여자는 미소 지으며 말했다.

"꽃의 색이 바뀌는 거야. 붉은 꽃은 한창 다 폈다가 곧 진다는 의미지. 염료로 쓸 꽃은 붉은색이 아주 조금 드러났을 때 꺾는 거야."

네, 하고 고개를 끄덕이고 엔시는 홍화를 남겨둔 채 그 옆에 피어 있는 밝고 노란 꽃을 꺾었다. 이 꽃에서 염료를 채취해 약으로 만든다. 홍화를 재배하는 것은 동가의 사람들이 옛날부터 종사해온 일이었다. 변변한 경작지가 없는 이 주변에서 작물은 메밀과 조 또는 홍화로 정해져 있다고 한다.

저쪽에 한 장, 이쪽에 두 장, 하얀 천을 펼쳐놓은 듯 메밀밭에 꽃이 피어 있었다. 홍화 수확이 끝나면 이번에는 메밀을 수확한다.

"남은 건 모인가."

시든 모는 제일 처음 동가에 왔을 때도 봤었다. 가도를 따라 희읍스름한 모가 바람에 흔들려 쓸쓸한 소리를 내고 있었다.

"잡초가 아닌가요?"

"키우는 거야. 기슭에서 흙이 흘러 내려오는 걸 막기 위해서."

그러고 보니 작년에 가을이 무르익었을 때 시든 모를 잘라 흙과 섞는 것을 보았다. 마을 남자들이 흘러 내려온 흙을 모아 무너진 담벼락을 수리하고 있었다. 한 켠에서 여자들은 가려낸 모를 늘어놓고 묶고 있었다. 겨울 방한재로 쓰기 위해서였다. 아이들과 노인들은 두렁에서 홍자 열매를 땄다.

그로부터 기나긴 겨울. 엔시는 마을에 익숙해지려고 열심히 일했다. 마른 나뭇가지를 모아 어린 나무를 솎아내고 숯을 태운다. 천을 짜고, 짜낸 천을 눈에 널어놓는다. 날마다 줄어드는 홍자와 식량, 굶주림을 견디다 익숙해질 즈음에 눈이 녹기 시작했다. 겨울 동안 마을에서는 아이가 한 명 태어났고 여섯 명이 죽었다. 마을 사람이 네 명, 숨어 지내던 도사 두 명. 그중에는 엔초도 포함되어 있었다.

올겨울은 그나마 나은 편이었다고 마을 사람들이 한결같이 말했다. 추위도 작년만큼 심하지 않았다. 실제로 채집했던 홍자가 그리 많지는 않았지만 남아 있긴 했다.

"다음 겨울은 분명 좀더 나을 거야."

여자는 부지런히 꽃을 따며 말했다.

"꽃의 개수도 작년보다 많고 메밀밭을 날아다니는 꿀벌도 많으니까. 좋은 꿀벌을 잡을 수 있어. 좋은 메밀을 수확할 수 있다는 증거지."

"주상께서 돌아오신 것과 관계가 있나요?"

엔시가 묻자, 그럴지도 모르지 하고 여자는 웃었다.

강주 조구성에 왕이 입성했다. 아직 홍기로 돌아간 것은 아니지만 시시각각 사람이 조구성으로 모이고 있다. 언젠가 가까운 시일 내에 전쟁이 벌어질 것이라고 사람들은 말한다. 반드시 왕이 이길 것이라 정해져 있다. 그렇게 된다면 왕이 옥좌로 돌아가고 분명 삶도 좀더 나아질 것이라고.

……하지만 전쟁이 난다.

고료는 어떻게 됐을까 하고 엔시는 뒤돌아 남쪽 하늘을 쳐다봤다. 무사할까. 앞으로도 무사할까.

엔시는 동가에서 머물 곳을 찾았다. 열심히 일하며 조금씩 거처를 마련해왔다. 일하는 것은 즐거웠다. 목적도 없이 방황하는 것과는 다르다. 땅을 일구면 씨를 뿌릴 때를 기대하며 지낼 수 있다. 씨를 뿌릴 때에는 자라나는 모습을 상상하며 지낼 수 있다. 엔시가 경작한 땅에 씨를 뿌리자 싹이 나더니 식물이 이렇게 자라 꽃을 피우고 있다. 꺾은 꽃은 마을에 가지고 돌아가 빻아서 떡으로 만들어 발효시킨다. 그것을 말려 저장한다. 이것이 고가의 염료가 되고 동시에 약이 되기도 한다. 지금 몸을 움직이고 있는 일들이 확실하게 미래로 이어지고 있다는 실감. 엔시도 리쓰도 살아갈 수 있다는 보람에 기뻐서 몸이 힘든 것은 괴롭지 않았다.

아주 약간의 외로움은 시간과 함께 잊힐 것이다.

—반드시.

그런 생각을 하고 있을 때 가벼운 발걸음 소리가 다가왔다. 뒤돌아봄과 동시에 자그마한 몸이 뛰어들었다.

“왜 그러니? 아직 일하는 중이야.”

엔시가 말하자 리쓰는 숨을 헐떡거리며 손바닥을 펼쳐 보였다. 손바닥에는 하얗고 납작한 돌이 한 개 놓여 있었다. 동전만 한 돌의 정가운데에는 조그만 무늬가 새겨져 있었다.

“어머나, 수호석이네.”

옆에 있던 여자가 소리를 높여 말했다.

“도관에서 팔던 거야. 리쓰가 찾아낸 거니?”

응, 하고 자랑스럽게 고개를 끄덕이며 리쓰는 돌을 엔시에게 내밀었다.

“엄마.”

어머나, 하고 엔시는 미소 지었다. 궁핍했던 탓인지 아니면 고립된 여정이 힘들어서였는지 거의 입을 연적이 없었던 리쓰는 이번 봄 이후로 조금씩 말문을 텄다. 아들의 서투른 말들이 사랑스러웠다. 어떠한 결실보다도 기뻤다.

"엄마한테 주는 거니? 리쓰가 가지지 않고?"

괜찮아, 하고 리쓰는 고개를 저었다. 돌을 엔시에게 건네고 몸을 휙 돌려 놀고 있던 고대 쪽으로 달려갔다.

"왜 그러니?"

"찾을 거야."

리쓰가 대답했다.

"한 개 더."

엔시는 돌을 꼬옥 쥐었다. 쥔 주먹을 가슴에 가져다 댔다.

―다른 한 개는 누구를 위해서?

묻고 싶었지만 엔시는 입에 담을 수 없을 것이다.

리쓰의 자그마한 등이 꽃밭 속을 달려 나간다. 꺾지 않고 남겨둔 붉은 꽃이 살랑살랑 흔들리고 있다. 바람이 지나가고 새가 지저귀고 있다. 자그마한 마을 주변은 지금 눈부신 여름이 한창 지나가는 중이다. 절기상으로는 입추를 넘겼고 이제부터 점점 겨울을 향해 기나긴 경사로를 미끄러지기 시작한 참이었지만 지금은 아직 눈부실 정도로 밝은 햇살과 반짝이는 색채로 물들어 있다.

―곧 찾아올 전란의 징조 같은 건 조금도 없이.

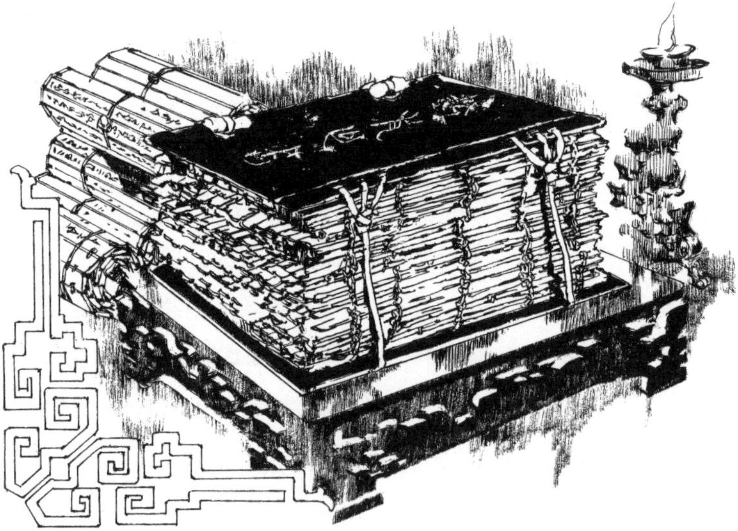

홍시弘始 8년 9월,

궁성에 재보 귀환하다.

아센, 재보를 구속하고 인질로 잡아 동지 무렵 천조를 선언한다.

신, 심히 애탄한다.

익년翌年 9년 2월,

총재, 내재를 시켜 재보를 치려고 한다.

사구, 이를 막고 총재, 내재를 구계拘繫한다.

동년同年 3월,

문주 함현에서 반란이 일어난다.

문주에 묵치墨幟라 부르는 반민이 등장한다.

아센, 금군 우군으로서 주벌을 하려고 하지만

묵치, 함현 안복 서쪽에서 이를 저지한다.

4월, 아센, 마주에서 주상을 붙잡는다. 같은 달 묵치가 거병해

주상을 구하려고 하지만 실패한다. 크게 패한다.

6월, 홍기를 공격해 주상과 재보를 결국 구하고

7월 강주 조구에 조정을 마련한다.

10월 주상, 홍기에서 아센을 친다.

아홉 개의 주를 평정하여 원호를 다시금 명치明幟로 고친다.

—『대사사서戴史乍書』

백은의 언덕 검은 달 4권 — 십이국기 9

1판 1쇄 2023년 2월 15일
1판 4쇄 2024년 10월 11일
–
지은이 오노 후유미 ◎ **일러스트** 야마다 아키히로 ◎ **옮긴이** 추지나 이진
책임편집 지혜림 ◎ **편집** 임지호 ◎ **외주교정** 김정현 ◎ **아트디렉팅** 이혜경 ◎ **조판** 이효진
저작권 박지영 형소진 최은진 오서영
마케팅 정민호 서지화 한민아 이민경 왕지경 정경주 김수인 김혜원 김하연 김예진
브랜딩 함유지 함근아 박민재 김희숙 이송이 박다솔 조다현 정승민 배진성
제작 강신은 김동욱 이순호 ◎ **제작처** 영신사
펴낸곳 (주)문학동네 ◎ **펴낸이** 김소영 ◎ **출판등록** 1993년 10월 22일 제2003-000045호
–
주소 10881 경기도 파주시 회동길 210
문의 031-955-2637(편집) ◎ 031-955-2696(마케팅) ◎ 031-955-8855(팩스)
전자우편 elixir@munhak.com ◎ **홈페이지** www.elmys.co.kr
인스타그램 @elixir_mystery ◎ **X(트위터)** @elixir_mystery

ISBN 978-89-546-9065-2(04830) ◎ **SET** 978-89-546-2614-9(04830)
–
엘릭시르는 출판그룹 문학동네의 장르문학 브랜드입니다.

잘못된 책은 구입하신 서점에서 교환해드립니다.
기타 교환 문의: 031-955-2661, 3580